黒曜に導かれて
愛を見つけた
男の話

黒曜《こくよう》に導《みちび》かれて愛《あい》を見《み》つけた男《おとこ》の話《はなし》

六青《ろくせい》みつみ
ILLUSTRATION：カゼキショウ

黒曜に導かれて愛を見つけた男の話

LYNX ROMANCE

CONTENTS

黒曜に導かれて愛を見つけた男の話

† 来《こ》し方《かた》

　レンドルフは二十八年前、アヴァロニス王国の最北端に位置するエル＝グレン州の、州領主継嗣《けいし》として生を受けた。

　髪は青味を帯びた灰色、瞳《ひとみ》は春霞《がすみ》の奥から現れたようなやわらかい苔《こけ》色。顔立ちは端正な部類だが、美形と称されることはなく、むしろ地味だとか野暮ったいと言われることが多いのは、本人が容姿の良し悪《あ》しに興味がないせいもあるだろう。

　両親は政治的野心にあふれた活動的な性格だったが、長子のレンドルフはどちらにも似なかった。

　幼い頃は、植物や虫や動物を飽かず眺めているうちに、うっかり一日が過ぎてしまうくらい、興味が湧《わ》いたものに没頭する質《たち》で、まわりからは「ぼんやりしている」とか「おっとりしている」と評されていた。当時、彼が「ぼんやり」ではないことに気づいていたのは、祖父くらいだった。

　幼いレンドルフはお伽話《とぎばなし》や伝説も大好きで、眠る前には必ず乳母《うば》に物語をせがんだ。そして、さまざまな質問を投げかけた。

「お日さまはどうして昇ったり沈んだりするの？」

「人はしゃべるのに、動物はしゃべらないのはどうして？」

「どうしてこの世には、植物と動物と人間と神さまがいるの？」

　乳母の答えはいつも同じだ。

「神さまがそうお決めになったからですよ」

「どうして女の人と男の人がいるの？」

「神さまがそうお創《つく》りになったからです」

「神さまは、どうして人を創ったの？」

「そんなことは神さまに直接お訊《たず》ねしないとわかりゃしませんよ。さ、もうお寝《やす》みになってくださいな。乳母はもう眠くなりました」

　善良で愛情豊かだが、賢くはない乳母は、父が息子のために選んだ。下手に知識があると、息子によからぬ思想や偏見を吹き込まれると危惧《きぐ》したからだ。

「そんなに気になるんでしたら、明日お祖父《じい》さまにお訊ねなさいな」

「つれて行ってくれる?」

「いいですよ。レンドルフ坊ちゃんが途中であたしの目を盗んで、どこかに隠れたりお城を抜け出そうとしないって約束してくれるなら」

「するよ。やくそくする」

「わかりました。じゃ、もうお寝みくださいな」

乳母はそんなふうに、あくびをしながらレンドルフを寝かしつけるのが常だった。

翌日、レンドルフは約束どおり、乳母に祖父の部屋までつき添ってもらい、そのまま一日のほとんどを祖父と過ごした。

祖父の書斎には、幼いレンドルフの探求心を刺激するものがたくさんあった。地図、古代の書物、さまざまな絡繰《からく》り仕掛け、植物や虫や動物、鉱物、鉱石、宝石の標本、毒薬、解毒剤、絵画、古色あふれる装飾品、文具など。中でも幼いレンドルフが一番気に入っていたのは、アヴァロニス全土を立体的に表現した風景模型《ジオラマ》だ。

風景模型は実に精巧な造りで、人ひとりが半セロ(三・五ミリ)程度の大きさなのに、拡大鏡で見るときちんと服を着て、さまざまな仕草や表情まで実物そっくりにできている。もちろん建物や植物、山や川も、まるで本物に見えるくらい細かく作り込んである。

専用の展示台に載せられたそれを見るために、祖父に抱き上げてもらったレンドルフは、風景模型を見ながら祖父にさまざまなことを教わった。

「この国《アヴァロニス》は神がお創《つく》りになった」

そして海には海の神がいて、海神が創った海獣がいる。海の向こうにはまた別の神がいて、アヴァロニスのような国がいくつもあるらしいが、人の身では確かめる術《すべ》がない。

「人も神さまがお創りになったの?」

「さあ、どうだろうな。神殿はそう喧伝《けんでん》してるが、実際のところはわからない。古い文献には、人は元元この地にいて、神があとからやって来たという説もある。そういう書物は、歴代の大神官たちがことある毎《ごと》に理由をつけて焚書《ふんしょ》してきたせいで、今ではほとんど残ってないがな」

幼いレンドルフに祖父の話は難しかったが、祖父が今の世の有り様を憂いていることは伝わってきた。

「レンディ。おまえ自身が神と直接対話したり神託を得たならともかく、神殿の宣告や神官たちの話を鵜呑《うの》みにしちゃいかんぞ。あいつらは自分たちに都合が良いように、神の御心を利用するからな」

祖父は孫を愛称で呼びながら「このことは内緒だ」と言い添えて、神殿組織と神官たちを盲信することの愚かさと危険性をささやいた。

祖父は折に触れ、レンドルフの探求心を撓《たわ》めることのないよう心を配りながら、広い視野を持って物事を見極めることの大切さを教えてくれた。

「レンディ。物事を判断するときは広くて高い、神さまみたいな視点に立って考えるんだ。そう、こんなふうに」

そう言って、風景模型を上から見下ろせる高さにレンドルフを抱き上げ、各領地の特徴や強みや弱み、国全体の問題点などを論じてみせてくれた。

幼い頃のレンドルフの記憶は、こんなふうに祖父と祖父の部屋と庭が大半を占めていたが、中にひとつだけ異質な思い出がある。

あれは確か四歳になる少し前だ。

いつものように、幼児だからこそ入り込める狭い隙間《すきま》や、細い抜け道を使って城の中を探険していたときだ。大人たちが大勢集まって、深刻な顔で話し合っている場面に出くわした。人垣の中心には、後ろ手に縛られ、ひざまずいて項垂《うなだ》れている家従がひとり。

レンドルフは直接しゃべったことがなかったが、厨房《ちゅうぼう》や洗濯場を探険するとき、たまに会ったことがある。むらのある茶色い髪と濃い栗色《くりいろ》の瞳の持ち主だ。痩《や》せた顔に雀斑《そばかす》があり、手がいつも荒れていたからよく覚えている。名前は確かハンナだ。

「なんてことだ、災厄の…」

「まさか処刑…」

「旦那様《だんなさま》に報告を――」

恐怖や嫌悪、怒りを含んだ切れ切れの会話を繋《つな》ぎ合わせると、こういうことだった。

城に勤めはじめて三年目になるハンナが、体調を崩して十日ほど寝込んだ。すると、茶色のはずの髪の根元が真っ黒になった。驚いた同僚が上役に報告して、ハンナが〝災厄の導き手〟だと発覚した。

黒髪黒瞳の人間は、アヴァロニスで〝災厄の導き手〟と呼ばれて忌《い》み嫌われ、見つけたら殺しても罪に問われないほど迫害されている。理由は「神さまが嫌っているから」だ。

呼び名のとおり、姿を見ただけで災いがふりかかり、声を聴けば呪《のろ》われ、歩いた地面は穢《けが》れて作物が枯れ、家畜は病気になると恐《おそ》れられ、憎まれている。

「どうやって城勤めに」

「染み抜きの薬で色を抜いていたらしい…」

ひそひそとささやき合い、恐ろしげにハンナを見下ろしているのは、少し前まで同僚として普通に接していた家従仲間たちだ。それが、ハンナの髪が黒いとわかったとたん遠巻きにして、近づこうともしない。病み上がりのハンナはいつもよりずっと顔色が悪く、薄く痩せて、今にも気を失いそうなのに。

レンドルフが皆の前に姿を現して、ハンナを自由にしてと叫ぶ前に、屈強な城警士が現れてどこかへ連れ去ってしまった。

そのあとハンナがどうなったのか、乳母に訊ねてみたが「存じません」と言われてしまった。本当に知らないようだった。

その夜、レンドルフはなかなか寝つけなかった。

どうしてみんな、髪の色が違うだけで急に態度を変えるのか。髪が茶色のときは仲間なのに、黒くなったら嫌うのか。中身は同じハンナなのに。

いくら考えても、答えは出ない。

翌日。祖父に訊ねてみると、祖父はレンドルフを膝《ひざ》に抱きあげて、書見台の装飾画本を見せてくれた。

そこには金や白、赤や茶、そして黒といったさまざまな髪色の人々が、仲良く暮らしている絵が描かれていた。頁《ページ》をめくると聖なる竜蛇神が突然、黒髪だけ仲間外れにして、いじめはじめた様子が描かれる。やがて神様を真似《まね》して、人々も昨日まで仲間だった黒髪をいじめるようになる。いじめはだんだんひどくなり、黒髪は耐えきれず家から逃げ出して、荒野をさすらうようになった。すると今度は狩りの獲物のように追われて捕えられ、処刑されるようになった。黒髪の数はどんどん減って、今ではもう元いた二百分の一まで減ってしまった——という内容だ。

「昔は黒髪や黒い瞳でもみんな普通に暮らしていた。それが五百年ほど前から〝災厄の導き手〟と呼ばれて迫害されるようになった。聖なる竜蛇神が、そうお望みになったからだ」

「どうして神さまは黒髪をいじめるようになったの？」

「それは私にもわからん。教えて欲しいくらいだ」

「黒髪で黒い瞳だと、ほんとうに悪いことを呼びよせるの？」

「おまえはどう思う、レンディ」

祖父の問いに、レンドルフは眉間《みけん》に皺《しわ》を寄せて唇を尖《とが》らせた。

「茶色のときは仲間だったのに、黒髪だってわかったとたん悪者にして嫌うのはおかしい」

孫の答えが気に入ったのか、祖父は唇に笑みの気配を漂わせて、レンドルフの頭を大きく撫《な》でた。

「そのとおりだ、レンディ。髪や瞳の色、外見だけで人を判断するなんて馬鹿《ばか》げてる。そんな愚かなことをしちゃいかん」

祖父の言葉を聞いて、レンドルフは別の疑問が生まれた。

「それじゃ、どうやって人を判断するの？」

「それはな、行いで判断するんだ。行いというのは言ったこととやったことだ。そして一番大切なのが、どうしてそう言ったのか、行動したのか、その意図だ。意図と行いをきちんと見極めるんだぞ」

そのときの祖父の説明は、ストンとレンドルフの腑《ふ》に落ちて、それからずっとレンドルフの生きる指針になった。

その後、ハンナのことは「解雇された」とだけ教えてもらった。それが本当のことなのか、領主の継嗣に対する表向きの説明なのかはわからなかった。誰に訊《き》いても皆口をつぐみ、暗い瞳でそそくさとその場を立ち去るからだ。

ずいぶんあとになって実は処刑されたのだと知ったけれど、成長したレンドルフはその事実を悲しんでも、驚いたりはしなかった。

七歳のときに祖父が身罷《みまか》ると、世界の成り立ちや神の意図についてレンドルフの質問に答えてくれる人はいなくなってしまった。

だからレンドルフは人より早く文字を覚え、祖父が遺《のこ》した膨大な蔵書を収めた書庫に入り浸るようになった。祖父の練習帳を手本にして古代文字も独学で修得し、歴史と神話、そして神殿が焚書にしたせいで、他にはほとんど残っていない貴重な古代の文献を読みあさるようになった。

そんなレンドルフを見た父と母は『おまえはお祖父様に似たんだな』『似たのね』と評した。

父はレンドルフに武術や狩猟、社交術を教えたが、生前の祖父から何か言い含められていたのか、蔵書室に入り浸ることを禁止したりはしなかった。

レンドルフが二歳のときと三歳のとき、それぞれ弟が生まれたが、ふたりとも母親によく似て社交的で、ひとときもじっとしていられないほど活動的だった。

朝から晩までしゃべり続ける弟たちのやかましさに辟易《へきえき》して、レンドルフはひとりで州領城の裏手にある森や渓谷《けいこく》に逃げ出すことが多くなった。

木漏れ日の落ちる川縁《かわべり》で、大樹の根元に腰を下ろし、携えてきたぶ厚い歴史全書を読みふける。時々顔を上げて、陽射《ひざ》しを受けてきらめく水面《みなも》の眩《まぶ》しさに目を細め、そしてまた過去の喜怒哀楽がつまった物語に没頭して過ごした。どこかに『神はなぜこの国と人を創ったのか。人はなんのために生まれてきたのか』という疑問の答えがあるのではないかと、忍耐強く期待しながら。

祖父の死やハンナの件など、波乱はあったものの、比較的おだやかで平和な日々が終わりを告げたのは、九歳になった年の秋。

レンドルフはいつものように城裏に広がる森に入り、地面に降り積もった枯葉を棒でかき分け、珍しい木の実や石を探しながら歩いていた。

すると突然、目の前が暗くなった。

土埃《ほこり》と枯れ草の匂《にお》いに噎《む》せて、咳込《せきこ》んだのは覚えている。直後に首筋に強い衝撃を受けたことも。

記憶はそこで途切れ、気づいたときには焚《た》き火の傍《そば》に転がされていた。

両手は背後でくくられ、両足も縛られている。口には猿轡《さるぐつわ》。身体《からだ》の下には毛布の代わりにもならない粗末な麻袋が一枚だけ。森で目の前が暗くなったのは、これを頭から被《かぶ》せられたせいだ。

焚き火のまわりには、荒《すさ》んだ顔つきのならず者たちが五人。レンドルフをこれからどうするか、下街なまりの乱暴な言葉で言い合っていた。

「面倒《めんどう》だ、殺しちまえっ」

「馬鹿言うな！　身代金を要求すりゃ一夜で大金持ちなんだぞ、もったいねぇこと言うな」

「依頼主は殺《や》れって言ったんだろ？　反古《ほご》になんかすりゃなにされっかわかんねぇぞ」

「身代金なんかへたに要求してよぉ、こっちが捕まったらどうすんだよ？」

「身代金のほうが稼げる」

「それより契約金もらってさっさとずらかろうぜ」

仲間内の相談はやがて言い争いになり、暖をとるために飲んでいた酒の酔いも相まって、激しい口論へと発展していった。元々血の気が多く、それほど計画性も協調性もない集団だったのだろう。誰もが邪魔な意見をひねり潰《つぶ》し、自分の言い分を通すことだけに意識が向いている。

ならず者たちの仲間割れを注意深く見守りながら、レンドルフは腰帯の裏に仕込んでおいた小刀《ナイフ》でせっせと手足の縛《いまし》めを切りはじめた。小刀は人差し指一本分ほどの小ささで、色も腰帯裏と同じだったから、ならず者たちも気づかなかったらしい。別に誘拐されたときのために携帯していたわけではない。少年が好む隠し道具のひとつだったが、このときは九死に一生を得る役に立った。

やがて、誘拐犯たちが派手な殴り合いをはじめたので、レンドルフは隙をついて静かにその場から逃げ出した。しかし。

闇夜《やみよ》に乗じて夜通し走り続けた先は、餓《う》えた野獣が徘徊《はいかい》する危険な荒野。死の危険は少しも減っていなかった。

自分が今いる場所がどこなのか、州領城からどれくらい離れているのか見当もつかない。

靴は奪われていたから裸足の足が痛い。上着を裂いて巻きつけて用心して歩いても、岩や砂礫《されき》は簡単に布を突き破る。レンドルフの足裏はあっという間に血だらけになった。転ぶたびに、身体のあちこちにも裂傷と擦過傷ができて辛かった。

そのままレンドルフは食べ物も飲み水もないまま荒野を丸二日さまよい、行き倒れて死にかけた。

「ぼうず、生きてるか？」

肩をゆすられて薄く目を開けると、腫《は》れて破れた唇に、水をたっぷり含んだ布が押し当てられた。

吸いついて一滴残らず飲み干したいのに、その力が残っていない。疲れ果てて目を閉じると、

「眠るな」

もう一度、強く肩をゆすぶられ、口の中にぬるい水が数滴流れ込んでくる。

甘い。水がこんなに甘いなんて知らなかった。

「…ぁ」

ありがとう、助けて、もっと水が欲しいと言いたかったけれど、ひとつも言えないうちにレンドルフの視界は闇に覆われ、再び死の川縁にすべり落ちていった。

目を覚ますと、鼠《ねずみ》や兎《うさぎ》やレンドルフの知らない獣の毛皮を接《は》ぎ合わせた毛布にくるまって、焚き火の傍に寝かされていた。身体の下には、おそらく寝台のつもりだろう、粗朶《そだ》を敷きつめて別の毛布が敷い

てある。

あたりには草と夜露の匂いが漂い、どこからか、かすかに水が流れる音が聞こえてくる。

喉《のど》の渇きはずいぶん癒《い》えていて、足の裏には膏薬《こうやく》が塗られ、手や腕、それ以外の傷にも薬草らしきものが貼《は》りつけられていた。

傷が手当てされている。水も飲ませてもらった。粗野で質素な造りだが毛布は温かく、粗朶製の寝台は剝《む》き出しの岩や砂礫のごつごつした地面に比べれば、王の褥《しとね》かと思うほど寝心地がいい。

ぼやけた視界をはっきりさせようと何度もまばたき、焚き火を囲んでいる人々の顔を見ようと身動《みじろ》ぐと、中のひとりが立ち上がって近づいてきた。

「ぼうず、気がついたか?」

聞き覚えのある声は、荒野で自分を揺り起こした人と同じ。やわらかみのある中低音。抑揚があまりないのに、気遣いが感じられる声だった。

まばたきをして、まぶたを上げると、自分をのぞき込む人の顔が目に映った。にじんだ楕円《だえん》の輪郭。頭部は黒く、顔についてるふたつの目も黒。

黒い髪、黒い瞳。

目をこらして声の主の背後を見つめると、火を囲んでいる他の人々も皆、髪が黒い。たぶん瞳も黒いのだろう。その意味に気づいたレンドルフは、小さく震えた。

「――……ッ」

〝災厄の導き手〟たちだ。

ハンナの事件以来、城中のそこかしこで〝災厄の導き手〟たちがどれほど凶悪で、不幸をふりまく存在かささやき合う人が増えた。祖父の死後、レンドルフの師として父が招請した学士神官も、折に触れ〝災厄の導き手〟は忌むべき存在で、神の御心どおり排除すべきだと主張している。

レンドルフはそうした噂《うわさ》話や学師の言説を、鵜呑みにすることはなかった。なぜなら、レンドルフはハンナ以外に〝災厄の導き手〟を見たことがなく、当然〝災厄の導き手〟に呪われたことも、不幸をふりまかれたことも、ひどい目に遭わされたこともなかったからだ。

人の噂話や神官たちの言葉を鵜呑みにしてはいけない。祖父から叩《たた》き込まれたその心得を、レンドルフは忠実に守ってきた。

それでもやはり、複数の〝災厄の導き手〟を見た瞬間、恐ろしいと感じた。レンドルフに差別意識がなくても、向こうにとっては憎き迫害者の子どもだ。復讐《ふくしゅう》のために何をされるかわからない。助けてくれたのも、身代金を要求するためか、何かの取り引きに利用するためかもしれない。そう考えたからだ。

レンドルフは腰帯に隠した小刀を確認するために手を動かそうとして、ろくに力が入らないことに愕《がく》然《ぜん》とした。焦って視線を泳がせていると、

「起きられるか？　水を飲め」

染み入るようなやさしい声が降ってくる。

声の主はレンドルフがまともに動けないことを察すると、背中を支えて起こしてくれた。レンドルフは戸惑《とまど》いつつ、差し出された器から水を飲み、ようやくはっきりしてきた目で声の主を観察した。

年は二十歳前後。背はそれほど高くない。からだつきも細くて薄い。癖のない黒髪を肩のあたりで適当に切りそろえてある。

「次はこれだ。ゆっくり嚙《か》みながら飲め」

青年は淡々と声をかけながら、レンドルフが薄い粥《かゆ》のような煮汁を飲むのを手伝ってくれた。食事を終えると、膏薬を塗り直して包帯を巻いてくれる。

「――あの…、ありがとう、ございます」

ようやく声が出せるようになり、まず最初に礼を言うと、青年は少し驚いたふうに目を丸くして、それからくしゃりと相好を崩した。笑うと目元に皺が寄り、人の良さがにじみ出る。

――ああ…、この人はたぶん良い人だ。

声、言葉遣い、態度、表情。そして、与えてもらった水と煮汁の味。そうしたすべての要素から、レンドルフは直感的に判断した。

「アスタル」

呼ばれて青年はふり返り、仲間がいる火の傍に戻ってゆく。彼の名前はアスタルと言うらしい。

アスタルと仲間たち――三十代後半から四十代の男女が五人、二十代が三人、アスタルより少し若い女性がひとり。レンドルフより二、三歳年上の子どもがふたり。アスタルを入れて十人――は人目を避け、人馬の通わぬ荒野の片隅で身を寄せ合って暮らしていた。

わずかな耕作地と水源の脇《わき》に、鳥の巣みたいな粗末で小さな家を建てて。余計なことは言わず、訊かず。貴重な食べ物を分け合い、弱った者を庇《かば》い合い。夜はレンドルフが聞いたことのない不思議な物語を、低く静かな声で紡ぎ、昼は荒野を渡る風に合わせて歌を口ずさみながら。

男たちは獲物を求めて毎日狩りに出る。自分たちの口を養うだけで精いっぱいのはずなのに、レンドルフにも他の子どもと同じ食事が与えられた。

荒野に隠れ住んでいるにも拘わらず、彼らは不思議なほど博識で、ある種の秩序に従って暮らしているようだった。聖なる竜蛇神に疎まれ見放され迫害されているとは思えないほど、おだやかで忍耐強い。

「どうして？」

介助がなくても身を起こし、自力で食事ができるくらいに回復したとき、レンドルフはアスタルに訊ねた。

「どうして、私を助けてくれたんですか？」

なぜ、自分たちを迫害する側の人間を助けるのか。本気でわからなかった。憎まれることはあっても、助けてもらえる理由など思いつかない。

子どもらしからぬ言葉遣いがおかしいのか、アスタルはレンドルフが何かしゃべるたび、楽しそうに表情をやわらげる。今も笑みを浮かべたまま、冬に近づきつつある薄青色の空を見上げ、逆にレンドルフに問いかけた。

「君の目の前に井戸があるとする。その井戸の縁に赤ん坊が座っている。そして井戸の内側に向かってぐらりと身を傾けたら、そのとき君はどうする？」

「駆け寄って助けます」

「そうだろう？　目の前に死にかけた子どもがいたら、誰だってとっさに助ける。だから俺も助けた。」

それだけのことだ」

アスタルの答えは簡潔で揺るぎない。

それは、州領城の学習室で学師神官が滔々《とうとう》と宣《のたま》う神理や徳学よりももっと深く、根源的ななにかに思えた。

それをなんと呼ぶのか、そのときのレンドルフにはわからなかったけれど。それが人として生きるためにに、とても大切だということだけは理解できた。

アスタルに拾われた日から十日後。

「家の近くまで送って行こう」

レンドルフが起き上がって歩けるようになると、アスタルはふたり分の旅支度を調えて荒野を離れた。

仲間たちはアスタルの無事を祈って何度も抱擁を交わし、人目につかないよう注意するんだぞと、心配そうに忠告した。中にはアスタルが街に近づくことに反対する者もいたが、彼は聞き流した。

仲間内でアスタルと一番長く抱擁を交わしたのは、婚約者のリサだ。彼女は、アスタルが狩りに出て留守の間、レンドルフの世話をしてくれた。

元々寡黙なのか、アスタルと違って自分たちを迫害する〝色づき頭〟に思うところがあるのか、ほとんど言葉は交わさなかったけれど。一度だけ「年が明けたら夫婦になるの」と、はにかみ混じりのぶっきらぼうな表情で、レンドルフに〝約束の腕環〟を見せてくれた。できるだけきれいな色の糸を選んで縒《よ》り合わせ、編み込まれた細い腕環は、高価な白金や純金製の腕環を見慣れたレンドルフの目には、ずいぶん質素に映ったが、そこに込められた想《おも》いには、どんな宝石にも優る貴さがあった。

「親切にしていただき、本当にありがとうございました。このご恩は一生忘れません」

別れ際、レンドルフは皆に向かって礼儀正しく感謝を述べたが、言葉より何百倍も強く、深く、彼らへの恩義を胸に刻んだ。

必ず恩返しをしよう。そう心に誓いながら。

「そういえば」

荒野を出てしばらく経《た》った頃、アスタルが思い出したようにレンドルフに問いかけた。

「君はどうして、俺たちを見て騒がなかった？」

アスタルは地面から拾い上げた拳大《こぶし》の石の重みを量るように弄《もてあそ》びながら、レンドルフを見た。

「普通の連中は、俺たちの髪と瞳の色に気づいたとたん、悪鬼みたいな顔して石を投げつけてくる。ひどく汚い乱暴な言葉と一緒に」

アスタルは「こんなふうに」と言いながら石を無造作に放《ほう》り投げ、もう一度レンドルフを見た。

その瞳には純粋な好奇心があり、人間に対する興味と楽観的な善意があった。彼の黒い瞳には不思議な深みがあり、細く薄く痩せた身体の周囲には、湧《わき》水《みず》のように清涼な気が漂っている。

「――私は災…黒髪黒瞳の人々が神と人を呪うところなんて見たことがないし、彼らが土地を穢して病気を撒《ま》き散らしているのも見たことがない」

直接自分に危害を加えられたわけでもないのに、人から聞いた伝聞と噂話だけで相手に悪感情を抱くのは間違っている。

「自分の目で見て確かめないと、真実はわからない。そうお祖父様に教えられた。それで、だから」

確かに最初は驚いた。恐かった。でも、

「アスタルは僕を助けてくれた。やさしくて、リサや仲間のみんなも親切だった。人の噂なんてあてにならない。髪と瞳の色で差別して迫害するなんて本当に馬鹿らしい、って思った」

「ふうん。君はずいぶん変わってるんだな」

「それ、よく言われる。母にも父にも弟たちにも」

うんざりだと肩をすくめて見せると、アスタルは声を上げて楽しそうに笑った。

アスタルの笑い声を聞くと気持ちがふわりと軽くなる。彼に「変わってる」と言われても、父や母に言われたときのような気持ちにはならない。

言葉は同じなのに不思議だと思いながら、レンドルフは風に揺れる癖のない黒髪をぼんやりながめた。

荒野を出て五日後。

複雑にからみ合う山の尾根と谷を越え、鬱蒼《うっそう》と茂る森を通り抜けると、丘の向こうに州領城と州都の街並みが小さく見える場所に出た。

「ここから先はひとりで大丈夫だな」

「はい」

　街までまだかなり距離があるが、人目につけば命が危ういアスタルに、これ以上同行してもらうわけにはいかない。

「お世話になりました。本当にありがとう」

　できれば州領城に戻ってから、謝礼の品を携えて会いに戻りたいけれど、それはきっぱり断られた。

「俺たちがあそこで暮らしていることは秘密だ」

　理由は言わなくてもわかるなと念を押されたら、うなずくしかない。

「じゃあな。もう行き倒れたりするなよ」

　軽やかに笑って手をふって、アスタルは森に戻って行く。その背中を未練がましく見送ってから、レンドルフも踵《きびす》を返して歩きはじめた。

　そのまま十歩も進まないうちに、突然、左右の茂みから騎馬の群れが躍り出て、素早くレンドルフを取り囲んでしまう。

「レンドルフ！　無事だったか!!」

「父上…！」

　騎馬の群れは、行方不明の息子を死にものぐるいで捜索していた父と護衛騎士たちだった。

　父は馬から飛び降りてレンドルフを抱きしめ、五体が無事であることを確認してから、感激に打ち震えて息子と生きて再会できたことを喜んだ。

「よくぞ無事で、よくぞ生きて…！」

　感極まって言葉をつまらせた父の目が涙で潤んでいるのを見て、レンドルフは本気で驚いた。正直、父がこんなに自分のことを心配しているとは思わなかったからだ。

　父はいつもレンドルフに「覇気がない」「声が小さい」「もっと身体を動かせ」「書物ばかり読むな、軟弱になる」などと文句を言うばかりで、息子の長所に目を向けることはほとんどなかった。「俺の息子なのに、どうしてあんななんだ！」と、母に向かって文句を言い、険悪な夫婦喧嘩《げんか》に発展するのを立ち聞きしてしまったこともある。

　父の理想は、自分と同じように押しが強く自信に満ちて、狩りや騎馬試合を好み、いつも仲間を引き連れて行動する活発な息子だ。長子であるレンドルフより弟たちの方が、よほど父の理想に近い。

父は何度もレンドルフに「弟を見習え」と言った。側近に向かって「継嗣があれでは心許《こころもと》ない。弟のどちらかに譲れるものなら譲ってやりたいくらいだ」と愚痴をこぼすのを聞いたこともある。

いつの頃からか、レンドルフは父がいつ自分に愛想を尽かして『継嗣は弟にする』と言い出しても困らないよう、身のふり方を考えるようになっていた。

けれど。それは間違った思い込みだったのだ。

「おまえがいなくなって儂《わし》がどれだけ心配したか！おまえは儂の大事な跡取り息子なんだぞ！」

父の太くて力強い両腕で息が止まるくらいしっかり抱きしめられて、自分の勘違いに気づいた。

——なんだ。私はすごく、愛されていたのか…。

胸の奥からこみ上げてきた温かさを噛みしめたとき、背後で鋭い声が上がった。

「閣下、誘拐犯を捕らえました！」

血の気が一瞬で引いた。驚いてふり返ると、複数の騎士たちに取り囲まれて締め上げられたアスタルが、蒼白な顔でレンドルフを見上げていた。あわてて布を巻こうとしたのだろう、中途半端に結んだ端布の間から黒髪がこぼれて露わになっている。

「ア…」

「殺せ」

父はアスタルの黒髪を見た瞬間、髪を逆立て目を血走らせた。大切な継嗣を誘拐したのが、よりにもよって〝災厄の導き手〟だと思い込み、理性も冷静さも吹き飛んだらしい。怒りと憎しみを爆発させ、レンドルフがアスタルの名前を呼ぶ間も、助命を請う間も与えず非情な命令を下した。

「忌々しい〝災厄の導き手〟だ、殺せ！」

父の護衛隊長が進み出て剣を抜く。

「や…めて、止《や》めろ…ッ！」

必死に絞り出したレンドルフの叫びは無視された。アスタルは地面にひざまずく形で押さえつけられ、男にしては細い首筋を陽にさらした。

「止めて！　アスタルは私を助けてくれたんだ！」

護衛隊長が剣をふり上げる。

「誘拐犯じゃない、命の恩人なんだ…ッ！」

レンドルフの声が聞こえたはずなのに、父は中止を命じなかった。一瞬、父に視線を向けて確認した護衛隊長は、主の意思が変わらないのを確認して剣をふり下ろした。

「―――…ッ！」

喉が裂けて血がほとばしるほど叫んだはずなのに、なぜか自分の声は記憶に残っていない。

アスタルの頭部と胴体を繋いでいた、肉と骨が断ち斬《き》られる音も。

両手を伸ばしてアスタルの名を叫び続けた。

父の腕から逃れるために身をよじりながら、半狂乱になってわめき続けたはずなのに、不思議なことに世界は無音だった。

父が何か怒鳴っているけれど聞こえない。

護衛隊長が前に立ったせいで視界がさえぎられ、無残なアスタルの骸《むくろ》が見えなくなる。

護衛隊長は言い訳するように何か話しかけてきたが、レンドルフにはひと言も理解できなかった。

音と一緒に色も消えた。

白黒の無機質な世界にただ一点、アスタルの頭があるはずだった場所にできた血溜《ちだま》りだけが、鮮やかな深紅に見えた。


音は数時間後に、色は数日後に戻ってきた。

けれど奪われたアスタルの命は戻らない。

リサは戻らない恋人《アスタル》をずっと待ち続けるだろう。

そしていつか戻らない理由を知って、婚約者に災厄をもたらしたレンドルフのことを強く憎み、深く恨むだろう。アスタルの両親も、息子を失ったと知ればどれだけ嘆くことか。レンドルフを助けて養ったことを、死ぬほど後悔するに違いない。

荒野で身を寄せ合い、助け合いながら必死に生きてきた、おだやかで忍耐強い命の恩人たちの顔が、悲しみと後悔で歪《ゆが》むのが目に浮かぶ。

「私はどうすれば…」

レンドルフは深く深く項垂れた。床に額《ぬか》ずいて拳をにぎりしめ、誰にも知られないように慟哭《どうこく》した。

「どうやって償えばいい…？」

その問いの答えを、探して見つけることが、その日からレンドルフの生きる目的になった。

〝災厄の導き手〟がなぜ忌み嫌われ迫害されるようになったのかを調べ、歴史と神話研究に没頭し〝災厄の導き手〟を保護する方法を考えることで、なんとか精神の均衡を保ち、多感な少年時代を必死に乗り越えようとしたのだ。


父とは一年近く口をきかなかった。

どうしても必要なやりとりは筆記で行い、継嗣としての義務も最低限こなすだけで、あとは無視した。業を煮やした父に、祖父の書斎と蔵書室への出入りを禁じられ「このまま意地を張って反抗し続けるなら、廃嫡して神殿に放り込むぞ」と脅されて、仕方なく態度を改めた。そして表面上は父母に逆らうことなく、州領主の継嗣として相応《ふさわ》しい立ち居振るまいと教養を身につけた。

その方が自分の望みを叶《かな》えるのに都合がいいと気づいたからだ。

レンドルフの望みは〝災厄の導き手〟を秘《ひそ》かに保護して、安全に暮らせる場所を作ること。

そのために権力が必要なら、州領主を継ぐための努力も厭《いと》わない。それがどれほど愚かしく理不尽なことでも、可能な限り受け入れると決めた。

だから十九歳のとき、州領主を継ぐための必須条件だと父に言われて、仕方なく妻も娶《めと》った。

相手は二歳年下で、宮廷でも評判の美姫らしかったが、レンドルフには鳥避《よ》けに作られた案山子《かかし》の顔と大差なく感じられた。

せめて性格が好ましく、趣味や興味の在処《ありか》に共通点がわずかでもあれば、レンドルフが示す態度に愛情が加わる余地もあっただろう。しかし残念ながら妻は内面を磨くより外見を整えることに熱心だという、レンドルフの好みとは真逆の人間だった。

彼女は自力で書物を一冊読み通せたことがなく、

美貌《びぼう》を武器に大抵のわがままは押し通して生きてきた。鏡に見入って己の美貌を眺めることが何より大好きで、その次に好きなのが他人から美しさを称賛されることだという。

そんな女性を、レンドルフが愛せるはずもなく。当然、彼女を満足させられる賛辞を与えることもできなかった。なにしろ『美人』だと言われても、目に映る姿は案山子の顔だ。夫の義務として妻の美貌を褒めたところで、真実味が出るわけがない。

結果、妻は結婚して半年を待たずに夫以外の男たちと頻繁《ひんぱん》に出歩くようになったが、レンドルフは見て見ぬ振りをした。自分を美の女神と褒めそやす信奉者たちとのつき合いを咎《とが》められると、彼女は狂ったように金切り声を上げて、一日中レンドルフを責め立てたからだ。

「あなたって本当につまらない人ね」

「女の楽しませ方を知らないの？　それでも男？」

妻の嘲笑《ちょうしょう》や罵倒《ばとう》は日を追うごとに辛辣《しんらつ》さを増した。

「あなたみたいに冴えない人、州領主の継嗣でなかったら誰も相手にしないわ」

不快だと態度で示し、そうした物言いは止めなさいと叱《しか》ると、却《かえ》って罵倒がひどくなる。ひとつ反応すれば、百の愚痴と文句が返ってくるのだ。

レンドルフは義務の範囲で妻と過ごさなければならないとき以外は、州領城に寄りつかなくなったが、それを責める者はいなかった。

レンドルフは視察の名目で各地を転々と旅してまわり、〝災厄の導き手〟たちを見つけると秘かに保護しはじめた。九歳の頃から計画を錬りはじめ、十年以上かけて秘かに作り上げた隠れ里に、救出した〝災厄の導き手〟たちを住まわせ、彼らが安心して暮らす姿を見ることが、レンドルフにとって何よりの喜びとなった。

結婚から四年後。妻は男児を出産したが、父親はレンドルフではなく、レンドルフの弟たちだった。弟たちというのは、妻もどちらが子どもの父なのかわからなかったからだ。

確かなことはただひとつ、レンドルフが父ではないことだけ。なにしろ懐妊発覚の二年以上前から、彼女とは褥を共にした記憶がなかった。

浮気相手の弟ふたりが本当にレンドルフの『弟』だったなら、生まれた男児を実の子として扱い、継承権を与える道もあった。しかし彼らは表向き嫡出子となっていたが、実は母親の浮気相手の子どもだった。さすがに父も、そして親族も、この醜聞を見逃すことができず、レンドルフの妻は離縁された。彼女は実家に戻され、弟ふたりは嫡出子から庶子に身分を落とされ、継承権も剝奪《はくだつ》されて州領城から永久追放された。

一連の事件で心の臓に負担がかかったのか、父が一年後に身罷ったため、レンドルフは二十四歳で州領主を継いだ。

そして四年後。神殿から指名を受けて次代の王候補に選ばれると、ほどなく顕現《けんげん》するという神子《みこ》を迎えるため、王都王宮に伺候《しこう》したのである。

† 青天の霹靂《へきれき》

アヴァロニスの王は血筋——世襲ではなく、神子によって選ばれる。神子は聖なる竜蛇神によって見《み》出《いだ》される。神に喚《よ》ばれて導かれ、人々の前に姿を現すという。

それがどういう仕組みで行われ、真贋《しんがん》の見極めがなされるのか、レンドルフを含めた部外者には明かされていないが、神殿組織を束ねる各神殿の神官長たちは、確たる自信をもって代々の神子を保護し、神子が王を選ぶのを見守ってきた。

そして今世。当代の王が病に倒れ、新たな神子が神の喚び声に応《こた》えて顕現したという知らせが、レンドルフを含めた四人の王候補の元に届いた。

「だがしかし、不測の事態により、聖なる竜蛇神が異界より召喚なされた神子様が、行方不明となられた。王候補の方々は速やかに神殿の聖騎士隊を率いて、捜索に赴《おもむ》くこと」

　内密に集められた神殿の奥宮で、レンドルフ以外の三人の王候補たち――派手な金髪と整った容姿のルシアス＝エル・ファリス、白に近い銀髪とおだやかそうな表情が逆に胡散《うさん》臭いウェスリー＝エル・ルーシャ、赤い髪に相応しく他人《ひと》より体温が高そうな偉丈夫ディーラン＝エル・メリル――は、聖神殿の神官長が重々しい声で告げた内容に色めき立った。

　他より一歩でも一秒でも早く神子を見つけ、己を印象づけられれば、それだけ王に選ばれる確率が高くなる。ただその一心で。

　残念ながらレンドルフには、他の三人のように積極的に神子を見つけたい動機――すなわち王になりたい気持ち――がない。だから反応も、歩く速さも馬に乗るのも、常に皆よりひと呼吸遅れた。

　王になりたくない理由は、自由がなくなるからだ。

　州領主であれば権力をふるい、かつ各地を探索する自由がある。しかしうっかり王になどなってしまえば、王宮の奥深くに縛りつけられ、山のような神官たちに監視されて過ごす羽目になる。

　古代の賢王たちのように絶大な王権を掌握して、神官たちを手足のように使い、〝災厄の導き手〟を解放できるならまだしも、当世の玉座は不自由と憂鬱の代名詞になっている。そこにレンドルフを惹《ひ》きつける魅力はひとつもない。

　もしも王に選ばれて、神官たちに〝災厄の導き手〟を迫害するのは止めろと命じても、彼らは決して聞き入れたりしないだろう。下手をすれば、いや、下手をしなくても、王がおかしなことを言い出した、乱心したと思われて、監禁されるか暗殺されるのがおちだ。

　レンドルフの本心は、神子の探索などやりたい者に任せ、自分は〝災厄の導き手〟を捜しまわりたい、だ。しかしそれを面《おもて》に出すほど愚かではない。

　レンドルフはやる気のなさを淡々とした無表情で誤魔化しながら、捜索隊に混じって騎馬を走らせた。

　そして王都を出てから丸二日と半日後。随行《ずいこう》した神官長の占術と神託により、神子は発見された。

ただし、盗賊に襲われて、今まさに命を落としかねない危険な状況で。

　聖騎士隊は状況を素早く確認すると、盗賊に気づかれないよう距離を取って散開し、側面からの急襲態勢を整えた。

「王候補の皆さまは、よほどのことがない限り手出し無用でございます」

　事が終わるまで後方に控えていろという聖騎士隊長のぞんざいな物言いに、実戦経験豊かなルシアスや血の気の多いディーランはいきり立ったが、文人気質のウェスリーとやる気の足りないレンドルフはおとなしく従った。――いや、従いかけた。

「待て」

　王都を出立してから初めて、レンドルフが鋭い声を出して身を乗り出したのは、前の方から騎士たちのささやく声が聞こえたからだ。

「まちがいない、黒髪だ。災厄の…」

「黒髪は死なせてもかまわない。うしろにうずくまっている金髪の、神子だけは無傷で救い出せ」

　黒髪という単語を聞き分けた瞬間、レンドルフは素早く足を踏み出していた。心臓が早鐘を打ちはじめたが、長年慣れ親しんだ手順で落ちつかせると、攻撃の合図を出す時機を見計らっていた聖騎士隊長に声をかけた。

「お待ち下さい」

　王候補といっても、身分は神殿の聖騎士隊長とそう変わらない。レンドルフは丁寧な言葉で隊長を呼び止めながら前に出て、騎士たちが言っていた『黒髪』を確認した。

　――いた。確かに、黒髪だ。

　薄暗い森の中にも拘わらず、遠目にもはっきりとわかる。黒い髪。ほっそりとした身体つきで、背も低い。

　――小さいな、まだ子どもじゃないか。

　そう認識した瞬間、なんとしても助けなければ、と思った。この距離では男か女かもわからないが、とにかく子どもであることは確かだ。みすみす目の前で死なせることだけは絶対にしたくない。

「なんでしょうか？　エル・グレン卿」

「神官長の説明では、神子の召喚地点がずれた理由は、神子以外の者が一緒に召喚されたからだとか。ならばあの黒髪は神子の縁者である可能性が高い。無闇に命を奪えば、神子に叱責《しっせき》…いや、最悪罷免《ひめん》を言い渡される可能性が高いと思われるが」

とっさにでっち上げた警告を早口で、淡々と告げてから強い視線を向けると、騎士隊長はぐっと眉間に皺《しわ》を寄せた。そのまま、まばたき一回分の間にあらゆる損得勘定を済ませたらしい。

「――で？」

それならどうするつもりだと言外に訊ねられ、レンドルフは前方に視線を戻しながら提案した。あまり熱を込めて不審に思われないよう、淡々と。

「あの黒髪の身柄は私にお預けください。私が全責任を持って保護し、皆さまには一切迷惑をかけないと約束いたします」

「ほ…、やる気がなさそうだったのに、どうした風の吹きまわしか。ここへきて急に神子に対して点数稼ぎですか」

「ばれましたか」

下手に否定せず素直に認めてみせたのが、却って隊長の好みに添ったらしい。

「わかりました。確かエル・グレン卿は強弓の名手でございましたな。では左翼へまわって先手を頼みます」

隊長の確約をもらったレンドルフは、騎馬を巧みに操って左翼隊に合流し、左翼を率いる小隊長にも手短に同じ説明をした。

「黒髪を死なせてはならない」

最後にそう念を押した直後、崖《がけ》下から躍《おど》り出た盗賊のひとりが、落ち葉の上にうずくまった神子に駆け寄り、我が身を盾《たて》にするように立ちはだかっていた黒髪に襲いかかろうとした。

盗賊が黒光りする鉈刀《なたかたな》を振り上げたのと、黒髪が、我が子を守る母のように神子の身体に覆い被さったのが同時。我が身を盾にして仲間を守ろうとする、その姿を見た瞬間、レンドルフは身の内の深い場所から強い衝動が湧き上がるのを感じた。

神経が研ぎ澄まされ、周囲の状況が広く微細に把握できるようになる。通常なら不可能に近い正確さと素早さで、レンドルフは聖騎士たちの誰よりも早く強弓に矢をつがえて放った。

凶器が黒髪の頭上に振り下ろされる寸前、太さが大人の親指ほどもある鏃《やじり》は、寸分の狂いなく盗賊の首を射貫いて息の根を止めた。

「――……ッ！」

大きく体勢を崩して仰《の》け反《ぞ》り、うめき声も上げられない盗賊の手から鉈刀がこぼれ落ちた。そのまま頭から地面に倒れ伏すのを見届けてから、レンドルフは視線を黒髪に戻した。

近くで見ても男か女か判断がつかない。

そんな華奢《きゃしゃ》な子どもが、自分が死ぬかもしれないのに、我が身を盾にして神子を庇い続けている。

見た目の儚《はかな》さに反して、とんでもなく勇気と胆力がある子ども。

この種の人間は、探しても簡単には見つからない。

レンドルフの胸に、我が身の危険を顧みず荒野で死にかけていた子どもを助け、そのせいで命を落とした恩人の面影が過《よ》ぎる。

ひび割れた荒れ地に芽吹いて懸命に花を咲かせる植物のように、貴重で尊い存在。

――絶対に助けてやる。誰がなんと言おうと。

決意を新たにしながら周囲の状況を油断なく確認していくレンドルフの耳に、怒声や罵声、悲鳴が飛び込んでくる。

「逃げろ！　逃げるんだ！」

「殺すな、生け捕りにしろ」

わめきながら逃げ惑う盗賊たちは、次々と聖騎士たちの剣や弓によって斃《たお》されてしまい、残りは情報を引き出すためにわざと生かされた者だけ。それもすぐに捕縛されてしまう。

黒髪は絶対に殺してはならないという命令が、聖騎士全員に徹底されたわけではなかった。しかし、神子を守るために身を挺《てい》して庇ったことが、幸いにも黒髪自身を助けることになった。

ピューイと隊長が鳴らした指笛の合図が聞こえて、レンドルフを含めた王候補たちと、聖騎士たちの半数が騎馬から降りた。ここから先は、聖騎士たちより自分たち王候補に優先権がある。

レンドルフは権利を最大限に活《い》かすため、真っ先に神子を背後に庇って立ちはだかる黒髪に近づいた。

これまでのやる気のなさから一転したレンドルフの積極的な姿に、ウェスリーが驚いた表情を浮かべている。ディーランは自分も遅れてなるものかと前に出ようとしたが、ルシアスにさえぎられて後手に追いやられ、悔しそうに地団駄を踏んでいる。

レンドルフに劣らず積極的に前に出て、横に並んだルシアスが片眉《まゆ》を跳ね上げ眉間と鼻に皺を寄せた。

「忌々しい、〝災厄の導き手〟だ」

レンドルフはちらりとルシアスの表情を確認し、声に含まれた意図を素早く探った。〝災厄の導き手〟に対する嫌悪が、単なる常識の擦り込みによるものか、それとも個人的な遺恨があるのか。

ルシアスとのつき合いは州領主を継いで以来四年になる。つき合いといっても個人的なものではなく、州領主という肩書きを伴ったものだが、それでも為人《ひととなり》はだいたいわかる。ルシアス＝エル・ファリスは基本的に善人で、腹芸があまり得意ではない。考えたことがそのまま顔に出る男だ。

その声に含まれているのは単純な偏見だけのようだ。個人的な遺恨がないなら、〝災厄の導き手〟が無害であることを理詰めで説明すれば、納得してくれる確率が高い。

「違う。神官長の説明を聞いただろう」

レンドルフは短く訂正してから手を上げ、周囲の聖騎士たちにも聞こえるよう声を大にした。

「その子が黒髪で黒い瞳でも、神子と同じ異界から召喚されたのなら、この世界《アヴァロニス》の理《ことわり》は適用されない。すなわち〝災厄の導き手〟ではないということだ」

断言すると、今にも剣を抜いて跳びかかろうとしていた聖騎士たちの態度は幾分やわらいだものの、幼少時から擦り込まれた嫌悪感をぬぐうまでには至らない。レンドルフはさらに念を押した。

「神子とともに召喚されたのなら、彼は〝災厄の導き手〟ではない！　神子に縁《ゆかり》のある人物だ！」

重ねて断言することで聖騎士たちに釘《くぎ》を刺す。

神子の縁者をむやみに傷つけたりすれば神罰が下るぞ、という言外の脅しを含んだレンドルフの説得は、ある程度効果を発揮したようだ。

聖騎士たちがしぶしぶ武器を収めて臨戦態勢を解くのを尻目《しりめ》に、レンドルフは、真っ青な顔で怯《おび》えて震えながら、それでも神子の傍を離れようとしない気丈な子どもに近づいた。

「もう大丈夫だ」

視線を合わせるために身を屈《かが》め、ゆっくり手を差し出すと、黒髪の表情がわずかにやわらいだ。

恐怖と不安に、安堵《あんど》と期待がかすかに混じった顔立ちは、アヴァロニスの人間に比べると妙に平べったい。だからといって醜いわけではない。不思議な存在感がある。

まるで周囲から浮き上がったように、くっきり輪《りん》郭《かく》が際立って、肌理《きめ》の細かい肌や長い睫《まつ》毛《げ》の一本一本までよく見える。こんなにも他人の顔がはっきりと、美しく見えたのは生まれて初めてだ。

他人の美醜についてこだわりがない…というより、区別がつかないと言った方が正しいレンドルフにとって、それはとても珍しいことだった。

——おかしなこともあるものだ。

内心で首をひねるレンドルフを余所《よそ》に、黒髪の子どもはさっきよりも期待がわずかに優った顔でこちらを見上げ、妙にカクカクとした、耳に馴染《なじ》みのない言葉を発した。

「וואס איר גייז？　ווו פונקט איז דאַ？」

女と言われても納得する華奢な身体つきに反して声は低い。よく見ると胸も平ら、喉には控えめながら突起がある。

どうやら男のようだ。

彼の発する言葉は、まるで板と鉄を打ち合わせたような、歯切れの良い音をしている。いったいどこから出しているのかわからないほど、馴染みのない発音に、レンドルフは首を傾《かし》げた。

アヴァロニスの国内にも訛《なま》りの強い方言はあるが、ここまで異質な言語は聞いたことがない。改めて見てみると、異界から召喚したという神子と身につけている服《もの》が同じ。

やはりこの少年も、神子と同じ異世界人なのだ。どういった経緯で神子の召喚に巻き込まれたかはわからないが、よりにもよって黒髪黒瞳が迫害されるこの国に来てしまったのは、不運としか言い様がない。

――不運だが、すぐに私に発見されたのは幸運だ。

少年の境遇に同情しつつ、レンドルフが慎重に近づくと、子どもは必死な様子でさらに言い募った。

「[illegible]？　[illegible]」

言葉の抑揚と表情で、なんとなく質問されているのはわかる。けれど、何を言われているのか意味がまるでわからない。

とにかくまず安心させなくては。もう大丈夫だと身振りで伝えようとする前に、レンドルフのやり方に焦《じ》れたルシアスが飛び出して、黒髪の少年の背後にうずくまっている神子の腕をつかんだ。

「[illegible]！」

すかさず少年が叫んで、ルシアスに連れ去られそうになった神子に抱きつく。

その反応ひとつで、彼が神子を大切に思っていることと、我が身の危険を顧みずに守ろうとしていることが伝わってくる。

「神子なら大丈夫だ」

少年の恐怖と心配をなだめるために、努力しなくてもやさしい声が出た。それでも少年は、仲間を連れ去られてなるものかと、やみくもに両手をふりまわして追いかけようとする。

これ以上暴れられて、注目を浴びるのは避けたい。レンドルフが黒髪の少年自身を守るために、やんわり両手をつかんで拘束すると、少年は必死に身をよじって、連れ去られた神子の行方を目で追いながら叫んだ。

「…[illegible]！　[illegible]！」

その身体をレンドルフはやわらかく、けれど隙なく抱きしめた。自分以外の人間の前で無闇に暴れさせるのは危険だからだ。

レンドルフに『天罰が下る』と少しくらい脅されたところで、長年にわたって神殿所属の騎士たちや神官、他の王候補たちに染みついた黒髪黒瞳に対する嫌悪と忌避感は、そう簡単に消えるものではなく、何がきっかけで迫害がはじまるかわからない。

「ספרינג און זומער……！」

遠ざかる神子に向かって、少年がさっきと同じ響きの言葉をくり返す。無理やりこちらの言葉に当てはめるなら『アルーカ』と聞こえる。神子の名前か何かだろうか。

「彼は大丈夫だ」

腕の中で叫び続ける少年を安心させたくて、レンドルフはもう一度やさしくささやいた。

それでも暴れて叫び続けるので、やむなく口を手で覆ってふさいだ。そのまま馬に乗せ、黒髪が目立たないよう頭蓋布《フード》つきの外套《マント》を羽織らせる。さらに自分の身体で少年を覆い隠すよう抱き寄せたとき。

——ああ…生きてる。

よかった、命ある状態で助けることができて。

自分でも驚くほど、深い場所から安堵がこみ上げた。少年の身体は緊張で強張《こわば》り、手も足も冷えきって、額には脂汗がにじんでいたけれど。今は自分の腕の中にいる。黒髪黒瞳の民にとって、おそらく世界で一番安全な場所に。

異界からやって来た少年は、この国での自分の立場など理解していないのだろう。隙さえあれば身をよじって逃げようとする動きを繰り返したが、レンドルフがそんなことを許すはずもなく。

野営地に戻ると、華奢な身体を抱えたまま地面に下り立った。急な動きに驚いたのか、手のひらの下で少年が悲鳴未満のくぐもった声を上げる。

湿った吐息がくすぐったいと感じたのは、生きている証《あかし》だと思うからだ。

少年はまだ恐怖が抜けないのか脚をガクガクと震わせ、自力で立つことができないでいる。レンドルフはその身体を背後からしっかり抱きしめて支えながら、耳元でささやいた。

「君が静かにしているなら、君の友人『アルーカ』に会わせてあげよう」

神子の名前が『アルーカ』で、友人だというのは単なる推測にすぎないが、内緒話のように耳打ちしたとたん、少年の抵抗がゆるりと止んだ。

どうやらこちらの意図を理解してくれたようだ。察しがよくて助かる。

逃げ出したらいつでも捕まえられるよう用心しながら、拘束をゆるめると、少年は素直にレンドルフの指示に従って歩きはじめた。

神子の御座所として用意された箱馬車の前までやってくると、レンドルフは中に入る前にもう一度、顔を近づけ、唇の前に指を立てて静かにするよう伝えた。少年は聡《さと》い表情でうなずく。

言葉を介《かい》さずとも、表情と仕草だけで意図が伝わる聡明《そうめい》さに思わず頬《ほお》がゆるむ。神官を養成する王立学舎に通う子弟でも、こんなふうに察しの良い子どもは多くない。

なにやら我がことのように嬉《うれ》しくて、考える前に手が伸びていた。神子と一緒に丸二日も森をさまよっていたせいだろう、葉くずや土埃にまみれた黒髪にそっと触れて軽く撫でると、手の下で少年がひくりと身を強張らせた気配がする。

「――…っと、すまない」

怯えて振り払われる前に素早く手を引いて、口の中で謝る。それから背中に手を添えて中へ入れとうながすと、少年は強張りをわずかに解いて足を踏み出した。手のひらから伝わる少年の気配が、ほのかにゆるんで溶け出したようだ。まるでレンドルフの存在を受け入れるように。

思わず、もう一度頭を撫でてやりたい衝動を寸前で押し留め、レンドルフは表情を引きしめて神子の御座所に上がった。

入り口の覆い布をめくって中に入ると、病人や怪《け》我《が》人用の安息香が充満している。それでようやく、神子が体調を崩しているのだと気づいた。

ルシアスが強引に抱き上げ、連れ去った姿は視界の隅に映っていた。よくよく思い返してみれば、確かに顔色は悪かったように思う。けれどあのときのレンドルフは黒髪の少年のことが心配で、神子の顔色が悪い理由など深く考えなかった。せいぜい、盗賊に襲われた恐怖で気絶したくらいに思っていた。

しかし箱馬車の中に設《しつら》えられた御座所——特別誂《あつら》えの寝台——に横たわる神子の顔色は、予想よりはるかに青白い。どうやらかなり具合が悪いらしい。彼を診察している神官医も、ふたりを見守っている自分以外の王候補たち三人も、皆厳しい表情を浮かべている。

難しい状況で気が立っているせいか、彼らは黒髪の少年に気づいたとたん刺々《とげとげ》しい声で文句を言い放った。

「〝災厄〟を神子に近づけるとは何事だ」

「なぜ連れてきた」

「忌々《いまいま》しい、つまみ出せ」

伏せっている神子に配慮して声は抑えているが、言葉の響きで拒絶され邪魔者扱いされたのがわかったのだろう。レンドルフの横で、少年は再び硬く身を強張らせた。

大丈夫だと、肩に手を置いてなぐさめる前に、少年の方からレンドルフの手をつかんできた。

動きは小さくごく控えめながら、溺《おぼ》れる者が藁《わら》にもすがる必死さで、救いを求めるように。

少なくとも、この場面で助けを求められる程度の信頼は勝ち得たらしい。

そのことに安堵するとともに、少年の素直さと警戒心の少なさに危機感を覚える。

この国で〝災厄の導き手〟として迫害されてきた人々は、例外なく警戒心が強い。滅多なことでは仲間以外を信用しない。無闇に他人を信用することは、死に直結しているからだ。

まだごくわずかな時間しか接していないが、少年の行動やとっさの反応から、これまで迫害されたことがないと思われる。黒髪、黒い瞳でも普通に暮らせる世界にいたのかもしれない。それが神子の召喚に巻き込まれ、アヴァロニス《この世界》に来てしまったのだとしたら……――。頼るべき親族も仲間もいない異世界に、たったひとりで放り出されることになる。

――私が、守ってやらなければ。

レンドルフの中で、ごく自然にその思いが湧き上がった。この世界《アヴァロニス》でこの子を守ってやれるのは自分しかいない。

これまでにない強い決意は、少年の特異な身の上のせいだが、もちろん少年の性質が好ましいことも、大きく影響している。

この時点で、己に課した義務以上の保護欲と執着が生まれたことに、レンドルフはまだ無自覚だった。

無自覚ながら決意を胸に刻み、邪険にされて強張っている少年の肩に手を置いて、力づけるように助け船を出す。

「彼は神子の友人です」

『神子の友人』という言葉はなかなか使い勝手がいい。神子の意に添い、神子の好意を勝ち得るためには無視できない存在だからだ。

予想通り、三人の王候補は態度をゆるめ、少年が神子に近づくのを渋々ながら許した。

見慣れぬ場所に連れてこられた猫のように、用心深く周囲の様子を窺《うかが》っている少年の背中を、レンドルフは軽く押して寝台に近づかせた。

少年は寝台に横たわっている人物に気づいたとたん「アルーカ！」と声を上げ、一気に駆け寄った。

やはり「アルーカ」というのが神子の名前らしい。

急な動きで頭蓋布《フード》が外れて黒髪が露わになったが、少年は気にする素振りも見せず、ひたすら心配そうに神子の名を呼んで、神官医に向かって何か訊ねた。

「ℵ⅂ ℵ⅂ ℵ⅂״?」

それまで脇目もふらず神子を見つめていた神官医は、聞き慣れない言葉に顔を上げ、次の瞬間には腰を浮かして悲鳴を上げた。

「〝災厄の導き手〟……ッ！　聖なる白き竜蛇神よ、我を助け守りたまえ!!　――衛士はおらぬのか!?　この者を捕らえてつまみ出せ！」

神官医は怯えて、外にいる騎士に助けを求めようとした。レンドルフはその前に立ちふさがり、自信に満ちた声で断言してみせた。

「安心してください。彼は〝災厄の導き手〟ではありません」

冷静なレンドルフの言葉に、神官医は怪訝《けげん》そうに眉根を寄せた。

「この少年は、そこにおられる神子様と一緒に召喚された異世界人です。〝災厄の導き手〟ではありません」

重ねて説明すると、神官医はどうやら納得してくれたらしい。それでも少年からなるべく離れるよう、身体を斜めにしながら椅子《いす》に座り直すと、神子の治療を再開した。

レンドルフは寝台に横たわる神子ではなく、黒髪の少年を注意深く見守っていたので、すぐに彼がひどく傷ついた表情を浮かべていることに気づいた。

外で待機している騎士たちの反応、三人の王候補たちの排除したがる態度、そして今しがた神官医が見せた嫌悪と拒絶。言葉が通じず、言われたことの意味はわからなくても、自分が忌避され厭悪《えんお》されているることを察したのだろう。

少年は神子を力づけるために手をにぎってやりながら、ふと顔を上げて周囲を見まわして息を飲んだ。贅《ぜい》を尽くした寝台や寝具の刺繍《ししゅう》、車内の凝った装飾などに圧倒されたらしい。しばらく豪奢な室内の様子に目を奪われたあと、はっと気づいて我が身と神子を見くらべる。そうして痛みを耐えるように息を吐いた。

神子の手をにぎる拳が小さくふるえている。

神子と少年の関係が、本当はどんなものなのかまだわからない。ただ身につけていたものは同じだったから、おそらく制服のある学舎の友人か、同じ師匠に師事する稽古《けいこ》仲間のようなものだろう。身分も同じだったのかもしれない。それがここへきて、互いの扱いの差に気づいて愕然としたのだろう。

――聡すぎるのが仇《あだ》になったな。ほんの少し前まで同じ立場だったのに、気がついたら友人は王を選ぶ神聖な神子、自分は迫害される忌民《きみん》では混乱もするだろう。

可哀想《かわいそう》に…。

この先、少年と神子の間には天と地よりも大きな身分の隔たりができる。いや、もうできている。

「ב…――」

神子が苦しそうにうめき声を上げたとたん、少年は我が身の憂いを放り出し、心配そうに神子の顔をのぞき込んだ。

「アルーカ！」

少年は神子の名を呼んでから、レンドルフに向かって必死に何か訴えた。

「גיי אין אי שוותן עםן די פררכם עים א סם. דאס פיל פון גריים, עים די עלקרחם פון בלאם צעל צו גריין, דער צעסם ליקלאַ בליוש רן」

何を言っているのかまるでわからない。

表情でそれを伝えると、少年は苛立《いらだ》たしげに髪をかき上げて小さくつぶやいた。それからすぐに何か閃《ひらめ》いたらしい。顔を上げ、レンドルフに向かって紙に文字を書く仕草をしてみせる。

「なるほど、名案だ」

少年の機転に感心しながら、レンドルフは少年に紙葉と脂墨《インク》と筆《ペン》をわたした。

持ち慣れない筆記具のせいで最初は少し苦労したものの、少年は毒のあるシリカの実と、それを食べた人の絵を巧みに描き、その絵を指差してから腹を押さえて苦しむ仕草をしてみせて、神子の不調の理由を教えてくれた。

「神官医殿、神子様はシリカの実を誤って口にされたようです」

「なんと！　急いで解毒の準備をせねば」

レンドルフが神官医に伝えると、すぐさま適切な治療がほどこされ、ほどなく神子の容態は安定した。

少年は治療の邪魔にならないよう、追い払われる前に自分から寝台を離れて見守っていた。

「もう大丈夫」

肩に手を置いて声をかけると、少年は不安そうに顔を上げた。心配のあまり黒い瞳が潤《うる》んでいる。血の気の失《う》せたその顔に微笑《ほほえ》みかけると、ようやく状況が理解できたらしい。少年はほっと息を吐《つ》いて肩の力を抜いた。

――言葉が通じないわりに、こちらの意図はある程度伝わるのが助かる。

「あとは神官医に任せておけば心配ない。さあ、君はこちらへ」

しみじみと少年の察しの良さに感謝しながら、レンドルフは箱馬車を出て自分の天幕に少年を連れて戻った。もちろん馬車を出る前に頭蓋布《フード》を被せ、黒髪を隠すのは忘れずに。

天幕に入って他人の視線から逃れ、ふたりきりになると緊張の糸が切れたのか、少年はぼんやり立ち尽くしたままふらふらと揺れはじめた。

「疲れているだろう」

レンドルフは急いで手桶《ておけ》に水を汲《く》み、顔と身体の汚れを落とすよう身振りで示した。

レンドルフの勧めに素直に従った少年は、身を清めて満足そうな吐息をこぼした。

「ריא קנאד」

さっぱりしたところで、新しい衣服一式を差し出すと、少年はさっきと同じ言葉を発して、素直に身につけてゆく。

どうやら「ריא קנאד」という響きは、感謝を示す言葉らしい。

衣服は箱馬車へ向かう前に、従者に頼んで用意しておいてもらったものだ。自分を含め、捜索隊を構成している聖騎士たちの服では大きすぎる。騎士に従う従者の中で、少年の背格好に近い者に頼み込んで、着替えを譲ってもらったのだ。

馴染みのない衣装らしく、前後や身につける順番を確認しながら下衣と上衣を身にまとい、靴も履き終わると、少年は最後に下穿《したば》きを手に、戸惑った表情を浮かべた。

少年が脱いだ下着をちらりと見ると、脚衣をぎりぎりまで短く切った形状だ。それにくらべると細長い布でしかない下穿きを、どう身につけていいのかわからないのだろう。

「こうするんだ」

レンドルフは衣装櫃《びつ》から自分の下穿きを一枚取りだすと、少年の隣に並んで巻き方の順番を教えてや

った。

「こうしてこう」

　服の上から腰に巻きつけて手本を見せると、その仕草がどうやら笑いのツボに入ったらしい。少年がふいに声を立てて笑った。

　眉間に皺を寄せて肩を強張らせ、鋭い目つきで周囲を警戒しているときの表情とは、ずいぶん違う。

　初夏の雨上がりに、草原を吹き抜ける風のような清々しさと、なんともいえない懐かしさ。傍にいるだけで、自分の中にある淀《よど》みや濁りまで吹き払われるような、不思議な清涼感が少年にはあった。

　年はいくつなのか知らないが、笑うとずいぶん可《か》愛《わい》らしい。アヴァロニス人にくらべて華奢な体格のせいか、少女といってもさしつかえない可憐《かれん》さがある。しかし本物の少女には持ち得ない硬質で凜《りん》とした清々しさは、やはり男子特有のものだ。

　そんな少年の表情に、思わず頬がゆるむのを自覚しながら、レンドルフは彼に温かな食事を与え、自分の寝台で眠るよう勧めた。


「疲れているだろう、ゆっくり眠りなさい」

「[illegible]」

　少年は感謝を伝える響きを口にすると、目を閉じて、そのままストンと眠りに落ちた。

　よほど疲れていたのだろう。午後の遅い時間に眠りはじめた少年は、夜になってレンドルフが隣に寝転がっても目を覚ます気配がなかった。時々寝返りを打つかすかな動きがなければ、死んでしまったかと心配するほどの熟睡ぶりだった。

　警戒心が足りないと言うべきか、レンドルフを信頼しているからこその無防備さか。

　清廉な無垢《むく》さを漂わせた寝顔を見ていると、二十年近く前に失った恩人のことを思い出す。

　行き倒れた子ども《レンドルフ》を助けたせいで自らの命を失うことになったアスタルの、澄んだ黒い瞳と、己の命を危険にさらしても身を挺して友人を守ろうとした少年の姿が重なる。黒髪黒瞳と痩せていること以外に、容姿が似ている部分など何もないのに。

「なぜだ？」

自問自答しながら眠りに落ちると、夢の中にアスタルが現れた。出会った頃と変わらない軽やかでおだやかな笑みを浮かべて、『死にかけた子どもがいたから助けた。後悔はしていない』と言いきる。

「——…ああ、そうか」

明け方。ふ…と目覚めてレンドルフは理解した。

——魂の、高潔さが似ているんだ。

レンドルフはわずかに身を起こし、まだ深く眠っている少年の顔をのぞき込む。規則正しい小さな寝息に聞き入りながら、目元を覆う前髪をそっとかきわけてみた。

指先が髪と額に触れた瞬間、じわりと痺《しび》れるような、かじかんだ手を湯に浸《つ》けたときのような、不思議な温かさが広がって驚いた。これまで他人に触れて、こんなふうに感じたことは一度もない。

我が身に起きた不思議な感覚に首をひねり、しばらく考え込んでから、レンドルフは結論を下した。

「きっと、異世界人だからだ」

少年がようやく目を覚ましたのは、丸半日以上も過ぎた翌朝。彼より早く、夜明け前に起き出して身支度を調え終わっていたレンドルフは、何をするにも戸惑いがちな少年の世話をあれこれ焼いてやった。

一緒にいても面倒くささは微塵《みじん》も感じない。むしろ、頼られると嬉しいくらいだ。

これまでにも〝災厄の導き手〟の子どもを助けたことは何度もある。けれどこんなにあっさり気を許してもらい、素直に懐かれたことはない。傍にいて心地良《よ》いと感じるのは、たぶんそのせいだろう。

身支度を調えてやり、一緒に朝食を摂《と》りはじめたところで、昨日できなかった自己紹介をしてみた。

「私の名前はレンドルフ。レンドルフ＝エル・グレンだ」

自分の胸を手の先で指し示しながら名前をくり返すと、少年は意図をすぐに理解してうなずいた。

「レン…ドゥーエレイーエフィ…？」

「言いにくいならレンでいい」

「レン」

少年は唇に馴染ませるようレンドルフの名を呼んでから、鏡に映したように己を指さして、自分の名前らしき響きを口にした。

「קלאָפטסבראַה」

相変わらず素焼きの破片を踏み砕くような、パキパキとした響きの言葉だ。だがよく耳を澄ましてみると、なんとかこちらの言葉で似た音を見つけた。

「アキ…トゥ？」

「זאָגן צו שווער אויב בײַ גוט ס סע〝アキ〟」

さっきの自分と同じ、言いにくければ〝アキ〟でいいと言われた気がしたので「アキ」と呼びかけると、少年はそれでいいよと言いたげにうなずいた。

互いの名がわかったことで、また少し距離が近づいた気がして、そのことに深い満足感を覚える。

この感覚はなんだろう…と内心で首をひねり、近い答えを見出して納得した。

「ああ、馬が懐いてくれたときに似てるんだ」

それも極上の、なかなか人慣れしない名馬が自分を認めて触らせてくれたり、背に乗ることを許してくれたときの、あの感覚に似ているんだ。

その比喩《ひゆ》はレンドルフにとって最大の賛辞なのだが、レンドルフをよく知る身内――護衛隊長や首席補佐官あたり――が聞けば、おそらく主《あるじ》の、ある種の情緒面に関して、ひと言物申したくなったことだろう。しかし幸いなことに、天幕の外でつぶやいた独り言は、誰にも聞かれずに済んだのだった。

朝食を届けにきた従官から膳《ぜん》を受けとり、給仕は自分でするから不要だと断って、天幕に戻ろうとしたとき神子づきの神従官がひとり現れた。

「エル・グレン卿に神子様から直々にご伝言です。『アキ』という者を伴って御前に上がるようにと。ああ、今すぐにではなく朝食のあとで良いとのことです。神子様もこれから朝餉《あさげ》を摂られますから」

「承知しました」

従官とはいえ神子づき相手なので、丁寧に目礼して天幕に戻りかけ、ふと疑問が湧いて呼び止めた。

「神従官殿」

「なんでしょう？」

「神子様ご本人からの伝言ということは、言葉が通じるようになったのですか？　この短期間にいったいどうやって？」

神従官は、そんなことも知らないのかと言いたげに眉を跳ね上げたあと、誇らしげに教えてくれた。

「聖なる竜蛇神の恩寵《おんちょう》です」

「なるほど。何か特別な道具でも使われましたか」

「ええ。〝神の水〟という万能薬です。昨夜遅くに神官長が天啓を得て、神子様にお与えしたところ、たちまち言葉が通じるようになりました」

「それは素晴らしい。さすがは聖なる竜蛇神。その恩寵、私にも少しだけ分けていただけますか。神子様が会いたいとお望みになっている『アキ』にも、ぜひ飲ませてやりたい」

「お断りします」

「――…なぜです。手持ちがもう無いなら王宮に戻ってからでかまいませんが」

「無理です」

神従官の返事はけんもほろろで、にべもない。

それでもレンドルフは食い下がった。

「なぜ？」

作り物のように整った容姿が冷たい印象の神従官は、面倒くさそうに溜息《ためいき》を吐いて小声で説明した。

「〝神の水〟はとても貴重で稀少《きしょう》だからです。国王陛下や神子様、各神殿の神官長以外に与えることは許されていません」

「――なるほど、わかりました」

レンドルフは納得したふりをしながら、隙を見てなんとか手に入れようと心に決めた。しかし。神従官はレンドルフの思惑に気づいたらしく、あっさり釘を刺してきた。

「申し上げておきますが『アキ』という者には資格がありません。資格なき者が神の恩寵をかすめ盗ろうとしても、報いとして死を賜るだけです」

「……っ」

神の力と無慈悲さは、アヴァロニスの民なら赤子でも知っている。レンドルフは仕方なく、無謀《むぼう》な賭《か》けに出ることをあきらめた。

朝食を済ませると、レンドルフはアキに昨日と同じ頭蓋布《フード》をしっかり被せて、神子の御座所へ連れて行った。天幕から箱馬車まで歩いて行く間、レンドルフはアキに話しかけた。

「こちらの言葉はわからないようだから説明しても無駄かもしれないが、一応注意をしておく。君の黒髪と黒い瞳は、このアヴァロニスでは迫害の対象になっている。私以外の人間に見られないよう注意してくれ。私の目が届かない場所で黒髪黒い瞳だとばれると、最悪殺されてしまう」

脅《おど》しではなく事実を告げながら、少年の顔をちらりと確認してみたが、やはりこちらの言葉はまるで理解できないらしい。アキは真面目《まじめ》な顔でレンドルフの言葉に耳を傾けてはいるものの、内容はわからないという表情をしている。

「とにかく、気をつけてくれ」

鼻の先が隠れるほど深く頭蓋布《フード》を引っ張ってやりながら、しみじみ告げると、レンドルフが心配している気配は伝わったらしい。

アキはレンドルフの腕にそっと手を重ね、「[illegible]」と、感謝を示す響きを口にした。

それに小さくうなずいてみせてから、昨日と同じ手順で箱馬車に入ると、すっかり元気になったらしい神子が顔を輝かせて立ち上がり、勢いよく駆け寄ってアキを抱きしめた。

「アキちゃん！」

アキも元気になった神子を見て安心したらしい。気心の知れた者にだけ見せる親しみのこもった表情で神子を抱きしめ返す。

「アルーカ… [illegible]？ [illegible]」

「うん。もう大丈夫」

アキが何か訊ねると神子はそう答え、アキの応急手当てがよかったおかげだと礼を言った。さらに会話を続けようとした神子の背後で、他の王候補たちが口々に「寝台にお戻りください」「それ以上〝災厄〟に近づいてはなりません」「彼は〝災厄の導き手〟、危険です」などと、険しい表情で訴える。

レンドルフが擁護する前に神子がクルリと振り返

り、彼らに向かって言い返した。

「もう大丈夫だって言ってるでしょ。それにアキちゃんは災厄のなんたらなんかじゃない。またそういう失礼なこと言ったら許さないから」

神従官が言っていたとおり、神子は〝神の水〟を飲んで言葉が通じるようになっていた。

またひとつ、アキと神子の差が大きくなる。それに気づいたとき、アキはどう感じるだろう。

少年の心情を慮《おもんぱか》って胸を痛めながら、ふたりのやりとりを静かに見守っていると、ふいに神子が振り向いてこちらを見た。

「あなたが最後の一人って本当？」

レンドルフは胸の前に手を当てる最敬礼で、「はい」とうなずいた。

「名前は…ええと」

「レンドルフ」

「レンドルフ？」

「はい」

「ぼくの名前は春夏《はるか》です。季節の春と夏でハルカ。昨日はぼくとアキちゃんを助けてくれてありがとうございました」

「どういたしまして。アキは私が面倒をみますので、どうかご安心ください」

別に神子の心証をよくするためでも、取り入るためでもない。本心からそう告げたとき、アキが焦《あせ》った声で会話に割り込んできた。

「ככי, נאַדטן אַ נרסל アルーカ נאַדטן אַ נרסל」

「え、なに？　アキちゃん」

「נאַס, ס נרט」

アキは混乱した自分を落ちつかせるように深呼吸をしてから、神子に話しかけた。

声の調子と抑揚から何か訊ねているようだ。その質問に神子が答えると、アキはさらに質問を重ねた。

神子の受け答えから推測すると、なぜ神子だけ言葉が通じて自分は通じないのか訊ねたようだ。

神子がうまく答えられず戸惑っていると、ウェスリーが助け船を出した。

その内容を神子から教えられたアキは、レンドルフが心配したとおり、自分だけ〝神の水〟を与えてもらえず、この先も言葉が通じないままだと知ってひどく動揺した。なるべく顔や態度に出ないよう、己を律しているようだったが、それでもひどく落胆して傷ついたのがわかる。

片や、神子は自分とアキの扱いの差について、まだそれほど自覚がないらしい。〝神の水〟についてもあまり深刻にとらえていないようだ。会話はするりと横滑りして、この国《アヴァロニス》や神子という立場の説明に移ってしまった。

神子は「それがさー、聞いてよ」と、自分たちの身に起きたことを話しはじめたが、体調が回復してから受けた説明を、神子自身もまだよく理解していないらしい。会話の主導権はアキがにぎり、質問に答える形で神子があれこれ説明している間に箱馬車が動き出し、一路王都を目指しはじめた。

国の名前。目的地。自分は神子として召喚された。アキはその巻き添えでこの世界に来てしまった。

そんな神子の受け答えで、アキの質問内容はおおよそ推測できる。そして表情や声の調子から、彼がどれほど衝撃を受け、混乱しているのかも。

アキにくらべると、どうやら神子はお世辞にも聡明とは言い難いようだ。そのことに、アキが少し苛立っているのも伝わってくる。

アキの真剣で思いつめた表情を和ませたいと思ったのか、神子が茶化すように泣き真似をすると、アキは絶妙な間合いで神子の後頭部をペシリと叩《はた》いた。間髪入れず、ふたりに一番近い場所にいたルシアスがアキの腕をひねり上げた。

アキの顔が痛みで歪む。その瞬間、レンドルフの胸に強い感情が生まれた。突き上げるような衝動は、怒りに近い。

「――……ッ！」

レンドルフが椅子を蹴《け》立てたのと、王候補の他のふたりが剣に手をかけて立ち上がり、いつでも抜ける体勢でアキを睨《にら》みつけたのが同時だった。

レンドルフはアキと神子から一番離れた席に座ったことを悔やみながら、意識して平静を装い、いきりたつ王候補たちをなだめた。

「落ちついてください。彼に悪気はありません」

アキの行為は、親しい相手に対する気安さゆえだということは、された神子の表情からも明らかだ。

それなのに。無抵抗な子どもの腕を折ろうとするとは何事か。

レンドルフはルシアスを鋭く見据えた。しかし、ルシアスも負けていない。アキの腕をきつくにぎりしめたままレンドルフを見返してくる。

神子を護《まも》る立場としては正しい行動かもしれないが、神子本人が信頼している人物に対して、ここまで邪険に扱うのはアキが黒髪で黒い瞳のせいなのか。

ルシアス＝エル・ファリスが〝災厄の導き手〟を積極的に迫害しているという話は聞いたことがなかったが、これからは認識を改めないといけない。

ルシアス、君も他の愚か者たちと同じだったのか。

落胆と強い憤りを感じたものの、表情には出さず、レンドルフは重ねて彼らを諌《いさ》めた。

「ふたりは友人同士。単なるじゃれ合いに目くじらを立ててどうするのです」

そう言ってレンドルフが止めていなければ、そして神子が擁護してくれなければ、アキの腕は確実に折られていただろう。

「レンドルフの言うとおりだよ。今のはアキちゃんの愛情表現！ ルシアス、アキちゃんの手を放して！ この先、二度とそんなふうにアキちゃんに乱暴しないでよね。したら、ぼく二度と口きかないから」

神子の好意と信頼を得たい王候補にとって、何より怖ろしい脅しに、ルシアスは渋々ながらアキの手を放した。他のふたりも神子に言われて剣から手を放し、身を引いて椅子に腰を下ろす。

「アキちゃん、大丈夫？ 筋とか痛めてない？」

「[illegible]…」

アキは真っ青な顔で呆然《ぼうぜん》としたまま、何かつぶやきかけた。腕を折られかけた恐怖より驚きの方が大きそうだ。

レンドルフは素早くアキに近づいて、神子より先にひねられた腕を取った。

「私が診ましょう」

鳥の雛《ひな》をつかむより慎重にやさしく触れた瞬間、またしてもあの不思議な――痺れるような、温かい鉱泉に浸かったような――感覚が手のひらに染みこんで広がるのがわかった。しかし、それを細かく味わい分析する余裕が今はない。

レンドルフが慎重にアキの腕に触れ、痛みがないか確認していくと、特定の動きに反応してアキが顔をしかめた。

「…ッ」

指先から伝わってくる肌の緊張や筋肉の震えで、かなり痛みを感じているとわかるのに、アキは小さく息を呑んだだけで耐えている。

悲鳴を上げたり大袈裟《おおげさ》に痛がって同情を引くつもりがない潔さに、好感を覚える。

――本当に良い子だな…。黒髪黒瞳でさえなければ、堂々と手元に引き取って補佐役に育てたいくらいだ。

自分が苦手な絵も巧《うま》いし、聡明で素直で性格も良い。こちらの世界に馴染んで言葉の壁さえ乗り越えられれば、優秀な人材になるだろうに。

「少し筋を痛めたようだが、しばらくすればよくなる。痛みがあるうちは無理に動かさないように」

レンドルフの言葉を神子が翻訳して聞かせると、アキはなんともいえない表情を一瞬だけ浮かべた。

仲間外れにされ、置き去りにされた幼子のような、切なさに似た羨望《せんぼう》と、悔しさとあきらめが混じり合った顔。

けれどそれは、ほんの一瞬で過ぎ去った。アキは小さく溜息を吐いたあと、ないものねだりをあきらめた大人の顔でレンドルフにささやいた。

「תודה רבה」

この響きは感謝を示す言葉だ。

「どういたしまして」

翻訳を待たずにレンドルフが答えると、神子が「なんだ。レンドルフはアキちゃんの言うこと理解してるんじゃん」と感心する。

「いいえ、言葉は理解できません。しかし気持ちはなんとなくわかります」

「なんだ、そうなんだ」

触れたままだったアキの腕が、ふいに小さく強張るのを感じてレンドルフはアキを見た。

アキは唇を引き結び、痛みを堪《こら》えるように全身を強張らせている。

レンドルフは少年の気持ちを推測した。

言いたいことがあるのに伝わらないもどかしさ。昨日まで友人だった相手が、自分よりはるか高い身分になって大切に扱われているのに、自分は理不尽に暴力を振るわれかけたことへの怒りと悲しみ。友人は言葉が通じるのに、自分にはわからないという疎外感。

レンドルフは長年培ってきた観察眼でそれらを読み取ったが、アキが実際どう思っているか、本当のところはわからない。わかるのは、アキが辛そうだということだけ。

レンドルフの視線に気づいてアキが顔を上げた。目が合う。

――大丈夫だ。君のことは私が守る。

そんな想いを込めてうなずいて見せると、気持ちが伝わったらしい。

強張っていたアキの肩から、ふ…っと力が抜けた。


神子を乗せた馬車はふた晩の野営を経て、三日目の夕方には無事王都に到着した。

旅の間、レンドルフは可能なかぎりアキの行動を見守った。なにしろレンドルフ以外の誰も、彼の安全に留意する者がいないのだ。本人ですら自分が置かれた状況がどれほど危険なのか、あまり自覚していない。

おそらく、こちらの世界で〝災厄の導き手〟がどれほど迫害されているか知らないせいだろう。油断すると頭蓋布《フード》なしで外に出ようとする。

アキ以上に、神子にも危機感がない。ふたりのやりとりを見聞きしているうちに、なんとなく理解したのは、彼らが暮らしていた世界は『死』や『理不尽な暴力』があまり身近ではないらしいということだ。それでもまだ、アキには警戒心があるし、状況を理解して己の振る舞いを考える能力が高い。

反して、神子の方はよくも悪くも楽天的。保身のために必要な猜疑心《さいぎしん》すらほとんどない。

この世に悪人などいないと信じているのか、それとも自分の命に執着がないのか。

ひとつ確実なことは、神子は『アキが傍にいれば大丈夫』だと信じていることだ。

アキは神子から信頼を寄せられれば寄せられるほど、鬱陶しそうな顔を隠さない。それでもふとした会話の端々や眼差《まなざ》しに、相手への気遣いや思いやりが垣間見える。だからこそ、神子もアキを慕って頼るのだろう。

しかし今の…、というよりこれからの状況は、神子に慕われれば慕われるほどアキにとって辛くなる一方だ。

元は対等な友人同士だったとしても、これからは身分に天と地ほども隔たりができる。

神子よりもアキの方が、その事実を身に沁《し》みて感じているようだ。神子にどうしてもと請われて、箱馬車でひと晩一緒に眠ったものの、翌朝には寝不足だとわかるやつれた顔で『これからは、あなたの部屋で眠りたい』と助けを求められた。

神子に傅《かしず》く神従官たちが、自分たちにとって価値のない者、邪魔者、賤民《せんみん》に対して、どれほど慇懃《いんぎん》無礼で冷たく心ない態度を取るか、レンドルフはよく知っている。

昨夜は、ぼんやりしたところのある神子の目を盗んで、アキにさんざん嫌がらせをしたのだと容易に想像できた。

神子自身も激変した己の境遇に混乱していて、周囲を観察したり理解する余裕はまだないのだろう。

神従官の態度に気づいて注意したところで、彼らが簡単に態度を改めるわけもない。単に嫌がらせがより陰湿になるだけだ。

従者の気質や気風は主によって変わるものだが、

神子だと言われて一日、二日しか経《た》っていない少年には、まだまだ荷が重い。

だから神子を責めるつもりは毛頭ない。

「アキちゃんがここで眠りたくないって気持ち、ぼくもちょっとわかる。なんか息苦しいもんね、ここ。ぼくも外の天幕で寝たいけど、駄目だって言われちゃったし」

神従官に聞かれないよう声をひそめ、小さな溜息を吐いた神子は、そう言ってアキの言葉を通訳してくれた。

レンドルフは神子に通訳の礼をして、言葉が通じない疎外感にひっそりと傷ついているアキの肩を抱き寄せたのだった。

箱馬車を出て天幕に戻る途中、ルシアスに呼び止められた。

「エル・グレン卿、少しよろしいですか？」

レンドルフはふり返りながらアキの背を押して、先に天幕へ戻れとうながした。腕を折られそうになったこともあり、アキは素直に走り去る。その背中がきちんと天幕に入るのを確認してから、レンドルフはルシアスに向き直った。

「なんでしょう」

「あ……——」

ルシアスはアキが消えた天幕に目をやりながら、ばつが悪そうな表情を浮かべた。

稀代の芸術家が魂を込めて彫り上げた彫刻のように、秀でた容姿のルシアス＝エル・ファリスは、金糸と見紛う長く豊かな毛髪と、夜明けの空に喩《たと》えて称賛される鮮やかな青紫色の瞳も相まって、幼女から老女まで女性受けがすこぶる良い。

身につける服や装身具も趣味がよく、審美眼の高さに定評がある。街を歩けば花や果実や装飾品を捧《ささ》げられ、一夜だけでもいいから褥を共にしたいと望む女性が後を断たない。

しかし本人はそちら方面にあまり興味がないらしく、派手な容姿のわりに艶《つや》めいた話題はあまり聞かない。女性ではなく同性を好むという噂もあるが、確たる証はない。

　身長や体格はレンドルフとほとんど変わらないが、並んで立てば十人が十人、ルシアスに目を奪われるだろう。そのことについて、これまで意識を向けたことはなかったが、なんとなく警戒心が生まれる。

「あなたにお礼を申し上げるのと、あの少年に謝罪をしたかったのですが」

「礼と謝罪？　いったいなんのことです」

　本気で訳がわからず問い返しながら、レンドルフはルシアスの視界から天幕を隠す位置にさりげなく移動した。アキに注意を向けて欲しくないからだ。

　その意図を察したらしいルシアスが、視線をもどして本題に入る。

「あの少年の腕を折ろうとしたことです。すまなかったと伝えてください。直接謝罪をしたかったのですが、どうやら嫌われてしまったらしいので」

　いったいどういう風の吹きまわしか。

　レンドルフがわざと目を丸くして驚きを示すと、ルシアスは小さく咳払いして、さらに言い重ねた。

「エル・グレン卿にもお礼申し上げる。あなたに止めてもらわなければ、あの少年にひどい怪我を負わせるところでした」

「ああ」

　あのときのことか。

「神子をお守りしようとするあまりしたことですが、逆に神子の逆鱗《げきりん》に触れるところでした。そうならずにすんで本当によかった」

　しみじみと安堵の表情を浮かべるルシアスに、どう反応すべきか判断がつかず、レンドルフは適当な相槌《あいづち》を返した。

「――それは、なにより」

「神子から、あの少年を〝災厄の導き手〟あつかいするなと厳重に注意されました。『アキちゃんはぼくの大切な友だちなんだから』と。言われてみれば髪と瞳の色が黒いというだけで、実際なにかされたわけでもないのに、なぜあれほど怖れたり嫌ったりしていたのか自分でも不思議です」

　ルシアスの気づきにレンドルフは感心したが、顔に出ないよう気をつけた。下手に同意して言質《げんち》を取られ、政治的に利用されるのを防ぐためだ。

ルシアスは根本の部分で嘘《うそ》のつけない誠実な男だが、利害が絡んだ場合どう豹変《ひょうへん》するかまでは予測がつかない。レンドルフは歩調をゆるめて来た道を戻りはじめた。あまり天幕から離れたくない。

「エル・グレン卿はなぜ〝災厄の導き手〟に寛大なのです？ ――神子の友人、だからですか？」

「……」

ルシアスがどんな意図でこの質問をしているのかわからないが、あまり触れたくない話題だ。

レンドルフは少々強引に話題を変えた。

「エル・ファアリス卿こそ、ずいぶんと神子に心酔しているようですが、いったいどこが」

気に入ったのかと言い終わる前に、ルシアスの顔がパッと明るく華やいだ。雲間から陽でも射したのかと思わず空を見上げたが、夕暮れ近い蒼穹に太陽はすでにない。

「あんなに可憐で美しい人を、私は生まれて初めて見ました。あの髪、あの瞳、あの肌、あの声…！なによりも性格が可愛らしい。さすが聖なる竜蛇神が異界から召喚しただけある。存在自体が奇跡のようじゃないですか！」

拳をにぎりしめ、興奮気味に力説するルシアスに、レンドルフは思わず視線を戻した。

「――…はあ」

我ながら気の抜けた返事だが、他にどう答えていいかわからない。

「そう思いませんか？」

同意を求められても困る。

残念ながら、レンドルフには神子の容姿の良し悪しはよくわからない。なにしろ蒸かした芋に線と点がついているようにしか見えないのだ。しかし、そんなことを正直に言うわけにはいかない。

「卿がそう仰《おっしゃ》るなら、そうなのでしょう」

審美眼の高さで定評のあるルシアスがそこまで言うなら、たぶん端麗《たんれい》な顔立ちなのだろう。

無難な返事に気を悪くすることなく、ルシアスはそれからひとしきり神子がどれだけ愛らしく魅力的か熱弁して、レンドルフを呆《あき》れさせたのだった。

† 通行証

神子発見と保護から三日後。一行は王都入りして、王宮中央大神殿前に到着した。

ここ数日で、友人の立場について理解したのか、それとも単に自分が不安だからなのか。神子は箱馬車から降りて神殿前にたどりつくまで、ずっとアキと手を繋いだままだった。

神従官たちが口々にアキを遠ざけるよう進言しても、神子はどこ吹く風で聞き流している。他のことは唯々諾々と従っていたのに、アキに関してだけは譲らない。そういう意味では、柔弱そうな外見に反して胆力がある。

問題は、箱馬車を降りた神子が、王宮中央にそびえ建つ聖神殿に迎え入れられるときに起きた。

「いけません!」

富と技術の結集である壮麗な聖神殿の最奥部《さいおう》、聖所に至る大扉の前で神子を出迎えるために待機していた神官たちが、アキの黒髪に気づいて声を上げ、あわてふためいて神子を止めた。

アキは頭蓋布《フード》を目深に被っていたが、顔をのぞき込めば髪の色も瞳の色も簡単にばれてしまう。

「そのように穢れた者を、なぜ連れて来たのです! ここから先は聖域ですぞ。いくら神子様が手を携えてきたとはいえ〝災厄の導き手〟をこの先に通すことはまかりなりませぬ!」

頭ごなしに否定されて、神子は必死に抗《あらが》った。

「アキちゃんも一緒じゃなきゃ嫌だ」

「なりません、災いが訪れます!」

「そんなことない! アキちゃんはぼくの命の恩人なんだから」

「それでも、なりません」

神子も神官も、どちらも一歩も譲らず押し問答が続く。そのまま膠着《こうちゃく》状態に陥るのはまずい。神官たちの苛立ちと恨みは、わがままな神子ではなく、事情もわからず連れて来られたアキに向かうだろう。

　アキはこの国《アヴァロニス》の〝災厄の導き手〟ではなく、神子と同じ異世界人だということは、先触れで報《しら》せてあったはずだが、どうやら伝わっていなかったらしい。

　自分たちが手違いで召喚した異世界人なのだから、神子と一緒に聖所へ迎え入れるだろうと思ったが、目論見《もくろみ》が甘かったようだ。レンドルフは己の落ち度を補うべく、神子に申し出た。

「私が責任をもって、彼を安全な場所に案内しましょう」

「レンドルフが？」

「はい」

　神子は視線をレンドルフとアキの間で一往復させてから、仕方なさそうに溜息を吐いた。

「わかった。あなたのことはアキちゃんもすごく信用してるみたいだから、ぼくも安心して任せられる。よろしくお願いします」

　神子はぺこりと頭を下げてから、事情を説明するためアキに耳打ちした。

「レンドルフがアキちゃんを安全な場所に案内してくれるって」

　早口で告げられる事情と今後の予定を聞き終わったアキは、不安な表情を浮かべながらも、素直にうなずいて状況を受け入れた。

　言葉の通じない異国で、ひとり取り残されるのがどれだけ怖ろしいか。レンドルフには想像することしかできないが、少しでもアキの不安を軽くしてやるために、しっかりと肩を抱き寄せた。

「アキちゃん。それじゃ、またあとで」

「מאפע. פרילט' אלריא」

　離れた手を互いに振り合って、神子はアキに別れを告げた。アキがなんと答えたのかはわからないが、声の調子から相手を心配させまいと、気を遣ったのは伝わってきた。

「行こうか」

　レンドルフは、心細そうな顔で大扉の向こうに消えゆく神子の背中を見つめていたアキに声をかけ、しっかり肩にまわした腕に力を込めた。

アキはうつむいたままゆっくり腕を上げ、肩に置かれたレンドルフの手に自分の手のひらをそっと重ねた。

小さな手だ。労働や武器の扱いには縁がなさそうな、ほっそりした指。元いた世界では、特権階級に属していたのかもしれない。

「[illegible]」

アキは感謝の響きを口にして、ふわりとレンドルフを見上げた。

黒曜石のように透明感と深みのある黒い瞳と目が合った、その瞬間。錠《じょう》に鍵《かぎ》が嵌《はま》ったように、何かがカチリと音を立てて嚙み合った気がした。

このまま見つめ続けていたら、言葉を忘れてしまいそうだと思いながら、

「どういたしまして」

きれいな黒い瞳に見入ったままささやくと、アキが嬉しそうに微笑んだ。

——笑うと本当に可愛いな…。

アキの笑顔を見ると、こちらまで自然に頰がゆるんでしまう。

神子の話によると、アキは十五歳らしい。こちらで十五といえば成人の儀を行う歳《とし》だが、アキも神子も歳より幼く見える。元いた世界ではこれが普通だと言われてずいぶん驚いた。

——アキの目に、私はどう映っているんだろう…。

ごく自然にそう思ってから、他人からどう見られているか気になるのは生まれて初めてだと気づく。

慣れない自分の反応に若干戸惑いながら、レンドルフはアキの肩を抱き寄せた。そのまま王宮敷地内にある州領館に向かって歩きはじめる。

州領館は、アヴァロニスを構成している十二の州領主にひとつずつ下賜された建物で、州領主やその縁者が王都に滞在するときの活動拠点となる。その館《やかた》の中でも別翼に位置する客間のひとつは、人を招いて舞踏会や祝賀会を行うとき以外はほとんど使用されないが、州領主の従官か陪臣に相応しい設えだ

から、必要なものはほとんどそろっているはずだ。

レンドルフは自分の従僕に、客人がひと晩過ごせる食べ物と飲み物を用意して持ってくるよう言いつけると、アキと一緒に客間に入った。家具を覆っていた布を取り去りながら、寝台代わりの長椅子や着替えの在処、後架《トイレ》の使い方を教えた。

そうこうするうちに届けられた水と食糧を置き、最後に身振り手振りで念入りに、頭蓋布《フード》を外したまま窓辺に立つのは危険、勝手に外に出るのも危険、とにかく他人に姿を見られないよう注意してくれと伝えると、アキはきちんと理解した表情でしっかりうなずいた。

「」

おそらく「了解」という意味だろう。頼もしい反応に、レンドルフもうなずき返す。

「それではまた後で」

そう言い残して扉を閉め、アキを護るために外から鍵をかけた。そのまま踵を返しかけたものの、妙に後ろ髪を引かれて離れがたい。

大神殿を内包する王宮敷地内《ここ》ではなく、市街地にある自分の私的な屋敷に匿《かくま》った方が安全だ。わかっているのに、時間がないことが恨めしい。

――こんなことならセレネスを連れてきておけばよかった。

セレネスはレンドルフの首席補佐官で、レンドルフが〝災厄の導き手〟を秘かに保護していることを知っている数少ない人間だ。レンドルフが王都に上がるときは、留守居役として州領城に残すことが多い。閉じた扉に向かって後悔していると、廊下の向こうから声が響いた。

「エル・グレン卿！　こんなところにいらっしゃったのですか。聖所で皆さまお待ちです。お急ぎください」

なかなか戻らない王候補を捜しにきた神官だ。

レンドルフは仕方なく扉から離れ、自分にとっては時間の無駄としか思えない儀式に参加するため、聖所に向かって歩を早めた。

神子が初めて神託を授かる儀式は神がなかなか顕現しないせいで、予定時刻を大幅に超えた。遅くとも深夜には終わるはずが、王候補が次の儀式に備えて仮眠を取るために解放されたのは、明け方近く。急いでアキが待つ部屋に戻ろうとしていたレンドルフは、なぜかひとりだけ神官長に呼び止められて足止めを喰《く》らった。理由は、

「禊《みそ》ぎをしていただきます。神子様とともに召喚された異世界人とはいえ、忌避《きひ》すべき〝災厄の導き手〟と同じ黒髪、黒い瞳の持ち主と、長い時間ともに過ごしたまま儀式に臨んだのは由々しきことでございます。今回、聖なる竜蛇神がなかなか御姿を現さなかった原因は、そのせいやもしれませぬ」

レンドルフにしてみれば難癖としか思えない理由で、すっかり夜が明けて陽が昇るまで聖香の煙で燻《いぶ》され、聖水で水垢離《みずごり》させられた。

神官の気がすんで、ようやく許されたレンドルフは髪を乾かす時間も惜しみ、駆け足で別翼の客間に戻った。錠を外すのももどかしく扉を開けて中に飛び込むと、昨夜からずっと感じていたかすかな不安が的中した。

「いない…、どこに消えた？　アキ！」

扉は確かに鍵を開けて入った。部屋からいなくなるはずはない。それなのにどこにも姿が見えない。後架《トイレ》はもちろん、椅子の下や棚の中まで確認したあとで、ふと庭に面した窓を見ると、かすかに隙間が空いている。どうやら庭に出たらしい。

急いで庭に飛び出して、アキの名を呼んでみたものの答えはない。野趣に富んだ茂みの下や樹の影に、隠れたり倒れているわけでもない。

「アキ！　どこにいる、返事をしてくれ！」

呼んでも答えが返らないことに、心の底からぞっとした。脳裏に首と胴が離れ離れになったアスタルの遺体と、これまで助けようとして間に合わなかった〝災厄の導き手〟たちの、悲惨な最期がちらつきかける。

不吉なそれを、頭を強く振って追い払ったとき、視界の隅に庭をぐるりと囲む牆壁《しょうへき》が映った。よく見

ると、手前の茂みに人が通った痕《あと》がかすかに残っている。そこでようやく思い出した。

「隠し通路か…」

それは庭師や身分の低い下僕が使うもので、いざというときの脱出路でもある。中から外には自由に出られるが、外から中に入るには鍵がいる。州領主を継承して初めて王宮に上がったとき、説明を受けた記憶はあるが、何年も前のことで忘れていた。

どうやらアキはここを使ったらしい。

姿が見えない謎《なぞ》が解けると、ほっと安堵の吐息が洩《も》れる。そのまま把手《とって》のない扉を開けて細い階段を降りると、下階層に出た。主《おも》に従者や従僕、身分の低い神官たちが利用する食堂と、出入りの商人が出店を開く交易所などがある場所だ。人の出入りが激しく活気に満ちているが、その分荒事《あらごと》も起きやすい。

万が一、アキの黒髪や黒い瞳を見られたら、騒ぎが起きるのは間違いない。そうなる前に見つけなければ…。

焦る気持ちを抑えて、レンドルフが周囲をぐるりと見まわしたとき、食堂の方から怒号まじりのざわめきと細い悲鳴が聞こえてきた。

「アキ…!?」

急いで声のする方へ駆け寄ると、食堂前に人垣ができている。

「通せ、通してくれ、道を空けろ！」

騒ぎに夢中な人々の肩を押し退《の》けて前に進むにつれ、悲鳴にも似た叫びがはっきり聞こえてきた。

「——[illegible]…[illegible]！　[illegible]！　レン[illegible]！」

間違いない。アキの声だ。レンドルフの名を呼んで助けを求めている。

「[illegible]！　[illegible]!!」

命の危険に瀕《ひん》した者だけが上げる、必死の叫びが途切れる前に、レンドルフは人垣を押し退けて前に出た。

「止めろ」

従わなければ凶器を振り上げた腕を斬り落としてやるつもりで、抜き身の剣を手にしたレンドルフの目に映ったのは、捕らわれた獣のように両手両足を縛り上げられ、地面に転がされたアキの姿だった。頭蓋布《フード》が外れて、黒い髪が露わになっている。それだけで騒ぎの原因は察しがついた。

「止めろ、その者に手を出してはならぬ」

上に立つ者は、ときとして声だけで人を従わせる必要がある。州領主の継嗣として生まれたレンドルフは、子どもの頃からそのための発声法を教えられて育った。大声を出さなくてもよく響き通る、人が自然に注意を向ける声と抑揚。それがアキを危機から救った。

王宮の敷地を巡回する警邏《けいら》隊の制服に身をつつんだ男が、振り上げた剣を頭上で止めたままレンドルフを見た。普段の地味な服装なら「誰だ！」と誰何《すいか》されるところだが、幸い今は王候補として儀式に臨む正装だ。無駄に華美な衣装も時には役立つ。

「こ、これは…ッ、州領侯！　失礼致しました！」

警邏兵はすぐさま剣を投げ捨てて、恭順の意を示した。レンドルフは鋭く男を睨みつけて、腕のひと振りで後ろに退《さ》がらせる。

「野次馬を追い払え。事情はあとで聴く」

「は…ッ」

今すぐ言い訳したそうな警邏兵が指示に従って見物人を追い払いはじめると、レンドルフは、地面に倒れ伏したまま事切れたように動かないアキの頭を、頭蓋布《フード》で素早く覆い直して抱き上げた。

口元に頬を寄せて呼吸を確かめる。

大丈夫。息はしている。

レンドルフの口からも、安堵の吐息が洩れた。

出血するような怪我をした様子もない。恐怖のあまり気を失っただけらしい。

血の気が失せて蒼白になった顔を自分の胸に寄りかからせて、レンドルフは立ち上がった。そのまま「〝災厄の導き手〟をどうして助けるんだ」「見逃していいのか」などと抗議している人垣を警邏兵と、自分を追いかけてきた護衛隊長に押し退けさせて、下階層から立ち去った。

隠し通路の鍵は部屋に置いてきたので、正門から王宮内に戻り、人気のない道を選んで歩いていると、意識を取り戻したアキが、かすれた声で「レン…？」とつぶやくのが聞こえた。

周囲を警戒しながら素早く顔を見下ろすと、虐待を受けた小動物のように怯えきった瞳と目が合い、胸になんとも言えない痛みと熱が生まれた。

「もう大丈夫だ」

私が君を護る。二度と恐い思いはさせない。

決意が声に独特の響きを与える。

安心させるために微笑んで見せると、アキは目元をくしゃりと歪ませて嗚咽《おえつ》をこぼした。

「……ッぅ…んぐ…っ」

何度も堪えようとして、堪えきれずにくぐもった声が洩れ、肩が大きく震える。

声を出して泣いてもいいんだと言いかけて止めた。今、下手に言葉をかけたら責められていると誤解しそうで、怖くてできない。

腕の中で身を丸めて必死に涙を堪え、にぎった拳で泣き顔を隠そうとしている姿がいじらしい。

アキは深くうつむいて嗚咽を洩らし、肩を震わせた。小さな拳が見る間に涙で濡《ぬ》れてゆく。

「大丈夫だ。もう心配しなくていい」

それ以外になんと言っていいかわからず、レンドルフは戸惑った。子どもが泣いている姿など、これまで掃いて捨てるほど見てきた。けれどこんなふうに胸がざわついて居ても立ってもいられない、焦りにも似た奇妙な心地になったことはない。

人気のない中庭に面した回廊まで来ると、レンドルフはアキをそっと地面に立たせて、涙と鼻水で濡れた顔を自分の胸に押しつけた。

――この子の性格的に、たぶん泣き顔は見られたくないだろう。

そう思ったからだ。

普通の人間なら泣き叫び、八つ当たりしてもおかしくない場面で、声を殺して涙を隠す。

そういう人々を自分はよく知っている。

迫害されて居場所を奪われ、心に深い傷を負った人々だ。

——アキ…。君も元いた世界で、辛い想いをしながら生きてきたのか？

訊ねる代わりに震える背中に手を添えて、やさしく何度も撫で下ろしてやる。この国《アヴァロニス》では忌み嫌われる黒髪にも、愛《いと》おしさを込めて慰撫《いぶ》を繰りかえした。

やがて、恐怖で張りつめて強張っていた背中から力が抜けて震えが止まる。忙《せわ》しなかった呼吸も落ちついて、涙も止まったようだ。

名残惜しい気持ちで撫でていた手を離すと、ようやくアキが顔を上げた。濡れた睫毛に赤味を帯びた目元、潤んだ瞳が戸惑うように揺れている。

「落ちついたか？」

アキは吸いつくようにレンドルフの顔を見つめてから、我に返ったようにあわてて視線を外した。

「אֹ. ד אגדלַע…אֹקד". דאגך אַר」

そして何か答えながら、腫れぼったい両目を誤魔化すためか、ごしごしとこすった。

「そんなにこすると目が腫れる」

やんわり両手をつかんで顔から遠ざけると、アキは濡れた睫毛を何度も瞬かせた。

「ננאס？　ד׳ נאן ננאס？」

不安そうに何かを訴えられて、言葉の通じないもどかしさを強く感じた。彼が何を伝えたいのか知りたくて、黒い瞳をのぞき込んでみても答えは見つからない。

じっと見つめすぎたせいだろうか。アキはふ…っと視線を外してあたりをみまわした。それからおずおずと口を開く。

「אז…אד׳ בד׳ נצבצבדיק. אדבצד ד׳ צבדג. אד׳ ננאס נב ט׳ אבצט אנד׳ אננא צגדדדצד. אנגא…」

申し訳なさそうにうつむいた表情や言葉の響きから、謝罪か言い訳だろうと推測する。

だからこちらも思わず訴えた。

「姿が見えなくてとても心配した。人任せにした私も悪いが、黙っていなくなるのは止めてほしい」

心臓に悪いと言い添えると、意味はわからないはずなのにアキは神妙に項垂れた。

「עס טוט דיע דייל」

　言葉は通じなくてもなんとなく伝わってくる。これはたぶん『ごめんなさい』だ。

　責めていると思われないよう気をつけたつもりだったが、やはり誤解されてしまったか…。

　叱るつもりはない。心配したんだと伝えたくて、レンドルフはにぎったままだったアキの拳をやさしく叩《たた》いた。

　地面にめりこむ勢いでうつむいていたアキが、ようやく顔を上げてこちらを見る。その機を逃さず微笑みかけると、しょんぼりと下がっていた眉がひょこりと元気を取り戻す。

　――可愛いな…。

　思わず見惚《みと》れそうになり、あわてて我に返る。

　レンドルフは昨日から渡そうと思っていた物を懐から取り出した。

　限られた者にしか与えられない通行証だ。

「…בראָסלעט？　צו מיר？」

「そう、腕環《ブレスレット》。身分証になる」

　何を言ったのかはわからないが同意を示して留め金を外し、アキの細い腕に合わせてカチリと閉じる。

「קיין וועג, געמאכט פון ריין גאָלד？」

　アキは興味深そうに腕環を見つめながら、また何か言った。嫌がっているわけではない。単純に好奇心があるだけらしい。

「身分証だ。無くさないように」

『僕がもらってもいいの？』と言いたげに、手首に嵌った腕環を目の前に掲げたアキに向かって、レンドルフはもう一度念を押す。

「身分証だよ」

　それでようやく大切なものだと納得したのか、アキは腕環に右手を添えて、嬉しそうにうなずいた。

「דאנק איר. אָפיטן」

　感謝の言葉を口にするとき、アキは本当に可愛い顔をする。素直で健気《けなげ》。見ているとなんでも願いを叶えてやりたくなる。そんな想いがあふれて、気がつくと頭を撫でていた。

「良い子だ」

　見た目はとてもそう思えないが、成人の儀が行える年齢の相手に向かって子ども扱いは、失礼だとわかっているが、可愛いものは仕方ない。

このときばかりは言葉が通じないことを、レンドルフはほんの少しだけ感謝した。

そのあと、レンドルフはアキの手を引いて部屋に連れ戻した。手を繋いだ表向きの理由は、万が一にもはぐれないようにというものだが、単純にアキと触れ合っているのが楽しかったからでもある。

神子がアキにくっついて、なかなか離れようとしなかった意味がなんとなく理解できた気がした。

とはいえ、いつまでも一緒に過ごせる余裕が今はない。またすぐに、新神子誕生を祝う儀式がはじまってしまう。王候補は儀式に不可欠な要員として席を外すわけにはいかない。そんなことをすれば不敬罪を問われ、最悪、州領主の位《くらい》を剝奪《はくだつ》されてしまう。

レンドルフは可能な限り時間をかけて注意を与えた。

「今度は中から鍵がかけられるようにしておくが、私が戻るまで決して外に出ないでほしい。もしどうしても出る必要があるときは、充分に警戒すること。絶対に黒髪と黒い瞳を見られないように気をつけるんだ」

身振り手振りを総動員して伝えたものの、きちんと理解したのかわからない。どちらかというと、勝手に出歩いたことを咎められたと思ったらしい。

アキも必死に身振り手振りを駆使して、何か訴えはじめた。

空になった水差しを逆さに振ってから、喉に手を当てて口を開けてみせ、それから窓の向こうを指さして、両手で水をすくう振り。

喉が渇いたから、水を求めて庭に出た。

それなら仕方ないとうなずくと、アキは安心したように力を抜いた。

——私に身勝手だと思われるのは、辛いということだろうか。

身勝手だと思ったことなどない。むしろ、歳より冷静で抑制が利きすぎていると思うくらいだ。

そんなことを考えながら、レンドルフはこのあと自分が戻ってくる時間や、今後の予定などを伝えようとした。けれどやはり、身振り手振りでは限界がある。レンドルフはアキが箱馬車でシリカの実の絵を描いたことを思い出した。自分が不得意なせいで、思いつくのが遅れた。

急いで紙と筆を用意すると絵談をはじめる。

今後の予定を伝えるために、自他ともに認める下手くそな絵を描いて見せると、呆気《あっけ》に取られた表情で紙面を見つめていたアキが、耐えきれないと言いたげに噴き出した。

「笑えるくらい下手だろう。わかってるよ」

できればアキには、格好いいところだけを見せておきたかったが、仕方ない。

ばつの悪さを誤魔化すために頭を掻《か》くと、アキはすぐに笑いを収め、真剣な表情で改めてレンドルフの絵を見つめた。悪のりして絵の稚拙《ちせつ》さをあげつらわない、その生真面目さが好ましい。

レンドルフは心の中でしみじみと、アキはやっぱり良い子だな…と、想いを新たにした。

レンドルフの次に筆をにぎったアキの絵は、やはり素晴らしく巧かった。

「すごいな。どうやったらそんなに巧く描けるんだ？　州領城に戻ったらぜひ資料整理を手伝って欲しいくらいだ。発掘した遺物の絵を描く仕事なんだが、私が描くと却って混乱するから止めてくれと言われて、記録が滞って困っているんだ」

正直な感想を述べると、褒められたことが伝わったのか、アキは照れくさそうに頬を赤らめた。そしてさっきレンドルフがしたように、頭を掻きながらぽそぽそと答える。

「[illegible]… [illegible]」

雰囲気的に謙遜《けんそん》だと感じたので、「そんなことはない。本当に巧い」と言い聞かせた。

はにかんだ表情で顔を上げたアキと目が合う。

そのままずっと見つめ合い、いつまでも絵談義を続けたかったが、そろそろ時間だ。レンドルフが腰を上げると、つられたようにアキも立ち上がった。

そのまま並んで歩いて扉の前に立つと、

「なるべく早く戻る」

そう言い残して部屋を出る。

扉を閉める寸前にアキが浮かべた寂しそうな表情が、いつまでもまぶたに焼きついて仕方なかった。

† 失踪《しっそう》

夕方には戻る予定が夜に延びると決まった時点で、レンドルフは一度、アキの部屋に伝言を届けさせた。使いの者は信用できる従僕を選んだ。戻ってきた従僕は「お元気でした」と、アキの様子を報告してくれた。だから、その時点では部屋にいたはずだ。

それなのに。

夜更けにレンドルフが客間に戻ると、期待していた出迎えどころか、室内のどこにもアキの姿はなかった。

あんなに注意したのに、また使用人の通路を使って外に出たのか…と、さすがに少し憤りながら庭と通路、そして通路の先の下層階を隈無《くまな》く捜索したけれど、アキはどこにもいない。

その時点でようやく、これはただ事ではないと気づいた。

アキが自分から姿を消すわけがない。では、誰かに攫《さら》われたのか？　いったい誰が、なんのために？

「嘘だろう…、冗談だと言ってくれ」

レンドルフは動揺のあまり震えはじめた両手を、力の限り強くにぎりしめた。

王宮敷地内はおそろしく広い。大小無数の宮殿や神殿が建ち並び、場所によっては迷路になっている。ただ迷子になっているだけだと自分に言い聞かせ、可能な限りの人員を使って秘かに捜索した結果、わかったことはアキが失踪したという事実だけ。

陽が昇って朝になってもアキは見つからなかった。

唯一の救いは、王宮内で〝災厄の導き手〟を捕らえたという情報がないことだが、だからアキが無事だという証にはならない。

せっかく助けた少年を、己の油断で失った。

「クソ…ッ」

どうして護衛をつけなかったのか。己の馬鹿さ加減を心の底から呪ってから、レンドルフはアキが消えた理由を必死に考えた。

アキが自分から姿を消すわけがない。何か理由があって部屋から出ざるを得ない状況になったのか。誰かに誘い出されたのか。それとも、誰かに攫われたのか？　いったい誰が、なんのために？

アキが自ら姿を消す理由と、その後の行動経路を予測しようとして、ほとんど手がかりがないことに気づいて愕然とする。

「私は、アキのことをまだほとんど知らない」

その事実に打ちのめされたレンドルフは、唯一の手がかりを知る人物、アキについて誰よりも詳しい神子に助けを求めることにした。

まずは正式な手順を踏んで、神子を擁する聖神殿に拝謁を願い出たが、「ご自分の順番をお待ちください」と、けんもほろろにあしらわれたため、今日から《特別な交流》の相手として〝神子の庭〟への出入りを許されたルシアスに直接頼み込んだ。

箱馬車の一件で感謝されたから、恩に着て聞き入れてくれると思ったが、それとこれとは話しが違うと断られた。

「いくらエル・グレン卿の頼みでも、大切な《特別な交流》初日を邪魔されたくはありません。抜け駆けするつもりでしたら、私以外のときに願います」

ルシアスは本気で憤っているようだが、あきらめるわけにはいかない。

「抜け駆けとかそういうことではない。神子の友人であるアキのことで、どうしても神子本人にお伝えしたいことがある。アキのことで大切な話があると言えば、神子は必ず会ってくださるはず。どうか、そのことだけでもお伝えいただきたい」

レンドルフの必死さが伝わったのか、ルシアスは是非を明言しないまま、苛立ちと困惑を混ぜ合わせた表情で〝神子の庭〟に姿を消した。そして小一時間もしないうちに、庭から出てきた。

レンドルフの望み通り、神子を伴って。

——ありがたい。

やはり基本的に人が良いのだと、胸に感謝を刻みつつ、レンドルフは神子とルシアスに頭を下げた。

「レンドルフ、遅くなってごめんなさい」

神子は不安の入り交じった期待の面持ちで、レンドルフの周囲に視界をさまよわせた。そしてレンドルフの傍にアキがいないことに気づくと、あきらかに落胆した表情を浮かべた。

アキはどこだと訊ねたいのは自分の方だ。

内心で独りごちながら、腰を折って目線を合わせると、神子は心配そうに首を傾げた。

「アキちゃんになにか問題が？」

神子が王候補と《特別な交流》を行うための神殿内には、そこかしこに神官たちの耳目がある。

レンドルフは用心深く周囲に視線をめぐらせてから、神子にそっと耳打ちした。

「アキが、行方不明になりました」

「は…？　え？　行方不明って、どういう意味？」

冗談だとでも思ったのか、神子は無邪気に聞き返してきた。レンドルフはなるべくわかりやすく、アキが行方不明になった経緯を説明した。

「昨夜、かなり夜が更けてからようやく身体が空いたのでアキの様子を見に行ったところ、姿を消していました」

だから捜索の手がかりとなるアキの好みや癖を教えて欲しいと頼むと、神子はようやく事情を理解したのか、ぶるぶると両手を震わせた。

「な…んで、どうして…!?」

血の気が引いて透き通るように青白くなった顔を歪ませて、レンドルフを責め立てる。

「レンドルフ、アキちゃん守るって言ったじゃん！　任せてくださいって…！　そう言ったじゃないか!!　嘘つき…！」

返す言葉もなく、レンドルフは頭を下げた。

「申し訳、ありません」

「ごめんですめば裁判所はいらないんだってば！」

非力な拳で胸を殴られ、馬鹿と詰《なじ》られたが、痛くもないし腹も立たない。自分の不甲斐《ふがい》なさを一番詰りたいのは自分だ。レンドルフはうつむいたまま歯を食いしばった。そのまま神子の気が済むまで罵倒されるつもりだったが、途中でなぜかルシアスが止めに入ってくれた。

「ハルカ…」

ルシアスはやさしく神子の名を呼んで、レンドルフから引き離し、なにやらなだめたり慰めている。

神子の名は、アルーカではなくハルカと発音するのか。そんなどうでもいいことを頭の片隅に書き留めながら、神子がアキの名を呼んでボロボロと涙を流す姿を見つめた。

「アキちゃん…――」

神子の泣き顔を見ても、アキに感じたような胸のざわつきは欠片《かけら》も感じない。ただ、大切な友人を行方不明にしてしまった申し訳なさだけが強くなる。

「神子の大切な友人を見失ったこと、心からお詫《わ》びいたします。必ず見つけ出します。だからどうか、知っていることを教えてください」

さらに深く頭を下げると、神子は幼児のように、にぎり拳で涙をぬぐいながら大きくうなずいた。

「うん…、わかった」

神子から聞き出したアキの生い立ちと趣味、嗜好《しこう》、考え方、困難に陥ったときに出るとっさの行動様式、さらにアキと神子が暮らしていた異世界の生活様式や文化など、捜索に役立ちそうな情報を元に、レンドルフは計画を組み直した。さらに領地で留守居をしている補佐官《セレネス》も呼び出して、執務その他の調整を頼んだ。可能なかぎりレンドルフも捜索に加わるためだ。

捜索隊の隊長に、自分で描いたアキの似顔絵を見せ「申し訳ありませんが、却って混乱します」と、神妙な表情で差し戻されて、己の狼狽《ろうばい》ぶりを自覚したりもした。

翌日の夜。

「神子様から緊急の招請です」

急いで神子の庭に赴くと、扉の前でルシアスが待ちかまえていた。

さすがに二日続けて《特別な交流》を邪魔されるのは許せないのか。追い返されるのかと思い、身構えたレンドルフに向かって、ルシアスは憮然とした表情で告げた。

「ハルカが『アキちゃんが心配でたまらない…』と言って泣くので、謁見を許可します。私といても上の空で、エル・グレン卿に会わせてくれと頼まれたら、聞き入れるしかない」

最後は独り言のようにつぶやいて、幼児に泣かれてほとほと困り果てたような表情を浮かべる。

ルシアスがそんな情けない顔をするのは初めて見た。美女や子どもの泣き落としに屈するような男ではなかったはずだが…と、心の中で首を傾げつつ、レンドルフは開けてもらった扉から庭に入った。

「レンドルフ！」

神子は昨日と同じく、待ちかねた表情でレンドルフに駆け寄ると、興奮気味にまくしたてた。

「なんでか知らないけど、なんかぼく、アキちゃんが動いた跡とか見えたんだ！　青白い靄《もや》みたいなんだけど。でも神殿の展望台からじゃ行き先まではわからなくて。アキちゃんがいなくなったっていう部屋に行けたら、どの道を通っていなくなったのかとか、もっと詳しくわかると思うんだ」

だから州領館まで連れて行って欲しいと頼まれて、レンドルフはすぐに神子が外出できるよう根回しをはじめた。もちろん神子に泣き落とされたルシアスにも協力してもらう。

しかし。神子が庭を出るには非常に繁雑な手続きと準備が必要で、結局、神子がアキの痕跡《こんせき》を間近で確認できたのは、三日も経ってからだった。

「なんか、ほとんど消えて見えなくなってる…」

アキが滞在していた部屋に入った神子は困惑気味に周囲を見まわし、地団駄を踏む勢いで悔しがった。

「せっかく、すっごい手がかり見つけたのに！」

時間が経ちすぎて消えてしまった。

神子と同じくらい…いや、それ以上に、レンドルフも悔しさで腸《はらわた》が煮えくり返る思いだった。

人ひとりの命が賭かっているにも拘わらず、融通が利かず酷薄な神殿に対して、これまで以上に憤りが増す。いつか機会があれば、必ず一矢報いてやる。機会がなければ作ってでも。

「くそッ」

頭の中で、慇懃無礼に神子の外出を邪魔しまくった従官や神官たちの通り道に落とし穴を掘り――底には汚物をたっぷり敷きつめて――そこに落ちて慌てふためく様を想像して、レンドルフはなんとか溜飲《りゅういん》を下げたのだった。

六日目も七日目も事態は進展がなく、八日目も九日目も手がかり目撃情報なし。アキが行方不明になってから十日が過ぎた。

その間、《特別な交流》中にも拘わらず、自分以外の王候補が神子に会うことを許したルシアスについて、神官たちのあいだで瞬く間に噂が流れた。

初っ端《しょっぱな》から神子に侮《あなど》られ、他の王候補に《交流》の権利を侵害された情けない男だと。

ルシアスには申し訳ないことをしたと思う。機会があれば彼の汚名を雪《すす》ぐために協力は惜しまない。

レンドルフはそう心に刻みながらアキを捜し続けた。

アキが失踪してから十一日目。

レンドルフは《特別な交流》のために神子の庭を訪れた。ルシアスが終わって自分の番になったからだ。誰にも邪魔されることなく、むしろ歓迎の意を込めた敬礼を受けながら扉をくぐって、庭に足を踏み入れると、近くで待ちかまえていたのか、神子が駆け寄ってきた。

「レンドルフ！　アキちゃんは見つかった⁉」

開口一番に訊ねられたが、神子が望むような答えは返せない。

レンドルフが無言で首を横に振ると、神子は水をかけられた種火のように、一気に元気をなくした。

こんなにもわかりやすく感情を露わにするのは異世界人だからだろうか。

そんなことを思いながら、レンドルフは誰はばかることなく神子と過ごせる時間のすべてを、アキと、アキが暮らしていた異世界についての聞き取りに費やした。

　神子が語る異世界の様相は、説明が要領を得ないこともあり、なかなか想像し難いものがある。しかしなにが捜索のてがかりになるかわからないので、注意深く耳を傾けた。

　アキは音楽——楽器の演奏をたしなみ、頭が良く、学舎での成績も抜群。父はいない。九歳で母が病死してから、ずっと孤児院暮らし。困っている人を見るとさりげなく助けるが、それを誇ったりしない。神子もずいぶんアキに助けてもらったらしい。特に子どもの頃、一緒に過ごした孤児院で助けてもらった出来事は一生の恩に感じているという。

「——でも、ぼくも本当はアキちゃんのこと、そんなに詳しく知らないんだ。孤児院《ようごしせつ》でいっしょだったのは半年くらいだったし、修学院《こーこー》で再会できてから一ヵ月ちょっとだし。班分《クラス》けも違うし余科《ぶかつ》も別だったし」

　自分が知らないアキの話を聞くのはとても興味深く、何時間でも聞いていたかったが、神子の申告どおりアキに関する話題は早々に尽きた。

　レンドルフは《特別な交流》二日目から、王候補の義務として〝神子の庭〟を訪れ、半刻《ツエラン》ほど異世界の生活習慣や文化技術などを聞き出したあとは、州領館に戻った。そこで領主の務めを果たしながら、本来は神子と過ごす時間をアキの捜索にあてた。

　毎日、庭を訪れて「アキはまだ見つかりません」と報告するたびに、神子はわかりやすく落ち込んだ。

　神子ほどではないが、アキも素直に気持ちが伝わってくる少年だった。喜怒哀楽が明け透けでわかりやすい神子と違って、アキは感情を制御する術は知っていたようだ。しかし相手に気取らせない訓練は受けていない。警戒心も薄かった。

　神子の話によれば、元いた世界では外見を理由に迫害されることもなかったという。そんな子どもが右も左もわからず、言葉も通じない世界に放り出されて生き延びることができるのだろうか。

　いや、ただ放り出されただけならまだ希望がある。一番怖ろしいのは捕らえられて監禁され、拷問の果てに殺されることだ。

神への信仰心が篤《あつ》い者の中には、神に仇なすと予言された〝災厄の導き手〟に対して異様な憎しみを募《つの》らせ、ただ殺すだけでは飽きたらず、傷つけ苦しめて死に至らせることに情熱を燃やす輩《やから》もいる。それが神の御心《みこころ》に叶う行為だと信じて疑わないのだ。

レンドルフはこれまで何度も、そうした狂信者たちの犠牲になった〝災厄の導き手〟たちを見てきた。最初はハンナ、次にアスタル。州領城を出て各地を探索するようになってからは、数え切れないほど。間に合わなかった者、せっかく助け出せたのに手遅れで、目の前で力尽きて命を落とした者。

嬲《なぶ》り殺され、野ざらしにされた骸たちの無念の叫びが聞こえた気がして、息を止め耳を澄ましたことが何度もある。

眠るとアキの夢を見た。血を流して逃げまわり、助けを求めて泣いている夢。

「アキ…！」

眠りの中で伸ばした手が、少年の細い腕をつかむことはない。そのことに絶望しながら、レンドルフは髪を掻きむしって残酷な運命を呪った。

そして祈った。

「神よ…。アヴァロニスの神ではなく、アキの世界の神よ！　そして〝災厄の導き手〟が信じる神よ！　どうかあの子の命を救ってください。助けてください。死なせないでください…！」

聖なる竜蛇神以外に祈ることは、アヴァロニスの民が決してしてはならない禁忌のひとつだ。神にばれれば罰《ばち》が当たる。けれどレンドルフは、ためらうことなく禁忌を犯した。

自分は神の教えに背いて、もう何年も〝災厄の導き手〟を保護している。けれど神罰はまだ下っていない。たとえこの先、神の劫火に焼かれる運命が待っているとしても、恐れはしない。

そんなレンドルフの決意を嘲笑《あざわら》うかのように、アキの行方は杳《よう》として知れず、時間ばかりが無情にも過ぎ去っていった。

季節は夏から秋に変わり、雨が多くなった。

雨が降って上がるたび夏の名残が一掃されて、日に日に風が冷たくなってゆく。

最初の頃は百人態勢の人海戦術で臨んだ捜索は、日が経つにつれ数を減らし、今では常時動いているのは十名ほどになっている。そのほとんどは、レンドルフが雇った密偵だ。

州領兵や、レンドルフの私兵とも言うべき護衛隊士を大量に動員して、あまり派手に動きすぎると〝災厄の導き手〟狩りの主体である神官たちに気づかれ、却って危険だからということもあるが、これだけ時間が経ってしまうと人捜しに不慣れな者が闇雲に尋ね歩いたところで、見つかる可能性は限りなく低いからだ。

アキが姿を消してから二ヵ月近く。

その間レンドルフは、引き取り手のない遺体収容所から、アキと同じ背格好の少年が運び込まれたという連絡を何度か受けた。そのたびに身分がわからぬよう変装して確認に赴き、アキではなく別人だったことに安堵した。

安堵しながら、アキと同じ年頃——に見える、ということは、こちらの人間なら十二、三歳——の子どもが、懇《ねんご》ろに弔《とむら》う者もないまま神殿の共同墓地にぞんざいに埋葬される、この国《アヴァロニス》のありように暗澹《あんたん》たる気持ちになった。

九ノ月八日。

アキが行方不明になった日から七十日目。

王都に放っている密偵から報告書が届いた。

『最近、珍しい曲を演奏する辻音楽家が評判になっているそうです』

小さな紙片にびっしりと細かい文字でしたためられた報告の中に、その一文を見つけて手が震える。

「——珍しい曲を、演奏する辻音楽家」

その瞬間、閃くものがあった。

『アキちゃんは修学院《がっこー》の余科《ぶかつ》に音楽を選んでたんだ。就学院《ちゅーがっこー》から習いはじめたんだけど、練習熱心だからすごく巧いんだよ』

神子はそう言って、神子とアキが暮らしていた異世界の音楽を口ずさんで聞かせてくれた。

それはレンドルフがこれまで聞いたことのない旋《せん》律《りつ》で、神を讃《たた》えるものでも世界の成り立ちを物語るものでもなく、こちらの世界の常識からすると意味のない音の連なりだったが、妙に耳に残るものだった。一音一音に意味があり、旋律によって聖句や神話を表現しているこちらの音楽と異なり、意味のないでたらめな音の連なりでありながら、感情に訴える力があった。

「珍しい曲、辻音楽家」

もう一度、点描のように細かい文字列を確認して、これはアキに繋がる情報だと直感する。

「やっと……、やっと見つけた……！」

二ヵ月かかって、初めて得た有力な手がかりだ。

レンドルフは紙片をにぎりしめて天に感謝してから、すぐに書机に向かい、密偵たちに宛《あ》てた新しい指示書をしたためた。

『捜索の焦点をその辻音楽家に絞ること。さらに詳しい情報を求む。くり返しになるが発見した場合は速やかに保護すること。尋ね人が〝災厄の導き手〟だからといって絶対に傷つけないこと。＊無事に生きて確保できた場合は円金貨二〇〇〇枚。死体の場合は五〇枚』

末尾に成功報酬を書き添えたのは、ときどき念を押しておかないと、うっかり妙な気を利かされて、半死半生にされる恐れがあるからだ。

レンドルフが雇っている密偵は五、六人だが、彼らにも自分の手足となって情報を集める配下や子分がいる。その者にもまた手下がいて、下にいけばいくほど指示が曖昧《あいまい》になる可能性がある。

事情を知らない者の中には、尋ね人が〝災厄の導き手〟だというだけで、手足の一本や二本なくしても構わないと思う輩もいるのだ。

円金貨二〇〇〇枚は、庶民が十年遊んで暮らせる金額だ。ときどきこうして念を押しておけば、なんとしても尋ね人を無事保護したいと思うだろう。

レンドルフは自らも時間が許すかぎり城下に赴い

て、アキだと思われる『辻音楽家』の所在を探し求めた。

しかし四〇〇万人もの民が暮らす王都で、ひとりの人間を捜し出すのは容易ではない。

定住していればまだしも、相手は神出鬼没。密偵が新たに探ってきた情報によると、件《くだん》の辻音楽家は同じ場所では二度と演奏せず、現れる時間も定まっていない。そして演奏を終えると素早く姿を消してしまうという。誰も次にいつどこで演奏するか知らず、辻音楽家が男なのか女なのか、若者なのか老人なのかすらわからなかった。

最初の情報から五日後に、『辻音楽家』は小柄で、怪我をしているのか醜《みにく》い傷痕でもあるのか、頭を布で巻き頭蓋布《フード》を目深に被っていることがわかった。

アキは小柄だ。そして、頭に布を巻き頭蓋布《フード》を目深に被っているのは、黒髪を隠して目の色を探られないためだとすれば、符合はぴたりと合う。

ここまでくれば、期待するなと言われても期待せずにはいられなかった。

九ノ月二十一日。王都は朝晩の冷え込みで、金扇樹《きんせんじゅ》の葉が色づきつつある。

レンドルフの元に待望の報せがもたらされたのは、アキが失踪してから八十三日目のことだった。

三日前にアキだと思われる辻音楽家が目撃された王都西区の、第三層七番街近くの宿に泊まっていたレンドルフは、朝食を中断して、そこそこ羽振りのいい下級貴族の出《い》で立《た》ちに身なりを調えると、宿を飛び出して愛馬に飛び乗った。見てわかる供はふたり。他に市井の住人に身をやつした護衛役がふたり、影のようにレンドルフにつき従っているが、彼らは主《レンドルフ》の身に危害が及ばないかぎり、影に徹するよう訓練されている。

報奨金目当てで情報を持ち込んだ情報屋に先導されて移動すること数刻。西区の第三層から北区の第四層に入ったところで、前方に人垣が現れた。喧嘩か違法な見世物でも行っているのか、広場のほうから妙な騒がしさと興奮状態が伝わってくる。

「何事だ？」

つぶやくと同時に歩を進めようとしたレンドルフを、護衛のひとりがさえぎった。

「自分が見て参ります。閣下…ではなく旦那様はここでお待ちくださ――」

「ｷﾞｬｯ…！」

主の安全を第一に考えた護衛の語尾に、聞き覚えのある悲痛な声が重なって聞こえた。

「ｷﾞｬｧｧｧｧｯ… ｷﾞｬｯ ｷﾞｬｯ！」

木の板を鉄棒で叩いたようなカクカクとした音の連なりで、意味はわからない。けれど、その声に含まれた切実ななにかは理解できた。

「アキ…！」

「お待ちください…閣下！　危険です…っ」

止めようとする護衛ふたりをふりきって、レンドルフは騎馬のまま人垣に飛び込んだ。

「痛てぇ！　押すなッ」

「なんだなんだ、俺じゃねぇよ」

「〝災厄の導き手〟が捕まったって」

「これから処刑だってよ」

「首を落とすって」

「なんだ、あの首に巻きついてる黒いのは」

「悪魔だ！　引き剝《は》がせ！」

「〝災厄の導き手〟の血を供物にすると、神が願いを叶えてくれるって本当か？」

興奮して口々に叫びながら、人の命が奪われる場面を見物しようと集まった野次馬たちを、レンドルフは力尽《づ》くで押し退けて進んだ。

「押すなって！　誰だっ…――、あ…」

「畜生《ちくしょう》、お貴族様だからって偉そうにふんぞり返りやがっ…――てひっ」

文句を言って進路を邪魔しようとする者には、容赦なく抜き身の剣を突きつけて脅すうちに、土嚢《どのう》のように押し合いへし合いしていた人垣が、ようやく途切れて、広場の中央まで見晴らすことができた。

市場に野菜を持ち込むための木箱を裏返して連ねただけの、簡単な台座の上に石畳みを剝いだらしい石板が置かれている。

その上に、ひとりの少年が頭を押しつけられていた。秋の陽射しの下、見間違いようのない黒髪が、灰色の石板の上で力なく揺れている。

その横に、太くて厳《いか》つい男がゆっくり歩み寄ってゆく。鈍色《にびいろ》にくもった斧《おの》を携えて。

目に映った情景が、何を意味しているのか理解した瞬間。

「止めろ！」

レンドルフは叫びながら目にも止まらぬ速さで剣を鞘《さや》に収めると、背中に背負《しょ》っていた強弓を引き抜いて矢をつがえた。

斧を手にした男はわずかに、迷うそぶりを見せたものの、結局制止を無視して腕を振り上げ、そのまま振り下ろそうとする。

レンドルフは一瞬も躊躇《ちゅうちょ》することなく、男に向けて矢を放った。

正確には、男が振り上げた斧めがけて。男の身体を射ても、手から離れた斧がアキの身体に落ちたら意味がないからだ。

瞬く間もなくガキンと甲高い衝撃音が響きわたり、同時に「ぎゃッ！」という悲鳴が上がって、男の手から凶器が吹き飛ぶ。

レンドルフは息継ぐ間もなく第二矢を放ち、一射目の衝撃でよろめいた男の肩を射貫いてやった。男はさっきよりさらに情けない悲鳴を上げながら、ふんばることもできずうしろに反《そ》っくり返り、無様に台座から転がり落ちた。

周囲の野次馬からいっせいに声が上がる。

醜態をさらした処刑人を笑う者、面白《おもしろ》い見世物を邪魔されて文句を言う者、未《いま》だに〝災厄の導き手〟を殺せと叫ぶ者、無責任に囃《はや》したてる者たち。それらを蹴散らす勢いでレンドルフは騎馬を進め、流れるような動きで素早くアキの傍に降り立った。

「アキ…！」

ひざまずいて声をかけると、アキは『生きてる』と言いたげに指をかすかに動かして応えてくれた。土埃と汗と血で汚れた顔色は紙のように青白く、最後に見たときよりずいぶん痩せている。

苦しそうにうめき声を上げながら、レンドルフに向かって伸ばそうとした腕も、手首も、手も指も、すべてが痩せて肌も荒れ、出逢《であ》った頃のしなやかさは影もない。そうしたすべてに、失踪していた三ヵ月間の苦労が垣間見えて、胸が痛くなった。

それでも生きて、生き延びて、なんとか命のある状態で再会できたことは僥倖《ぎょうこう》以外の何物でもない。

レンドルフはそっとアキを抱き起こして、やさしく言い聞かせた。

「辛いなら、無理に動こうとしなくていい」

そして「よくがんばった。もう大丈夫だ」と重ねて励ましながら、身体の状態を素早く確認してゆく。おそらく全身の打撲、複数の裂傷、そして左脚が折れて…爪先《つまさき》があらぬ方向を向いている。

折れたのではなく、折られたのだろう。逃げられないように。

「この…腐れ外道の、糞《くそ》ッたれどもめ！」

レンドルフはアキを抱きしめながら口の中で毒づいて、周囲に群がる見物人たちを睨みつけた。

自分の身の安全を投げ打ってでも、友人を庇おうとする心やさしい少年に、なんという非道な仕打ちだ！　貴様らには人としての良心がないのか!?

犠牲になった〝災厄の導き手〟を目にするたびに再燃する怒りが、胸の奥から全身に広がりかけたとき、にぎりしめていた手の中で、アキの指がかすかに動いた。

「アキ？」

あわてて視線を戻すと、アキは眩しいものでも見るように、何度もまばたきをくり返しながら、レンドルフを見上げてささやいた。

「——レン…[illegible]…？」

「そう。私だ。アキ、もう大丈夫だ。もう何も心配しなくていい。よかった、生きて見つけることができて、本当によかった…！」

アヴァロニスの神ではない何かに向かって心の底から感謝を捧げつつ、露わになっていた頭髪を頭蓋布《フード》で隠してやった。それから傷ついた身体を自分の外套で覆ってやると、アキはほっとしたように表情をゆるめた。警戒を解いて、心を開いたときの顔だ。

その首筋に、拳を三つ連ねたほどの大きさの黒い生《い》き物《もの》が巻きついているのに気づいて眉根を寄せる。

「なんだ？」

蜥蜴《とかげ》か、それとも陸魚《りう》だろうか。珍しい。真っ黒なそれはレンドルフが触ろうとすると、避けるように身動いでアキの首から胸元にもぐり込もうとする。

放っておくべきか、引き剝がしたほうがいいのか。判断を下す前に、アキの腕がもどかしげに動いて、黒い生き物の背に触れた。指をかすかに動かして愛おしげに背中を撫でる仕草を見て、引き剝がすのは止めた。アキにはこれがなんなのか、わかっているようだ。どうやら悪いものではないらしい。

「レン……עס זיא…」

再びアキがささやいた。かすれた声を懸命にしぼり出しているのに、何を伝えようとしているのかわからない。それがもどかしく、悔しくて仕方ない。

「ד׳יא טלאוועג……」

命の危機を脱して気が抜けたのか、アキの身体から力が抜けて、腕にかかる重みが増す。

アキの状態は見た目よりひどいのかもしれない。左脚の骨折と全身の打撲と裂傷もさることながら、一番の問題は〝死の影〟だ。おそらく命を脅《おびや》かすほどに広がっているはず。この状態で意識を失えば、そのまま目を覚まさず死んでしまうのではないか。

そんな恐怖が湧き上がり、レンドルフは思わず声を荒げて名を呼んだ。

「……ッ！　アキ！　しっかりしろ！」

耳元で叫ぶと、アキは閉じかけていたまぶたをうっすら開けて、まるで『心配しないで』と言いたげに、レンドルフに向かって微笑んだ。

こんなときでも相手を気遣おうとする少年の気持ちが切なくて、そして愛おしい。

アキは微笑みながら、胸元に潜りこんだ黒い生き物の背に手を乗せた。そうして、

「――……טיב…ראַווש…אַזוצ דיוא…ןפלעה…」

レンドルフには理解できない言葉で何かを訴えて、意識を失ってしまった。

† 庇護者

木箱を連ねた忌々しい即席の処刑台から連れ出すために、アキを抱き上げた瞬間、出逢った頃よりずいぶん軽くなったその体重に、レンドルフは胸が攣《つ》れるような痛みを覚えた。

「独りでよくがんばった。もう二度と、こんな思いはさせないから」

青ざめた頰に自分の顔を近づけて、誓うようにささやくと、意識のないアキの胸元から「ぎゅぃ」と、奇妙な音が聞こえた。

「？」

なんだと首を傾げてのぞき込むと、黒々と潤んだふたつの瞳がレンドルフを見上げて、威嚇《いかく》するように小さく「シャァ」と歯を剝いた。子を守ろうとする母猫のようなその反応に、ふっと心がなごむ。

「おまえもアキの守り役か」

仲間同士、よろしく頼むと心の中でつぶやいて、レンドルフはアキを抱えたまま騎乗して、荒んだ人人が集《つど》う広場をあとにした。

〝災厄の導き手〟を引き渡せと絡まれたり、追いかけられずにすんだのは、抜き身の剣で油断なく護りを固めてくれた従者のふたりと、民に身をやつして退路を確保してくれたふたりの『影』のおかげだ。

広場を離れると、レンドルフは朝まで逗留《とうりゅう》していた宿屋に戻り、そこから王宮にある州領館に使いを走らせた。怪我人を連れて帰るから侍医を待機させておくようにと。

これまで何度もレンドルフが保護した〝災厄の導き手〟を治療して、命を救ってきたお抱え侍医のクラティオは、それだけで万事そつなく準備を整えてくれるはずだ。

クラティオはレンドルフが見つけて、領主づきに抜擢《ばってき》した人物だ。元は神官治療師で、かなりの腕の持ち主だったが、治療師同士の権力闘争に敗れ、異端の烙印《らくいん》を押されて神官位を剝奪された。競争相手による異端の誹《そし》りは、まるきり捏造《ねつぞう》というわけではない。クラティオは神殿や神官たちの間では禁忌とされている、古代の治療法や薬の調合を秘かに調べて実践していたため、その弱味につけ込まれたのだ。

歳はレンドルフより二十も上だが、失われた古代の知識に対する熱意という点で意気投合し、〝災厄の導き手〟の保護という秘密の活動についても理解を示して協力してくれている。

宿屋でアキの状態をざっと確認し、その場でできる応急処置はすべて施してしまうと、レンドルフは衣服を改めて出立した。

王宮——といっても建物はひとつではなく、広大な敷地内に複数の宮殿や神殿、政庁舎、州領館などが整然と立ち並んでいる区画——にある州領主専用の門が見えてくると、それまで無言でつき従っていた供のひとりが口を開いた。

「一時《いっとき》も手放したくないお気持ちはお察しいたしますが、州領主が誰かを抱きしめたまま門をくぐるには、それなりの理由が必要になります」

「……——」

レンドルフは馬を止めずに、ちらりと声の主を見た。発言主はレンドルフが十年前に自ら抜擢した護衛隊長ラドヴィクで、こちらの性格も考えもよく理解している。もちろんレンドルフが〝災厄の導き手〟を保護してまわっている、その理由も。

護衛隊長《ラドヴィク》は酒を飲むと陽気でおしゃべりになるが、ふだんは主に合わせてかほとんど無駄口をきかない。それでも必要があれば、助言や忠告はためらうことなくしてくれる。

「娼館《しょうかん》から女をひとり連れ帰ったと言えば」

「身持ちの堅いエル・グレン卿が、娼婦を連れ込んだなどという話は、却って注目の的になるだけです。お止めください」

提案は間髪入れずに却下された。

「そうか…」

レンドルフが小さく溜息を吐くと、護衛隊長は馬を寄せながら代案を提示した。

「新入りの従者が、閣下を庇って怪我をしたということにしましょう。それなら前後不覚で仲間に抱きかかえられ、主とともに門をくぐってもおかしくはありません」

「なるほど。それなら私が抱いたままでも構わないだろう」

「稚児趣味だと思われます」

「それがどうした」

今さら自分の性向について、あることないこと言われたところで、痛くも痒《かゆ》くもない。先代から続くエル・グレン卿の悲惨な結婚生活とその破綻《はたん》については、公然の秘密で誰もが知っている話だ。そこに稚児趣味が加わったところで、大した違いはない。

そう開き直ったレンドルフを、護衛隊長は目を細めて諭した。

「――…先程も申し上げたとおり、たとえばエル・アマリウス卿のような遊び人で、幾多の浮き名を流してきたならともかく、真面目な堅物で有名な閣下にそのような評判が立てば、相手は誰だと余計に詮《せん》索《さく》されるだけです。どうかご自重ください」

「……私はそんなに堅物か？」

あまり自覚がなかったので訊ねると、護衛隊長はアキを受けとるために両腕を差し出しながら「誠実でいらっしゃいます」と言葉を選んだ。

「門を通過して閣下にお返しするまで、たとえ槍《やり》が降っても、その御方に傷ひとつつけないとお約束します」

だから自分に任せてくれと、再び腕を差し出されて、レンドルフは仕方なく渋々とアキを護衛隊長の腕に委《ゆだ》ねた。

州領主専用門をくぐるとき、門番は目敏《めざと》く護衛隊長が腕に抱いた意識のない若い従者に気づいて、「何があったのか」と探りを入れてきた。

「主を庇った名誉の負傷だ」

護衛隊長は前もって用意していた答を返し、小袋に入れた金貨を門番に渡して「名誉の負傷とはいえ、前後不覚で門をくぐることは恥になる。このことは内密に」と言い添えた。そうした袖《そで》の下が、彼らの収入源のひとつだとわかっているからだ。

一連のやりとりを、レンドルフは持ち前の自制心を発揮して、我関せずの態度で傍観してみせた。

小芝居は成功し、門番はそれ以上追及せず、一行はわずかな足止めだけで門を通過することができた。しかし、そこから最短経路を使って州領館に戻る間も無人というわけにはいかない。

王都には国内で最も数くの神官が起居している。その中でも、神の御座所である聖神殿とそれを取り巻く宮殿群には、さらに数多くがひしめいている。〝災厄の導き手〟の天敵ともいえる神官たちの巣窟《そうくつ》であり、アキが失踪した現場でもある場所に、危険を犯してアキを連れ帰ったのは、そこに領地へ戻る『通路』があるからだ。

昼前にアキを見つけて救い出し、王宮に戻って侍医の治療が一段落するころには夜になっていた。

治療の間中、レンドルフはかいがいしく侍医の助手を務めた。合間合間にアキの顔をのぞき込んで頬を撫で、手をにぎり、汗と土埃で汚れた髪を布で拭いてやりながら、声をかけて励まし続けた。

時々なにか言いたげな侍医の視線を感じたが、あえて気づかないふりをした。同じ視線をラドヴィクからも受けていたので、言いたいことはなんとなく察しがついたからだ。

治療を終えた侍医によると、幸い命に関《かか》わる大怪我はないそうだ。しかし放置されてきた〝死の影〟の影響で、気力体力ともにかなり消耗した状態だという。〝死の影〟については、侍医には為《な》す術がない。そもそもレンドルフが教えるまで存在すら知らなかったのだから仕方ない。

「神官どもによると、異世界人だけが冒《おか》される病だそうだ。三月《みつき》前に召喚された神子にも現れていた」

「治療法はあるのですか？」

「…ある。神子の〝死の影〟はそれでほぼ消えた」

「ほう？」

侍医が興味津々で先をうながしたが、レンドルフは話を中断して首席補佐官セレネスを呼んだ。

隣室に控えていたセレネスは速やかに現れて、歳に似合わぬ落ちついた態度で一礼した。

「お呼びでしょうか？」

セレネスはエル・グレン領の下級貴族の出身で、レンドルフより五つ下の二十三歳。

八年前——彼が十五歳のとき、レンドルフが〝災厄の導き手〟を保護する場面に偶然遭遇し、そのまま巻き込まれる形でレンドルフを手伝うようになった。飛び抜けて頭がよく、雑用係から首席補佐官の地位に上りつめるまで、五年しかかからなかった。

本人は首席補佐官という地位にこだわりはなく、他人から若くして栄達したことを羨《うらや》まれると『名前こそ仰々《ぎょうぎょう》しいですが、要するに州領侯の使い走りです。やっていることは雑用係のころから変わっていません』と謙遜する。——いや、謙遜ではなく本心か。

この上なく高度な『使い走り』も難なくこなしてくれる有能な補佐官に向かって、レンドルフは用件を告げた。

「私の名代として神子に『友人が見つかりました』と伝えてくれ。無事とは言い難いが、現段階では命に別状はないと」

「名代ということは、伝言ではなく直接神子に拝謁して伝えるわけですね？」

「そうだ。今の《特別な交流》相手は、確かエル・ファリス卿だ。彼なら頼めば神子に取り次いでくれる。万が一断られたら、神子の友人の件だと言え」

「畏《かしこ》まりました」

セレネスは一礼すると速やかに部屋を出て行った。

レンドルフはさらに、州領館とアキを匿っている居室に配置した衛士の状況を確認し、王宮内、特に神官たちの動きに変化はないか、護衛隊長と『影』から報告を受けて当面の安全を確認すると、侍医との話題に戻った。

「〝死の影〟の治療法についてだったな」

怪我人の痛みを緩和させる薬湯を調合していた侍医は、手を動かしたまま顔を上げた。

「はい」

「侍医殿が驚くような特別なものではない。ある意味、ありきたりだ」

「なるほど。して、それはどのような？」

「薬を服用させる。ただし、その薬とは人の体液だ」

「それはまた…ずいぶんと原始的な方法で」

「血や唾液《だえき》、中でも精液は効き目が強いらしい」

「命の源でもありますからな。神への供物としても喜ばれておりますし。しかし患者が喜んで飲むかといったら、また別問題ですが」

「あれは決して美味《うま》いものではないですし」と、まるで飲んだことがあるような口ぶりで調合中の薬湯に視線を戻した侍医の顔を、レンドルフは畏怖《いふ》と尊敬が入り混じった気持ちで見つめた。この男の探求心には畏《おそ》れ入る。

飲ませなくても、身体に直接注入すればいいらしいという情報は、なんとなく口にしたくなくて黙っていた。言えば「レンドルフ様がなさるんですか？」と訊かれるだろうし、訊かれたら答えなければいけない。話が変な方向に転がって、自分以外の男を用意されたりしたらもっと困る。

なぜ困るのか、他の男がアキにのしかかって抱き寄せ、己の逸物を突き立てる場面を想像しかけただけで、立ち上がって叫びたくなるのはなぜなのか。深く考えて答えを見つける前に、前触れもなく扉が開いて、白衣の少年が勢いよく飛び込んできた。

「アキちゃん…ッ！」

「ハルカ、待ちなさい。案内も待たずに飛び込むのは失礼だ。いくらあなたの身分が高いといっても限度がある」

「神子様、落ちついてください」

白衣の少年——神子に続いてエル・ファリス卿ルシアスが現れ、そのうしろに首席補佐官のセレネスが続く。レンドルフは素早くセレネスに抗議の視線を向けてしまった。

——なぜ、神子を連れてきた!?

王候補を同行させているとはいえ、《特別な交流》中の神子が神殿を出て、他の候補の居館を訪ねたりしたら大騒ぎになる。一番怖ろしいのは、神子を監視している神官にアキの存在を知られることだ。

セレネスは『仕方なかったんです…』と言いたげに、神子を見つめてわずかに肩をすくめた。止めたけれど、言うことを聞いてくれなかったというところだろう。

それはわかる。わかるから、レンドルフはそれ以上有能な首席補佐官を責めるのはやめ、周囲の制止も注意もふりきって、自分に向かって突進してくる神子を見つめた。

「レンドルフ、アキちゃんはどこ!? あ、いた！ アキちゃん!!」

椅子から腰を上げたレンドルフの背後に、寝台に横たわるアキの姿を見つけた神子は、レンドルフがさえぎる間もなく横をすり抜けて枕元《まくらもと》に飛びついた。

「アキちゃん！ ぼくだよ、ハルカだよ！」

騒々しい神子の呼び声に、それまで治療やレンドルフの呼びかけに無反応だったアキが、眉根を寄せて顔を反らした。それでも目を覚ます気配はない。意識が戻らないアキの代わりに、折られた左足に貼りついていた黒い蜥蜴もどきが顔を上げ、小さく鳴いた。

「ぎゅいッ」

うるさいと言いたげなその声に気づいた神子が「なにこれ？」と言いながら腰を浮かし、手を伸ばそうとしたので、レンドルフはあわてて止めた。

「さわらないほうがよろしいかと。嚙まれますよ」

「え？ なにそれ？ いいの？ そんな危険なものアキちゃんにくっつけておいて」

「ぎゅる！」

蜥蜴もどきが再び抗議の声を上げる。

「アキには危害を加えないようです。むしろアキを護ろうとしている様子なので、そのままにしてあります」

「…へえ？」

理解したのかしないのか、今ひとつよくわからない反応を示して、神子は再びアキの顔に視線を戻す。

「それで、何があったの？ どこで見つかったの？ どうしていなくなったかわかった？ 誰が犯人？ このままここにいて大丈夫？」

矢継ぎ早の質問に、レンドルフはひとつひとつ丁寧に答えた。

「王都北区第四層近くの広場で〝災厄の導き手〟だと思われて処刑されかかっていました。詳しいことはまだなにも聞けていません。助け出してすぐに気を失ってしまったので。ここがアキにとって安全かと問われれば、否と言わざるを得ません。しかし、一度意識が戻るまではここに匿うつもりです」

意識のない怪我人の傍で会話を続けるのはどうかと思うが、侍医は「早く意識が戻ったほうがいい」と言っていたので、あえて騒々しい神子の好きにさせた。今さら追い返すわけにはいかないし、アキが目覚めた場合には通訳として重宝する。

「どうして？　ここがそんなに安全じゃないなら、アキちゃんはぼくの部屋で匿えばよくない？　ぼくの部屋って、王宮内…っていうか、この国でいちばん安全で快適な場所なんでしょ？」

「神子である貴方にとっては安全でも〝災厄の導き手〟にとっては違います。むしろ最も危険な場所だといえます」

なにしろ至るところに神官たちがうじゃうじゃいるのだ。

「──そうなんだけどさ…。でもほら、なんだっけ。鳥が困って懐に飛び込んだら殺されずにすんだって、昔話かなにかであったじゃん。灯台もと暗しとか」

神子の話は要領を得ないことが多い。今回もそうだが、言いたいことはなんとなくわかる。しかし、

「数時間ほど匿うならともかく、ずっと暮らすのは不可能です」

「じゃあ、どこなら安全なわけ？　他に身を隠せる場所なんてあるの？」

「私の領地に、アキにとって最も安全な隠れ処があります。ですからどうか、彼のことは全面的に私にお任せください」

形は懇願だが、実際は決定事項の確認にすぎない。神子にもそれは伝わったのか、なにやら恨みがましい目で見られた。

「確かに私は一度、アキを行方不明にしてしまうと

いう、神子《あなた》の信頼を裏切る失態を犯しております。そんな私の言葉など今さら信用できないのは重々承知の上です。しかし今一度、どうか私に汚名を雪ぐ機会をください」

胸に手を当てて訴えると、神子は拗《す》ねたように唇を尖らせて「うー」とうめいた。

「別に…レンドルフのこと信じてないわけじゃない。アキちゃんがいなくなってから、ずっとすごく、誰よりも熱心に探してくれたの知ってるし…」

それでも不満は残るのか、神子が未練がましく何か言い重ねようとしたとき、下からかすれ声が聞こえてきた。

「――…レ…ン…？　ア…ル…？」

「アキ！」

「アキちゃん！」

ふたり同時に名を呼んだのに、レンドルフの声は、より大きな神子の声にかき消されてしまった。

神子はレンドルフが顔を近づけるより早く、アキの上に覆い被さるように身を寄せて、もう一度「アキちゃん…！」と名を呼んだ。

一度目と違って、今度は声が潤んでいる。

涙混じりで友人《アキ》の名を呼ぶ神子の背中を見たとたん、出逢ってから合計でまだ五日に満たない自分より、神子のほうがずっとアキとの縁が深いことに気づく。その思いが遠慮になり、ふたりの再会を邪魔しないよう一歩身を引く形になった。

本心では神子を押し退けて手をにぎりしめ、自分がどれだけ心配したか、生きて救い出すことができてどんなに嬉しいか伝えたい気持ちでいっぱいだったが――。

「ア…ル……」

目覚めたアキが改めて名を呼んだのは、残念ながら自分ではなく神子の名だった。

神子の背に隠れてアキの表情がわからない。寝台をぐるりとまわって反対側の枕元に立ったとき、アキの視線がふっと自分に向けられるのを感じた。次の瞬間、

「レン…」

苦労して押し出したようなしゃがれ声で名を呼ばれたので、急いで寝台脇に膝をつき、顔を寄せて耳元で声をかけた。

「アキ…！」

傷に障らないよう、そっと左手をにぎりしめてやりながら。

「もう大丈夫だ」

神子に翻訳してもらわなくても、まるで意味を理解したように、アキの表情が安堵でゆるむ。きれいなふたつの黒い瞳がみるみる潤んで、まばたきしたとたん、朝露《あさつゆ》のように清らかな涙がぽろぽろとこぼれ落ちた。

「……っ」

思わずアキの手をにぎる指に力がこもる。同時に、それまで自分でも存在を知らなかった胸の扉が、轟音《ごうおん》とともに開いて、中から何かがあふれ出した気がした。

熱くて温かくて眩しくてむず痒いような、何か。汲めど尽きぬ豊かさで、自分の中からアキに向かって湧き出していくもの。それがなんなのか、名前はまだわからない。

視線は磁石に貼りついた鋼板のように、ぴたりと吸いついてアキから離れない。

レンドルフがあまりに強く見つめ続けたせいか、それとも突然泣いてしまった自分に驚いたのか、アキは照れくさそうにまばたきをくりかえし、ふいに視線を外した。

わずかに逸《そ》らされたその顔を手のひらで押さえ、目元と頬を濡らす涙をぬぐってやりたい。汗で貼りついた髪をかきわけて、額に唇接《くちづ》けて「もうなにも心配しなくていい」と励ましたい。

次から次へと湧き上がる庇護《ひご》欲に我ながら戸惑っていると、アキは神子の両手から右手を抜きとり――自分がにぎっている左手でなくてよかったと安堵した。しかし次の瞬間には、左腕は怪我をしていて力が入らないからだと気づき落胆する。

レンドルフが一喜一憂している間に、アキは胸元を探るよう手を動かして不安そうに何かつぶやいた。

「――……אַרוש……איז？」

「なんと言ったんです？」

「『クロは？』って訊ねてる。アキちゃんクロって、あの真っ黒なトカゲのこと？」

「……אַ」

　これは訊かなくてもわかる。肯定の言葉だ。やはりあの黒い蜥蜴もどきはアキが飼っていたらしい。口調から心配しているのがわかる。

「アキの左脚にはりついてる。さわらせてくれないからわからないが、大きな怪我はないようだ」

　安心させてやりたくて詳しく答えると、神子がそれを通訳してくれた。アキは目に見えて安堵の表情を浮かべたあと、突然息を詰まらせ顔をしかめた。

「……ッ！」

　どうやら骨折した左脚を動かそうとしたらしい。蜥蜴もどきが本当にそこにいるか、確認しようとしたのだろう。

「動かしてはいけない」

「『動かしてはいけない』って。骨が折れてるんだ。あと全身打撲と、切り傷にすり傷もたくさん。それから〝死の影〟も」

　レンドルフが言い添えるより早く、神子が続けてアキの状態を説明してゆく。さらに、さっきレンドルフがアキと見つめ合っている間に、侍医から説明されて受けとっていたらしい、薬湯入りの銀杯《カップ》を眼前に差し出した。

「すごくよく効く痛み止めを調合してもらったから、これを飲んで。楽になる」

　アキは神子の懇願など耳に入らない表情で、そろそろと右脚を動かしている。寝心地が悪いのか、何か気になることでもあるのかと、上掛けをめくろうとして気づいた。

　上掛けの下で、アキの右足と小さな生き物が互いにもぞもぞ動いている
　蜥蜴もどき――クロが、本当に無事かどうか右足でさわって確かめているのか…。

　――ずいぶん可愛がっているんだな。

　アキがそこまで大切にしていると理解した瞬間、

己の庇護対象――その中でも特別な場所にクロの存在も加わった。

「アキちゃん、聞いてる？」

自分の頼みを無視された形の神子は、辛抱強くアキに勧めている。

「アキちゃんお願い。これ飲んで」

耳元で大きな声を出されて、アキはようやく神子に視線を戻した。

「痛み止め。ひどい味だけど楽になるから」

説明しながら、神子は枕元に膝で乗り上げ、アキの頭を枕ごと持ち上げて銀杯《カップ》を口元に押し当てた。けれどアキは眉間に皺を寄せ、嫌そうに唇を引き結んで顔を背ける。

確かにあの薬湯はひどい匂いだが、アキが嫌がる理由はそれだけではなさそうだ。

「アキちゃん、飲んで」

なぜ飲んでくれないのか、神子には理由がわからないらしい。首をふって銀杯《カップ》を避けるアキの反応に困惑しまくる神子に、レンドルフは教えてやった。

「おそらく、毒を盛られていないか警戒しているのでしょう」

「ええっ？　なんで!?　そんなわけないのに！」

毒を盛ったり盛られたりという行為自体に馴染みがないのだろう。驚いて目を丸くしている神子の手から銀杯《カップ》をやんわり抜き取って、アキの目の前でひと口飲んでみせる。

確かにひどい味だが、毒ではない。

レンドルフは神子に代わって、アキの枕元に身を屈め、右腕で肩と首を、そして手のひらで頭を支えて銀杯《カップ》をあてがった。とたんにアキの唇がぴくりと引き攣る。

どうやら目は開いていても、視力はまだそれほど回復していないらしい。レンドルフを見上げる瞳が不安そうに揺れている。

「毒味は済ませた」

「『毒味は済ませた』って。今レンドルフがちゃんと試しに飲んでみせた。すごくまずいのに。だからアキちゃんも飲んで、お願い」

言葉で説明しても、アキはまだ口を開こうとしない。失踪中によほど辛い目に遭ったのだろう。出逢った頃とは比べものにならないほど、警戒心が強くなっている。それが悪いことだとは言わないが、今は別。一連のやりとりの間にも、アキが痛みや苦しさに耐えているのがわかる。額には脂汗がにじみ、頬は血の気を失ったまま。これ以上ぐずぐずしてはいられない。

「口移しします」

「え？　それはちょっと待ってレンドルフ。アキちゃんてわりと潔癖症だから、いきなり口移しは…」

無理だと神子が言い終わる前に、レンドルフは薬湯を口に含んで、アキの唇に自分のそれを重ねた。

——やわらかい…。

表面は荒れてかさついているけれど、なんて小さくてやわらかな唇だろう。

まるで花びらに触れているようだ。

場にそぐわない、そんな感想が脳裏を過ぎる。不埒《ふらち》に高鳴った胸に戸惑い、そんな自分を叱咤《しった》しながら、逃げられる前に素早く唇を押し開き、舌を使って巧みに薬湯を流し込んでいく。

「ん…ぅ……ふ…」

アキの舌は唇と同じく、小さくて、清楚《せいそ》でやわらかく、熱かった。

熱いのは熱があるせい。熱があるのは骨折や打撲、そして〝死の影〟のせいだ。アキにとっては苦痛でしかない。その熱さを心地良く、甘いと感じてしまう自分は人でなしかもしれない。それでも、生まれて初めて味わう他人の唇の甘さに、理性が溶けて痛痒い疼《うず》きが下腹に生まれる。

かつて、名ばかりの妻と義務で交わした唇接けは、大鋸屑《おがくず》を嚙むより味気なく、自分の舌まで水気のない木片になってしまった気がしたのに。

この違いはなんだろう。

——アキの唇は、まるで色づきはじめた水蜜桃《もも》のように瑞々《みずみず》しく、甘い。

いつまでも味わっていたい。

頭で考えるより、心と身体が欲する正直な想いに再び戸惑いながら、くたりと脱力したアキの身体をさらに抱き寄せる。

口移しで与えた薬湯をアキがすべて嚥下《えんか》し終わるのを確認しても、唇を離さず、むしろさらに深く重ねて舌を絡ませたのは、もちろん〝死の影〟の治療で体液を与えるためだ。

――嘘つきめ。それはただの建前だろう。本音は別にあるくせに。

それがどうした。私の本音がなんであろうと、アキに体液が必要なのは事実じゃないか。これは救命行為なのだから、誰にも誹られる謂《い》われはない。

――アキ本人に嫌がられても？

自問自答に痛いところを突かれてふ…っと我に返ると、肩をトントンと叩かれていた。

「レンドルフ」

「――なんでしょうか」

渋々唇接けを解いてふり向くと、目を据わらせて腕を組んだ神子が、レンドルフを睨みつけながら呆れたように言い放った。

「アキちゃん、また気絶しちゃったんだけど？」

唇接け中に意識を失ったものの、レンドルフの体液――唾液が多少は効いたのか、それとも薬湯の効用か、アキの容態は前より呼吸が落ちついて、蒼白だった頬にもかすかに血の気が戻ってきた。小康状態には程遠いものの、少しでも落ちついている間に移動することにした。

怪我人を自領まで運ぶ準備はすでに整えてある。レンドルフが速やかに出立を告げると、神子は「ぼくも一緒についてく！」と言い出した。

「アキちゃんと一緒に、ぼくもレンドルフんとこの隠れ処にいく！　もうアキちゃんと離れるのはやだ…！」

幼子のように駄々をこねる姿の裏には、自分の願いが叶わないことを知っているからこその、あきらめと悲しみが透けて見える。

だから腹は立たない。むしろ、ようやく見つかっ

た大切な友人を、再び手の届かない場所に連れ去ってしまうことに罪悪感を覚えるほどだ。

「――……」

どうしたものかと、助けを求めてそれまで部屋の隅《すみ》で成り行きを見守っていたルシアスを見ると、ルシアスは背後からやんわりと神子の肩を抱き寄せて、レンドルフの前では出したことのない、丸味のあるやさしい声であやすように言い聞かせた。

「彼の怪我が治って元気になったら、また私が必ず逢わせてあげますから」

「…ほんと？」

「あなたに嘘はつきません。私かエル・グレン卿と《交流中》のときなら願いを叶えてやれます」

だから今は堪えてくださいと説得されて、神子はグスンと鼻をすすり「…うん」と小さくうなずいた。

神子がルシアスに肩を抱かれて神殿に戻ると、レンドルフもアキを抱えて部屋を出た。

時刻はすでに真夜中近い。州領館から王宮最奥部――正確に言うと、最上層に神のおわす聖所、その下に王の御座所となる玉座の間、位置的にはその真下――にある『通路』へ向かう。万一の事態に備えて、アキを抱えたレンドルフの前後左右には、計四名の護衛を同行させている。彼らはアキを担架に乗せたときの運搬係も兼ねている。

一行が足を踏み入れた『通路』は神によって造られた特別なもので、体感移動距離は七カロン（約五〇〇メートル）ほど、時間も三エラン（約三分半）しか経っていないと感じるが、実際は二八〇ギロン（約二千キロメートル）も移動して、時間も丸半日経過している。

古い遺跡から出土した古文書には、創世期当初は『通路』を使っても一イル（〇・七秒）しか経過しなかったと記録がある。年代が下るに従って時間がかかるようになり、今では片道半日だ。それでも徒歩や馬で移動するのに比べれば、奇跡のように早い。

――実際に神による奇跡の技だ。レンドルフを含めて、文句を言う人間は誰もいない。

文句は言わないが、レンドルフが他人と違うのは、創世期当初にくらべて、なぜ今は丸半日も時間がかかるようになったのか、原因を探っているところだ。

普通に考えれば、神の力が弱まっているという結論に行きつく。俗に言う経年劣化だ。

その推論が正しいかどうかはともかく、冗談でも、そんな話が神官たちの耳に入れば、神を冒瀆《ぼうとく》した罪で即刻投獄されてしまう。だから滅多なことでは口外できない。

薄青い燐光《りんこう》を発する『通路』を使うたびによみがえる疑問に思いを馳《は》せながら、体感的には七カロンしかない通路を抜けて、レンドルフは自領の州領城に到着した。城の外に出ると、太陽は西に傾きはじめている。そこから馬車と馬と徒歩で、アキを〝災厄の導き手〟たちを保護している隠れ里まで運んだ。

隠れ里の存在はレンドルフが本当に信用し、かつ〝災厄の導き手〟に対する偏見を捨てられると判断した人間にしか明かしていない。当然、隠れ里に至る経路も秘密だ。途中で服を着替えて変装し、さらに馬車も乗り換える。

里に近づくための道はいくつかあるが、どの道も、知らない者にはわからないように出入り口を茂みや木の枝で目隠ししてある。さらに、里を拓《ひら》くときにかかった吊《つ》り橋の建材費や自給自足で賄えない物資、必需品の運搬と資金の流れなど、神殿の査察や追及が入ったときに誤魔化せるよう、表向きは『伝染性で不治の病に冒された者たちの終《つい》の住処』すなわち『隔離のための集落』ということにしてある。念のため、書類に登録してある所在地もまるきり別の場所だ。そしてそこには鄙《ひな》びた小さな集落が実在しているので、詳しく調べられても隠れ里の存在が曝《あば》かれるおそれはまずないと言っていい。

馬車と馬を使って丸半日、日が暮れて真夜中近くになった頃、ようやく隠れ里にいたる吊り橋が現れた。

隠れ里がある場所は、周囲がぐるりと陥没した絶壁の谷に囲まれている。いわゆる陸の孤島だ。絶壁の彼我の距離は一カロン半（約一〇〇メートル）。岩壁の質がもろいので人間が生身で降りて登るのは不可能。唯一の出入り口となる吊り橋も、設置するための頑丈な地盤を探すのに苦労した。

　その吊り橋を通って対岸にたどりつくと、常時待機している厩番《うまやばん》が、真夜中だというのに嬉しそうに飛び出てきて歓迎の意を示した。

「旦那様、よくお戻りくださいました！　今回はいつまでいてくださるんです…おや？　病人ですね」

　黒髪黒瞳の厩番は、担架に横たわるアキの顔をのぞき込むと、素早く事情を察して馬の用意をはじめた。『新入り』がここにやってくるとき、怪我をしていたり病気だったりするのは珍しくない。だから手順も慣れている。

「病人で怪我人だ。事情があるので、私の客人として城《し》砦《ろ》に滞在させる。名前は『アキ』だ。何かあったときはよろしく頼む」

　厩番は我が子を見るようなやさしい目で眠るアキを見つめ、レンドルフに向かって深くうなずいた。

「はい。アキ様ですね。承知致しました」

〝災厄の導き手〟と呼ばれて蔑《さげす》まれ、長い間迫害されてきたゆえに、彼らの仲間に対する思いやりと結束力はゆるぎない。

　ここはアキにとって、この国《アヴァロニス》で最も安全で暮らしやすい場所になるはずだ。そうなって欲しい。そう強く願いながら馬に乗り、抱え直したアキの前髪をそっとかきわけてやると、彼はうっすら目を開けた。

「――…レ…？」

　ほとんど声になってない。吐息のような呼びかけに、レンドルフは深くうなずいて微笑みかけた。

「そうだ。移動が長くて疲れただろう。もうすぐ城《し》砦《ろ》につく。それまでの辛抱だ」

　ここにくる間も、アキは時々目を覚まし、そのたび不安そうにレンドルフの名を呼んだ。声が出ないときは、視線をさまよわせてレンドルフの姿を探す。

「……[illegible]…[illegible]…――[illegible]…[illegible]」

　アキはこれまでと同じように、レンドルフの声を聞くとほっとしたようにまぶたを閉じ、深い吐息と一緒に何かささやいた。

　意味はわからない。けれど安心させるために、レンドルフはアキの背中を手のひらで撫でた。

「大丈夫。ちゃんと傍にいる」

背中を撫でながら、何度も「傍にいる」とささやくと、アキはストンと眠りに落ちて、深い寝息を立てはじめた。


アキがきちんと目を覚ましたのは、隠れ里の城砦《しろ》に到着した日から、三日半後のことだった。

その間、レンドルフはずっと隠れ里に滞在して、アキの看病を続けた。

アキの状態は一進一退で、熱はあまり下がらず、昼でも夜でも悪夢を見るのかよくうなされた。何かを伝えたいのか、呂律《ろれつ》のまわらない口調で必死にしゃべることもあった。残念ながら、ひと言も理解できなかったけれど。

寝汗もたくさんかくので、こまめに水分を与え、一日に何度も着替えさせ、身体を拭いてやる必要もあった。

一時も離れずつきっきりで…というわけにはいかなかったが、〝死の影〟の治療のために体液——血を与えるとき、レンドルフは決して人任せにせず自分で与えた。もちろん血や薬湯を口移しする以外にも、唾液を与えるという大義名分を盾に、数え切れないほど唇接けもした。

城砦《しろ》の管理と客人の世話を任せているフラメルとベイウォリー親子は、主《レンドルフ》が年端もゆかぬ少年——それも眠り込んで意識がない——に覆い被さって、熱心に唇を重ねているのを初めて目撃したとき、持っていた盆を床に取り落とすほど驚いた。幸い盆に載っていたのは銀器だったので、壊滅的な被害は免れたが。

ふたりは「旦那様…」とつぶやいて絶句したあと、無言で床にぶちまけた銀器を拾い集め「失礼しました」「お邪魔しました」と言い残して部屋を出て行った。レンドルフが「誤解だ」とか「これは治療の一環で」という情けない言い訳をする暇もなかった。

アキは銀器どうしがぶつかる音にも目を覚まさなかったが、代わりにクロが「ぎゅいッ！」と鳴いて騒音に抗議した。

レンドルフはその場で頭を抱え、アキの寝息とクロの文句をしばらく聞き入る羽目になった。

熱のせいで寝汗をかいているアキの匂いを心地良いと感じながら、事ここに至ったなら、いいかげん認めるべきだと覚悟を決める。

自分はアキのことが好きだ。

それは単なる好意ではなく、肌の触れ合いを積極的に求める部類のものだと。

どれも生まれて初めて抱いた感情に加え、相手がかなり歳下の、しかも同性だったので気づくのが遅れただけ。思い返してみれば最初にアキを見たときから、強く惹かれていたのは間違いない。

自分の立ち位置を確認し、覚悟を決めれば狼狽《うろた》える必要はなく、唇接けするのに大義名分も口実もいらない。――少なくとも、自分の心に対しては。

問題は、アキが意識を取り戻したときレンドルフとの触れ合いを――唇接けだけでなく身体を繋げる行為も――受け入れてくれるか否かだが、そこに関しては、いざとなれば大人の狡《ずる》さを発揮する覚悟がある。

最も避けたいのは、アキがレンドルフを拒否して、他の誰かを相手に選ぶことだ。

「それだけは避けたい…」

避けたいが、アキがどうしてもと言うのなら、自分はきっと聞き入れてしまうのだろう。無理強いして嫌われたくないし、何よりも、アキの気持ちを優先してやりたい。たとえそれが自分にとって、辛く苦しい忍耐の連続になったとしても。

そんなことを考えながら、汗ばんで寝苦しそうなアキの身体を拭いてやるために、レンドルフはいそいそと立ち上がり部屋を出た。清拭《せいしき》の準備を整え、うしろにフラメルを従えて再び寝室の扉を開けたとたん、少し驚いたアキの声に出迎えられた。

「レン…ドル…！」

「アキ、目が覚めたのか！　よかった」

アキは身を起こそうとしたらしく、頭をほんの少し動かしてから、眉間に皺を寄せて怪訝そうに自分の身体を見下ろした。

「起きるのはまだ無理だ。そのままで」

レンドルフは後ろ手でフラメルに止まるよう伝えてから、急いで脇卓に洗面器と布を置き、手のひらでアキの動きを制した。そのままアキに近づいて、腰を折って顔をのぞき込む。顔色はまだそれほどよくない。

驚かせないようゆっくり腕を動かして、額に手のひらを当てると、アキは気持ち良さそうに目を閉じた。レンドルフの手を冷たいと感じるのは熱がある証拠だ。実際、手のひらに伝わってくるアキの体温は、心配になるほどまだ高い。

発熱の原因は骨折と打撲だけではない。間違いなく〝死の影〟がアキの命を蝕《むしば》んでいる。

やはり、血と唾液だけでは治癒力が足りないのだろう。アキがまた眠ってしまう前に、一番効き目がある治療法について説明しなければ。――けれどその前に。

レンドルフは額に貼りついたアキの前髪と、汗で湿った寝衣を見つめて顔を上げた。そのままアキの手をにぎり、

「君の仲間を紹介しよう」

そう前置きしてからフラメルを呼び入れた。

「フラメル！」

有能な世話人が姿をみせたとたん、レンドルフの手の中でアキの指がビクリと強張った。その手を逃さないようそっと力を込めてにぎりしめながら、不安そうに胸を押さえて震え出したアキにやさしく語りかける。

「大丈夫」

これまで何度も使った言葉だから、響きで意味に気づいたのか、アキの肩から少しだけ力が抜ける。レンドルフはもう一度「大丈夫だ」と伝えてから、入り口で固まっている世話人を呼び寄せた。

「フラメル、ここへ」

レンドルフが持ってきたものより、さらにふたまわりほど大きな湯桶を手に提《さ》げたフラメルは、アキの怯えを察してゆっくり動き、臆病《おくびょう》な雪狐《ゆきぎつね》の巣穴

をのぞき込むような足取りで静かに近づいてきた。

「אן…」

ようやくフラメルの髪と瞳の色に気づいたのか、アキは小さく声を上げて目を瞠《みは》り、

「שוּאַרִי הָאַן…אָנְשַׁן…！」

嬉しそうに弾んだ声を出した。

「レン רָאַרְן דַעס מַעמַעש וּעֶלְכַּרְקַרַן שׁוּאַרִי הָאַן אַון פְּרַאמַעשַן אַרַן אַנ אַרן」

何を言っているのかわからないが、喜んでいることだけはわかる。強張っていた身体から力が抜け、見知らぬ土地で友人に出逢った人のように、表情がやわらかくなる。

嬉しそうに瞳を輝かせてこちらを見上げたアキに、レンドルフは同意を示してうなずいてから、フラメルのことを紹介した。

「アキ、彼の名前はフラメルだ」

「…メ…、メ…ル、メル？」

アキは難しそうに唇を動かし、何度も声に出そうとしたけれど、どうしてもフラメルのフラは発音できないようだった。

出せる部分だけ声に出し、これで合ってるかと心配そうに首を傾げられたので、レンドルフは「大丈夫だ」と大きくうなずいた。背後でフラメルもうなずいている。

アキの不安と怯えが解消したので、レンドルフはフラメルに手伝ってもらいながら、手早くアキの身体を清めた。これまで何度もしてきたことなので、手順は慣れたものだ。上着を剝いで、熱めの湯を絞った布で汗を拭き、新しい寝衣を着せる。続いて下穿きを解き、本人に恥ずかしがる間を与えないよう、素早く淡々と汗と汚れを拭き取って、新しい下穿きを慣れた手つきで締めてやった。

アキは裸に剝かれても嫌な顔ひとつせず、特に恥ずかしがる様子もない。頭が半分まだ寝ているのか、それともレンドルフを信用して身を委ねてくれたのか。できれば後者でいて欲しい…という個人的な希望は後まわしにして。

レンドルフはフラメルと協力し、続けて手早くア

キの髪を洗い上げた。

本当はもう少し熱が下がってからの方が、体力的に消耗せずにすむのだけれど。

神子から『アキちゃんてきれい好きなんだよ。毎日お風呂に入りたい系。ぼくなんか面倒くさいから一日おきとか、二日おきでもぜんぜん大丈夫《おつけー》なんだけど』という話を聞いていたので、髪を洗えばきっと喜ぶだろうと思ったからだ。

病に打ち克《か》つには、心の持ちようも大切になる。アキには少しでも心地良く安心して過ごして欲しい。

レンドルフの予測はピタリと当たり、髪を洗い終わるとアキはこれまでになく安らいだ表情を浮かべ、満足そうに大きく息を吐いた。

「הכמגיד… איך פיל זיך גוט… דאנק איך, איך צמורען דאָרט. レン דאָרך メル סעך」

気持ちよさそうに目を閉じて何やらつぶやき、そのまま寝入りそうになる。

レンドルフはあわててアキの頭を抱え、用意してあった薬湯を与えた。唇に銀杯《カップ》をあてても、すでに飲み込む力がなかったので、必然的に口移しになる。薬湯を飲み終わったあとは、少しでも〝死の影〟を消すために唾液も与える。

フラメルはすでに慣れたもので、レンドルフが口移しをはじめた時点で洗面器や水桶、清拭に使った布などをまとめて抱え、主の邪魔にならないよう静かに部屋を出て行った。

ふたりきりになった部屋の中でレンドルフは、完全に眠りに落ちたアキの身体を抱きしめて、心ゆくまで甘い唇を堪能《たんのう》した。

アキはその後も丸二日間ほど、ぼんやりとした覚《かく》醒《せい》と深い眠りをくり返した。

その間レンドルフはせっせとアキに食事を与え、口移しで薬湯と、薬湯に混ぜた血を飲ませ、甲斐甲斐しく世話を続けた。内心では早く〝死の影〟とその治療法について説明し、了承を得たいと焦っていたものの、アキが話を理解できるようになるまで待つしかない。同意も得ずに抱いて嫌われ、信頼を失うという、取り返しのつかない事態だけは避けたい。

だからアキが身を起こし、短い時間なら筆《ペン》を持てるくらい回復した頃合いを見計らって、レンドルフは絵談で説明を試みた。

内容は可能なかぎり簡略化して伝える。

『ふたりの人間が口と口をくっつけると、黒く染まった腹の痣《あざ》が消える』

絵が得意な人間なら難なく描けるかもしれないが、残念ながらレンドルフは自他共に認める下手くそだ。フラメルとベイウォリーも似たり寄ったりで大差ない。アキはレンドルフが苦労して描いた絵に見入り、しきりに首をひねっている。

幼児が布で作った指人形のような描写力では、いくら察しのいいアキでも、さすがにそれが自分とレンドルフだとは気づけないようだ。

「仕方ない…」

レンドルフは下手くそな絵の一点を指さしてから、アキの唇にそっと自分の唇を重ね、素早く身を引いた。

「！…נאס？　נאס!?　אז דנעז פוו מנענ？」

アキはとっさに身を引いて軽く仰け反り、レンドルフに触られた唇を腕で覆い隠した。そして頰を赤らめながら早口で何か言い募る。

「レン דאנד אנננעאנד שוק דנסו סנאשננננ ננאנ？　מעמנ？　נאס？」

それが文句や抗議でないことを祈りつつ、レンドルフは説得を続けた。

「こんなおじさんに唇接けされるのは嫌かもしれないが、命がかかっている。どうか受け入れてほしい」

「נונמ נאנ נאס？　אנד מאנ ננו ננוסו」

アキは眉が八の形になる困惑しきった表情で、さらに何か訴えた。けれどわからない。

言葉が通じないことが本当に辛い。

アキと同じように自分の眉尻も下がるのを感じながら、レンドルフは慎重に指を伸ばし、花びらのようなアキの唇に触れる直前で手を引いて、その指で自分の唇に触れてみせた。そして不快を示すように顔をしかめ、嫌そうに身を引くふりをして首を傾げる。続けてさっきと同じ仕草をくり返し、今度は同意を示すよう大きくうなずいてみせてから、最後に首を傾げる。

下手くそな絵とレンドルフを見くらべていたアキの顔に、ようやく『そういう意味だったのか』と言いたげな理解の色が広がった。そして、その直後にアキがしてみせた行為は、レンドルフの予測を超えていた。

アキは自ら手を伸ばしてレンドルフの頬に触れ、何度もうなずいてみせたのだ。

「עם איז גוט レン דאָרף דיר קיר איז מעוועך אַמאָל דין מקרשים פוניי
…אָגן, באַזן גוט א קרשס גוויל-גוי-גוויל גאַ אָצ」

自分の頬に触れた細い指の、かすかな動きにドクリと胸が高鳴る。花の香りだろうか、何か甘い匂いをかいだ気して鼻を蠢《うごめ》かせると、出所はアキの首筋だと気がついた。

レンドルフの頬を撫でるアキの指はまだ止まらない。濡れた黒曜よりも美しい、澄んだ黒い瞳で下から見上げられると、己の理性や忍耐が、烈火の前の雪よりも容易《たやす》く溶けてしまうのを感じる。

「……」

怪我と病で弱った細い身体を、力ずくで押し倒したい衝動に負けずにすんだのは、欠片も警戒心を持たず、全幅の信頼を寄せてくれるアキの表情に気づいたからだ。

レンドルフは落ちついて、アキの行動の意味を考えた。自分からレンドルフの頬に触れたのは、了承の印だと思う。

「よかった」

とりあえず唇接けは受け容《い》れてもらえた。

レンドルフは頬に触れていたアキの指をにぎりしめることで、刹那《せつな》の衝動に打ち克った。


その日の夜。

アキが眠りに落ちるのを待って、レンドルフは王宮に戻った。身振り手振りと絵談だけで事態を説明することに限界を感じたからだが、帰都の理由はそれだけではない。翌日から神子との《特別な交流》

がはじまる。

　さすがに三巡目ともなれば、毎日訪問しなくてもそれほど問題にはならないが――神子が《交流》を望んでいない場合は特に――最初から最後まで一度も顔を見せないのはまずい。たとえ神子に門前払いされたとしても、拝謁を求めるふりくらいしておかないと、王候補の自覚なしとして領主の身分まで剝奪される恐れがある。

「――…本当に、なんて面倒くさい」

　王の選定にまつわるあれこれは鬱陶しいことこの上ないが、自分が王候補であるからこそ、アキの友人であり、唯一アキの言葉を理解して通訳できる神子に会えるのだから、文句は言うまい。

　丸半日かけて戻って来た王宮の聖神殿の扉の前で、レンドルフはしきたりどおり姿勢を正し、王候補として神子に《特別な交流》を申し出た。

　中から侍従神官たちがうやうやしく扉を開くと、待ちかねたように神子が駆け寄り体当たりしてきた。

「レンドルフ！　すっごく待ってた！」

「遅くなって申し訳ありません」

　神子を抱きとめたまま、レンドルフが扉をくぐって神殿の中に入ると、神子が「ア…」と言いかけたので、さりげなく人差し指を唇に指を当て「その話は奥でいたしましょう」と目配《めくば》せした。アキの話は神官たちの前でしたくないという意味だ。

「あ、そっか。ごめん」

　神子は素直に己の迂闊《うかつ》さを詫び、神殿の中庭に向かった。見晴らしの良い場所に建つ四阿《あずまや》なら、人払いさえすれば盗み聞きされる心配はない。

　レンドルフはそこで簡単に経緯を説明した。

　アキは意識を取り戻し、少しずつだが回復している。しかし。

「言葉の壁が厚く、〝死の影〟の治療方法がアキにうまく伝わったか自信がありません」

「あー…うん、わかるよ…。アキちゃんてそっち方面、超うといもんね」

　神子は友人《アキ》が回復していると知って安心したのか、胸を撫で下ろして深く息をしたあと、急に「お腹《なか》が空《す》いた」と言い出して、侍従が用意してあった茶菓子をポリポリかじりながら話を続けた。

「ぼくだって最初に説明されたときは頭ぶっとぶくらい驚いたもん。男の人と性交《セックス》しないと死んじゃうとかさー、それどこの淫猥遊戯《エロゲー》だよって」

神子はアハハと笑い、花茶をガブリと飲んで二個目の茶菓子に手をつけた。

神子の言葉はときどき理解しづらいものがあるが、あまり気にしなくていい。意味を深く追及しなくてもほとんど支障はないからだ。

「その――、性交という高度で複雑な部分には、まだ説明に至っていないのが問題で…」

「へ？」

「唇接けすると〝死の影〟が消えるというところまでは、なんとか理解してくれました」

「え？　まだその段階なの？　本当《マジ》に？」

「……」

レンドルフは表情を変えずに侍従神官が用意した茶器に手を伸ばしかけ、ハッと気づいてさりげなく引き戻した。

神子が同じものを飲んでいるとはいえ、油断はできない。自分の茶器にだけよからぬ薬が塗られているかもしれない。よからぬというのは暗殺目的ではなく、情欲をうながす媚薬《びやく》の類《たぐい》だ。

幸い神子は、レンドルフの仕草の意味に気づかなかったようだ。レンドルフは茶器の代わりに自分の懐に手を入れて、中から紙の束と筆《ペン》を取り出した。

「そこで神子に御助力をいただきたく、参上いたしました」

レンドルフが姿勢を正すと、神子もつられて背筋を伸ばした。

「あ、はい。なんでしょう」

「アキに手紙を書いて欲しいのです。放っておくと命を奪う〝死の影〟のこと、その治療法。性交してもいい場合は私が相手をするということを、なるべくわかりやすく」

「了解《おっけー》」

「…――もしも、どうしても…相手が私では嫌だという場合は、アキが望む相手を見つけるからと、書き添えてください」

「えー、それは大丈夫だと思うよ？　どっちかっていうと、レンドルフ以外なんて絶対お断りってアキちゃんは言うと思うけど」

「――…そうだと」

いいのですがと、つぶやいた願望は我ながら小さい。

「え？　今、なんて言ったの？　声が小さくてうまく聞き取れなかった」

「いいえ、なんでもありません」

神子は「ふうん」と気のない返事をして、手紙を書きはじめた。ただしおしゃべりは止まらない。

「アキちゃんの〝死の影〟ってすっごく大きくなってたよね。あれって行方不明中に誰にも襲われたりしてないってことだよね。ってことはレンドルフが初めての相手ってことか。大丈夫かなー？　アキちゃん生真面目だからなー、同性相手ってだけで思考停止しないかなー…――あ、でも意外と大丈夫かも。真面目だけど応用力はあるんだよね。あと頭いいから外国の事情とかよく知ってるし。今どき同性婚くらい珍しくないって、案外あっさり受け入れるかも。なんてったって命がかかってるし」

とりとめなく続く神子の独り言に相槌を打つのもはばかられ、レンドルフはぼんやりと神子が書き連ねていく手紙の文字を見つめた。

神の水を飲んだ神子は、こちらの言葉も文字も理解できるし読めるが、神子自身が書いた文字はこちらの人間には理解できない。

レンドルフの目には、神子が書く文字はただの模様に見える。それでも文字なら法則性があるはずだ。時間ができたら、神子にこちらの言葉をあちらの文字に翻訳してもらおう。そうすればこちらの文字と言葉が学べてアキも喜ぶだろうし、自分もアキの国の言葉と文字を覚えられる。

「できた！」

嬉しそうな声に顔を上げると、神子が「どうだ！」とばかりに書き上げた手紙を見せてくれた。

「中身、読み上げた方がいい？」

「いいえ。私信にあたりますから、そこまでしていただかなくても大丈夫です。あなたがアキに不利なことや、アキを苦しめることは絶対にしないと信頼していますから」

「えへへー」

　真面目に褒められて照れくさくなったらしい。神子は金色の髪を無造作に掻いた。

「それでは私はこれで失礼いたします」

　聖神殿の〝神子の庭〟を訪れてから小一時間も経っていない。ただ一刻も早くアキの元に戻って、手紙を渡したい。その一心で椅子から立ち上がると、ふいに神子が真顔になった。

「アキちゃんはいいいな…」

「はい？」

「うぁ…っ、なんでもない！　嘘、今のなし、本当になんでもないから、忘れて！」

　なんでもないと言いながら、顔の前でブンブンと両手を交叉《こうさ》させた神子の顔は、もう元の明るく脳天気な少年のものに戻っている。

　神子が一瞬垣間見せた影のような表情は気になったものの、今はそれを追及する余裕がない。

　レンドルフは〝神子の庭〟を後にすると、足早に、矢のようにまっすぐ、アキが待つ隠れ里目指して蜻《とん》蛉《ぼ》返りに飛び帰った。

† 眠る花

　神子に〝死の影〟の治療法について書いてもらった手紙を携えて、レンドルフが隠れ里の城砦に着いたのは夜だった。体感的には一日だが、実際は丸二日過ぎている。

　走り出す寸前の早足で廊下を進み、客間の扉前にたどりつくと深呼吸をして息を整えた。そして眠っているかもしれないと思いつつ、静かに開けて中に入る。

アキは目を覚ましていたようだ。ゆっくりと顔を上げ、部屋に入ってきた人物がレンドルフだと気づくと、陽を浴びた花みたいな笑みを浮かべた。その顔を見たとたん、自分の胸の内もふわりと明るくなり、なんともいえない温かさが湧き上がる。その気持ちがそのまま言葉になった。

「アキ。よかった」

動きは緩慢でだるそうだが、二日前より容態が悪化した様子はない。ほっとしながら寝台に近づいて、額に手を当ててみると、やはりまだ熱がある。悪化はしていないが、良くなってもいないということだ。

落胆と心配が混じった表情に気づかれないよう、くしゃりと髪をかきまぜて頭をひと撫でしてから、懐から手紙を取り出してアキに差し出した。

「ﾛﾌﾌﾌ…？」

「ハルカからだ」

この世でふたりきりの同朋、そして友人からの手紙だ。当然喜ぶだろうと思ったレンドルフの予想に反して、アキは難しい顔で手紙をじっと見つめ、黙り込んでしまった。そのまま胸を押さえて苦しそうに顔を歪める。

「アキ？」

心配になって顔をのぞき込むとアキはハッとしたように身を起こし、レンドルフを見つめた。そして、

「אַס רןט. צס טוס מרך ךייך」

取り繕うような調子で何か言ってから手紙を受け取り、ためらうことなく封蠟《ふうろう》を切る。折りたたまれた紙葉を開き、紙面に綴《つづ》られた文字を見た瞬間、ふっと肩の力が抜けて表情がゆるむのがわかった。

――よかった。最初の反応は懐かしさで胸がつまっただけらしい。

レンドルフは寝台脇に置かれた椅子に腰を下ろして、アキが手紙を読むのを見守った。

アキは、レンドルフにはただの模様にしか見えない文字の連なりを目で追っていたかと思うと、突然小さく声を上げた。

「אַ…!?　מרלמננר אַרמר מרוססס…」

「アキ、どうした？」

手紙の内容に問題があるのかと、椅子から腰を浮かせかけると、アキがあわてたように小さく手を振った。

「אָה, אָוקיי. בלויז אַ ביסל סאַפרייזד」

レンドルフの動きを押し留めるような身振りと一緒に、何か言う。雰囲気的に『なんでもない』『大丈夫』という意味だろうか。

レンドルフが椅子に腰を下ろしたのを確認して、アキは再び紙面に視線を落とした。

そして、ときどき自問自答のように小声でぶつぶつとつぶやきながら、最後まで読み終えたところで、信じられないと言いたげな声を上げる。

「——…וואַרטן אַ מינוט. וואַרטן וואַרטן」

紙面をじっと見つめて、文字を書いた相手に文句をつけるように何か訴えてから、今度はレンドルフを見た。圧迫感を感じるほど強い眼差しの意味は、おそらく『治療のために性交しないといけないって、本当なの？』だろう。

なるべく動揺させないよう、努めて落ちついた表情を保ったまま、レンドルフはアキに向かってうなずいて見せた。けれど内心ではアキの反応が気になって仕方ない。

アキは最初、呆然とした表情で声を失っていたが、やがて意味が飲み込めたらしく、頬を赤らめて顔を背け、声を洩らさないようにだろうか、手の甲で口元を押さえた。

その反応の意味がわからない。わからないから不安になる。

——やはり、私のような冴えない男に抱かれるのは嫌なんだろうか…。

神子の話によれば、アキが生まれ育った元の世界でも同性同士の恋愛はあったという。アキが男同士の行為についてどう反応するか、もう少し詳しく聞いておけばよかったと後悔したが、もう遅い。神子は『大丈夫だと思うよ』と気安い調子で言っていたが、本当にそうなのか。

レンドルフが嫌なら他の相手を用意すると手紙に書いてもらったが、実際にアキの困惑した反応を見せられたとたん、それがただの建前だったとわかる。アキが自分を拒絶して、他の男に抱かれる場面など考えたくもない。そんなことになるくらいなら、ひざまずいて請い願ってでもアキに受け容れてもらいたい。

そこまで思いつめたところで、アキが不安そうにささやいた。

「עס איז גוט? טאקע, ס׳ גוט?」

質問されているのはわかる。けれど何を知りたがっているのかわからない。

身振りでも手振りでも絵談でもいいから、なんとか答えが知りたい。アキの気持ちが知りたい。そんな想いが高じて、つい身振りが大きくなる。

「なに？」

何が知りたいのかと訊ねても、アキは不安そうに瞳を揺らせるばかり。アキも言葉が通じないことに焦りを感じているらしい。

「…אָך ווייסט」

アキは困惑しきった顔で手紙をにぎりしめ、身を丸めて深くうつむいたかと思うと、苦しそうに声を絞り出した。

「איך טאָן ניט וועלן… עקלדיק… עקלדיק――」

同じ響きの言葉を何度もくり返す。

悲痛な音色の単語の意味は『嘘』か『嫌』か『死んだ方がマシ』あたりか。どう考えても拒絶と嫌悪の類にしか思えない。

レンドルフは何度か迷ってから、意を決してアキの肩に手を置いた。振り払われることも覚悟していたが、幸い恐れていたような拒絶はなく、アキはおとなしく慰撫を受け容れてくれた。そのことに安堵しながら、やさしく言い聞かせる。

「アキ。君が嫌なら無理強いはしたくない。しかし命に関わることだ。どうか受け容れて欲しい」

心からの懇願に、アキは顔を上げて瞳を潤ませ、声を震わせた。

「איך טאָן ניט וועלן. איך טאָן ניט וועלן レン זאָגן איך וועל שטאַרבן…」

泣くのを必死に堪えているアキの薄い肩が、親に捨てられた幼い雪狐のように震えている。それを見たとたん、レンドルフは己の性急さを恥じた。

　自身の目的のためなら、好きでもない女を妻に迎えて抱くこともできる自分のような擦れた大人と違って、アキはまだ子どもなのだ。肌を重ねることに対して少年らしい憧《あこが》れや理想もあるだろう。相手が年の近い可愛い女性ならまだしも、自分のようなおじさんでは、命がかかっていると言われても二の足を踏むのは当然か。

「……」

　レンドルフは秘かに自嘲の溜息を吐いて、紙葉と筆《ペン》をアキに差し出し、アキの頭と胸を指差して、想いを紙葉に書き出せと身振りで示した。

「ハルカに手紙を書きなさい」

「…ハルカ אדך, אז אדך שדדך א בדדדד？」

　アキがなんと答えたのかはわからないが、「そうだ」とうなずいて見せると、アキはグスンと鼻をすすり上げ、目尻にたまった涙を拳で無造作にぬぐい去った。そして筆《ペン》を持ち直して身を起こそうとしたので、レンドルフは彼の背中を支えてやった。

　体力がまだ戻らないせいだろう。アキは一文字書くのもしんどそうだったが、なんとか短い文面を書き上げると、レンドルフにそれを託して、気を失うように寝台に沈み込んだ。

　艶《つや》の足りない夜色の髪をやさしくひと撫でして、アキが目を閉じたのを確認してから、レンドルフは急いで城砦を出て、王宮に舞い戻った。


　深夜に隠れ里を出立して、神殿の最奥にある〝神子の庭〟に到着したのは翌日の正午過ぎ。睡眠は馬車中か騎乗で細切れに取りつつだが、慣れているから辛くはない。

　事情を説明してアキの手紙を渡すと、神子は若干呆れたような、笑いを堪えるような、微妙な表情を浮かべてレンドルフと紙面を交互に見くらべてから、手紙をぺらりと眼前に掲げて見せた。

「ここになんて書いてあるか、知りたい？」

「…っ」

「知りたいよね」

神子は、狼狽えたレンドルフが態勢を立て直す前に、さっさとアキの手紙を読み上げた。

「《ハルカへ。

〝死の影〟とかいう痣については理解した。だけど、レンドルフが治療のために俺としてもいいって言ってるのは本当か？　俺はぜんぜんかまわないけど、レンドルフが少しでも迷惑に思ってるなら無理してほしくない》」

判決文を突きつけられる心地で聞いていたレンドルフは、内容を理解したとたん深く安堵の息を吐いた。それを見た神子は、しみじみと天を仰いでぼやいた。

「もうさ、ふたりとも何やってんの？　アキちゃんはいいって言ってるよ。レンドルフが相手ならかまわないって。かまわないっていうか、レンドルフじゃなきゃ嫌だって意味だと思う」

「そうなのですか？」

「うん。ぼくが保証する。っていうか、なんでそんなに慎重なわけ？　言葉は通じないけど甘い雰囲気でやさしく迫ってキスとかしたら、まあいっかって受け容れ…ないか…、相手はアキちゃんだもんね」

「…それは」

「もしかして、他にもなにか気になることでもあるの？」

神子に水を向けられて、レンドルフは引っかかっていたことを話してみる気になった。

「神子の手紙を読み終わったアキの反応が」

「うん？」

「なぜかとても辛そうで、同じ言葉をくり返していたんです」

「どんな？」

「『やぇーょー』とか『いーゃ』『…いーぁ』という響きでした。意味がわかりますか？」

神子は口の中でレンドルフの発音を何度か真似てから、ハッとしたように「ああ『嫌』か」と言った。言った直後にマズイと思ったのか、あわてて口を閉じたがもう遅い。しっかりとレンドルフの耳に入ったあとだ。

「――嫌…という意味なのですか」

呆然と確認する自分の声が、他人のもののように聞こえる。言葉の意味と、それを発したときのアキの様子が繋がった瞬間、音を立てて血の気が引いていくのがわかった。

……そうか、やっぱり嫌なのか。

崖縁で足を踏み外したような、焦りと絶望で目の前が暗くなる。本当は嫌がられていたのだという事実を受け容れるためには、両手を強くにぎりしめ、歯が折れるほど強く食いしばる必要があった。

覚悟はしていた。

――嘘だ、本当は嫌がられるとは思っていなかった。心のどこかに好かれているという自信があった。だからアキの本音を突きつけられて、こんなに衝撃を受けている。

「違う違う違う。今のナシ！　ぼくの勘違いかもしれないし。だって手紙には嫌とかひと言も書いてないから。大丈夫だってば」

「ほら」と手紙を見せられたが、残念ながらレンドルフにはそこに書かれた文字が理解できない。神子がレンドルフに気をつかって…というよりも、アキを〝死の影〟から救いたい一心で、嘘まではいかなくとも、多少粉飾してアキの言葉を伝えている可能性は高い。

「ああもう、止めてよー、そんな顔しないで。大丈夫だってば」

よほど悲壮な表情を浮かべていたのか、神子は励ますようにレンドルフの背中を叩いて、厳然たる事実を告げた。

「ここでグダグダ悩んでもしょうがないでしょ！早く戻ってアキちゃんの治療しないと、アキちゃんが死んだらどうすんの！」

「困ります」

「でしょ。あーもう！　ぼくが自由に出歩けたら、とっととアキちゃんのところに行って抱いちゃうのに」

「それはもっと困ります」

間髪容れずに断ると、神子は金襴鳥《きんらんちょう》のような豪奢な流し目で、ちらりとレンドルフを見上げた。

「…ふうん？　それって焼きもち？」

そうですと、はっきり答えるのはなぜかはばかられ、レンドルフはずれていると自覚しながら誤魔化しを口にした。

「――神子と性交した者は、王候補の資格を得てしまいますから」

「え⁉　そうなの？」

冗談のつもりだったのに、神子が意外にも食いついてきたので、レンドルフはあわてて訂正した。

「古くはそういう事例もあったようです。今は神官長の認証が必要ですから、黒髪黒瞳のアキが王候補になるのは、たとえ神子と性交しても不可能です」

「なんだ…」

神子はがっくり肩を落としてから、四阿の卓上に新しい紙葉を広げて筆《ペン》を走らせはじめた。いつもよりしぼんで見える薄い肩を見ながら、神子はなぜアキが王候補の資格を得られると聞いて喜んだのか。

レンドルフは思いをめぐらせ、ふ…っと思いついたことをそのまま口にしてみた。

「神子がアキを王に選ぶなどと言い出したら、エル・ファアリス卿が火を噴いて怒るでしょう」

さらに、神子を攫って駆け落ちを企《くわだ》てるかもしれないと彼の人柄から予測してみせると、神子はがくりと頭を落として筆《ペン》を放り出し、力なく「ああ、それ。もうないから」と手をふった。

「え…⁉」

さすがに驚いて事情を訊ねると、神子は深い溜息を吐いてから、訥々《とつとつ》とルシアスと仲違《なかたが》いした経緯を教えてくれた。お世辞にも理路整然とは言い難いが、それだけ神子の混乱と落ち込み具合が伝わってくる。

「私が言うのもなんですが、エル・ファアリス卿に限って神子に愛想を尽かすことはないと思います」

神子を慰めるためというより、ルシアスに対する神子の誤解を解いてやりたくて弁護すると、神子は却って頑《かたく》なに言い張った。

「ルシアスがぼくを好きだって言うのは、王になりたいからでしょ」

というのが神子の持論だ。信じ込みとも言う。

それは間違っている、勘違いだと説得してみたが、神子はなかなか納得しない。勘違いに気づけば楽になるのに、なぜこうも頑ななのだろうと不思議に思ったが、本人にしかわからない事情もあるだろう。

どうしたものかと思いあぐねていると、レンドルフを煩わせていることに気づいたのか、神子は作り笑いを浮かべて「もうこの話は止めよう」と言った。

「神子」

「いいんだってば。ルシアスのことはもう終わったんだ。あ、手紙書いちゃうね」

あきらかに作り笑いだとわかる引き攣った表情で、平気なふりをして手紙を書くため筆《ペン》を取る。アキとレンドルフのために手紙を書こうとしている。

「……」

レンドルフは神子がこれまで自分とアキのために図ってくれた便宜や親切、素直に協力してくれたあれこれに思いを馳せ、ひと肌脱ぐことにした。


「彼の本音を知りたいなら、試しに別の候補を王にすると言ってみるのはどうです？」

要するに『狂言』を勧めると、神子はルシアスを騙《だま》すことにためらいをみせた。そういうところは、アキと同じく誠実なのだなと感心しながら、レンドルフは説得を続けた。

他人の恋路についてとやかく助言できる立場ではありませんが、と前置きして。

「我が身に置き換えてみると、もしも自分の愛する人が別の誰かを選ぶと言い出したら、強がりや建前で己を偽る間もなく、本音が噴き出てしまうと思うのです」

アキがもし、自分ではない誰かを愛するようになったら——。そう考えるだけで胃の腑が煮え立ち、端から鉛に変わって冷え固まる心地になる。

好きな人の本音が知りたい。そのためには狂言さえ厭わないと思っているのはレンドルフ自身だ。

その本音が説得力になったのか、神子はようやくその気になったようだ。

「それじゃ…次にルシアスと会うとき、レンドルフを王に選ぶって言ってみて…いい？」

　策士であれば、この流れを利用してまんまと自分が王に選ばれたことにするだろう。その危険性について注意するのは止めた。それはルシアスの役目だ。

　――神子は私を信じて頼んだのだ。勧めた手前、断るわけにはいかない。

　レンドルフは「はい」とうなずいて了承してから、実行する際の注意事項をいくつか言い添えた。

「くれぐれも教育係や従官たちには聞かれないように。うっかり聞かれでもしたら、本気にされて私が王になってしまう。それは大変困ります」

　真面目に念を押すと、王になりたがらないレンドルフがおかしかったのか、神子は笑って「ありがとう」と礼を言い、「それじゃ本当に手紙を書いちゃうね。新しい紙をください」そう言って、受けとった新しい紙に手紙をしたためてくれた。

「ええと『アキちゃんへ。レンドルフはいいって言ってます。ぜんぜん迷惑なんかじゃないって。アキちゃんも了承《オーケー》だってことは伝えました。伝えたら、レンドルフはホッとした顔をしてました。だから心配いらないよ。早くしないとアザが広がっちゃいます。あとは全部レンドルフにまかせて、アキちゃんは心配せずに、ドーンと硬骨魚《マグロ》でいていいと思います』と、こんなところかな。これならアキちゃんも誤解しないよね。はい。これ持って、早くアキちゃんのところに帰りなよ」

　素早く書き上げたあと、自ら内容を読み上げてくれた神子の手紙を受けとると、レンドルフは再び〝神子の庭〟を出て、自領に舞い戻った。

　アキがつぶやいた『嫌』という言葉については、とりあえず棚上げすることにした。別の誰かに〝治療〟の役目を譲るのは、それこそ絶対に嫌だからだ。自分以外の男がアキに触れるのを想像したとたん、髪が逆立つほどの拒絶感が湧き上がり、即座にその案は却下した。今は神子に言われた『レンドルフなら大丈夫』という太鼓判を盾に押し切ろうと思う。

　神子が言ったとおり、ここで足踏みをすればしただけ〝死の影〟が広がってしまう。

アキの命を救うため。

本人が望まない性交を強いるのに、これ以上都合のいい理由はない。アキが受け容れられる別の相手を探す代わりに、レンドルフは大人の狡さを使う方を選んだ。

隠れ里の城砦には未明に到着した。

熱のせいでなかなか熟睡できないアキが珍しく深く眠っていると言われたため、無理に起こすのは止めて、レンドルフも仮眠を取り、朝になるのを待って改めて部屋を訪ねた。

必要なものはすべて用意して、扉を開けて中に入ると、アキは熱のせいでぼんやりしつつも、レンドルフに気づいてゆるりと手を上げた。

「…מיכורב מיאבה מייה… ייַם וזאָל レン…」

「アキ、待たせた。すまない」

吸い寄せられるように枕元まで歩み寄り、椅子に腰を下ろして顔をのぞき込むと、アキはだるさを誤魔化すような、力ない笑みを浮かべた。その前髪をかきわけて額に手を当て、熱を測ると、やはりまだかなり高い。神子に脅されるまでもなく、腹をくくって〝治療〟をはじめなければ手遅れになる。

「סאָוו…סע ס אַנאַג ןייז טײרלאָ アルーカ סע זיא… סע זיא ןעוועג טנוזעג？」

熱と寝起きのせいでかすれた声でアキが何か言う。それに答える形で、レンドルフは神子の手紙を差し出した。

「アルーカに頼んで書いてもらった」

アキは手紙を受け取ると、何か言いたげにまばたきを数回してから、折りたたまれた紙葉をしんどそうに広げて文字を目で追いはじめた。そして一読し終わると、

「……אַנוט？　ליא סאָוו יוזאַ שיפנוט זאַ ואָט？」

怪訝そうに何かつぶやいて、答を求めるようにレンドルフを見上げる。

その瞳に怯えはない。手の中から手紙を抜き取って、そっと抱き寄せても、嫌悪に身をよじる気配も

ない。用意しておいた薬湯を口に含んで顔を寄せても、身を引く様子もない。

逃げる隙を与えないくらい、レンドルフの動きが手慣れているからでもあったけれど…。

唇を重ねて、口移しで薬湯を与えながら、レンドルフは、いつもより抱き寄せる腕に力が籠《こ》もるのを自覚した。

これまで混ぜていた血の代わりに、今日は眠り薬を入れてあるが、味の違いはわからないはずだ。充分な量を飲ませ終わっても唇は離さず、もう一種類の体液——唾液を与えるという名目でより深く、貪《むさぼ》るように重ねる。舌で感じるアキの口の中はやわらかく、熱く、そして甘い。両手で頭を支えて、何度も角度を変えながら吸っては与え、逃げる舌を追いかけて絡め取るうちに、アキの身体から強張りが消え、とろりと溶け崩れるように力が抜けてゆく。

「んんん…」

唇接けを解いて、枕に頭を戻してやると、アキは小さなうめき声を上げて、赤く染まった頬に手の甲を当てた。熱を冷ますためか、それとも照れ隠しか。小さな子どものようなその仕草に愛おしさが増す。

目を細めて静かに見守っていると、アキのまばたきがゆっくり間遠くなってくる。

「アキ、眠くなった？」

「ん…ん…」

返事は肯定か否定か。どちらにせよ、今さら止めるつもりはない。

暖炉の火が充分に部屋を暖めているのを確認する。さらに清潔な布や水、香油といった必需品を手の届く場所に置いて準備を整えると、もう一度アキに声をかけた。

「アキ、眠った？」

「……」

アキはもうほとんど眠りかけていて、返事は聞こえない。それでもレンドルフが寝台に乗り上げて隣りに身を横たえ、前髪をかき上げてやると、糊《のり》づけを無理やり剝がすようにゆっくりまぶたを開けた。眠気でとろみを帯びた黒い瞳が、何か問いたげに小さく揺れる。

「心配はいらない。眠っている間にすませる」

耳元でささやくと、アキは安心したように息を吐いて目を閉じた。その頬を手のひらでなぞり、顎《あご》から首筋に指先を滑らせて、寝衣の紐《ひも》をするりと解くと、痩せて浮き上がった鎖骨が露わになる。そして薄い胸も。

肩から肘《ひじ》の内側、そして首筋から胸にかけて指先で味わうように触れてから、胸の小さな突起を刺激してやると、控えめながらも反応があった。

「…かわいいな」

思わず声に出して褒めてから、寝衣をはだけて下穿きを解く。露わになった少年の性器は、当然のようにやわらかく身を横たえたままだが、レンドルフが手のひらで包んで何度か扱《しご》いてやると、こちらも胸と同じようにおずおずと反応を見せた。それまでそんなことは考えたこともなかったのに、目にしたとたんそれを舐《な》めてみたいと思った。

「アキ？」

念のため、指でやわやわと愛撫をくり返しながら確認の声をかけると、アキは目を閉じたまま、大きく息を吸って吐き出した。けれど目を開ける様子はない。

意識のない相手を貪ることに、背徳感と罪悪感が湧き上がったが、同時にとてつもない欲望もこみ上げてきた。これほど強い欲求を感じたのは生まれて初めてだ。その欲望に促されるまま、アキの性器に唇接けて口に含むと、アキは引き攣るような吐息とともに身動いだ。

「――…っ」

目を覚ましても止めるつもりはない。罵声を浴びせられたら、その唇をふさいで抱いてしまおう。

そんな幻想に耽《ふけ》りながら、口に含んだアキ自身を慰めていると、それまで左脚に貼りついて静かにしていたクロが、もそもそと身を起こして抗議の声を上げた。

「ぎゅぃ！」

無視しようかと思ったが、最中に噛みつかれてはたまらない。とりあえず説得してみるかと思い直して、レンドルフはアキから唇を離し、黒い守護神に語りかけた。

「クロ」

「ぎぅ！」

「これはお前の大切なアキを助けるためだ」

「ぎゅぐぅ」

クロは詐欺師でも見るような目つきでレンドルフを睨みつけ、ぎちぎちと歯を鳴らした。

「そんな顔で睨むな。いじめるわけでも、傷つけようとするわけでもない。治療にかこつけた愛の営みだ」

「…ぎゅーぅ」

「決して泣かせたりしない。だから邪魔はしないでくれ。いいな？」

「……」

納得したのかしないのか、クロは蜥蜴にしては短い尻尾《しっぽ》をビタンビタンと左右に振ってから、もそもそと定位置の左脚に戻った。


どうやら納得してくれたようだ。

レンドルフがクロを人間相手のように扱うのは理由がある。

アキが大切にしているというのはもちろん大きいが、それだけではない。クロにはアキにだけ効く不思議な治癒力があるのだ。

最初に気づいたのは、アキの身体中にあった打ち身や擦り傷が、通常では考えられない速さで消えたとき。朝にはえぐれて血をにじませていた擦過傷が、夕方にはきれいな桃色の肌になっていた。

あまりにも不思議で首をひねっていると、レンドルフの疑問を察したアキが実演してみせてくれた。クロが傷を舐めると、まるで幻術のごとくあっという間に傷が消える。

レンドルフが驚いてアキを見ると、アキは『秘密』と言いたげに唇の前に指を立てた。

他人に知られたくない理由は説明されなくてもわかるので、レンドルフもクロの異能については口外していない。

クロが日がな一日アキの左脚に貼りついていたのは、街の無法者に折られた骨を治すためだったのだ。

レンドルフは、クロが貼りついている左脚には極力触れないよう、そして揺らさないよう注意しながら、再びアキ自身に愛撫を施し、同時に後ろの窄《すぼ》まりに、潤滑作用と軽い弛緩《しかん》作用のある香油を塗り込めていった。

香油は貴族の娘が初夜に使うような高級品で、舐めても害がない安全なものだ。花の香りがするそれを、指を使って奥まで丹念に塗り込んでゆく。入り口にもたっぷりと。

最中はもちろん、事後にも余計な負担がかからないように、アキが痛みや不快さを感じなくてすむように、準備には時間をかけた。

指を三本飲み込めるくらい後孔を解《ほぐ》し終わると、レンドルフはゆっくりと己の下穿きを解いて、大きく広げたアキの脚の間に身を進めた。

「――――…っ」

時間をかけて充分広げたつもりだったのに、アキの中は予想以上に狭くて熱い。

治療のためだとか、同意を得てからだとか、嫌われたくないとか負担をかけたくないとか、人らしい気遣いが吹き飛びかけるほどアキの内《なか》は素晴らしく、理性が干上がって衝動的に腰を振りそうになる。それをなんとか押しとどめ、ぎりぎりのところで耐えたのは、無防備にさらされたアキの横顔が、自分の動きに合わせてぐらりと揺れるのを目にしたからだ。

薬で眠らせた意識のない相手を、獣のように貪るのは人としてどうなのか。なけなしの良心が疼く。

即席の断頭台からアキを救出したあと、応急処置を施したときに後孔も確認したが、凌辱《りょうじょく》の痕跡はなかった。おそらく性的な暴行は受けていないだろう。そして神子の話が本当なら、アキは性交自体が初めてのはず。

たとえ意識はなくとも、初めての交合くらいやさしくしてやりたいと思う。

奥まではとても入りきらなかったものを引いて突く。一度だけのその動きに、アキの身体はまるで糸

の切れた操り人形のように、無防備にぐらりぐらり
と揺れた。

　レンドルフが身を引き、再び腰を突き入れるたびに、アキの細い首や肩、腕は無抵抗に揺さぶられるがままだ。苦しげに眉根を寄せることも、艶めいた喘《あえ》ぎ声を上げることもなく、誘うように見つめることもない。

「アキ…」

　名前を呼んでも、応《いら》えが返ることもない。

「アキ、すまない。許してくれ…――」

　アキはレンドルフとの性交を『嫌』だと言った。だから眠らせた。少しでも嫌悪感が減るように。レンドルフとの行為が傷として残らないように。

　――そして、嫌われないように。

　自分で決めたことなのに、木偶《でく》人形のように反応のない身体を抱いていると、やるせなさと切なさが募った。けれど同時に、意識のない相手に自分を刻みつける行為に興奮する。

　眠っていても。本当は性交を望んでいなくても。

　アキを抱きしめて唇接け、自身を受け容れてもらうことはたまらない快感だった。

　愛しく、護りたいと思う相手を使った自慰のような性交にのめり込んでゆく。

　レンドルフは、緞帳《どんちょう》の隙間から朝陽が射し込み、その光が作る影が短くなるまで〝治療〟を続けた。


〝治療〟のあとアキは一日眠り続けた。

　与える体液は多いに越したことはないと教えられたものの、さすがに度を超していただろうか。秘かに反省したレンドルフの心配をよそに、アキの呼吸は深く落ちつき、ずっと高かった熱もようやく下がりはじめた。

　翌朝。書斎を兼ねた執務室で、水晶球を通して州領城の首席補佐官《セレネス》から報告を受け、いくつか指示を出していると、夜番をしてくれていた家令のフラメルが現れた。

「アキ様、そろそろ目覚めそうですよ。寝返りも多

くなってきましたし、まぶたの奥で目も動きはじめました」

どういたしますかと問われる前に、レンドルフは立ち上がり、執務机から離れかけたが、セレネスの報告が途中だったことを思い出して引き返し、「続きはまたあとで聞く」と伝えて送受を打ち切った。

主要な報告はすでに終わり、残りは親族からの陳情予定や、年中行事にかこつけて婚姻相手をあてがおうとしている者たちへの対応といったもの。緊急性はなく、あとまわしにしても差し支えない。

レンドルフは上着を羽織って髪を撫でつけ、『いそいそ』と形容される足取りでフラメルの横を通り抜けた。しかし数歩進んで立ち止まり、何か忘れた気がして踵を返した。執務室に戻って室内をぐるりと見まわしても、目的に適《かな》うようなものは見つからない。

そもそも、自分がなにを探しているのか、はっきり自覚しているわけでもない。しかし、手ぶらでアキの元へ行く気にはなれない。

本人《アキ》はもちろん、他の誰もそうだとは思わないだろうが、レンドルフにとって昨日の行為は、アキとの『初夜』ということになる。

初夜の翌日に新妻の元を訪れる夫が、何も持たずに行くことなど考えられない。男女の婚姻のしきたりを踏襲するつもりはないが、空手では行きたくない。だからといってアキが喜びそうなものはなんなのか…。しばし考えて思いついたのは、

「そうだ楽器…！」

神子の話では楽器の演奏が好きだったという。捜索と発見の手がかりになったのも『辻音楽家』だった。間違いなくアキは音楽を好んでいる。

我ながら良い選択だと思いながら再び周囲を見まわしたが、実用性を重視した室内には書物と古代の発掘品、実用的な文具の他には何もない。単に見栄えのためだけの装飾品は一切置いていない。ましてや、贈り物に相応しい雅な楽器の類など影も形もない。

「遺跡から発掘された古代の笛の欠片など、もらっ

ても困るだろうし…」

なぜ前もって用意しておかなかったのか。己の気の利かなさを悔いながら、手ぶらでもいいからとにかくアキに会おうと部屋を出たものの、数歩も進まないうちに、それでもやはり何か…と思い直して足を止めたところで、呆れたようなフラメルの声が聞こえた。

「――旦那様、どうなさったのです？　まるで発情期の穴熊《ぐま》みたいにウロウロなさって」

あとから現れたベイウォリーも目を丸くして、主人の奇行に驚いてみせる。ぶつぶつと自問自答しながら目の前を行ったり来たりされて、さすがに不審に思ったようだ。笑いを堪えて生真面目を装うフラメルとベイウォリーの顔を見返して、レンドルフは降参するように両手を広げた。

「アキに、何か気の効いた贈り物を持っていきたいと思ったんだが、生憎《あいにく》なにも用意していなくて困っている」

「……なるほど」

レンドルフの二倍近く生きている人生の先達と、その息子は神妙な表情で顔を見合わせてから、口を開いた。

「旦那様が若い娘にちっとも興味を持たれないので、おかしいと思っていたんです」

納得顔のフラメルに、息子のベイウォリーが続く。

「一度目の奥方が強烈で、結婚が失敗だったとはいえ、普通はもうちょっとガツガツする年頃じゃないですか。実は心配していたんですよ」

「は…？　突然なにを言い出すんだ君たちは」

戸惑うレンドルフを置き去りに、親子は互いに深くうなずき合ってみせる。

「この際、相手が同性でも、愛おしく大切に想える存在ができたのは喜ばしいことです」

「跡継ぎに関しては、我らが口を差し挟める問題ではありませんし…。旦那様がそんなふうに幸せそうに笑える相手なら、いいことだと思います」

「いや、ちょっと待て。君たちはなんの話をしているんだ？」

「旦那様の遅咲きの恋路について、です」

「――…は？」

フラメルの宣言にベイウォリーが大きくうなずいて同意を示す。レンドルフは二の句が継げず、十年近いつき合いになる親子の顔をまじまじと見つめた。

そして訝《いぶか》しげに復唱した。

「恋…路？」

なんだそれは。

「私がアキを大切に思うのは、あくまで保護者としての範疇《はんちゅう》だ。君たちを安全な場所《ここ》に匿い保護しているのとなんら変わらない。性行為も治療の一環にすぎない。以前から君たちはなにか誤解しているようだが、これは――」

「治療行為、なんですよね」

「そうだ」

「でも、アキ様との触れ合いは心地良い。できれば何度もしたい」

「――まあ」

「他人には触れさせたくない」

「そうだ」

「一日中、アキ様のことが頭から離れなかったり、相手の言葉や態度に一喜一憂したり」

フラメルの言葉を継いでベイウォリーが続ける。

「自分だけのものにしたいとか、できればどこかに閉じ込めて、誰の目にも触れさせたくないなんて思ったり。そんなことを考える自分はどこかおかしいと心配になったり」

「……」

なぜわかる。なにか呪術《じゅじゅつ》でも使って、私の頭の中をのぞいたのか？

そんなレンドルフの疑問が顔に出たのか、フラメルとベイウォリーはもう一度顔を見合わせてから、口をそろえて断言した。

「旦那様、それが恋というものです」

「――――…ッ」

衝撃が脳天を貫いて心臓を蹴破り、一瞬目の前が真っ白になった。いや、極彩色と言うべきか。

恋という単語は、レンドルフにとって最も遠い存在だった。知識として知ってはいたが、それが実際どんなものか体験したことはなかった。だから思いもしなかった。これまでアキを見るたび、会うたび、考えるたび、湧き上がりあふれた想いが――。

「恋……――これが……」

そうだったのか。

呆然と目を見開いて硬直している主《レンドルフ》を、フラメルとベイウォリーはやさしく辛抱強く見守った。

特にフラメルは、内心では可笑しくて仕方ないのだろうが、そこは持ち前の自制心と年の功で真剣そうな表情を保ち、おそらく人生初めての恋に戸惑い、普段の冷静さが蒸発しきっている主に、万人向けの役立つ情報を伝授してくれた。

「アキ様への贈り物、という話でしたね」

「…あ、ああ」

ようやく自失状態から覚めたレンドルフは、頭をふって冷静さを取り戻しながら、助言に耳を傾けた。

「香りの良い花などは、男女の別なく喜ばれるかと思います。星青花《ウィスタリア》や雪花草《アラバス》なら香りに安息効果もありますし、色も美しく、目も楽しませてくれるでしょう」

レンドルフは目から鱗が落ちる心地で家令《フラメル》を見つめ、パンッと手を打ち合わせた。

「――花か……！　アキにぴったりだ」

そうだ。初めて見たときから凛とした花のような少年だと思っていた。初夏の水辺にすっくりと茎を伸ばして咲く六槍花《ノイリス》か、夜空に瞬く星のような星青花《ウィスタリア》に似ていると。

「フラメル、ありがとう」

有能な家令に礼を言うと、レンドルフは急いで花壇のある庭に飛び出し、朝露を抱いた星青花《ウィスタリア》を摘みはじめた。

可憐な花を一本一本切り取るたびに、ひたひたと自分がアキに恋しているという実感が湧いてくる。

「そうか、これが『恋』というものなのか」

足元がふわふわとして、身体が浮き上がりそうなほど覚束《おぼつか》ない。一刻も早くアキの顔が見たい。できれば笑顔を。そして近くに座って抱きしめたい。触れ合いたい。そして確認したい。

昨夜のことをどう思っているのか。

レンドルフは花を充分に摘み終わると、急いで部屋に引き返した。そして扉の前ではたと我に返る。

アキが本当は〝治療〟を嫌がっていたことを思いだしたからだ。

「……」

浮かれた気持ちが一気に萎《しぼ》んで、自分の立場を思い知る。アキは死なないために、仕方なく〝治療〟を受け容れたに過ぎない。本当はレンドルフに抱かれたくなどなかったのに、己の命と引き替えに我慢しているのだ。そのことを忘れてはいけない。

レンドルフは目を閉じて息を整え、波立つ気持ちを抑えて平常心を心がけた。

星青花《ウィスタリア》を活けた小ぶりの花瓶を抱えてアキの部屋の扉を開けると、アキはすでに目を覚ましていた。なぜか寝台の上であられもなく寝衣をはだけている。どうやら痣を確認していたらしい。痣の上にはクロが貼りついて「ぎゅぃ、ぎゅぃ」となにか主張している。

レンドルフに気づくとアキは顔を上げて、光が内側からにじむような淡い笑みを浮かべた。

「…גוט מאָרגן, טראַד レン פֿראַד」

表情にも態度にも、レンドルフを避ける気配はない。声の調子もこれまでとほとんど変わらない。

——いや、変わらないように努力しているのか。

それが〝治療〟を受け容れた、彼なりの答なのだろうか…。

アキの気持ちを慮り、レンドルフも務めていつもと変わらない態度を貫いた。

「おはようアキ。調子はどうだ？」

やわらかく声をかけながら、窓辺の小卓に花を活けた花瓶を置き、無防備に腹部をさらしているアキに近づいた。どうやら寝衣の紐を解いたのはいいが、うまく結べないらしい。

「ぎゅぃ！」

レンドルフの影がアキの腹部に落ちると、痣に同化するように貼りついていたクロが、抗議の鳴き声を上げた。四肢を踏ん張り頭を上げて「おまえが早くなんとかしろ、このままではアキが風邪をひく」と言いたげに声を張り上げる黒い守護神の姿に、思わず笑いが洩れる。

レンドルフは身を屈めてアキの痣の状態を確認してから、寝衣の前を閉じてやった。

「顔色も昨日よりずっといいし、調子もずいぶん良くなったようで安心した」

クロは結び紐で締めつけられる前に、そそくさと定位置の左脚に戻り、そのままおとなしく身をひそめた。それを目で追いながら、めくれた上掛けを掛け直してやり、枕元の椅子に腰を下ろすと、自然にアキと目が合う。

本当にきれいな瞳をしている。

見ていると魂ごと引き込まれて、時を忘れてしまいそうになるほどに。

あまりにじっと見つめすぎたせいか、アキは困った表情でスッ…と視線を外した。それから先刻レンドルフが窓辺に置いた花瓶を見て、かすれた声で何か訴える。

「[illegible]」

「ファー…ナ？」

花を見てくり返した単語の響きを、苦労してなんとか真似てみると、アキはうなずきながら、もう一度花瓶を指差して同じ響きの単語をくり返した。

「[illegible] レン [illegible]」

どうやらレンドルフが持ってきた花について、何か言っているらしい。

気に入ってくれたのなら嬉しいが。

そう思いながら腰を上げ、窓辺に寄って星青花《ウィスタリア》を一本抜き取って戻ると、香りが届くようアキの鼻先にそっと差し出してみせた。

「フ…、ファナ」

どうしても同じ響きにはならない単語をくり返すと、アキは同意を示すように何度もうなずきながら、嬉しそうに微笑んでくれた。

「[illegible]」

星青花《ウィスタリア》は薄い青色の花だ。中心は乳を落としたようにふわりと白く、穢れのない薄青色との対比が美しい。清楚で品があり、可愛らしく、それでいて凛とした気高さも兼ね備えている。

「アキに似ている」

この花を『初夜明けの贈り物』に選んだ理由を告白してみたが、当然アキには理解できない。言葉が通じないとわかっているからこそ、臆面もなく言えたのかもしれない。

まさか自分が花を差し出しながら、君に似ているなどという、甘い台詞《せりふ》を口にする日が来るとは思わなかったが、案外心地がいいものだ。本当に心から好意を抱いた相手には、労せず賛辞の言葉が出るのだと初めて知った。

しみじみとした幸福感に溺れかけた瞬間、それはこちらが一方的に感じただけで、アキは別に自分をそういう対象として見ているわけではないと思い出した。

胸の奥に痛みが走る。レンドルフはアキの頬に触れた花びらにそっと唇接けながら、強く目を閉じてその痛みをやり過ごした。

花が萎《しお》れる前に花瓶に戻し、再び枕元の椅子に腰を下ろす。懐に手を差し入れ、あらかじめ神子に書いてもらっておいた『事後用』の手紙を取り出した。

「〝治療〟をしたのに痣が消えてなくて不安だと思う。ここにその理由が書いてある」

通じないとは思ったものの、そう説明しながら手紙を渡す。そこには〝治療〟は一度でなく複数回必要なこと、〝死の影〟が完全に消えたあとも定期的に体液——唇接け程度の唾液か、わずかな血液——の摂取が必要だと書かれているはずだ。

読みやすいように、枕を重ねて背中を支えてやると、アキは受けとった手紙を開いて文字を目で追いはじめた。

「……」

そのまま静かに一読し終わると、何か確認するように紙面に顔を近づける。そのまましばらく無言でじっと見つめていたかと思うと、突然くしゃりとにぎり潰した。

「アキ?」

不穏な反応に驚いてレンドルフは身を乗り出した。

思いつめた表情で友人からの手紙をにぎり潰す。

アキは理由もなくそんなことをする子ではない。

手紙がよほど腹に据えかねる内容だったのか。

——いや、違う。あれほどアキのことを心配して大切に想っている神子が、わざわざ友人を不快にさせることを書くわけがない。

ならば理由はひとつ。

「私のせいか…」

命がかかっているからとはいえ、この先もずっと定期的にレンドルフから体液をもらわなければいけないと知って、やはり落胆したのだろう。こんなに思いつめた表情で拳を震わせるほど。表面では取り繕っても、やはり本心ではレンドルフとの行為を望んでいないのだ。

それなのに。昨日は自分ひとりで興奮し、幸福感に浸るほど快感を得た。そのことに、身を絞られるような罪悪感がこみ上げてきた。


「アキ…、すまない」

申し訳なさがそのまま言葉になって口からこぼれたが、アキが理解したかどうかはわからない。

アキはただ、辛そうに血の気の失せた唇を噛みしめてレンドルフを見上げた。そして何か言いたげに、何度も開きかけては閉じる。

「……っ」

けれど結局何も言わず、あきらめたようにうつむいてしまう。

「なんだ? 言いたいことがあるなら言ってくれ。身振り手振りでも、絵談でもいい。私にできることなら、なんでも力になるから」

言いながら、レンドルフがあわてて紙葉と筆を脇卓から取り上げる前に、アキはあきらかに作り笑いとわかる切ない表情を浮かべて、力なく首を横に振った。

「וואָס ניט. ונקאָנסערו」

「なんて言った? なにが言いたい?」

訊ねても、アキは仮面のような笑みを貼りつけたまま、ゆるく首を横に振ってレンドルフとの会話を拒絶するばかり。

アキが発した言葉の意味はわからない。けれど、傷ついた獣が身を丸めて巣穴に籠もるように、ぴたりと心の扉を閉めてしまったのはわかる。

「アキ…」

呼びかけても、レンドルフの声はうつむいたアキの耳には届かず、心に寄り添うことはできなかった。

‡

異世界人の少年が療養している部屋から出てきた主《レンドルフ》が、暗い顔で扉に拳を置いて額を押しつけ、深い溜息を吐きだして肩を落とした姿を、護衛隊長ラドヴィクは『またか…』と半《なか》ば呆れ、半ば同情しながら見守った。

レンドルフのことは彼が幼い頃から知っているが、ここまでひとりの人物にふりまわされ、会うたびに舞い上がったり落ち込んだり、浮かれたり滅入《めい》ったりする姿を見るのは初めてだ。

九歳のときに起きた誘拐事件の犯人——ということにされているが、実際は命の恩人——が、目の前で殺されたときに見せた悲嘆と慟哭、その後しばらく続いた錯乱状態を最後に、レンドルフはあまり感情を表に出さなくなった。

常に状況を冷静に分析して身を処し、目的のためなら己の感情など二の次三の次程度にあつかって、父や母の理不尽な要求も受け容れ、元妻の暴言や嘲《あざけ》りもどこ吹く風と聞き流し、歯牙《しが》にもかけなかった。

そのレンドルフが。

十五歳近くも歳下の少年にふりまわされて一喜一憂している姿は、微笑ましいと同時に歯痒いものがある。これまで仮死状態だったある種の情緒面が、ようやく息を吹き返したというべきか、陽が当たって芽が出たというべきか——。

玄人相手とはいえそれなりに経験を積み、妻を迎えて子作りに励んだこともあるのに、いわゆる艶事に関してレンドルフは素人同然だ。最大の理由は

『興味がない』から、だという。『あれの、なにが楽しいのかわからん』という言葉を、ラドヴィクは何度か洩れ聞いたことがある。性行為そのものにも、そこに至る過程にも興味がないらしい。――いや「なかった」と過去形で語るべきか。

　玄人相手の営みは、ひととおり経験して気が済んだとたん足が遠のいたし、妻との閨事《ねやごと》も夫の義務で遂行しただけで、悦《よろこ》びも喜びもなく、むしろ寝所を訪れるたびに消耗していく姿は痛々しかった。

　本人が消耗していることに無自覚で淡々としていた分、ラドヴィクやセレネス、隠れ里のフラメルやベイウォリーといった彼をよく知る近しい人間の方が気を揉《も》んだくらいだ。

　そのレンドルフが、十五近く歳下の少年に心奪われ、恋する喜びと苦しみを味わっている。

　今日の落ち込みはなにが原因なのかわからないが、ラドヴィクにしてみれば、あの少年がレンドルフを好いていることなど一目瞭然《りょうぜん》。なぜ主《レンドルフ》がここまで右往左往するのか不思議で仕方ない。


　そんな気持ちが気配に出たのか、それとも無自覚に溜息でも吐いてしまったのか。レンドルフが顔を上げ、ばつが悪そうに肩をすくめた。

「情けない主だと思うか？」

「――いえ。…まあ、心中お察しします、としか」

　慰めにならない返事に、レンドルフは痛みを堪えるように眉根を寄せて笑うという、複雑な表情を浮かべた。

「せめて言葉が通じていたら、もう少しやりようもあるんだが――」

　独り言のようなつぶやきに、ラドヴィクはどう返していいかわからず、無言で続きを待った。しかしレンドルフはそのまま黙り込み、頭をひとふりすると、静かに扉から離れて歩き出した。

　その足取りはいつもより少し重く、憂いに満ちているように、ラドヴィクには感じられた。

† 冬籠もり

落葉樹が盛大に色づいて派手に舞い散り、常緑樹は寒さに備えて身を引きしめる老人のように、色を濃くしてゆく。アヴァロニスの最北端に位置するエル・グレン州領の秋は駆け足で過ぎ去り、瞬く間に白銀に覆い尽くされる冬が来た。

王都北区の下層街で、殺されそうになっていたアキを助け出した日から一月あまりが過ぎた。アキの腹部をほとんど覆い尽くす勢いだった〝死の影〟は、治療の甲斐あってほぼ消え、骨折した脚も順調に回復しつつある。

この一月の間、レンドルフは平均すると三日に一度の割合でアキを抱いて体液を与え続けた。

名目は治療だが、そこには明確な好意が存在する。しかしそれをアキに悟られないよう、極力平静を装い、治療に入る前には必ず眠り薬を与えて、行為の記憶が残らないよう心を配った。

すべてはアキの気持ちを慮り、負担を軽くするために気を遣った結果だ。

幸いアキは、途中で治療が辛いとか、もう嫌だと弱音を吐くこともなく、レンドルフに対して常に協力的でいてくれる。

最初の〝治療〟の翌日に見せた、あの思いつめた表情の理由は、結局わからず終いになったが、蒸し返したり、無理に探り出して追いつめるのは止めておいた。

それに関しては、アキのためというより、レンドルフ自身の儚い希望を守る目的の方が大きいが、結果的にアキが健康を取り戻し、出逢った頃のような屈託のない笑顔を見せてくれるようになったので、些末事《さまつごと》として棚上げしている。下手に追及して『唇接けされるのも、本当は不快』などという、怖ろしい現実を突きつけられたくはなかったからだ。

十回目の〝治療〟を終えて、ほぼ完治といって差し支えないほど〝死の影〟が消えるのを待っていたかのように、レンドルフの身辺は慌ただしくなり、蜜月のようだった隠れ里での逢瀬《おうせ》は間遠くなってしまった。

「エル・グレン卿」

月に一度、王都の王宮で行われる定例会議を終えて、州領館に戻ろうとしていたレンドルフは、自分を呼び止める声に足を止めて、振り向いた。

「エル・ルーシャ卿」

「州領館にお戻りなら、そこまでご一緒してもよろしいですか」

根雪のような白い髪の持ち主、ウェスリー＝エル・ルーシャの州領館はレンドルフの館の隣に建っている。帰るなら方向は同じだ。

「もちろんです」

レンドルフが如才《じょさい》なく答えると、ウェスリーは横に並び「王都は温かいですね」とか「エル・メリル州領では最近まで雨が降っていたそうです」などと、他愛のない時候の挨拶《あいさつ》を前置きにしてから本題に入った。

「神子が『特別な交流』四巡目に入られるそうです。ご存知でしたか？」

「…いえ。エル・ルーシャ卿は情報が早いですね」

「先ほど、ビスティス正中位神官に教えてもらいました。州領館に戻れば、エル・グレン卿の元にも正式な使者が報せにくるでしょう」

ウェスリーは懇意にしている神官の名を出した。ビスティス正中位神官は、次期聖神官長と目されているアビージャ正上位神官派の中の出世頭で、人脈作りと根回しに長《た》けた人物だ。現王が治る見込みのない病床に伏し、次王の選定中という、玉座が空の状態を利用してあれこれと私腹を肥やしている噂もある。それが単なる噂ではないことは、目端の利く者なら誰でも知っているが、レンドルフは瀆職《とくしょく》に対する嫌悪はおくびにも出さず淡々と答えた。

「そうですか…」

「ここまで選定が長引くのは、やはり神子が異国出身だからでしょうか」

「さて、どうでしょう」

「神子の心はもう決まっているような気もしますが……、エル・グレン卿はどう思われますか？」

「私のような無骨者には、神子の御心などなかなか汲み取ることは難しく――」

レンドルフはどうとでも受けとれる曖昧な表情を浮かべて、明言を避けた。

ウェスリーには『特別な交流』が四巡目に入ることを知らなかったと答えたが、嘘だ。以前から、神子が王の選定を引き延ばしたがっていることも、その理由も知っていたから、四巡目に入ると言われても驚きはない。

しかしそれをひけらかして嫉妬《しっと》されるのも、神子との親しさを羨ましがられ恨まれるのも御免だ。

ウェスリーは見た目の柔和さの裏に、激しく強《こわ》い信念のようなものを隠し持っている。蛇の尾をうっかり踏んで、噛みつかれる愚は避けたい。

「巷《ちまた》では、誰が王に選ばれるか賭けの対象になっているそうです。下々の者は神聖なる選定に対して敬意が足りない。嘆かわしいことです」

信仰心の篤いウェスリーには賭けに興じる庶民の姿は、不信心に映るらしい。

「庶民の他愛のない楽しみのひとつですよ。そう目くじら立てることもありますまい」

のんびりとした口調でなだめたレンドルフに、ウェスリーは探るような視線を向けた。

「民の間ではエル・ファリス卿が一番人気だそうです。二番人気は誰だと思います？　あなたです。エル・グレン卿」

「――私ですか？　意外ですね。最下位だと思っていたんですが」

「ご謙遜を」

柔らかな表情を浮かべたウェスリーの吐息が、王宮の渡り廊下を吹き抜ける寒風にさらされて、白く流れる。表情とは裏腹に、内心では面白く思っていないのだろう。目元がわずかにひくついている。

巷で噂といっても、根も葉もない妄想や捏造ではない。内容にはそれなりに根拠がある。神子に仕えている従者たちが、さりげなく流す情報が元になっているからだ。

なにやら不穏な気配を察して、早めに会話を切り上げようとしたが、遅かった。

「あの神子がエル・ファリス卿を気に入るのは理解できます。彼ほど見目麗しい男はそうそういない。神子も、エル・ファリス卿の魅力には抗えないのでしょう」

「…なるほど」

「不思議なのはエル・グレン卿、あなたです。失礼ですが、あなたはさほど王位を望んでいるようには見受けられない」

「そんなことはありません」

相手も自分も嘘だとわかっていても、否定しておかなければならないこともある。大人の処世術として建前を口にしたレンドルフを無視して、ウェスリーは話を続けた。

「王位にも神子にもさほど執心しているとは思えないのに、神子にはかなり気に入られている。どうしたらあの方の気を惹くことができるのですか？　秘《ひ》訣《けつ》をぜひ伝授していただきたい」

「秘訣…ですか」

そんなものはないと言い放ち、走って逃げ去りたいところだが、そうもいかない。レンドルフは少し考える振りをしてから、本当の秘訣を教えてやることにした。

「そうですね。心当たりがあるとすれば、神子の友人にやさしくしたことでしょうか。神子は一緒に召喚された友人を、ことのほか大切に想っていたようですから、それで私にも好意を抱いてくださったようです」

だから卿も、黒髪黒瞳の人間に対する偏見を捨て、迫害の手をゆるめてはどうかと、言外に含ませてみたが、ウェスリーには通じなかったようだ。

「友人とは、あの〝災厄の導き手〟のことですか…？　行方不明になったと聞きましたが、見つかったのですか？」

ウェスリーが〝災厄の導き手〟と口にするときの、声の響きは冷え冷えとしている。

「――いえ」

レンドルフはまたしても嘘をついた。

ウェスリーは〝災厄の導き手〟に対する差別と迫害がもっとも激烈なエル・ルーシャ州領の領主だ。本人は深く神に帰依《きえ》して、その御心に添っているだけだと公言しているが、それだけが理由だろうか。なんとなく他に理由があるような気がする。それがなんなのか明らかになるまで、アキに関する情報は極力隠しておいた方がいいだろう。そこまで考えて、ふ…と小さな引っかかりを覚えた。

「神子の友人が行方不明になったと、なぜ知っているのですか？」

対外的には、アキは王都到着後すぐにエル・グレン州領に移動したことになっている。もちろん行方不明になったことは公にしていない。

ウェスリーは意外な質問をされたと言いたげに目を見開き、苦笑した。

「もちろん、神子から直接教えていただきました。とても心配していると」

「ああ…なるほど」

聡く、本能的に人の良し悪しを見抜く力のあるアキと違って、神子は少々ヌケている。今はさすがに警戒して、よけいなことは言わないよう注意していると思うが、王都に着いたばかりの頃は敵味方の区別などつかず、誰にでも明け透けにしゃべっていたようだ。

ウェスリーは言葉がやわらかく、友好的な態度を身にまとうことが得意だから、神子も油断して相談したのだろう。

――今度会ったら注意しておかなければ。

レンドルフがそう心に刻んだとき、ウェスリーがぽつりとつぶやいた。

「私は王になりたい」

今度はレンドルフが目を見開く番だった。

ここで、自分に向かってそんなことを言う彼の意図がわからない。このつかみどころのなさが、彼に対する警戒心の理由でもある。

「資格はおありでしょう。だからこそ王候補に選ばれた。卿も、私も」

同意はするが、応援するつもりはないと、一応牽《けん》制《せい》しておく。レンドルフの意図を汲み取ったウェスリーはひと呼吸置いて、話題を軌道修正した。

「エル・グレン卿はどうですか？　もしも王に選ばれたら、最初に何をします？」

この質問はあまり他意がなさそうだ。単なる興味本位。王候補同士が会話を交わすときの定番のようなもので、真剣に答えることも、冗談で返すこともある。

レンドルフは今回、少しだけ真剣に答えた。

「私ですか？　そうですね…。私なら今日のような長いだけで実のない定例会議は取りやめにして、穀物の値段は自分で決めるようにします」

国内にある十二の領地を治める十二人の州領主は、それぞれ自治権が与えられている。当然、穀物の値段も州によって違う。

値段の違いはその年の収穫量の差、そして質の差であり、豊作の州領は安く、不作の州領では高くなる。その不均衡と、取り引き時の諍《いさか》いを避けるため、州領主たちは定期的に集まって穀物価格の取り決めをするのだが、合意に至るまで毎回時間がかかる。

主食となる黄麦《おうむぎ》の収穫量を少なめに報告して値段をつり上げようとする者、不作であるにも拘わらず、少しでも安く取り引きしようと粘る者。それぞれの利害が衝突して、ひと筋縄ではいかない。

レンドルフが治めるエル・グレン州領でも、今年は少し不作気味で、他州領から買い取らなければならないのだが、十二の州領の中でもっとも豊作だったエル・アマリウス卿は「我が州領も不作で…」と収穫量を偽り、値段をつり上げようとした。

ぼんやりとしたエル・ストルス卿などは相手の言い値で買い取りかけたが、エル・アマリウス州領の正確な収穫量を調査済みのレンドルフがそのことを指摘すると、あわてて前言を撤回し、レンドルフの情報を盾にしてエル・アマリウス卿を責めはじめた。

自領の収益のためなら、偽りでも平気で口にするエル・アマリウス卿もたいがいだが、たった十二しかない州領の収穫量や、そのときどきの状況を把握していないエル・ストルス卿の怠惰さと、危機感のなさには呆れる。

自分がもし王になったら——なる気はないが——慣習を廃し、実地の調査を元にした収穫量に基づいて価格を決める。そして各州領間で個別に取り引きさせるのではなく、一旦《いったん》王領がすべて買い上げ、各州領に再配分する形に変える。そうすれば州領間の不均衡は最小限に留《とど》められるはずだ。

他にも改善したいことは多々あるが、それでも王になりたいとまでは思わない。

今のアヴァロニスで王位に就くことは、即ち神殿と神官たちの虜囚になることと同義だからだ。

古文書によれば、古代の王たちはもっと自由で闊達だったらしい。王は文字通り太陽のように光り輝き、神官たちの言いなりになるのではなく、神官たちを手足のように従えて、国の安寧のために尽力したという。

そうした過去の歴史を刻んだ古文書も、興味を持って探し当てなければ目に入る機会はない。神官たちが巧みに禁書扱いして、公書館や図書館から排除しようとしているからだ。

ルシアスなどは神子を独占するために、あえて不自由な王位を望み、毒蠍《さそり》の巣窟のような神殿と、しきたりと慣習を権威で固めた神官団に戦いを挑もうとしている。

それは絶望的に不利な戦いだ。たとえ愛する者《ハルカ》のためでも、海獣が吼《ほ》え立てる海に単身飛び込むような無謀さには賛同しかねるが、同時に、ルシアスなら不屈の闘志で神殿の支配を脱し、王権を手中に取り戻せるのではないか。そんな希望もわずかだが感じられる。

勇気あるルシアスには敬意を抱く。彼が王位に就いた暁には影ながら応援したいと思う。

もしもアキが神子の立場だったら、自分も同じ決断を下しただろうから。

ウェスリーと別れて自分の州領館に戻ると、レンドルフは溜まっていた執務を精力的にこなしはじめた。アキの治療中も王都と自領を往復してはいたが、移動で失う時間が惜しいので必要最低限に留めていた。もちろん日々の出来事などは都詰めの家臣たちから報告を受けているが、その場にいなければ真偽の判断がつきかねるものもある。

まず一番に気になったのは、東南のエル・バラダ州領沿岸で海獣が頻繁に目撃されているという噂だ。遠洋に出れば海獣などいて当然だが、岸から五〇カロン（約三・五キロメートル）の距離に海獣が出没するのはおかしい。本来ならあり得ないことだ。

この噂に関しては先刻の定例会議でも取り上げられたが、当のエル・バラダ州領侯は立派な髭《ひげ》を神経質に扱きながら「質の悪い流言に過ぎませぬ」と否定した。州領内で最近評判になった一座の芝居内容が海獣退治物だったために、そのような噂が流れたのだろうと、もっともらしい理由を語って以後は話題になるのを嫌がった。

州領主たちの三分の二はそれで納得したようだが、残りの三分の一、レンドルフとルシアス、それに噂の出所エル・バラダ州領の南隣にあるエル・アマリウス州領主の三人だけは、独自の調査に乗り出すことに決めた。

エル・バラダ州領に関しては疫病が発生したという噂もあり、これについても会議で取り上げられたが、州領侯の報告はかなりの過小申告で、レンドルフが事前に調べておいた実態調査の内容とは大きく隔《へだ》たっていた。

州領主というものは、基本的に自領の問題を表沙汰《ざた》にしたがらない。疫病の発生などは、衛生管理の不手際や治療態勢の不備といった領主の手腕を問われるし、旱《ひでり》や洪水《こうずい》、飢饉《ききん》といった天災であれば、政《まつりごと》が神の御心に添っていないからだと責められる。だから王や神殿、他領の助けが必要なときは、内密にひっそりと裏で要請を出し、対価や情報を貢いで援助を受けるのが普通だ。

レンドルフが定例会議など止めてしまえと思うの

は、単なる形式上の報告と腹の探り合いに終始して、解決策を講じる機能などとうの昔に消滅していることを、思い知っているからだ。

「あんな意味のない集まりにだらだらと半日以上使って、まったく時間の無駄だ」

そんな時間があるなら、古文書館にでも出向いて、文献の虫食い痕でも眺めていた方がはるかに有意義だ。眉間に寄った皺を指先で解しながら、ぶつぶつと文句をつぶやいていると、補佐官セレネスが主の気を逸らそうと声をかけてきた。

「黄麦《おうむぎ》の買取価格はどうなさいますか？」

レンドルフは眉間を摘《つま》んだまま、天井を見上げた。

「今年不作だったのは自領《うち》の他に、エル・ストルス、エル・マーニャ、エル・メリル、エル・ルーシャだったな。豊作はエル・アマリウス、エル・ファリス、エル・バラダか。不作の領主たちが買取価格をいくらで交渉するか調べて、適正ならそれより一カラン（約七円）高い値段を提示しよう。交渉先の優先度はエル・ファリス、エル・アマリウスだが、エル・バラダの疫病の実態が判明して、穀物の質には影響がないなら優先して取り引きを申し出よう。他の領主たちは疫病を恐れて二の足を踏むだろうから、安く買えるだろう」

安くといっても買い叩く気はない。あくまで適正価格の範囲内だ。

「はい」

「交渉には私が直接出向く。予定を入れておいてくれ」

「畏まりました」

他にもいくつか指示を出してから、レンドルフは時間を確認して書斎に籠もった。

今日は許可が出なかったが、明日はルシアスと『特別な交流』中の神子を訪ねる予定だ。それまでにアキのための単語票をできるだけ作っておこうと思う。

単語票というのは、アキがこちらの言葉を覚えるのに使えるようレンドルフが考えたものだ。小さな紙片にアヴァロニスの言葉と、その意味を表現する絵を添え、アキの国の言葉を神子に併記してもらう。

絵師はすでに手配済みだ。都で評判の技巧派から、美しい色使いに愛好家が多い印象派まで、小さな仕事でも手を抜かない誠実な者たちを。とはいえ、実際に選んだのは絵画を愛《め》でる習慣のなかったレンドルフではなく、有能な補佐官セレネスだったが。

単語票を三〇枚ほど作成したところで、日没を告げる神殿の鐘が鳴り響いた。

レンドルフは椅子から腰を上げ、強張った背筋を伸ばしながら窓辺に立った。

歪みのほとんどない玻璃製の窓越し、木立の向こうに沈みゆく夕陽の最後の光が瞬いて見える。

——神の国の黄昏《たそがれ》。

紅く染まった西の空を見ていると、そんな言葉が思い浮かぶ。

迫害されて隠れ住んでいる〝災厄の導き手〟を見つけ出し、安全な場所に保護するために、レンドルフが国内各所に放っている密偵たちは、他領の事情を探ることにも大いに役立っている。

レンドルフは王都の州領館や自領の城に居ながら、二〇〇ギロン（約一四〇〇キロメートル）離れた場所で生まれた仔牛《こうし》の数を知ることもできる。相手が無防備であれば、晩餐《ばんさん》の献立を知ることも可能だ。

もちろん情報の重要性に比例して危険度も増す。連絡用の水晶球は、過度に使えば神官たちの注意を引くこともあるため、用心しなければならない。

それでも、正確な情報は州領を統治するために必要不可欠だ。神殿が『神の御心』『神の御声』という名で公式に布告する情報は、ほとんどが神官たちにとって都合の良いように歪められている。中には根も葉もない捏造もある。大多数の庶民はそれを疑いもしない。庶民だけでなく州領主の中にも、神殿が発する情報を鵜呑みにしている者も多い。疑えば神罰が下るという、神官たちの脅しを真に受けているせいだ。

神の守護がアヴァロニスの大地にあまねく行き渡っていた時代は、それで問題はなかったのだろう。古《いにしえ》の文献には今では想像もつかないほど豊かでおだやかな、それでいて活力に満ちた、楽園のような時代の記録が残っている。

「今とは雲泥の差だな…」

黄昏の靄の中へ消えてゆく落日の最後の残光を見つめながら、レンドルフはつぶやいた。

「神の守護があると言うなら、なぜこの国《アヴァロニス》はこれほど荒れている？」

旱、洪水、疫病は、毎年どこかの州領で起こって民を苦しめている。神の御座所たる聖神殿があるにも拘わらず、王都の人心は荒み、他者を思い遣《や》る気持ちより、我が身の保身を図る者ばかりが幅をきかせている。人を騙して相手を不幸にしても己の利益を優先させてはばからない人々が、弱い者を虐げて強い者に媚《こ》びている。

それが今のアヴァロニスだ。

「たとえ私が王になったとしても、たぶん変えることはできない…――」

むしろ、王になどなれば今の人格を剥奪され、神と神官たちにとって都合の良い傀儡《かいらい》に作り替えられてしまう可能性が極めて高い。

今現在、病床に伏している現王も即位前は聡明で闊達、気高い理想を抱いていたという。自分を王に選んだ神子とも仲睦《なかむつ》まじく、連理の枝のようだと称賛されていた。

それが、即位したとたん人が変わったように無気力になり、神官たちの言いなりになってしまった。

レンドルフは州領主を継いでから御前会議に何度も出席して、間近で王を見たことがあるが、王はいつも心ここにあらずといった様子だった。歳よりずっと老けて見え、気鬱の病のようにいつも沈み込んでいた。

まるで、両手両足に重い鎖を巻きつけられたまま、果てしない旅を続ける虜囚のように。

確認できた記録にある限り五百年、二十人近くの王たちがほぼ同じ状態に陥っている。

五百年前といえば《黒髪黒瞳の人間が神に災厄をもたらす》という予言が下り〝災厄の導き手〟の迫害がはじまった時期と一致する。

「――何かが起きている」

レンドルフは窓硝子に拳を置いて額を支え、独りごちた。他の誰も決して目を向けようとしない、隠された現実を。

「神の異変――…もしくは、衰退…か」

他人の前では決して口にできない。声に出すことすら不敬の極みとはばかられる。しかしレンドルフの目にはこの国《アヴァロニス》が、爛熟《らんじゅく》して地に堕ち、腐臭を発している果実のように思えてならなかった。


八日ほど王都で過ごしたあと、レンドルフは自領に戻った。八日の間に、王宮と神殿の事情通の間で、エル・ファリス卿ルシアスが海獣対策のために自領へ戻ったという噂が流れたが、真偽のほどはわからない。海獣が沿岸部を襲ったとなれば、神の威光と神殿の名誉に関わる大事件だ。神殿側は絶対に公表したがらないだろう。対応が遅れたせいで民が受ける被害について、神官たちはあまりに無頓着《むとんちゃく》だ。

レンドルフの元に集まる情報もまだ錯綜《さくそう》している段階だ。重い溜息を吐きながら、念のために領内備蓄の再確認と、万が一、要請があった場合の派兵計画を各所に命じたあと、レンドルフは州領城への滞在は最小限に留めて、すぐに隠れ里へ向かった。

雪が深く積もる季節になると、寒さに強く優れた脚力を持った脚太《あしぶと》と呼ばれる馬を使っても、いつもより時間がかかる。

それでも陽が落ちる前になんとか城砦にたどりつくと、真っ先にアキの部屋を目指した。

扉の前で息を整え、軽く叩いて返事を待つ。

顔を合わせるのはほぼ十日ぶり。何か、アキが喜びそうなものでも見繕って持ってくればよかったと、今頃気づいて少しあわてた。楽器か、美しい古代文字の見本帳か、筆記具、駒戯盤《シャッハ》…などと数え上げたところで中から「[illegible]」と応《いら》えがあり、その声を聞いたとたん柄にもなく胸が高鳴った。

足元が綿の固まりでも踏むように心許なくなる。そのまま、ふわふわとした足取りで中に入ると、

「レン[illegible]！」

アキの弾むような声が聞こえて、気持ちも視線も奪われてしまった。

寝台の上でクロと戯れていたらしいアキは、嬉しそうに身を起こすと、抱いていたクロを放り出し、勢いよく床に降り立とうとした。けれど焦って注意が疎かになったのか、松葉杖《づえ》をつかみそこねて倒れかける。

「アキ…！　危ない！」

レンドルフは猟犬よりも素早く駆け寄って、細い身体が床に叩きつけられる前にアキを抱きとめた。

「気をつけてくれ…」

本気で心の臓が止まりかけた。ほっと安堵の息を吐きながら、しみじみつぶやくと、

「[illegible]…[illegible]」

アキは『ありがとう』と『ごめんなさい』という意味の言葉を口にして顔を伏せた。

まるで胸に顔を埋《うず》めるようなその仕草がいじらしい。そのまま強く抱きしめて髪を撫で、唇接けたり頬に触れたい気持ちをぐっと堪えてアキの身体を抱え直し、寝台の縁に座らせる。それから拳ひとつ分の間を空けて隣に腰を下ろすと、アキは待ちかねていたようにレンドルフの手を取り、手のひらに指文字を書き綴りはじめた。その意味は、

『会う、嬉しい』

肌に直接記されたアキの気持ちは、どんな愛の告白にも優る威力でレンドルフの胸を蕩《とろ》けさせた。

「アキ…」

答える声も自然にやわらかくなる。

一心に自分を見つめるアキの瞳を見つめ返してから、今度はレンドルフがアキの手のひらに文字を書く番だ。

「私も会えて嬉しい。具合はどうだ。元気で過ごせていたか？」

声に出しながら文字を綴ると、アキはすぐに意味を理解して、狩りから戻った母狐を出迎える子狐のように、全身から嬉しさをにじませた。木漏れ日を浴びたようにキラキラと光って見える。

——疑う余地なく、アキは私の帰還を喜んでくれ

ている。

たとえそれが保護者に対する思慕に過ぎないとしても、歓迎してもらえるのは嬉しい。

アキは再びレンドルフの手を取り、返事を記した。

『元気。嬉しい』

まだたどたどしい指使いでそう書き終わると、無防備に顔を上げる。警戒心など欠片もない、レンドルフを信頼しきったその表情に庇護欲が湧き上がり、頼られる喜びに身の内が震えた。

同時に同じくらいの罪悪感も味わう。

こんなに懐いて信用してくれているのに、自分ときたらその信頼に乗じて、もっと触れたいとか抱きしめたいとか、あわよくば合意の元で情を交わしてみたいとか、欲まみれの下心ばかりで申し訳ない。

そのうしろめたさが、さらなる執着を生む。

――この子は絶対に私が守るし、もう二度と辛い思いはさせない。ついでに、誰にも渡したくないし、奪われるくらいならどこかに閉じ込めて、自分だけしか見えないようにしてやる。


隠れ里《ここ》みたいな秘密の場所を作って、閉じ込めて、私しか話す相手がいなくなったら、寂しさのあまり愛してくれるようになるんじゃないか…。

そんな愚にもつかない妄想を脳裏に描いていると、アキが不思議そうに首を傾げた。

それで、自分が不審に思われるほどじっと見つめていたことに気づく。内心ではあわてたが、そうと悟られないようさりげなく視線を逸らし、小さく咳払いをしてから改めてアキの手のひらを手に取った。

「今日は空がとてもきれいだ。外に出てみないか？新鮮な空気を吸えば身体にも良い」

口に出した言葉より、かなり省略して指文字を綴ると、アキはなにか誤解したのか、不安そうに身体と声を震わせて、『外、出る』という意味の言葉をくり返した。

「וואָס？　צו…？　דאָ, אָדער טאָר איר דאַרפּו אויס？」

どうやら、意に添わない場所に連れて行かれると誤解したようだ。

レンドルフはあわてて「違う」と訂正し、安心させるためにアキの手を両手で包んで、大丈夫だと微笑みかけた。

それでもまだアキが不安そうだったので、手の甲にぽんぽんと軽く触れてから立ち上がり、戸棚から厚手の毛布を取り出して、アキの身体にふわりと巻きつけた。

仰々しい着替えなどせず、部屋着のまま。どこか遠くへ行くわけではないと伝えたかったが、通じただろうか。そのまま軽々と抱き上げると、アキは目を丸くして息を飲んだ。毛布の下でクロも「ぎゅるっ」と抗議の鳴き声を上げる。

その反応を、扉に向かってくるりと回った半回転で振り払い、

「気分転換だ」

我ながら浮き立った声音で宣言して、足取り軽く展望塔に向かう。

四角い箱に茹《ゆ》で卵を押しつけて型をつけたような、ずんぐりとした形の展望塔は、三階分の高さがある。塔の内側に刻まれた螺旋《らせん》階段を昇って屋上に出ると、夕暮れの少し湿った冷たい空気が吹きつけてくる。腕の中で、アキが風の強さと冷たさに驚いて首をすくめ、それから目に入った景色の素晴らしさに感歎の声を上げた。

「[illegible]…！」

地上はすでに一アロン半（約一メートル）ほどの雪が積もり、何もかも白く覆い尽くされている。こんもりとした家々の形。雪の重みに枝を下げた森の木々。凍りつく寸前の湖。

それらがすべて沈みゆく夕陽の斜光を受けて赤金《あかがね》色に染まっている。

見上げた空は目に染みるほど澄んだ青色。その青に黄昏の赤と橙《だいだい》、桃色が重なり合って深みを増し、夕陽とともに刻一刻と色味を変えてゆく。湖から鳥が飛び立ち、湖面の小波《さざなみ》に光が反射してまばゆく輝く。吹きつける風には、城下の家々が煮炊きしている煙と湯気の匂いが混じっている。

平穏な日常と、幸福の匂いだ。

「[illegible]…」

景色に見入っていたアキの口から、再び感歎の声がこぼれる。意味はたぶん『美しい』。

そう。この美しい世界を君に見せたかった。こちらの世界に来てから辛い目にばかり遭い、景色を愛でる余裕などなかっただろう君に。

頭からすっぽり毛布で覆い、目と鼻だけ外気にさらしているアキに向かって、レンドルフはうなずいてみせた。

「きれいだろう。あの湖はレマ湖という。古い言葉で星屑という意味だ。この下の集落には君と同じ黒髪黒瞳の人々が暮らしている。あそこの平坦な場所は畑。向こうに広がっているのはレザンの森。夏になると蜜桃が自生する。小さいけれど味がいい」

暖かくなったら連れて行ってあげようと言うと、アキは嬉しそうに微笑んだ。

「קייל זיוה לאַנדוויריטשאַפּטלער לאַנד？　וואַלד כאַ？」

そしてレンドルフが指差した場所をひとつひとつ確認するように後追いしながら、一生懸命何か訴えている。

「ופוראַדנער וצ רימ ןגאָז וצ ריא ןליוו ךיא רעבא .ןעמונראַפ גנייונאַ. טעבראַ דלאַב קירוצ טלאָוו סע רעדאָ？」

「うん？　なんて言った？」

意味はわからないが、アキが望むことなら叶えてやりたい。だから同意を示すようにうなずいてみせると、アキは言葉が通じないことに焦れたような少し切ない表情を浮かべた。その顔を見ていると、自然に声が出た。

「私も、アキの国の言葉を覚えたい」

ささやきながら、ふと思いついて、レンドルフはアキの手のひらではなく、風を浴《あ》びて紅く染まった頬に指文字で言葉を綴った。

まだアキには教えていない単語を。

「סאוו？　איך געשריבן נאַנטע？」

アキはぱちりとまばたきをして『なに？』と訊ねた。頬になにを書いたのか知りたいと。

レンドルフはやさしく微笑んで答を教えてやった。

「可愛い」

アキはもう一度、わからないと言いたげにまばたきをして、小さく首を傾げた。その仕草と表情がたまらなく可愛い。

　可愛くて、なんでも願いを叶えてやりたいと思う。望みを叶えて、笑顔を向けてもらう。それだけで百万の敵に立ち向かえるほどの勇気が湧いてくる。

「ああ…」

　そのとき、ふいにレンドルフは理解した。

　――これが、愛するということなのか。

　言葉では知っていたが、感情が伴ったことはなかった。それが今ではよくわかる。

　自分ができることなら、なんでもしてやりたい。出来ないことでも、アキの望みを叶えるためなら努力できる。もしもアキが王になって欲しいと言えば、あれほど嫌だった王位を求めてもいい。そう思えるほど、心の底から活力と熱意が湧き上がってくる。

　レンドルフは改めてアキを見つめた。

　出逢った頃より少しだけ背が伸びて、少しずつ大人の体型に近づいているのに、なぜなのか、アキは逢うたび可愛くなる。

　セレネスあたりに聞かれたら『頭が沸いてますね』と評されそうなことをぼんやりと考えていると、

「…ッシュン」

　腕の中でアキが小さなくしゃみをした。

「おっとまずい。風邪をひいたら大変だ」

　これ以上風に当てないようアキの身体を抱え直すと、レンドルフは急いで展望塔を駆け降りて、暖かな部屋に舞い戻った。

　暖炉でしっかり暖められた客間に入ると、アキを寝台に座らせ、巻きつけていた毛布を解いてやる。

　髪が乱れていたので手櫛《てぐし》で梳《す》いて形を整えてやると、アキは気持ちよさそうに目を閉じた。少し上を向いたまま、まるで唇接けを待つように。

　甘い吐息を漂わせる淡い桃色の唇があまりに無防備で、「これは治療だ」と自分に言い聞かせる前に、レンドルフは蜜に吸い寄せられる羽虫のように、アキの唇に自分のそれを重ねていた。

「――…っ」

十日ぶりの唇接けはあまりにも刺激的で、そのまで終わらせることなど不可能だった。

〝死の影〟が消えてからは、二日か三日に一度、唇接けで得られる程度のわずかな体液を摂取すれば再発の心配はない。レンドルフが留守にしていた間は、氷詰めにした少量の血を渡して飲んでもらっていた。だから今夜、十一回目の〝治療〟をする必要はない。必要はないが、してはいけない理由もない。

アキは無抵抗に唇接けを受け容れているし、毛布だけでなく上着を脱がせても抗う気配はない。単に〝治療〟がはじまると思っているからだろう。

その誤解を、レンドルフは利用した。

狡い大人の醜さは自覚している。それでもアキを抱きしめて自分の一部を刻みつけたい。

常備するようになった眠り薬を、必要以上に濃厚な唇接けの合間に口移しで与え、アキの身体から力が抜けて、まぶたがとろりと下がっていくのを静かに見守る。

「レ…ン？」

蜜を垂らされたように、ねばつくまぶたを必死に開けようとしながら、アキは少し驚いた表情でレンドルフを見上げ、何か言おうと唇を開き、腕を伸ばしてレンドルフの頬に触れようとした。

けれど結局声にはならず、薄く開いた唇からこぼれたのは寝息に変わった吐息だけ。指はレンドルフに届かないまま、力を無くして敷布の上にハタリ…と落ちた。

「アキ？」

名前を読んでも応えはない。

そのことに失望と安堵が入り交じる。

本当は呼びかけに応えてもらいたい。身体だけでなく心も通わせたい。

けれどそれは無理だとわかっているから、相手の記憶に残らないよう眠らせて抱く。

「こんな姑息《こそく》な男のことを、君はいつまで信じて頼ってくれるだろう…」

レンドルフは自嘲しながら、無抵抗な身体を抱き寄せて丹念に愛撫を施しはじめた。

たとえ記憶には残らなくても。

本当の意味では同意を得ていなくても。

レンドルフにとって、それはまぎれもなく愛の営みだったのだ。


夜半。名残り惜しさに身をもがれるような思いを無理やりねじ伏せて、愛しい温《ぬく》もりから身を離すと、アキが寒そうに小さく震えた。

レンドルフは急いで上掛けを顎先まで引きあげて覆い直し、自分の不在を埋めるようにアキの頬と額、それから唇に唇接けを落として部屋を出た。

そのまま隠れ里を出立して州領城に戻り、仮眠をとって王都の州領館に戻ると、すでに時刻は日没近く。小さく溜息を吐き、今日からはじまっている四巡目の『特別な交流』のために身支度を調え、急いで神子の庭に向かった。

庭に足を踏み入れると、待ちかまえていたらしい神子に出迎えられる。神子は少しそわそわした様子で、何か言いたそうにちらちらとレンドルフを仰ぎ見た。

なるほど、端から見れば憎からず神子に想われていると誤解されても仕方ない。十日ほど前に交わしたウェスリーとの会話がちらりと脳裏を過ぎったついでに、例の釘を刺しておくことにした。

「神子様はエル・ルーシャ卿について、どう感じておられますか」

本来なら何か言いたそうな神子の意を汲んで、話しやすいように水を向けるべきだが、アキに関する重要な問題なのでこちらの質問を優先させてもらう。

「へ？　ウェスリー？」

予想通り、神子は質問の意味にも意図にも気づかない。その鈍さが今はありがたい。

この話題はレンドルフの予測——いや予感と言うべきか——が間違っていた場合、ウェスリーに対する謂《い》われのない誹謗《ひぼう》中傷となり、名誉を毀損《きそん》した罪でレンドルフの方が糾弾されかねない。そんな内容なので、確証を得るまでは慎重に探りを入れる必要がある。幸い、神子はウェスリーに対してあまり良い印象を抱いていないようだった。

「ウェスリーは、うーん…、頭がよくてやさしいんだけど、時々すごく怖いって感じ…かな」

答えを聞いてレンドルフは安心した。ぼんやりしているようでいて、人を見る目はそれなりにあるようだ。ついでに「信用もしていない」と言質を取ったので言葉を選ぶ必要がなくなった。レンドルフは神子に、アキに関する情報をウェスリーには教えないようにと釘を刺し、理由も教えた。

「アキが行方不明になったことを、神子様がエル・ルーシャ卿に教えたのなら問題はありません。ですが、神子様が教える前に知っていたとしたら、彼がアキを襲って攫った犯人に繋がる可能性があります」

十日前の会話で生まれた疑念をそのまま口にすると、神子は大いに驚き、そして自分の迂闊さが大切な友《アキ》の窮地に繋がるかもしれないと知って戦《おのの》いた。

「どうしよう…！　ぼく、アキちゃんのこといろいろしゃべっちゃったよ！」

血の気の引いた頬を引き攣らせて忙しなく歩きまわる神子を落ちつかせ、過去の言動に関しては責めたりせず、今後の注意点だけ胸に刻んでもらう。

「過ぎたことです。今後エル・ルーシャ卿にはアキの情報を一切渡さぬよう注意していただければ、それで充分です」

神子は深く落ち込んだ様子で、項垂れたまま「…うん」と力なくうなずいた。

とりあえず本日の第一目標は達成したので、レンドルフは肩の力を抜いて次の話題に移った。

「そういえば、エル・ファリス卿が『特別な交流』を中断して州領地に戻ったという噂を耳にしましたが、理由はご存知ですか？」

訊ねると、神子はあっさり「うん」とうなずき、「内緒にしてね」と言い添えてから教えてくれた。

それによると、どうやらエル・ファリス領の沿岸に海獣が現れたという噂は本当だったらしい。

「ルシアスは『由々《ゆゆ》しき問題が起きた』としか言わなかったけど、詳しい人がこっそり教えてくれたんだ。こういうことって秘密にするより、ちゃんと情報公開して、みんなで解決策を出し合った方がいいと思うんだよね。だからレンドルフにも教えとく。それで……──もしルシアスに何かあったら隠さずに、ぼくにもちゃんと教えてね」

内密の話を易々とレンドルフに漏らしたのは口が軽いからではなく、神子なりに考えた結果のようだ。根底には、ルシアスの無事を願う真摯《しんし》な想いが流れている。その判断と想いを受けとったレンドルフは、深く一礼して了承を示した。

神子の話から海獣襲来の確信を得たレンドルフは、その日のうちに可能な対応策を講じ、情報収集を徹底させはじめた。その翌日。

「エル・ファリス州領北沿岸部にて海獣出没事件発生。これにより《特別な交流》は中断することに決定いたしました」

《特別な交流》中に訪れた光神官──儀式や式典を司《つかさど》る──が常より上擦った声で宣言しても、レンドルフはあまり驚かなかった。そのまま神子の庭を辞して、在都の州領主だけで会議を開き、現状確認と情報交換に努めた。さらに翌日からは、ルシアスを除く十一の州領主全員がそろい、連日会議が続いた。議題は、沿岸部を海獣に襲われたエル・ファリス卿ルシアスからの援軍要請にどう応えるか。

なにしろ前代未聞の事件なので前例がない。援軍派遣の管轄はどこになるか。各州領の沿岸部は大丈夫なのか。警戒観測地点の必要性。海獣には縁のない内陸部の州領主が負担すべき費用の割合はどのくらいか。衣類と糧食の確保、物価暴騰の抑制、等々。

普段は建設的な決定などなにひとつできない──むしろしないことに情熱を燃やしているような無駄な会議が珍しく機能して、大まかな指針が決定するごとに、レンドルフをはじめとした各州領主は自領にも情報を伝え、対応に当たらせた。

そうして王都ですべき対応が一段落すると、それぞれの州領に戻っていったのである。

† 冬の祝祭

レンドルフが自領に戻ったのは〝黒曜の民〟たちが楽しみにしている冬祭りの、十日ほど前だった。

州領城から隠れ里まで約半日の距離。叶うことならすぐにでも飛んで行きたいところだが、海獣討伐に関する準備や手配、根回しその他で身動き出来ない。それでも冬祭り当日の朝にはなんとか州領城を抜け出して、日没前に隠れ里にたどり着いた。

アキに逢うのはほぼ半月ぶり。前回最後に見たときより動きが少し軽やかになり、顔色も良くなっていた。

「レン…！」

ベイウォリーの介添えを受けながら玄関の広間に現れたアキは、レンドルフの姿が見えたとたん駆け出そうとして前のめりに体勢を崩しかけ、そうなることを見越して背後に寄り添っていたベイウォリーの素早い動きで支えられて、転倒をまぬがれた。

目の前で転ばれそうになったのは二度目だ。

「アキ、君はどうしてそう…」

迂闊というのは違う。落ちつきがないわけでも、自分の身体の状態を理解していないわけでもない。一を聞いて十を知る聡明さがあるのに、なぜ同じ過ちを繰り返すのだろう。

レンドルフは内心で首を傾げながら、常より広い歩幅で歩み寄り、アキを抱きしめた。抱きしめてから己の失敗に気づく。

「…っと、すまない」

さりげなく身を離し、保護者として適正な距離を取りながら、素早くアキの表情を確認する。アキは抱擁に対して特に不快感は示さず、純粋にレンドルフの来訪を喜んでくれているようだ。

「ברוכים הבאים צוריק」

これは『お帰りなさい』という意味だったはず。

「元気そうで何よりだ」

レンドルフはほっと胸を撫で下ろしながら無難に答え、保護者の顔で微笑みかけた。

「今夜は〝冬の祝祭〟だ。一緒に参加しよう」

〝冬の祝祭〟はアヴァロニスの神に見捨てられ、虐げられて差別されるようになった黒曜の民たちが独自に決めた冬の祭りで、神と神官たちが定めた祭日とは無関係の日が選ばれている。

　会場である聖堂――城砦の敷地内にある古い時代の神殿跡を利用して建てたもの――に足を踏み入れたとたん、広間の中央で燃え盛る炉火に温められた空気と歓迎の声、そして皆の笑顔に迎えられた。

「レンドルフさま！」

「旦那様！　よくいらしてくださいました！」

「我らが救い主、エル・グレン卿に天の恵みと幸が永久に与えられますように！」

　隠れ里に住まうほぼ全員――怪我や病気で療養中の者以外――百人近くが集まった広間には翡翠杉《グヴァリネ》や紅桧葉《ガルモリネ》の爽《さわ》やかな香りが漂い、薪《まき》が燃える匂いや人人が持ち寄った料理の香ばしさ、菓子の甘さ、豊潤な酒の香りが混じり合って、祭りに華やぎを添えている。

　レンドルフは腕に抱いていたアキをベイウォリーにいったん預け、口々に話しかけてくる里人たちに鷹揚《おうよう》にうなずいてみせた。

「皆、息災にしているか」

　主賓席に案内されながらひとりひとりの顔を見ると、彼らを助けたときの場面がよみがえってくる。

　人里離れた農園に集められて逃げ出すこともできず、牛馬にも劣る奴隷扱いで酷使されていた者たち。水害や疫病の原因にされ、生贄《いけにえ》という名目で処刑されそうになっていた青年や少女たち。村人や街の住人たちの鬱憤晴らしのために嬲り殺されそうになった女性や老人。

「レンドルフ様、どうかうちの初子に祝福を与えてやってください」

　レンドルフは求めに応じて労《ねぎら》いの声をかけ、初子に祝福を与え、笑いかけ、励ました。そして広間の奥に設けられた小さな壇上に立つと、里人たちの健康と幸福を願って言祝《ことほ》ぎ、冬祭りの開催を宣言した。

「今宵《こよい》は心ゆくまで楽しんで、過去の惨苦を慰撫し、未来を切り開く糧として欲しい」

　短い挨拶を終えると、上着を脱いだアキを壇上に招き寄せて自分の前に立たせた。そしてアキが不安に思わないよう、肩に手を置いて皆に呼びかける。

「諸君の新しい仲間を紹介しよう。彼の名前はアキ。少し幼く見えるがこれでも十五歳だ。あまり子ども扱いはしないでやってくれ。事情があって、こちらの習慣にまだあまり馴染んでいない。言葉もほとんど通じないから、いろいろと助けてやってほしい。人柄は身元引き受け人である私が保証する」

　レンドルフの言葉に、斜め背後に控えていたベイウォリーとフラメルが、同意を込めて何度も深くうなずいてみせる。

　ふたりはレンドルフ同様、里人たちから深く信頼されているから、アキがレンドルフに大切にされ、愛されていることは充分に伝わっただろう。

　誰の保証がなくとも、迫害から逃げて生き延びて、隠れ里に仲間入りしたことは里人にとって喜びだが、中には過酷な逃亡生活と凄惨《せいさん》な迫害によって心を閉ざし、同じ黒髪黒瞳であっても信用できず、頼れなくなっている者もいる。そういう場合は本人が落ちつくまでそっとしておいた方がいいこともある。

　だがアキの心は同じ黒髪黒瞳の仲間に向かって開かれている。里人もそれを敏感に感じ取ったのだろう、レンドルフの紹介が終わったとたんアキに近づいて声をかけ、手を引いて自分たちがいる席に案内すると、皿の上に山盛り料理を取り分けてやり、酒まで勧めはじめた。それを見てレンドルフがあわてて言い添える。

「酒は舐める程度にしておいてくれ。まだ怪我が治りきっていないんだ。林檎《りんご》と杏《あんず》で作った果実酒があっただろう。あれを出してやってくれ」

　雛を守る親鳥のようなレンドルフの注文に、里人は陽気に応えながらあれこれとアキの世話を焼き、話しかけている。

　言葉はほとんど通じないのに、にじみ出る人柄の良さが伝わるのだろう。子どもたちはアキを見ると何かあげたくなるらしく、手に持っていた菓子や乾果を差し出して、お礼に頭を撫でてもらったり、新しい別の菓子をもらって照れたり喜んだりしている。

無邪気な子どもたちに慈しみの笑みを向けながら、アキが何か小さくつぶやいて涙ぐんだ。

きれいな黒い瞳が雨で洗われたみたいに艶めくのが見えて、目が離せない。濡れた目尻を人差し指の背で無造作にぬぐうアキの仕草を見た瞬間、レンドルフの胸は強弓に射貫かれたように激しく脈打ち、手にした酒杯を落としかけた。

幸い動揺に気づいた者はほとんどいなかったが、となりで鳥の焙《あぶ》り肉を切り分けていたフラメルには知られてしまった。

知られてしまったが、今さら取り繕っても仕方ない。レンドルフは開き直ってアキの姿を追い続けた。

まだ歩き始めたばかりの幼女や髪に白いものが混じりはじめた老女と、身振り手振りで意思の疎通を図る様子は、まだ微笑ましく見守ることができた。

しかし、十歳前後の少女や二十歳前後の未婚女性がアキに近づいて気さくに声をかけたり、手や肩が触れ合うほどに距離をつめ、ほがらかに談笑する姿を見るうちに、なんとも言えない胸のざわめきが生まれて戸惑う。

――なんだ？　この…不快感は。

重く煮えるような感覚を言語化することで、自覚した。そう、これは不快な感情だ。

けれどなぜアキと里人たちが楽しそうに過ごす様子を見て、こんな気持ちになるのかわからない。

レンドルフはアキの姿を目で追いながら、さらに自分の心を見つめ、身の内に湧き上がった感情を丹念に観察してみた。見慣れない生き物の遺骸《いがい》を解剖して、種目を特定するように。新発見した遺跡を慎重に発掘するように。

五歳の少女が内緒話をしようとアキの腕や肩にすがりついて、耳元に唇を寄せるのが見えた。幼い唇が耳朶に触れて温かな吐息がかかったのか、アキはくすぐったそうに首をすくめて笑う。

誰がどう見ても、微笑ましいとしか思わないだろうそのやりとり、楽しそうなアキの表情を目にした瞬間、これまでとは種類の違う、胸底で何かが磨《す》り潰されたような、苦味と痛みと息苦しさを感じる。

「——…？」

レンドルフは思わず胸のあたりを拳で押さえた。それでも目はアキから離せない。

九歳の少女に楽器について質問されると、彼女の手をとって、丁寧に弾き方を教えてやる。はにかんだ笑みを浮かべて礼を言う少女の輝く瞳と赤く染まった頬は、レンドルフがまだ独身だった頃、若い女性のいる集まりに足を踏み入れると必ず向けられたのと同じ種類のものだ。それが秋波というものだと教えてくれたのは、たしかラドヴィクだった。

秋波とは、すなわち媚びであり値踏みであり、好意を伝える眼差しだ。

それが少女からの一方的なものなら無視できた。しかし。少女を見つめ返すアキのやさしい表情を見たとたん、レンドルフの中ではっきりと、なにかが軋《きし》んだ。

さらに隠れ里で一番の美男子だと評判のクラール——歳は確か今年十八になる——が慣れ慣れしくアキの髪に触れたのを見たとたん、鳩尾《みぞおち》のあたりに間違えようのない不快感が生まれた。

驚いたアキが顔を上げると、クラールは女を口説くときに男が浮かべるとびきり魅力的な表情で笑いかけ、身振り手振りを交えて訊ねた。

「好きな食べ物はどれだ？　オレが取ってやる」

質問を理解したアキが鳥の蒸し肉が盛られた皿を指差すと、クラールはわざとらしく首を傾げ、わからないふりをして手のひらを差しだした。アキが少し戸惑った表情で指文字を書きはじめると、クラールはくすぐったそうに笑った。そしてアキが避ける隙を与えず手をつかみ、お返しになにやら書きはじめた。その目は手のひらでなくアキの瞳を見つめている。文字など適当に書いているのが丸わかりだ。

——あの野郎…！

地位や権力に関わる妬心や羨望ならともかく、こと色恋に関する機微や感情のもつれ、駆け引きについてはまるきり疎いレンドルフだが、このときは恋する男の本能が命じるまま、蹴散らす勢いでクラールとアキのあいだに割って入った。

「失礼、そろそろ余興がはじまる。アキ、おいで」

表面上は、指文字がうまく通じないと困惑しているアキを助けだす態《てい》で淡々と引き離したが、心の中ではアキに色目を使ったクラールを、剣の稽古用の藁人形に見立てて、ぎたぎたの滅多斬りにしていた。

なぜそこまで腹が立ったのか理由ははっきりしない。しないが、とにかく不快で邪魔せずにはいられなかった。

その後、料理と酒——子どもは菓子——がひと通り皆の腹に納まり空腹が満たされると、壇上で余興がはじまった。詩や芝居、軽業、子どもたちの合唱など。それぞれ得意な技や、この日のために練習を重ねてきた芸を披露してゆく。

レンドルフも皆に請われて歌声を披露した。

絵画関係は壊滅的だが、唱歌には少し自信がある。容姿と若さでは敵《かな》わないクラールを牽制したい気持ちもあり、いつもより腹と声に力が入った。

ここ数百年、歌といえば神を讃え、神に仕える神官たちの美徳や素晴らしさを称賛する内容ばかりだが、レンドルフは神殿が奨励しているそうした讃歌ではなく、祖父の隠し部屋で見つけた、古代の偉大な王が運命の伴侶《はんりょ》を見つけて結ばれるまでの短い詩を、伝統的な旋律に乗せて吟じてみせた。

『欠けたる魂が惹き合うこと、これを運命《さだめ》と呼ぶ。偉大な王は運命を見い出し、追い求め、苦難の旅の果てに佳人を手に入れて半身となし、永久《とこしえ》の至福とともに眠りについた』

文字にすればその程度だが、アキの前で『運命』や『半身』という重層的な意味を持つ言葉を口にするのは、まるで求愛行動のようで胸が躍った。

自制はしたつもりだが、いつもよりかなり情熱的に歌い上げてしまい、あからさますぎて引かれたらどうしようかと心配したものの、杞憂《きゆう》に終わった。

詩の内容が、アキにはひと言も理解できなかったからだ。

レンドルフの名誉のために言い添えると、歌い手の問題ではない。その証拠に、里人たちには大受けして喝采《かっさい》を浴びた。

アキが理解できなかった原因は詩が古語であったことに加え、アヴァロニス《こちら》の詠唱法では単語として聞き取るのが極めて難しかったからだ。

レンドルフに続いて、フラメルとベイウォリーもそれぞれ得意技を披露すると、皆の期待がアキに集まる。視線の意味に気づいたアキは戸惑いながらあたりを見まわし、二琴――細長い葉型の胴板に二本の弦を張った楽器――を見つけると、持ち主に断りを入れて手にとった。

アキが行方不明だったとき、捜索の有力な手がかりになったのは辻音楽家として奏でていた独特の音楽だった。アキが生まれ育った世界の音楽はアヴァロニス《こちら》とずいぶん違うらしい。捜索隊の報告でしか知らなかったその事実を、レンドルフは今夜、己の耳で理解した。

アキの細くて形の良い指から紡ぎだされる音の粒は、音階が信じられないほど多様で幅広く、一音一音が驚くほど短い。旋律は釣り針から逃れようと身をよじらせる若鮎《わかあゆ》のように、激しく目まぐるしく変化して、聴いているうちに強い酒を飲んだような酩酊《めいてい》感に包まれてしまう。それは夢見るように心地良い体験だった。

その感想が惚れた男の欲目ではない証拠に、爪弾《つまび》かれた音が余韻を残して止んだとたん、里人たちは椅子から飛び上がるように立ち上がり、割れんばかりの拍手と喝采をアキに送った。

「すごい！」「なんて不思議な曲だ！」「なんて複雑な音だ！」「酔っ払ったみたいに目がまわって、空を飛んでるかと思った」「もう一度聴かせてくれ！」「もう一度…！」

皆、初めて聴く異世界の旋律に興奮して口々に再演を求めたが、うっかりアキがうなずく前にレンドルフが止めに入った。本人は自覚がないようだが、明らかに疲れが出てきている。残念ながら健康な里人に混じって夜通し祝祭を楽しめるほど、まだ体力は戻っていない。

「諸君の気持ちは痛いほどわかるが、アキはまだ体調が万全ではない。無理はさせたくない。再演は次の機会の楽しみにしようじゃないか」

そう説明すると人々は納得して、残念そうに興奮を収めた。

レンドルフの手を借りながらアキが壇上を降りて席に戻ると、今の騒ぎで目を覚ましたのか、これまでずっと服の下でおとなしくしていたクロが、冬眠から覚めた蛙《かえる》のように、のそりと襟口から顔を出した。夜の闇を切りとったような漆黒の蜥蜴の出現に、目敏く気づいた里人が「わぁっ」と喜んで、子どものように瞳を輝かせながらアキに話しかけると、興奮が鎮まりかけていた広間に再び笑い声や歓声が広がってゆく。

アキは最初、どうしてクロがこれほど里人に喜ばれ、順番待ちしてまで姿を見たがるのか不思議そうだったが、「可愛い」「賢そう」「美しい」などと口々に褒めそやされるうちに、理由はどうでもよくなったのか、ニコニコと嬉しそうに笑みを浮かべて里人に対応していた。

里人がクロをありがたがるのは、おそらく彼らが秘かに敬っている信仰対象に似ているからだろう。

アヴァロニスの聖なる竜蛇神に憎まれ、迫害されてきた黒曜の民は、いつの頃からか自分たちの新しい神を信仰するようになった。隠れ里の長老によると、迫害がはじまったのと時期を同じくして、黒曜の民の夢に巨大な黒竜が現れるようになったという。各々《おのおの》が見た夢を繋ぎ合わせ、糸を紡いで布を織るように、それはいつしか独自の創世神話となった。

毎年、春になると里人は自分たちの創世神話を元にした芝居を演じて、未来を夢見る。アヴァロニスの白い竜蛇神を黒竜神が打ち倒して、黒曜の民を解放するという物語だ。

夢を元に創られた神話が本物か否か、レンドルフには判断しようがないが、贋物《にせもの》だと糾弾するつもりなど毛頭ない。

人が生きていくには衣食住だけでなく、未来に向けた希望が必要だ。それは闇夜を照らす明かりであり、旅路の行く手を指し示す極星と同じ。

嵐《あらし》の中で瞬く火口のような、小さな輝きを絶やさないよう、できる限りのことをしたいと思う。

ひっそりと誓いを新たにしながらアキの様子を見守っていたレンドルフの目の前で、そのとき小さな騒ぎが起きた。

アキの近くにきた幼子《おさなご》が、予告もなく許可も得ず、無造作にクロの身体をわしづかもうとして、牙《きば》を剥いたクロにバクリと噛みつかれたのだ。

「――……ッ！」

飼い主であるアキはもちろん、レンドルフを含めたその場の全員が思わず息を飲む。

なにしろクロの口吻《こうふん》は見た目より大きく、幼子の小さな手などひと呑み。短いとはいえびっしり生えそろった鋭そうな歯牙で、手首から丸かじりにされたように見えたからだ。

驚きのあまり声も出ない人々の中で、我に返ったのはアキが一番早かった。

「！　――……שלאלצע! ררי, אלרוסעואלרו, אקעלא」

アキは強い口調でなにか叫びながら、クロの口を開けようとした。その瞬間、まるで蜜桃の種でも吐き出すように、クロは子どもの小さな拳をペッと吐き出した。

「ווווא'..אר דר ןעבעדרק！　עס אר נעזווען אזקר''!?」

アキは焦った様子で謝罪の言葉を発しながら、素早く怪我の有無を確かめ、傷ひとつついてないことを確認すると、ほっとした表情で手巾《しゅきん》をとりだした。

どうやらクロは無許可で自分に触ろうとした無礼者をこらしめるため、噛みつくふりで脅しただけのようだ。

そのことに気づいた大人たちがまず笑いだし、その声で驚きから覚めた幼子がうわんと泣きだして、さらに大人たちの笑いを誘う。アキはクロの唾液で濡れた幼子の手を拭いてやりながら、申し訳なさそうに――たぶんなぐさめの――言葉をかけている。

幼子はアキにやさしく涙まで拭いてもらって嬉しそうにしていたが、あわてて駆けつけた母親に「ダメじゃないの！　勝手に触ったりしたら！」と叱られて、再び「うわん」と泣き出した。母親は続けて、「他人のものに勝手に触ってはいけない」「きちんと謝りなさい」と言い聞かせてから、アキに向かって我が子の不始末を申し訳なさそうに詫びた。

「すみません、躾《しつ》けがなってなくて、お恥ずかしいかぎりです。わたしがちょっと目を離したばっかりにご迷惑をおかけして、本当にすみません。ほら、ヨリナ、おまえも謝りなさい」

言葉は通じないながらも、母親に何度も頭を下げられて、謝罪されているとわかったようだ。

「וצ טאה דיא רעבאָ, רימ וצ זיולב .וגראָז טינ ןאָט עטיב .ויא זיא סע
טיהעגפאָ רעמ ןייז」

アキもあわてて『自分も不注意だった』という意味の言葉を返したが、異国語に馴染みのない母親には少しも伝わらない。

アキは一瞬レンドルフに救いを求める仕草をしたものの、すぐに自力でなんとかしようと思い直したらしい。身振り手振りや指文字を使って、懸命に気持ちを伝えはじめた。

こんなふうに、安易に頼ろうとせず、まずは自分でなんとかしようとするところも、レンドルフが惹かれるアキの魅力の一部だ。

とはいえ、言葉も指文字も通じない母親は困惑するばかり。自分たちの落ち度を注意されているのかと誤解して、不安そうな表情を浮かべている。

アキもそれに気づいたのだろう。どうすればいいのかと、途方に暮れたところでレンドルフが仲介に入った。

「アキは気にしてない。むしろ子どもを心配している」

助け船を出す時宜《タイミング》としてはちょうどよかったのだろう。アキも母親も、そして固唾《かたず》を呑んでやりとりを見守っていた人々も、皆が安堵の表情を浮かべて、聖堂内には再び和やかで陽気な空気が流れた。

勝手に触ろうとすると噛みつくぞと、小さいながら鋭い歯をみせて威嚇しても、里人のクロに対する憧憬《どうけい》と称賛は止まず、逆に人気が上がったようだ。

可愛いはともかく、賢そうとか美しいなどといった形容について、レンドルフは内心で大いに首を傾げたが表情には出さなかった。出さなかったがクロは気づいたらしい。アキの肩に寝そべって得意気に上げていた頭《こうべ》を動かして、なにやら含みのある視線をレンドルフに向ける。

『文句あるか』と言われた気がして、レンドルフは「別にない」と心の中で応えた。

——好みは、人それぞれだからな。

美醜の判断について、レンドルフは他人にとやかく言える立場ではない。自覚はあるので、それ以上よけいなことは考えないようにした。それよりも、アキに助けを求められたらすぐ対応できるよう気を配る方が重要だ。

その後もしばらく里人たちの『クロ詣《もう》で』は続き、レンドルフは椅子に座ったアキの背後に護衛よろしくぴたりと貼りついて、人々がアキと交流するのを見守りつつ、必要に応じて仲介役を務めて過ごした。

鷹揚の皮を被った威嚇が効いたのか、以後アキに軽々しく触れようとする輩は現れなかった。

人々がひと通りクロを見終わった頃あいを見計らって、レンドルフはアキを寝ませるために広間から連れだそうとした。本人は興奮して自覚がないようだが、かなり疲れていたからだ。

アキを抱き上げて扉をくぐろうとしたとき、ずっと聖堂の端の椅子に腰を下ろして、静かに皆を見守っていた里の長老がゆっくり歩み寄ってきた。

「レンドルフ様、少しよろしいですかな」

長老はそろそろ八十に届こうかという高齢で、腰も曲がりはじめているが、身体はまだまだ頑健で頭もいい。驚くほど博学だが、偏りのない温和な性格で人望もあり、レンドルフがいないときは、長老が里の精神的支柱として皆のまとめ役となっている。

「なんでしょうか？」

身分はレンドルフのほうがはるかに上だが、年長者に対する礼儀として丁寧に応じると、長老はアキと少し話がしたいと言い出した。

「アキ殿に少々お訊きしたいことと、お教えしたいことがございまして」

「――それは、急を要する内容でしょうか」

そんなはずはない。それならもっと早く会いにきてるはずだ。クロ詣でを中断してでも。

「いえ。特に急ぎではございません」

「では次の機会にしてもらえますか。アキは病み上がりで、今夜はもう休ませてやりたいのです」

「もちろん、それでかまいませんとも。足をお止めして申し訳ありませんでした」

言葉どおり特に急ぐ内容ではなかったらしく、長老はすんなり納得して引き下がってくれた。

眠くて会話が聞き取れないのだろう。ぼんやりしているアキを抱え直して、レンドルフは聖堂の大扉をくぐり抜けた。

「アキ、そろそろ館に戻ろうか。とても眠そうだ」

まばたきの感覚が間遠くなっているアキと、その肩にしがみついているクロを愛おしげに見つめている人々に見送られて、暖かな聖堂を出たとたん染み入るような冷気に包まれる。

寒さで眠気が飛んだらしい、アキは小さく身動いで空を見上げた。

今夜はよく晴れて、澄んだ夜空に星が瞬いている。まるで風に揺れる無数の小さな銀鈴花《ぎんりんか》のように。

冬の星の冴えた清冽《せいれつ》な輝きは、腕の中で白い綿菓子のような息を吐き出しては、それを目で追いかけて微笑んでいるアキに似ている。

アキの瞳に。

夜目にも白く見える滑らかな頬に。

唇の向こうにちらちらと見え隠れする、真珠のような歯の色に。

「[illegible]」

そして異国の言葉を紡ぐ、やわらかなその声に。

齢《よわい》二十八を過ぎ、レンドルフは生まれて初めて、恋人を讃える詩人の気持ちが理解できた気がした。

今なら自分でも傑作を生み出せそうな気がする。

詩作の腕前を褒められたことは一度もないが。

「まあ、絵を描くよりはマシだろう」

小さくぼやくと、アキが『なんて言ったの？』と言いたげにレンドルフを見上げたが、口にしたのは質問ではなく感謝の言葉だった。

「レン [illegible]、[illegible] [illegible] [illegible]」

『ありがとう』と礼を言われて、レンドルフは「どういたしまして」と応えた。

そのときのレンドルフは、後にフラメルが評したところによると『蕩けるような』、ベイウォリーによれば『甘くて蟻が押し寄せそうな』、幸せそうな顔だったらしい。


その夜。

城砦に戻って寝台にアキを横たえたレンドルフは、無防備なその寝姿を見て、ふいに動きを止めた。

宴中に胸を焼いた焦燥を思い出したからだ。

「……」

目の前には、眠りかけた少年の甘い吐息が揺らめいている。祝祭の宴《うたげ》の興奮で血のめぐりがよくなったのか、いつもは青白い頬に赤味がさして、色づきはじめた果実のように瑞々しく輝いて見える。


レンドルフは枕元の脇卓に視線を移した。そこには フラメルに用意させた、眠り薬入りの薬湯が置いてある。いつものようにそれを手にとり、とろみのある液体の表面をのぞき込むと、ゆらめく表面に、目立った特徴のない地味な男が小さく映っている。

特に容姿が秀でているわけでもない、アキより十三歳も年上の男。

容姿については自分が重視する質ではないので劣等感はないが、歳の差については思うところがある。

若い女性が自分より十や二十も年上の男の伴侶になる場合、ほとんどが財力や権力に惹かれたか、それらを盾にとられて半ば無理強いに婚姻させられたかだ。代々の州領主や親族の歴史をひもとけば、十や二十どころか三十や四十歳差という例もある。

市井の民に目を向ければ、富者はたいてい若い妻を娶りたがるし、愛人を囲うならよりいっそう若い美人を求めるものだ。

レンドルフが直接見知っている例を思い返してみても、金と権力にものをいわせて十五歳以上若い妻を娶った男は、だいたい浮気をされるか、裏では嫌われている。親子ほど歳が離れていても比翼連理のように仲睦まじい夫妻の話はときどき噂に聞くが、それらはどこかお伽話めいていて実感が湧かない。

　知人のアルトワ卿が十六歳年下の少女を娶り、着飾らせて自慢げに連れ歩く姿を見かけたことがあるが、うつむきがちな少女の表情はどこか物憂げで、幸せそうには見えなかった。

　もし自分がアキに想いを打ち明け、恋人として遇したいと申し出ても、歓迎され、受け容れてもらえるとは思えない。なにしろ最初に治療のための性行為を『嫌』だと言われている。

　それでも財力と権力にものをいわせ、身分の保障や保護といった付加価値をちらつかせたら、アキは自分のものになってくれるだろうか。

「どう考えても悪い大人が相手の弱味につけ込んで一方的に関係を強いてる、としか思われないな…」

　重い溜息とともに薬湯を脇卓にもどしかけたとき、控えめに扉を叩く音がした。入室を許可すると毛布を抱えたフラメルが入ってくる。

「今夜は一段と冷えますから、毛布をもう一枚足しておいた方がよいと思いまして」

　気が利く城砦守《もり》は、毛長鳥《けながどり》の羽毛を編んで作った泡のように軽くて温かい毛布を、アキの足元から胸にふわりと重ねがけすると、主と少年の時間を邪魔しないよう一礼して退室しようとした。しかし脇卓に置かれた手つかずの薬湯が冷めきっていることや、主《レンドルフ》の表情がなにやら暗いことに気づいて動きを止め、小首を傾げた。

「旦那様、いかがなさいました。なにか悩み事でもおありなのですか？」

　声と口調で、心の底から心配しているのがわかる。

　レンドルフは「なんでもない」と誤魔化しかけて止め、年輩の城砦守を見た。フラメルは口が固く誠実な人間だ。それでいて諧謔《ユーモア》も解し、なにより広い心を持っている。彼なら自分の疑問に答を示してくれるかもしれない。

「――聖堂でアキが里人と親しく接する姿を見て、

なぜか胸がざわついたんだが、理由がわからなくてな…。いろいろ考えているうちに気分が落ち込んで、少し混乱してきた」

「ああ、なるほど」

フラメルはすぐにピンときたらしい。しかしまだ確信はないのか、あえて即答を避け、さらに掘り下げるよう質問してきた。

「特にどのような場面で胸がざわつきましたか？」

「そうだな。アキが鍛冶師の娘に懐かれてやさしく微笑みかけたときだとか、細工師のクラールにべたべた髪を触られたり、指文字を書くふりで撫でまわされても嫌がらず、手をにぎられたまま平気でいるのを見たときは、こう…胸が焼けるようで――」

思い返すだけで口の中が焦臭くなる。

レンドルフがもどかしげに腕を動かしながら訴えると、フラメルは笑いを堪えた真顔としか表現しようがない表情で、大きくうなずいてみせた。どうやら思い当たる答に確信が持てたらしい。

レンドルフが視線で答をうながすと、フラメルはコホンと咳払いしてから口を開いた。

「旦那様。それは『焼きもち』でございます」

「――…は？」

「焼きもち。嫉妬。悋気《りんき》。とも申しますね。旦那様はアキ様に親しく近づく女性や男性に、焼きもちを焼かれたのですよ」

フラメルはなぜか楽しそうに何度もうなずいてみせた。決して褒められた感情ではないのに、フラメルは主《レンドルフ》がそれを抱いたことが嬉しかったらしい。抑えても洩れ出る喜びに頬をゆるませたフラメルが退室してしまうと、レンドルフは独り言のようにつぶやいた。

「……なるほど。これが、焼きもちというものか」

アキと出会う前は単なる知識でしかなかった言葉が、またひとつ実感を伴って理解できるようになった。レンドルフは炎で炙《あぶ》られたようにひりつく胸に手を当てて、大きく息を吐いた。

誰にも見せず触らせず、どこかに閉じ込めて独り占めにしたくなる。自分だけを見て欲しい。夢中になって欲しい。もしも自分以外の誰かに心惹かれ、離れていこうとしたら、どんな卑劣な手を使ってでも引き留めたい。それこそ神殿が高値で取り引きしている媚薬の類を使ってでも、アキの心を自分に向けさせたい。保護者としてではなく、ひとりの男として見て欲しい。

「なるほど…」

どうやら自分は、自覚していたよりずっとアキに惹かれているらしい。頭では卑怯《ひきょう》な方法だとわかっていても、薬で眠らせて本人の意識がないときに抱くというやり方が止められないのも、そのせいか。

己の内側にドロドロとこびりついている粘ついた独占欲や、狂気を孕《はら》んだ執着心、身勝手な恋情を、少し離れた場所から冷静に観察する自分と、慣れない感情を持て余して右往左往する自分がいる。

そのことをレンドルフは受け容れた。

アキに対する誠実な保護欲や、彼の幸福を願うまっとうな気持ちとともに、闇の底で繁茂するそうした冥《くら》い感情も、まちがいなく自分の一部であるのだから。

認めてしまえば、ためらいやうしろめたさが少しは軽くなる。だからアキの耳元に唇を寄せ、目覚めていても聞こえないだろう声なき声でささやいた。

「アキ、これは治療行為だ。けれど私は、君が好きだから抱く。抱きたいから抱く」

そして、君が私に抱かれる嫌悪感で傷つかないように、苦しまないように、眠らせて抱く。

いつまでこんなことを続けられるかわからない。

けれど今夜はまだ、終わりの時ではない。

開き直ったレンドルフは冷めた薬湯を手にとると、口に含んで温めて半睡状態のアキに与えた。

途中で目覚めたりしない量をしっかり飲ませてしまうと、服を脱いでアキのとなりに身を横たえ、目を閉じた少年の身体を抱き寄せる。

抗う声や手は眠りの力で封じられ、意識がなく弛緩しきった少年の身体は、ぐらりぐらりと揺れながら、卑怯な男の思うままに痴態をさらし脚をひらき、その内側に雄の劣情を受け容れてゆくのだった。

「旦那様、セレネス様から緊急の連絡が来てます」

州領城にいる補佐官セレネス経由で、神殿から緊急の招集要請が届いたのは、事後の余韻に浸りながら未練がましくアキの身体を清めている最中だった。

隠れ里にいるあいだは、よほどのことがない限り水晶球の使用は控えるよう言ってある。それを押して連絡がきたということは、本当に緊急なのだろう。

レンドルフは素早くアキの身繕いを終わらせると、自分の着替えは三エラン（約三分半）もかけずにすませて隠れ里の城砦を出た。

真冬の未明。外気は氷下の湖水のように冷たい。毛織りの襟巻きで口元まで覆い、雪道に強い脚太に騎乗して州領城へと駆け戻る。

夜闇や足元が危うい雪道でも素早い騎行が可能なのは、輝力製の円灯《ランタン》が使えるおかげだ。

輝力はいわゆる〝神の恩寵〟のひとつで、王宮と各州領城を繋ぐ通路とその鍵や、通信用の水晶球などと同じく、生産方法も分配量も神殿が独占している。煙も匂いもなく火事の心配もない。光量や熱量も自在に調整できるため、一度でも使えばその便利さの虜《とりこ》になるが、唯一にして最大の難点は、神殿謹製ゆえにすこぶる高価だという点だ。

もう少し手頃な値段であれば、庶民が集う市場や催事場、繁忙期の農場や毛織り工房、細かい手仕事で目を悪くしやすい職人工房などに設置してやりたいところだが、神殿は決して安売りしない。

かつてレンドルフが交渉した折に神殿側が示した回答は『神の恩寵には限りがあり、それを得られるのは選ばれた者だけです』という、木で鼻をくくったような居丈高なものだった。

レンドルフがいくら輝力の使用範囲を広げた場合の利点——作物その他の生産性の増大と向上、流通経路の拡大と安全性の確保など——を訴えても右から左へと聞き流され『輝力というものは、そこらの川から女子どもが水を汲んでくるのとはわけが違うのです。州領主になったばかりの若僧が知った風な口を叩かれますな』と一蹴《いっしゅう》されただけだった。

その一件だけでレンドルフは深く理解した。

神殿――すなわちこの国を実際に動かしている高位神官たちにとって大切なのは、自分たちの身の安全と豊かな暮らしだけなのだと。

輝力が本当に稀少で、造り出すのに特別な技術や材料、そして真の意味で〝神の恩寵〟が必要なら、神殿は決して自分たち以外がそれを使うことを許さないのではないか。それを使えることが神殿の威光を示すことになるからだ。

しかし実際は、相応の対価さえ払えば輝力は買える。富者が払うそうした対価によって、神殿と神官たちは私財を蓄え肥え太っている。庶民や下層の貧者たちが冬の寒さに震え、餓えて互いに殺し合うほど生活に困窮していても、そんな事実には目もくれず気にもせず、哀れみすら示さないで。民を虐げても心を痛めず、助けようともせず、むしろ苦しむ様をながめて楽しんでいるようにすら感じる。

「この国は狂っている」

それはすなわち、アヴァロニスという世界を護り支えている神が狂っているということか――。

いくら考えてもその結論にたどりついてしまう。

同時に神の御座所である王宮にもたどりついたため、レンドルフは歯を食いしばって己の思考に蓋《ふた》をした。

玉座に王が不在の今、王権の行方を手のひらに載せて弄んでいる神官たちに、自分の考えを読まれるわけにはいかない。

今のレンドルフには養うべき領民と救済を誓った黒曜の民がいる。そして、何にも代え難く愛しく思い、護りたいと願う存在ができたのだから。


隠れ里から州領城までほぼ五ツェラン（約六時間）。州領城から〝恩寵の通路〟を使って王都王宮まで、さらに八ツェラン半（約十時間）。

レンドルフが王宮に到着したのは日没から四ツェランも過ぎた時刻だったが、緊急招集された会議は夜遅くにも拘わらず開催された。議題は、

『エル・ファアリス州領沿岸部に襲来せし、海獣対策

および討伐軍編成について』

　内容は、これまでレンドルフが収集、把握してきたものとほぼ同じ。聖なる竜蛇神によってあまねく庇護されているはずの国土が、異なる神の眷属《けんぞく》である海獣に冒された。

　本来あり得ないその現実から目を背け、領内に生じた問題はその州領主が解決せよと、エル・ファリス州領主ルシアスに責任を押しつけていた神殿側も、さすがに重い腰を上げざるを得ないほど事態は悪化しているようだ。

　麦の値段ひとつ決めるのにも九日、十日とかかるのが常なのに、この件に関してはかつてない素早さで議論がまとまった。王領である中央を除いて十二の州領のうち、海に接しているのは八州。海獣問題に関しては、いつ自領の沿岸が襲われるかわからない州領主のほうが多いからだ。

　会議が招集された二日後には軍編成の骨子と各州領の供出分担がほぼ決まり、レンドルフはその日のうちに、派兵準備のためという名目で自領に舞い戻った。

　領兵の派遣を命じられたのは大陸最北端に位置するレンドルフのエル・グレン州領の他に、北東のエル・ゴラン州領、海獣に襲われたエル・ファリス州領と境を接するエル・ストルス州領、南東のエル・バラダ州領、そして最南端のエル・アマリウス州領だ。エル・ストルス州領以外はすべて海に接しているため、派兵は船を使ったものになる。中でも北部のエル・グレン州領とエル・ゴラン州領は季節風の関係で往路の船足が速い。たとえ天候に恵まれなくても、陸路で海獣襲来地点に向かう西隣エル・ストルス州領兵より早く到着できるだろう。

　今回は領兵の派遣を免れた他の州領には、食糧、衣糧その他の物資供出と経費の負担が義務づけられている。

　神殿ももちろん公金を対策費として計上し、神の恩寵である輝力や、輝力を応用して造られた光弾という特別な神器も提供することに決めた。

　光弾は殺傷力が高すぎるため、通常の盗賊討伐程度では使用許可が下りない。使い方も専門の神官でなければわからないので、ふだんは無いものとして扱われている。

直近の使用例は七十五年前に一度だけ。五万人規模の武装した暴徒が、税の軽減を求めて大神殿を襲撃しようとした際に使われたと記録に残っている。大神殿の上階から矢のように放たれた光の筋は、五万人の困窮した暴徒を打ち砕き、焼き尽くしたという。あとには骨も残らぬ消し炭のような遺骸が、累累と神殿前広場を覆い尽くしていた。わずかに生き残った者の証言は大々的に報じられ、人々の口から口へと長く広く伝えられた。

以来、重税を取り立てる大元の神殿に直接逆らう者はほとんど現れなくなった。代わりに困窮者たちは家と故郷を捨てて盗賊となり、徒党を組んで各地を荒らしまわるようになった。そうした盗賊に対処するために各州領で常駐軍が編まれ、公費を圧迫している。

「その上、今度は海獣襲来だ」

早朝。レンドルフは溜息まじりにぼやきながら王宮側の〝通路《エラン》〟に足を踏み入れた。体感的には数分の距離を歩いて出口の扉を開けると、そこはもう午後遅い時刻特有の空気が漂う州領城だ。

夕刻の斜光に満たされた執務室で、レンドルフは派兵準備の進展具合を、軍団長と兵站《へいたん》担当の御用商人に確認していった。遠征中の州領城——すなわち公務代理——を任せる次席補佐官と、私生活関係を任せている家令にも、必要な情報を伝えて留守に備えてもらう。

今日のうちにできることをひと通り終わらせると、レンドルフは、造りはしっかりしているが目立たない地味な平服に着替えながら、窓の外で暮れゆく冬景色をながめて独りごちた。

「民の暮らしがまた苦しくなるな」

それを聞いた護衛隊長のラドヴィクが、ぶ厚くて見栄えは悪いが軽くて丈夫な外套を主《レンドルフ》の肩に着せかけながら、そそのかすようにささやいた。

「いっそ、閣下が王位を望まれてはいかがですか」

素面《しらふ》のときは無口な男にしては珍しい発言だ。

「王位は望んで得られるものじゃない。選ばれるものだ。それにもう、神子の心は決まっている」

「そうですか。自分の目には閣下がもうひと押し、ふた押しすれば、案外いけそうにも見えますが」

ラドヴィクは不審者や敵対者、間者や裏切り者を見つけ出すのは得意だし、彼らの行動原理や心理にも詳しい。しかし世慣れしていない恋する少年の心の機微には疎《うと》いようだ。そう指摘すると、強面の護衛隊長は悪びれず「その件に関しては主《あるじ》に似たようです」と宣《のたま》った。レンドルフは小さく笑って護衛隊《ラドヴィ》長《ク》の軽口を受け流し、執務室を出て馬房に向かいながら答えた。

「王になるつもりは最初から無い。今のこの国では王になるより、州領主でいたほうが救える命も、安寧に導ける民の数も多いからな」

「――なるほど」

ラドヴィクは納得したらしく、以後は無口な護衛隊長に戻った。


黙々と影のように気配を消して警護に徹する護衛隊長と一緒に、レンドルフは隠れ里に向かった。表向きは出征前の領内視察だとしてあるが、真の目的はアキに逢ってしばしの別れを告げるためである。

レンドルフが行き先も告げずに州領城を留守にしたり、帰城の日も知らせず領内各地を――ときには領外も――有能な補佐官セレネスに言わせれば「ふらふらと」うろつきまわるのはよくあることなので、冬の夕暮れ刻に突然外出しても、隠れ里の存在を知らない城勤めや神官たちに不審がられることはない。

隠れ里に着いたのは真夜中近く。当然アキは眠っていたが、ベイウォリーに出迎えられたレンドルフが雪で凍《し》みついた長靴と外套を脱ぎ、寒さでかじかんだ手足を暖炉で温め、熱い茶でひと息ついている物音と気配で目を覚ましたらしい。レンドルフが寝室を訪ねる前に、アキの方から居間に姿を現した。

「レン…？」

アキは暖炉の炎に照らし出されたレンドルフの姿を見つけると、夢だとでも思ったのか、ゆるく丸めた拳で何度も目をこすった。

常より幼いその仕草を見たとたん、レンドルフの胸は不意打ちされた馬のように跳ね上がった。

自分の身体がまだ冷え切っていることや上着にこびりついた雪塊が溶けきっていないことを忘れ、駆け寄る勢いでアキに近づいて抱きしめてしまう。

「アキ…！」

「レン…」と小さく答えたアキは寝台から抜け出してきたばかりのせいか温かく、身体は綿菓子のようにやわらかい。雪の夜道を駆けてきたせいで冷え切っていたレンドルフの腕の中で、アキは火に炙られた上質な脂のように、ゆるりととろけて胸にもたれかかった。

実際に溶けたのは、アキの熱で温められたレンドルフの上着の雪や凍りついていた髪だったのだが。

「…ッシュン」

「ぎゅるっ！」

小さなくしゃみと抗議の鳴き声が同時に聞こえて、レンドルフは我に返り、あわてて冷えた自分からアキを引き剝がして暖炉の傍につれていった。

ベイウォリーが気を利かせて用意してくれた鞍嚢《クッション》つきの椅子にアキを座らせ、身体を冷やさないよう綿入りの上着を羽織らせるまで、襟口から顔を出して「ぎゅいぎゅいっ」と抗議していた黒い守護神は、ようやく気がすんだのか声をひそめて身を隠した。胸元から脇腹へ、黒い蜥蜴もどきの動きに合わせてアキの手が、愛おしそうに服の上をすべってゆく。

その手が膝の上に戻ってくる間に、ベイウォリーとラドヴィクが静かに退室して、部屋の中はふたりきりになる。

レンドルフはアキの前に片膝をつき、手のひらに指文字をしたためた。

「これからしばらく、仕事が忙しくなって逢いに来れなくなる。今夜はそれを伝えに来た」

海獣討伐のために出征することはあえて伏せ、仕事で忙しいということにしておく。下手に教えて心配させたくないからだ。フラメルやベイウォリーにも、余計なことは教えないよう釘を刺しておいた。

「אַרבעט, פאַרנומען, טרעפן, טאָן ניט קומען…？（仕事、忙しい、逢う、できない…？）」

　反復しながら文脈を理解したとたん、アキはレンドルフを見つめてひどく悲しそうに目元を歪めた。

　その表情《かお》を見ることができただけでも、暗夜の雪道を駆けてきた甲斐があると思える。逢えないことを悲しんでくれるということは、逢いたいと思ってくれているわけだから。

「レン דאַרף דעמאָלט טרעפן ווידער פון די צײַט？」

　質問で聞き取れた単語は「次」と「逢う」。おそらく次に逢えるのはいつかと訊ねたのだろう。不安そうに腕にすがりついてきたアキの手に自分の手のひらを重ねて、安心させるために微笑んだ。

「心配しなくても春になる前に一度は戻ってくる」

　春になっても海獣の討伐状況に進展がなければ、前線担当は別の州領軍に移任される予定だ。もちろんそれより前にケリがつけば、領兵ともども大手をふって帰還できる。

「春」と「帰る」という単語を指文字で書いてみせると、アキは落胆した響きで「ハル…」とつぶやいた。神子の名前に使われているのですぐに覚えたアキの生まれ故郷の言葉だ。もちろん一番最初に覚えたのは、アキという響きが意味する「秋」という単語だが。

「残念だが今夜はあまり時間がない。出かける前にひと目君に逢いたくて、声が聴きたくて触れたくて夜道を駆けてきたが、もう少ししたら城に戻らなければならない」

　聞き取りやすいように、なるべくゆっくりしゃべりながら、レンドルフはアキの頬に手を添えてそっと顔を近づけた。

「十三も歳下の君に恋して、夢中になっている哀れな男に慈悲を与えて欲しい。どうか嫌がらずに…」

　懇願しながら唇を寄せたとたん、アキの身体がビクリと震え、本能的だとわかる動きで身を引かれた。

「……ッ」

　反射的にレンドルフも身を引いて距離をとった。

「――ああ、すまない」

動揺を面に出さないよう巧みに平静を装ったものの、内心は傷口を塩水で洗われたようにひりついている。

「〝死の影〟の治療だと、説明をしてからにすればよかったかな」

「אדרעדש, גאָש'ם אָדוי！　レン דאָרלך אֹר גרם ם גוויךָ אֹר דאָג גרם שם אֹד גו טרורקעד דו אָגאַסטשעדָ, אֹר גרם גו שם, אֹדו…」

アキは焦った口調でなにか懸命に言い募ったが、レンドルフに理解できたのはよりにもよって「嫌」という単語だけ。二回も出てきたから間違いない。

「すまなかった」

レンドルフは項垂れて見えないよう注意深く視線を落として、不注意な己の行動を詫びた。詫びながら歯を食いしばって辛い現実を受け容れる。

――やはりアキは、治療の一環でなければ、私に触れられたくはないのだ…！

長く離れているのは不安だし寂しい。次に逢えるのはいつかと訊ねてもくれる。けれどそれは、保護者に対する無意識の依存心が、親愛の情という形をまとって現れているにすぎない。依存という言葉はアキに似つかわしくないが、突き詰めればそういうことなんだろう。

――それを忘れてはいけない。

レンドルフはそう心に深く刻みつけながら、アキの手をとって『治療』と指文字を記した。それから身を引かれてくじける前に、素早く唇を重ねる。

今度はアキも抗わない。

椅子に座ったアキの上に覆い被さるようにして、左手で強張った拳を肘掛けに縫いつけ、右手で後頭部をしっかり抱えた姿は抱擁というより、怪我をした野生動物が逃げ出さないよう固定して、治療しようとしている姿に見えるかもしれない。

自分が直接体液を与えられない間も〝死の影〟に蝕まれないように。アキの健康を心から願う気持ちと、本能の赴くままに貪りたいという胸底で煮詰まった仄暗《ほのぐら》い情念。ふたつの本音が依り合わさって少年を抱きしめる腕に力が籠もる。

「――……ふ……っ……、んぅ……」

苦しそうなのにどこか艶めいたアキの吐息に押し返されるように、薄く目を開けて顔を離すと、赤く色づいた唇は飲みきれなかったレンドルフの唾液で濡れていた。

「レン ךראַפ ןטראָוו א…טנעמאָמ」

走ったあとのように乱れた息で、アキは「少し」と「待つ」という意味の単語を繋げてささやいた。直訳すれば「ちょっと待って」。裏の意味はおそらく「もう嫌だ。離して」だろう。けれどレンドルフは意味が分らないふりで、再びアキに唇接けた。

「……っ」

驚いて息を飲んだ小さな声と一緒に、戦慄《わなな》く唇を深くふさいで舌で冒す。肘掛けに縫い止めた左手の下で、アキの右手がひどく強張り、にぎりしめたり開いたり、苦しげに爪の先で肘掛けをえぐるような仕草を繰り返している。

嫌《いや》がっているんだから嫌《きら》われる前に止めてやれ。

頭の片隅で理性が叫んでいる。けれどその裏側で、弱気になって身を引くことが正しいとは限らないと、獰猛《どうもう》な本能が主張する。

手を放して逃がした先でアキが自分以外の誰かと恋をしたらどうするんだ。そんなことになったら後悔するだけではすまない。

清らかで高潔で心やさしく、控えめなのに凜としていて、そしてなにより愛らしい。こんなにも素晴らしい存在が、この先自分の前に再び現れる奇跡など二度と起きない。今こうして自分の腕の中にあることが、希有《けう》な奇跡そのものなのだから。

なんとかこの子の心を自分に向けさせられないだろうか。歳の差がありすぎて恋愛対象にならないなら、せめて性行為の手練手管で繋ぎ止められないだろうかと、切実に思う。しかし残念ながら自分はさほど自慢できる手腕の持ち主ではない。不本意ではあるが漁色家で名高いディーラン＝エル・メリル卿あたりに性技に関する助言を仰いでみるか……――。

有能な補佐官《セレネス》あたりに知られれば『益体《やくたい》もない』と呆れられるに違いない、冷静になってみれば自分でも馬鹿らしいと一笑に伏すだろう、そんな考えを脳裏でめぐらせながら、アキの首筋から背中に手を忍び込ませたところで背後から、

「うおっほん。ゴホッ、ゴホン」

とてつもなくわざとらしい咳払いが聞こえてきて、レンドルフは無理やり現実に引きもどされた。

平静の仮面を貼りつけつつも、眉間に邪魔された不快さをにじませてふり返ると、扉を細く開けて顔をみせた護衛隊長《ラドヴィク》が、申し訳なさそうに厳然たる事実を告げた。

「そろそろ時間です」

その表情からレンドルフの振る舞いについてどう思っているかは窺《うかが》えない。しかしなにか言いたそうな気配は感じる。恋愛に関する助言なら拝聴するのもやぶさかではないが、そろそろ四十路《よそじ》近いのに未だ独り身で、浮いた噂ひとつない男の言葉ではあまり役に立ちそうもない。

「夜明け前には城に戻っておりませんと」

「…ああ、わかっている」

ラドヴィクの念押しに小さく溜息を落として背後へ向き直ると、アキは上気した頬と濡れた唇をそれぞれ左右の手のひらと甲で隠し、憂いを感じさせる潤んだ黒い瞳でレンドルフを見上げていた。

「レンドルフ…」

「もう行かなければ」

少年の唇から非難や拒絶や嘆きの響きがこぼれる前に、やんわりとさえぎって別れの挨拶を切りだす。

臆病者と嗤《わら》うなら嗤え。

「眠りを邪魔してすまなかった。我が領地の冬は厳しい。暖かくして過ごしなさい。離れていても君の健康と幸福を祈っている。君さえ嫌でなければ……私の幸運も、祈っていていてくれ」

最後の一文はラドヴィクだけでなく本人にすら聞こえないほど小さな声で、わざと単語が聞き取れないように早口で告げた。それから、まだなにか言いたそうに口を開きかけ、立ち上がろうとしたアキを椅子に押し留める。そのまま速やかに後退《あとずさ》り、未練を断ち切るように背を向けて居間を出た。

来るときはちらついていた雪は止み、厚い雲の切れ間から星の瞬きが現れていた。居間に残してきた少年の瞳に宿る光のように冴え冴えと清らかな輝きは、瞬いたかと思うとすぐにかくれて見えなくなる。

アキの仕草や態度に希望の光を見出したかと思うと、すぐに見失って落胆する。まるで自分の心のようだと思いながら、レンドルフは脚太に騎乗しようとして鐙《あぶみ》を踏み外し、よろめくというあり得ない失態をさらした。隣で騎乗し終わったラドヴィクが啞《あ》然《ぜん》と息を吞《の》む気配がする。

「考え事をしていたんだ」

自分で自分の失態に驚きつつ、適当な言い訳を口にすると、ラドヴィクは「はぁ…」と溜息なのか返事なのかわからない声を洩らし、レンドルフが改めて騎乗するのを見守った。

「——あの方が女性なら」

馬首をならべて吊り橋に向かう途中、ラドヴィクが遠慮がちに口を開いた。何を言い出すのかと思えば、どうやら慰めようとしているらしい。

「まちがいなく閣下に恋していると、少なくとも好意を寄せていることは断言できるんですが、なにしろ同性ですから…」

「ですから？」

レンドルフが先をうながすと、ラドヴィクはぶ厚い手袋の先端で鼻先をこすり、視線を遠くに向けた。

「自分にも覚えがあるんですが、親ではない年上の頼りになる同性の保護者っていうのは、あの年頃の少年にとって憧れの対象なんですよ。憧れて、手本にして、少しでも近づきたいと努力する。そういう強い感情とそこから生まれる行動は、端からは恋してるも同然に見えるもので…。自分も先輩や同僚によくからかわれたものです。ですから」

「アキが私に恋しているように見えても、それは恋愛感情ではなく、単なる憧れだというわけか」

「それは…まあ、本当のところはわかりませんが。おそらく本人にもわからない、未分化な感情かと」

「——なるほど」

ラドヴィクは、歳下の少年の言動に一喜一憂する主を見かねたのだろう。

──アキが私に恋していると断言はできないが、かぎりなくそれに近い感情は抱いているはずだと、慰めようとしてくれている。

その気持ちはありがたいし、彼の所思と助言も、今夜アキからあの反応──とっさに身体を引くという本能的な拒絶──を知る前なら素直に喜べたかもしれない。

しかし、今となっては虚《むな》しいだけだ。

油断すると項垂れそうになる気持ちをまぎらわすために、レンドルフはあえて話題を逸らした。

「ラドヴィクが憧れた相手とは、結局どうなったんだ？」

ラドヴィクのことは彼が十七歳の頃から知っているが、記憶にあるかぎり、恋人ができて浮かれている姿を見たことは一度もない。もちろん、レンドルフに知られないよう秘かに誰かと関係を結んでいた可能性もあるが、四六時中寝食をともにしている自分が気づかないことなどあるだろうか。


「わたし、ですか？」

ラドヴィクは、自分が吐いた白い息と過去の記憶を追うように視線を夜空に向けた。

「──憧れは、憧れで終わりましたよ。向こうには若くてきれいな妻と可愛い子どももできましたし。こっちは年々ごつくてむさくるしくなるし。ある日、目が覚めるみたいに、これは無理だと悟って……──って、なに言ってるんでしょうね。今聞いたことは忘れてください」

了解を示し安心させるためにレンドルフは馬体を寄せて腕を伸ばし、ラドヴィクの肩を軽く叩いた。

それから改めて、己のたどるべき道の行き末を見つめて溜息を吐く。アキが自分に恋してくれる可能性は、すこぶる低い。

その事実をかみしめて。

それにしても今夜のラドヴィクは妙に饒舌《じょうぜつ》だ。

不思議に思っていると、本人が吐く息に混じった薬酒の匂いに気づいて謎が解けた。どうやらレンドルフがアキとの逢瀬に気を取られているあいだに、防寒と体力回復のために一杯やっていたらしい。

火酒を使った薬膳酒は、北部州領の冬の必需品だ。レンドルフも常に小瓶を携帯している。

無理を押してアキに逢いにきて、身体の奥深くに灯《とも》った熱苦しい情欲の炎と喜び、灼《や》け広がるような愛おしさは、アキの拒絶と憂い顔を浴びて――どちらも無意識にだと思うが、だからこそ心に受けた衝撃は大きく――水を撒かれたように勢いを失った。

あとに残ったのは消せずにくすぶる独占欲と渇望。身を引かれ、触れ合いを厭われた事実に、心だけでなく身体の芯《しん》から冷えて身震いが起きる。

レンドルフは腰帯の携帯袋から小瓶を取り出して、薬膳酒を飲み干した。

やけ酒をあおるような主《あるじ》の動きを、年嵩《としかさ》の護衛隊長が同情を含んだ瞳で見つめていたことに、その夜のレンドルフは気づけなかった。

† 海獣討伐

その冬はレンドルフにとって、アキと過ごしたわずかな日々の温もりと甘苦しい懊悩《おうのう》、そして寒干し塩漬け肉にされるような心地でエル・ファリス州領沿岸の冷たい潮風を浴びつづけたという、落差のあるふたつの記憶で埋まっている。

アキとの関係は、前に進めようとしても育《はぐく》もうとしても、幾多の障害に立ちはだかられて手も足も出なくなり、結局は問題を棚上げして意識を切り離し、州領主としての責務を全うするしかなかった。

アキが自分を愛してくれるかどうかなど、いくら考えたところで答えは出ない。過去と現在の状況を分析して未来を予測しようにも、希望という名の仮面をまとった願望、もしくは妄想に邪魔されて冷静な判断など下せない。州領内を治める手腕については冷静かつ先見の明があると評判のレンドルフだが、色恋が絡んだとたん、この有り様である。

己の弱点を自覚して気持ちを切り替えたレンドル

フが、海獣討伐隊を率いてエル・ファリス州領沿岸部に出立したのは十二ノ月四日。

初日は州領城最寄りの河川港から船に乗り込んで大河ユヴェール河を下り、二日目には河口のヤーデ港で海船に乗り換えた。

大陸沿岸を走る海路は追い風と、神殿から特別使用許可をもぎとった輝力のおかげで順調そのもの。五日目にはエル・ファリス州領ジルバラ港に到着。そこから陸路で半日ほど移動すると、最初の海獣襲撃により半壊した沿岸の港街バイアが現れる。そこからさらに一刻ほど東へ進むと、現在最前線となっている小さな漁村——正しくは漁村の残骸——カルモ村にたどりつく。レンドルフはそこでエル・ファリス州領主ルシアスと再会した。

「エル・グレン卿！　海路ご無事で何より。そして援軍派遣に感謝する」

出迎えたルシアスは、連日の心労と疲労による深い皺を眉間に刻んでいたが、レンドルフに差し出した手は温かく乾いていた。

レンドルフはその手をにぎり返しながら、

「エル・ファリス卿、今回のことは災難でした」

相手を労い、衷心から同情を示す。それが上辺の社交辞令でないことが伝わったのだろう、ルシアスの表情が援軍を得た安堵でふ…っとゆるんだ。

それへ声をかけようとした矢先、背後で悲鳴と怒号が上がった。急いでふり返ると、十五カロン（約一キロメートル）も離れているのに、手のひらほど大きく見える海獣が波間から躍り出て浜辺を削り、巨体をくねらせ、波飛沫《しぶき》を撒き散らしながら海に戻ってゆく姿が見えた。その間、陸にいる人間たちは為す術もない。

「な…——」

絶句するレンドルフのとなりで、ルシアスが抗いきれない諦観《ていかん》がにじむ声でささやいた。

「あれはまだ小物の部類です」

「——あれで、小物…」

信じられない思いでルシアスの顔を見ると、海獣に領地を荒らされ領民の命を奪われている州領主は、先刻よりさらに険しい表情でうなずいた。

「それで、これまでで判《わか》ったことは？」

レンドルフは暗澹たる気持ちで被害状況と対策案も訊ねてみたが、見通しは芳しくない。

海獣は一体ではなく複数いるという。大きさも形もまちまちだが、最少のものでも大人三人分ほどの体積があるらしい。

「ジルバラの港街は防護柵《さく》が完成してから襲われていない。今はこうして、襲われた場所や襲われそうな場所に防護柵を築くことを最優先しています」

防護柵には神殿が総力を挙げて〝神の祝福〟を与えたという木材や石材、煉瓦《れんが》が使われている。

〝祝福〟にはいろいろあるが、そのひとつは聖刻印で、これは聖なる竜蛇神の化身とみなされている。平時であれば大小さまざまな木片や金属片に刻んだ守護印として、ひとついくらで売り買いされているものだ。値段は、刻まれる素材や周囲にほどこされる装飾の多寡でピンからキリまで。

レンドルフも正装時や公式の外出時などには装飾品として身につけているが――義務なので仕方ない。使用しないと神や神殿に叛意《ほんい》ありとみなされる――これまで特に効果を感じたことはなかった。しかし〝祝福〟された建材を使った防護柵が海獣を寄せつけないということは、効き目があるということだ。

「聖刻印など、神殿が金儲《もう》けをするための単なる方便かと思っていたが、意外だな」

レンドルフはつぶやきながら、甲冑《かっちゅう》の胸に刻まれた聖なる竜蛇神の印を指でなぞった。

「ええ。私も最初は半信半疑でしたが――効き目があるなら、この際神官や神兵たちの傲慢《ごうまん》さにも目をつむります。まあ、聖刻印で海獣避けになるなら、そもそも沿岸部が襲われないですむようにして欲しかった、というのが神に対する本音ですが」

ルシアスは、ずいぶんくすんだとはいえ、それでも陽だまりのように見える金髪と、漂白したなめし革のように白い頰を、海から吹きつける海水混じりの横風にさらしながらつぶやいた。

「防護柵の構築を優先するあまり、災禍によって行方不明になった住民の捜索と救命は二の次にせざるを得ないのが、辛いところです」

「どのみち捜索を最優先にしたところで…」とルシアスはつづける。

「ここにあったカルモ村のように小さな集落では、生き残った者など見つかりませんでしたが……――」

その声は潮嗄《しおが》れだけでなく、理不尽に失われた自領民を思ってだろう、ひどくかすれて皹《ひび》割れていた。

到着したその日から帰還する日まで、レンドルフが率いてきた州領兵を含め、他領の討伐隊が主に従事したのも、防護柵の建造だった。

人の身で海獣《かいじゅう》と直接対峙《たいじ》して刃《やいば》を交えるのは、かなり困難な状況だったからだ。

海獣は海辺だけでなく、河口深く入り込み遡上《そじょう》する素振りを見せた。それを阻止するのは、神殿から派遣された神兵の役目だ。

連日どこかで神兵と、彼らの護衛を命じられた州領兵の間で諍《あらそ》いが起きた。目つきが気にくわないとか、馬鹿にされたとか、子どもの喧嘩かと毒づきたくなるものから、命に関わる刃傷沙汰まで。

衝突の原因は、居丈高で無神経な神兵のふる舞いや言動で、それに腹をたてた州領兵が手や口を出して騒ぎになることがほとんどだ。

それらの仲裁や神殿側への取りなしにまでいちいち駆りだされ、疲弊してゆくルシアスを見かねて、途中からはレンドルフも仲裁役を買って出たが、神兵が態度を改めることはなく、州領兵ばかりが我慢を強いられる日々が続いた。

遠征隊がエル・ファリス州領に到着して十日が過ぎても、海獣がどういった目的で沿岸の集落を襲っているのか、そこに法則性はあるのか否か、レンドルフには見出すことができなかった。

神殿側に疑問をぶつけても、のらりくらりとかわされるだけで、役立つような見解は一切ない。

「やつらの秘密主義と、身内大事な隠蔽《いんぺい》体質には反吐《へど》が出る」

レンドルフはかすかな残光を受けて黒々とうねる波打ち際と、残骸と化したカルモ村跡を見下ろして重く息を吐いた。一日の任務を終えて、海獣に襲われる心配のない高台の、簡易宿舎に引き上げる途中で足を止め、眼下を見下ろして。

到着初日に見た巨大な海獣の姿は、今でもまぶたに焼きついている。今回はたまたまエル・ファリス州領だったが、いつ自分の領地が襲われてもおかしくない。護符を刻んだ防壁しか対応策がないのは、なんとも心細い話だ。海獣を退けられる唯一の武器は、神殿の光弾だが、申請したところで貸し出しに応じてくれるわけもなく。

「せめて、やつらの目的が判れば…」

思わずもれた独り言に、答える声があった。

「海獣が襲うのは、敬虔《けいけん》な信者が多い場所ですよ」

「ルシ…エル・ファリス卿」

ルシアスは猫科の大型獣のように、秘やかでしなやかな足取りで近づいてきた。足音が聞こえなかったのは、夕刻から強く吹きはじめた海風のせいか。

「ルシアスで構いませんよ。愚痴をこぼすのに良い場所を選ばれましたね、エル・グレン卿。この時刻は海鳴りが大きくて、盗み聞きされる恐れがない」

この距離に近づかなければと言い添えて、ルシアスは視線を海と村の残骸に向けた。

レンドルフは先刻の言葉の意味を訊ねたかったが、鎮魂の祈りを捧げるようなルシアスの表情に気づいて質問を控えた。変わりに一歩距離を縮めてみる。

「では、私のこともレンドルフと」

ルシアスは海に向けていた目をレンドルフに戻し、親しみをこめて小さく笑った。それから視線を海にもどし、静かに口を開く。

「半壊したバイアの港街は、波打ち際の岸壁にいくつもの神殿が軒を連ねて建てられ、多くの神官と見習いたちが起居していましたが、最初の海獣襲来によって壊滅しました。このことは神殿、ひいては神の威光に傷がつくという理由で箝口令《かんこうれい》が敷かれ、対外的には無かったことにされていますが。あそこのカルモ村にも信心深さで有名な神官がいて、村人も皆とても熱心に聖なる竜蛇神を敬っていた」

初めて知った情報に、レンドルフは目を見開いた。

頭の中でひとつの推測が形になる。

「――と、いうことは」

「最初に言ったとおり、海獣《やつら》は敬虔な神官と信者を目指して襲いかかってくる。神殿側もそれは理解したらしく、先月のうちに沿岸部の高位神官たちだけが、いっせいに内陸部へ異動しました」

「高位神官だけが」

「ええ」

「その理由について、下位の神官たちは」

「もちろん知らされていません」

「連中がやりそうなことだ」

レンドルフが呆れて溜息を吐くと、ルシアスも同意を示すように肩をすくめた。

「私が今あなたに話している内容も、実は神殿から口止めされている機密事項です」

「それは…」

いくら州領主《ルシアス》であっても、外部に洩らしたことが露見すれば無事ではすまないだろうに。

「いいのか？　私に教えても、君にはなにも益がないと思うが」

それとも交換条件があるのか。レンドルフが訝しむと、ルシアスは胸元に手を当てて表情を変えた。険しい為政者から、恋に悩む青年の顔へ。

「警戒しないでください。あなたは口が固く信頼に値する人間だと、ハルカが太鼓判を押してくれたので、私も信じることにしただけです」

ルシアスは少し素っ気ない口調で告げた。

「神子が…」

「ええ。疑心暗鬼で腹の探り合いばかりなのは、正直あまり好きじゃない。せめてこの災禍に関してだけでも、腹を割って協力しあえる仲間が欲しいと思ったんです。それがあなただということについて、まあ、思うところはありますが」

真摯な声に含まれたかすかな悋気に気づいたレンドルフは、身体の向きを変えてルシアスの顔を見つめた。

嘘をついている顔ではない。人を騙そうとする者特有の、歪んだくすみもない。どうやら本音のようだ。それが却って不思議だった。

「なるほど。神殿のやりようについて、腹蔵《ふくぞう》なく意見が交わせるのはありがたく思う」

レンドルフは慎重にうなずいてみせた。

「しかし意外だ。私はてっきり君に煙たがられているのかと思っていた。何度も神子との〝交流〟を邪魔したせいで」

「ああ、それは…。確かに、ハルカがなにかとあなたを頼りにしたり、会いたがったりすることについては、それはもう山ほど言いたいことがありますが」

ルシアスはぶ厚い外套の下にある何かをしきりに指先で撫でながら、痛みを堪えるように目を閉じた。本人は無意識のようだが、大切な護符でも着けているのだろうか。

「それでも、私はあの子を信じると決めたんです。あの子の言葉を。あの子が信じていない、あの子自身の素晴らしさも含めて」

まるで自分に言い聞かせるように宣言して、ルシアスは胸元で拳をにぎりしめた。

「――…」

レンドルフが色恋について人並みの経験を持っていれば、「それは惚気《のろけ》か」などと冗談めかして場を和ませることもできただろう。しかし残念ながら、レンドルフは他人《ひと》の恋路に言及できる高等技術など修得していない。

ひときわ強い海風が吹き寄せて、ふたり一緒に首をすくめて寒さをしのいだ。それを機にレンドルフは話題を変えてみた。

「さっきから、しきりに胸のあたりを気にしているようだが、何か大切なものでも？」

胸元を指差すと、ルシアスは初めて自分の癖に気づいたようだ。目を瞠って動きを止め、それからごそごそと外套の下から鎖に下げた薄い楕円形の、蓋つきの器を取り出した。

「海獣討伐がはじまってから、辛いことがあるとこれを眺めて気合いを入れているんです」

そう言って、風に飛ばされないよう大切に手のひらで覆いながらレンドルフに差し出す。

それは小さな平たい開閉式の器で、中には神子の細密肖像画が収められていた。

レンドルフは自分で描くのはすこぶる下手だが、絵の良し悪しは多少わかる。ルシアスの手の中にある細密肖像画は神子の特徴をよくとらえ、今にも動き出しそうなほど精緻《せいち》な筆致で、生き生きとして見える。

「――その手があったか」

自分もアキの細密肖像画を絵師に描いてもらい、持ってくればよかった。

思わず洩れた本音は強い海風にさらわれて、幸いルシアスの耳には届かずにすんだ。


海獣の目的が、聖なる竜蛇神に縁の深い人や建物だということが判明しても、エル・ファリス州領に集った海獣討伐軍と神兵たちの間では、相変わらず諍いが頻発した。各州領の遠征隊同士も連携が取れているとは言い難く、全体の動きを把握している者は皆無だった。王が健在で指揮に当たっているならともかく、ルシアスが統制しようとしても反発が起きるばかり。

防護柵や壁の建造が必要な現場は、広範囲にわたり、各州領主たちはそれぞれ半独立的に行動した。神兵たちは特権的地位をふりかざして、ルシアスの指示や要望など歯牙にもかけない。

海獣の襲来が起きるたびに撤退や後退、配置転換が行われ、指揮系統は複雑化して混乱をきわめた。それでもなんとか組織としての崩壊をまぬがれ、レンドルフ率いる遠征隊が生きて帰還の途につけたのは、海獣襲来が突然止んでくれたからにすぎない。

冬の終わりの十三ノ月二日。

海獣が初めてエル・ファリス州領沿岸部を襲った日から六十日目。

それまで連日現れて、規模の大小問わず襲撃を繰り返していた海獣が、ぴたりと姿を見せなくなった。

レンドルフを含めた各州領討伐隊と神兵隊は、壊れた防護柵の修理や新しい柵の構築をつづけながら、それでもしばらく警戒を続けた。しかし五日後には遠征隊の帰還時期について会議が開かれ、引き続き防護柵を建造するための一部の工兵要員を残して、それ以外の本隊は帰還することが決まった。

会議の二日後。レンドルフは遠征隊を率いて帰還の途についた。

そして遠征隊出立の地、河港街フェローに帰り着いたのは、十三ノ月十三日、夕刻。

「諸君、一月半に及ぶ遠征、大変ご苦労であった！　領兵の皆には本日これ以後と、明日から五日間の特別休暇を与える」

レンドルフの宣言に、下船したばかりの領兵たちは歓喜の叫び声を上げた。すでに船の中で臨時の報奨金を受けとっていたため、喜びもひとしおだ。

フェローは大きな河港街だ。ここから馬で三刻ほどの州領都に戻るより、宿や酒舗、食処、花売街などが充実しており領兵たちには都合が良いため、レンドルフの判断は歓迎された。それにユヴェール河を利用すれば、春先の雨でぬかるんだ陸路を使うより、早く安全に故郷に戻れる者が多い。その点も喜ばれた。

慰労の演説も早々に切り上げて解散を告げると、領兵たちは喜々としてその場を離れはじめた。

フェローでの解散はレンドルフにとっても都合がいい。州領城より隠れ里に近いからだ。雨でぬかるんだ悪路でも、いつもの半分以下の時間でたどりつける。

ひと月以上の遠征と五日にわたる船旅で、疲労は蓄積していた。それでも懐かしい自領の匂いを嗅《か》ぎ、遠征隊を解散させて重責を肩から降ろしたとたん、棚上げしていた荷物が転げ落ちて、封じ込めていた懊悩を目の前に突きつけられた。

――ひと目でいい、アキに逢いたい。

逢うだけだ。無理に唇接けたり、嫌がるのを強引に抱きしめたりはしない。

なんといっても彼はまだ十五歳で……出会ってからもうすぐ一年になるから、もしかしたら十六歳になったのだろうか。そういえば誕生日を聞いてなかった。誕生日という単語を、今度会ったとき神子に教えてもらわなければ。

レンドルフは、任務から解放された領兵たちが喜びの声を口々に上げながら、暖かな灯りが点《とも》りはじめたフェローの街中に消えてゆくのを見送って馬首を返した。

「閣下、どこに行かれるんです？　州領城《しろ》に戻るならあちらです」

降りしきる雨音と、遠ざかってゆく領兵たちのざわめきにかき消されないよう、護衛隊長《ラドヴィク》が顔を近づけて声をかけてきた。

レンドルフはそれへちらりと視線を向けてから、行く先を顎で示した。長いつき合いの護衛隊長は、それで主の意図を察したらしい。あきらめたように小さく溜息を吐いて、主に遅れないようぴたりとうしろに貼りつくと、黙々と馬を進めたのだった。

いつもの半分以下の距離とはいえ、ぬかるみに足を取られるせいで、雪道よりも時間がかかる。

レンドルフが隠れ里の城砦に足を踏み入れたのは夜更け近く。出迎えに現れたフラメルは、レンドルフが訊ねる前に「アキ様は一刻ほど前に寝入ったばかりです」と、いくぶん声をひそめて教えてくれた。最近は夕食を食べ終わるとすぐにうたた寝してしまうくらい、杖を使って歩く訓練と語学学習をがんばっているらしい。

「わたしが知らせて参りますから、そのあいだに旦那様は濡れた服をどうぞお着替えください」

そう言ってアキを起こしに行こうとするフラメルをレンドルフは止めた。

「いい。顔を見にきただけだ。眠っているなら無理に起こす必要はない」

淡々と告げながらびしょ濡れの外套を脱ぎ、乾いた厚布で手足や髪、上着に染み込んだ水気を大雑把にぬぐい終わると、おもむろにアキの寝室へ足を向けた。

そんなレンドルフの様子を、フラメルがなにか言いたそうな表情で見つめていたが、結局なにも言わなかった。言わない代わりに、主の脇で黙々と自分の濡れた服を布で拭いている護衛隊長を見る。

護衛隊長はフラメルの視線に気づいて、かすかに首を横にふり、それから小さくうなずいてみせた。

年長のふたりが目と目で会話したことには気づかないまま、レンドルフはこれまでになく重い足取りでアキの寝室にたどりついた。

そのまま扉の前でしばし立ち尽くす。

足元にぬぐいきれなかった雨水がしたたり落ちて、磨いた床石に染みが広がってゆく。

まるで、自分の心に湧き上がる不安のようだ。

そう感じた瞬間、このまま立ち去りたい衝動に駆られた。

もっと正直に表現するなら、逃げ出したい衝動に。

苦労してここまで来たのに顔も見ず、声もかけず、〝死の影〟予防のための血だけ残して自分が立ち去ったと知ったら、アキはどんな反応をするだろう。

ほっとするか、残念がるか。

それを知りたいと強く思う。

同時に、そんな面倒くさいことはせず直接アキに訊けばいいじゃないかという、冷静な考えも浮かぶ。

「直接訊く。それが難しいからこんなに苦労してるんじゃないか」

レンドルフは足元に広がる染みに向かって不満をぶつけた。ぶつけられた雨染みが、理不尽さに反論するようにじわりと面積を広げる。

言葉が通じていても、想いや考えがきちんと伝わるとは限らないのに。訊かれたことに正直に答えられる者がどれだけいる？　立場が弱ければ、自分を守るために人は簡単に嘘をつく。

「アキは嘘をつくような子じゃない」

己の思いつきをすぐさま否定すると、不安から生まれる声も打てば響くように反論してくる。

――命と引き替えでも？

アキは、レンドルフに逆らって心証を悪くしたら、隠れ里を放り出されると怖れているかもしれない。

またあの過酷な差別と迫害の中に放り出される恐怖に比べたら、身体を差しだすほうがマシだと思うのではないか？　自分の心を偽って、好きなふりくらいしてもおかしくない。

自分は決してそんな理不尽な要求をする人間ではないが、アキがどれくらい自分のことを理解してくれているかは、正直なところわからない。わかっているのは、本当は嫌なのに治療だから仕方なくレンドルフに抱かれているという事実だけ。

「……」

気がつくと深く項垂れていた。前髪からポツリ、ポツリと滴り落ちていた雫《しずく》が間遠くなって、髪の先から落ちきれず、小さな珠《たま》になって揺れているのが見える。廊下の奥で、無言のままわずかに足を踏み換えた護衛隊長《ラドヴィク》の気配に気づいたレンドルフは、頭をひとふりして雫と不安な心をふり払い、覚悟を決めて寝室の扉を開けた。

「——アキ、眠っているか？」

ささやきかけながら寝台に近づくと、まず最初に小さな黒い守護神が襟元から顔を出した。

クロはアキの胸上に這《は》い出ると、真夜中の闖入者《ちんにゅうしゃ》を睨みつけた。鳴き声を上げないのは、飼い主を起こさないための配慮か。それともレンドルフに対する警戒心が少しは解けてきたのか。

レンドルフが無言で寝台をのぞき込むと、クロも無言で牙を剝く。けれどアキが気配に気づいて目を覚ますと、クロは牙を収めてアキの首筋にぴたりと貼りついた。

「דן…שזאדלך…——אזן…？ ןעזן レン ןעדלא？」

寝惚け眼《まなこ》をこすりつつ驚いて起き上がろうとするアキの姿は、久しぶりに見るせいか、これまでに増して清々しく無防備に感じる。腕を伸ばし、ほんの少し力を入れて押し倒したら、手のなかで簡単に融け崩れてしまう繊細な飴菓子か、水晶細工のようだ。

「レン ןעדלא？ ןעזן ןאמט אזן ןאפעמן צדדך？ זז ןאמט אזן ןעמנע ןכךןן？」

寝起きの甘くかすれた声でなにか訊ねられたが、聞きとれたのは『いつ？』と『帰る』という言の葉の断片だけ。『いつ帰ってきたのか』もしくは『いつ帰るのか』という意味だろうか。

「……」

答えることも、近づいて抱きしめることもできないまま、寝台から二歩離れた距離に立ち尽くしていると、アキの表情がわずかに曇る。

アキは不安そうに首を傾げて身を起こし、レンドルフに近づいて抱きつこうとしてきた。

「だめだ」

とっさに半歩下がって手を前に出し、触れてはいけないと身振りで伝える。

「[illegible]…」

アキは神罰を受けた人のように、ぴたりと動きを止めた。その腕をつかみ、ゆっくり寝台に押しやると、アキは血の気の引いた青白い顔に不安そうな表情を浮かべて、レンドルフを見上げた。

「レン [illegible]？　[illegible]？」

『なぜ？』という単語の意味はわかったが、会話としての意味は不明だ。どうして『なぜ？』と訊かれるのかわからない。レンドルフが最小限の接触で手を放し、再び寝台から距離を取ったのを見て、どうしてそんな不安そうな顔をするのか、その真意もわからない。

「[illegible]…」

もう一度『なぜ』という、理由を訊ねる単語を口にされて、レンドルフは無意識に拳をにぎりしめた。

「薄暗くてよくわからないだろうが、私はびしょ濡れなんだ。迂闊に触れると君まで濡れてしまう」

「[illegible]…」

聞き取れたのは『待て』という言葉だけだったが、声の調子と会話の流れからたぶん、もう少しゆっくりしゃべって欲しいという意味だろう。レンドルフは注文通りゆっくりと言葉を繰り返したが、アキはほとんど聞き取れなかったらしい。指文字で書いてくれと手のひらを差し出されたが、レンドルフは無言で小さく首を横にふった。

アキは物わかりよく手を引いた。うつむいているせいで表情は見えない。

そのまま逃げ出すこともできず、さりとて近づいて抱きしめることもできないまま、身の置き場を無くしたレンドルフが苦し紛れに半歩横にずれると、開けた扉越しに差し込んだ廊下の灯《あか》りが、アキの姿をやわらかく照らしだした。

前に見たときより全体的にふっくらと健康的になっている。それでもまだ、レンドルフが本気で抱きしめたら簡単に折れてしまいそうなほど細くて薄い。アヴァロニス人にはないこの華奢さも、レンドルフに二の足を踏ませる要因のひとつだ。

――どうすれば、この少年の心が手に入るのかわからない…。

わかるのは、いま理性を無くして睡眠薬なしに彼を抱いたりすれば、確実に嫌われてしまうということと、迂闊に抱きしめたりすれば服を濡らして、風邪を引かせてしまうことだけ。

「…くしっ」

心配する傍からアキが小さくくしゃみをすると、それまで黙っていたクロが身を乗り出して、レンドルフに向かって文句を言い立てた。

「ぎゅるっ！　ぎゅぃッ！」

「わかったわかった。今夜はおまえの大切なご主人様に手を出したりしないさ。顔を見に来ただけだ」

やせ我慢の強がりだが、何度も言い聞かせれば真実になるかもしれない。

「היי שוואַרץ！」

クロを窘《たしな》めようとしてアキの注意が逸れる。その隙をついてレンドルフは寝台に近づいた。そうして素早くひざまずいてアキの手を取ると、ほんの一瞬、かすめるような唇接けをする。

「אָה…」

アキが気づいて腕を引く前に手を放し、鳥の影より素早く立ち上がって扉まで身を退《ひ》いた。

「おやすみ、アキ。また逢おう」

想い人を安心させるため。ただそれだけのために、ありったけの自制心をかき集めて微笑んでみせると、アキはあきらかにほっとした表情を浮かべて『おやすみなさい』という意味の言葉を返してくれた。

レンドルフが笑いかけたからほっとしたのか、今夜は抱かれずにすむとわかったから安心したのか。

考えても、問いつめても、どちらにせよ答などわからない疑問を胸に抱えたまま、レンドルフはアキが眠る寝室と城砦、そして隠れ里から立ち去った。

州領城に戻ったレンドルフは、胸をざわつかせる未解決の問題を再び棚上げすることで、州領主としての責務を淡々と果たしていった。

ほとんどは留守中に起きた問題への対処と、これから起きるだろう問題への対策や根回しだ。

レンドルフの執務室には朝から晩まで休むひまもないほど次々と、高位から下位までさまざまな位階の神官や、神官の下で実務を行う奉仕人たち――読み書きその他の教育は、基本的に神官もしくは神官見習いにならなければ学べないため、政務の要職は神官でなければ務まらない仕組みになっている。

レンドルフは以前からこの規則を変えて、望む者には誰にでも教育を与えたいと思っているが、神殿の監視が厳しく秘かに試すことも難しい状況だ――、雪解けのぬかるむ道にもめげず陳情を携えてやってきた地方の地主や村長、街長、区長、さまざまな技能職集団の代表者が現れて、もめごとの仲裁から、上役や部下の罷免任命に関する陳情、頼んでいた調査の結果報告、単なる挨拶、世間話に擬態した嫌味や恫喝《どうかつ》、政策への感謝などをレンドルフに訴えたり話したり、述べたり告げたりした。

そうした執務をレンドルフは忍耐強く淡々と処理していったが、日が経つにつれ鉄壁な自制心にほころびができはじめた。

たとえば、祖父の代の借金の取り立てが済んだか済んでいないかという、そんなことは当人同士で解決してくれとぼやきたくなる問題の、長く退屈な説明を辛抱強く聞いているとき。油断すると春の雨にけぶる窓の外を見つめて、アキは今頃どうしているだろう…と心が漂い出そうになる。そんなときはたいてい、有能な補佐官のセレネスが咳払いをしたり、わざと硬筆《ペン》を落としたりして注意を引き、意識を連れ戻してくれるのだが、日に一回が二回になり、三回そして四回まで増えると、さすがに「どうなさったのですか？」と真剣な表情で心配されてしまった。

セレネスにしてみれば、主であるレンドルフがこれほど上の空になったところなど今まで一度も見たことがない。州領存亡の危機か、はたまた天変地異の前触れかと、訝しがるのも無理はなかった。

「――…」

レンドルフは、なんでもないと言いかけてやめた。

そういえばセレネスを見つけて従官に引き抜いたのも、彼が十五歳のときだった。今のアキより二、三歳は上に見えたが、同い年には変わりない。

『親ではない年上の頼りになる同性の保護者っていうのは、あの年頃の少年にとって憧れの対象なんですよ――』

前に聞いた護衛隊長《ラドヴィク》の言葉が脳裏を過ぎる。

「セレネス、君も…」

私に憧れて、恋に似た感情を抱いたりしたことがあるか？　あるなら錯覚だと気づいたのはいつだ？と口走りかけ、突拍子もない質問のおかしさに気づいて止めた。

――馬鹿か、私は。

政《まつりごと》に関する難問を突きつけられても浮かべたことのなかった苦悩の表情で、頭を抱えてうめき声をもらしたレンドルフを、補佐官セレネスが為す術もなく見つめていた。


その日の夜。

補佐官セレネスは、レンドルフが就寝したあと不《ふ》寝番《しんばん》を交替して宿舎に戻ろうとしている護衛隊長ラドヴィクをつかまえ、こっそり訊ねた。

「閣下のご様子がこのところずっと妙なのですが、原因に心当たりはありますか？」

ラドヴィクはぐるりと目をまわして天を仰ぎ、しばし黙考してから十三歳下の補佐官に視線を戻した。

彼も事情を知っておくべきだと判断したからだ。

「ある。あれはたぶん、まちがいなく、巷間《こうかん》で言うところの、いわゆる『恋煩《わずら》い』ってやつだ」

「こ…――」

恋とつぶやいたきり二の句が継げずにいるセレネ

スに、ラドヴィクは同情の眼差しを向けた。

「君の気持ちはわかる。俺も、閣下がまさか十三も歳下の少年に、骨抜きにされるとは思わなかった」

「少年…？　十三歳下？　誰っ…あ、アキ様ですか。ですね。それ以外考えられない。そうか、だからあんなに甲斐甲斐しく、身のまわりの品や医師や薬の手配を指示されたんですね。それにしても恋煩い……煩いってことは——…まさか、片想いなんですか？　即断即決、行動力には定評のある閣下が、子ども相手に告白できず片想い？」

有能な州領主としてのレンドルフしか知らなかったのだろう。セレネスはラドヴィクに詰め寄り、胸ぐらをつかんで「信じられない」と小さく叫んだ。

ラドヴィクは思わず両手を上げて降参の意を示し、セレネスに落ちつくよううながしながら答えた。

「言葉がほとんど通じないことと、歳の差と、なにより男同士だということが弱気の原因だと思う」

「男同士のなにが悪いんです。同性を恋人にしたり伴侶にするなんて、それほど珍しくないじゃないですか。神殿でも特に禁じていませんし」

「まあそりゃ、俺たちみたいな中流下流の貴族出身なら、禁忌も背徳感もほとんどないだろうが、閣下は子孫繁栄が絶対条件の州領主嫡男として生まれ、次期州領主として育った。結婚するのも性交渉を持つのも、女であることが当然だという価値観を子どもの頃に擦り込まれてるから、大人になってもなかなかそういう思考の癖が抜けないいんだろう」

護衛隊長の説明に、セレネスは小さく首を傾げた。

「そういうものですか」

「そういうものだよ。それからおそらく、ご自分の魅力ってものに無自覚で、恋愛に関してはからきし自信がないことも、足踏みしている原因だと思う」

「それは…」と言いかけたセレネスに、護衛隊長は「わかってる」と同意を示してうなずいた。

元々レンドルフは恋愛関係に興味がなかったため、そちら方面の自己肯定感を育成する機会がなかった。そこにあの強烈な妻がやってきて、昼夜を問わず、暇さえあればレンドルフの夫としての態度や男としての器にダメ出しをしつづけた。

意識の上では聞き流し、毛ほども傷ついていないように見えても、心の底、影に隠れた無意識のどこかに、恋人や伴侶として散々にこき下ろされ否定された記憶の破片が埋まっているのだろう。それが、レンドルフが本来持っている勇気や自信を挫《くじ》いて、足踏みさせる要因になっている。

「あんな女の戯《ざ》れ事《ごと》など、ひと言も記憶に留める価値などないのに」

セレネスはレンドルフが妻を迎えて一年過ぎた頃に見出され、雑用係として仕えるようになった。その時点で次期領主夫妻の関係が円満でないことは、周囲でも噂されるようになっており、雑用係としてさまざまな場所に出入りしていたセレネスの耳には、妻の悪評が無数に入ってきた。たぶんレンドルフ本人が耳にしたものより多くの噂話が。

セレネスはレンドルフに忠誠を誓っている。だから、自分が認めて心から仕えているレンドルフを馬鹿にして蔑《ないがし》ろにし、苦しめた元妻のことを毒蝎《さそり》のごとく嫌っているのだ。

「それに関しても同感だ。しかし」

ラドヴィクは思いをめぐらせるように視線を泳がせた。言葉や態度が放つ刃が目に見えて触れられるものだったら、ラドヴィクが盾になって守ることもできた。

けれど現実は、夫婦の寝室にまで護衛が立ち入ることはできず、その中で交わされた会話、もしくは一方的に投げつけられた暴言によってレンドルフが心にどのくらい痛手を受けたかは、想像することしかできない。

ラドヴィクやセレネスを含め、レンドルフに近い人々が知っている事実は、レンドルフは婚姻から半年ほどで妻と接する時間を極力減らすようになり、夫婦の営みも年単位でなくなっていたということ。

「そんな閣下が恋をした…」

セレネスがぽつりとつぶやくと、ラドヴィクが「そうだ」と大きくうなずく。

「家や親族に押しつけられたのではなく、ご自分で選ばれた」

「そうだ」

「私はアキ様と直接話したことはなく、お人柄は存じ上げませんが、大丈夫そうですか？　いえ、閣下の人を見る目を疑っているわけではありませんが、恋は盲目と言いますし、失礼ですが閣下は恋愛に関して…その、なんといいますか……――」

主に向かって初心《うぶ》とはさすがに評し難く、セレネスがごにょもにょと口を濁すと、ラドヴィクが堪《たま》りかねたように小さく噴き出した。そして若く優秀な補佐官の杞憂を吹き飛ばすように、肩をバシンと叩いて断言した。

「そこはまあ、大丈夫だろう。閣下の人を見る目に間違いはない。それでも心配なら、おまえもこっそり会いに行ってみたらどうだ？　言葉は通じないが、なかなか聡明な少年だぞ」

「――そうですね。機会があれば、ぜひ」

そう答えたセレネスの希望は、さほど待たずに叶えられることになった。

† 王の選定

レンドルフが王都に戻ったのは、海獣討伐帰還から半月ほど経った一ノ月初旬。王都の季節は春酣《たけなわ》。吹く風は温《ぬる》く、大陸最北端のエル・グレン州で着込んできた上着のままでは、汗ばんでのぼせそうになるほどだ。

降りそそぐ陽光と、王宮内のいたるところで咲き乱れる花々の甘い香りが、開け放した窓から遠慮なく流れ込んでくる。

海獣が再襲来したという報せもなく、一見、平和でおだやかな日常を取り戻している王都王宮の州領館で、レンドルフは各所への報告や面会、書類の決裁などといった執務を行った。

気を引きしめているつもりでも、うっかりすると執務室の窓から見える庭園の花に意識を奪われ、薄青色の花に黒い瞳の少年の面影を重ねて、溜息をもらしてしまう。そのまま自力で現実に戻れないときは、今回同行してきた補佐官のセレネスが「コホン」と咳払いして、執務に引き戻してくれた。

そして翌日。どうせ無駄だと思いつつ、神子への謁見要請を出したとたん、打てば響く素早さで面会許可が下りて驚いた。どうやら神子自身がレンドルフとの面会を強く望んだ結果らしい。

昨日一日州領館の内外から集めた情報によれば、大神官たちは神子に強く〝王の選定〟を迫っており、神子も海獣襲来による世情の不安や、王の不在によって民が被《こうむ》る不利益に気づいたらしく、近日中に王を決めると宣言したらしい。

そこへきて、レンドルフへの強い面会要請だ。

次代の王はエル・グレン卿かと、誰もが色めきたつ中、レンドルフは平然とした面持ちで神子の庭を訪れた。神子が王に選ぶのは、自分ではなくエル・ファリス卿ルシアスだと知っているからだ。

二ヵ月半ぶりに顔を合わせた神子は開口一番、

「アキちゃんに会いたい」

必死の形相でレンドルフに望みを訴えた。

「レンドルフ、お願いだからアキちゃんをここに連れてきて。本当はぼくの方から会いに行きたいけど、それは無理なんでしょ？　ぼくが王様を決めたら、アキちゃんにはもう二度と会えなくなる。でも王様を選ぶの、これ以上先延ばしにもできない。みんな苦しんでる。ぼくのわがままでたくさんの人が苦しむなんて困る…嫌だ。だから王様は選ぶ。ルシアスはぼくが聖神殿の奥に閉じ込められても、アキちゃんに会えるよう努力するって言ってくれたけど、実現までに何年かかるかわからないって…。でもぼくは今、アキちゃんに会いたい。会って話がしたい。これが最後のわがままだから、お願いだから、アキちゃんに会わせて…！」

王を選んだあと自分がどんな扱いを受けるか——表向きは敬われ傅《かしず》かれて何不自由ない暮らしだが、一般的な感覚からすれば幽閉に近いと——知ったのだろう。すがりつかんばかりに必死な神子の懇願に、レンドルフは『無理です』と断りかけた言葉を飲み込んだ。

アキの安全を優先するなら、神子の願いなど理由をつけて断るのが正しい。だが、レンドルフはふたりの関係を知っている。アキがどんなにか、目の前にいるこの少年を大切に思っていたか、護ろうとしたかを知っている。

そのときふと、夏の稲妻のように、レンドルフの脳裏にある考えが閃いた。

――アキは、もしかして、友人であるこの少年のことが好きなのか？

神子の話によれば、アキは神子を助けようとして召喚に巻き込まれ、この世界にやってきたという。

それにあの森で初めて出会ったときの、身を挺して神子を守ろうとした姿。

神子からの手紙を読んで、苦しそうに辛そうに顔を歪ませていたこと。

どれもこれも、これまでレンドルフが見落としていただけで、アキが神子を大切に想っているという証拠に他ならない。

なによりも、神子はアキがこの世界《アヴァロニス》で言葉が通じる唯一の人間だ。それだけでも慕わしさは増す。元々好意を持っていたところに、この世でふたりだけという状況になれば、友情が友愛になり、恋情になってもおかしくない。そもそも、元々が友情ではなく恋情だったのかもしれない。だから己の身に危険が及ぶのも構わず、いつも神子を助けようとしてきた。

「――――っ…」

レンドルフは意識しないまま拳をにぎったり開いたりしながら、神子の顔を改めて見下ろした。

神子がアキに特別な好意を抱いていることは、疑いの余地がない。瞳を涙で潤ませて必死に懇願するほど、アキに会いたがっている。それがアキと同じ感情なのか、それとも神子のアキに対する感情は、深い友愛に過ぎないのか。それはわからない。

わからないが、ふたりの運命はこの先交叉することなく、別々の人生が待っている。神子はルシアスを王に選び、彼の伴侶として神殿の奥深くに匿われ、生きて行く。

アキは……――。アキはどんなに神子のことを恋慕おうと、その想いが成就することはない。

ならば、せめて最後の逢瀬くらい叶えてやろう。

「わかりました」

諸々の困難――面倒くさい根まわし、袖の下をばらまいて口止めする、不測の事態に備えた警護の手配などなど――は、いったん脇に置いて、レンドルフは了承した。そして神子と、おそらくアキの願いでもある逢瀬を叶えるべく、急いで自領に舞い戻ったのである。

レンドルフが隠れ里にたどり着いたのは、翌日の午後遅く。春の夕方特有の少し湿った空気に、里の家々から漂い出る夕餉の匂いが混じりはじめた時刻だった。やわらかな風が煮炊きの煙を運んで景色を霞ませ、なんともいえない安息と平穏を醸しだしている。

広場から畑を貫く細い道を歩いていると、すれちがう里人たちが皆、帽子を脱いで頭を下げてから、背後を振り返り、レンドルフが訊ねる前に「アキ様はあちらにいるはずです」と、林に囲まれた小高い丘の方を指差して教えてくれた。

専用の護衛をつけなくても、里人全員がこうやってアキの安否を気遣ってくれている。この里にいる限りアキは安全だ。危険な王宮になど連れて行きたくはないが、今回は仕方ない。

宮殿内でアキの安全をいかに確保するかを、頭の中でこねくりまわしながら歩いていると、前方から子どもたちの歌声とはしゃぐ声に混じって、アキのしっとりと落ちついた声が聞こえてきた。どうやら丘の上で詩歌を子どもたちに教えてきた帰りらしい。

ふだんのアキがどんなふうに過ごしているのか、自分がいない場所ではどんな表情で笑うのか、子どもも相手にどう接しているのか。自分でも驚くほど好奇心が湧きあがり、レンドルフは素早く小道を脇に逸れて林の中に身をひそめると、アキと子どもたちが近づいてくるのを待った。

すぐに、こちらの世界にはない独特の抑揚を持った音曲を歌いながら、ゆるい坂道を子どもたちが元気に下ってくる。そしてレンドルフが隠れている場所の少し手前で、小さな女の子がコロンと転んだ。

「アン！　נססס אין גניין!?」

杖をつき、空いた方の手は小さな子どもたちに代わる代わる繋がれながら、ゆっくりとうしろからついてきていたアキが、あわてて駆け寄ってくる。たぶんまだ脚が痛むのだろう、少し苦労しながら膝を折り、小さなアンを助け起こすのが見えた。

「אין נאמד א קליין נרסל, אנסשן שס אין אקן״」

アキは安心させるように声をかけながら、手慣れた様子で怪我の具合を確認すると、なにやら不思議な仕草をしてみせる。

「שטט שס שאנטן סטלסאין」

呪文のようになにやらつぶやきながら、傷の上に手のひらを翳《かざ》して円を描き、次に傷からなにかを吸い取るように手をにぎりしめて、そのまま放り投げるふりをした。

「סלעין אנשק！」

子どもたちと一緒にレンドルフも、思わずアキが投げた——ふりをした——先に目を奪われ、はっと我に返って視線を戻すと、にっこりと小さな女の子に微笑みかけているアキの笑顔が見えて、今度は目が釘付けになった。

子どもたちの前では、あんなにふうに笑うのか…。自分に向ける笑みとは微妙に違う。年少者を安心させるための庇護者の顔。そして子どもたち、ひとりひとりに気を配り、さりげなく安全を確認する姿。ああした動きや意識は、一朝一夕に身につくものではない。元いた世界で子どもの世話をした経験があるのだろう。

どんな家族の元で暮らしていたのか、生い立ちが知りたい。突然この世界《アヴァロニス》にやってきて、どう思っているのか。向こうに大切な人を置いてきたのかどうか。帰りたいのか。こちらでずっと生きて行く覚悟はついたのか。

意識しないまま胸を手で押さえ、答えのない問いを折り重ねているうちに、アキは小さな女の子と手を繋いで再び歩きはじめた。

レンドルフも急いでその場を離れ、秘かに先まわりして林の外れに戻った。そうして、たった今ここにやって来たという顔で、さりげなく姿を現してみせると、アキの表情がくっきり明るく輝いた。

「レン דאָלף…！」

太陽は林の彼方に隠れてしまったのに、アキがいる場所だけ、天空から光が降りそそいでいるみたいに、明るく華やいで見える。

「アキ」

傍に来るまで待っているつもりだったのに、気がつけば足が動いて、自分から歩み寄っていた。

アキも前のめりで近づいてくる。そんなに焦って歩いたら転んでしまうぞと、声をかけようとした矢先、アキは小さな石を踏んで体勢を崩した。

「אַה…ッ」

「アキ！」

下敷きになってもいいから、アキに怪我はさせたくない一心で駆け寄ると、地面に激突するぎりぎり寸前に受け止めることができた。

「――…ーっ」

安堵の吐息を思わずつきながら、しっかり胸に抱きとめて抱え直し、

「頼むから、もっと気をつけてくれ」

独り言のつもりでしみじみぼやくと、意味を理解したらしいアキが顔をあげて謝罪の言葉を口にした。

「איד בין נעבעכדיק. דאַנקען דיר. איד בין דילייטיד צו זען איר נאָד אַ לאַנג אַוועק…ッ」

聞き慣れた「ごめんなさい」の他に「逢う」と「嬉しい」という意味の単語を聞きとった瞬間、全身に喜びという名の血が駆けめぐった。

「私も逢えて嬉しい。君に逢いたかったよ」

手の甲で口元を隠し、なぜか戸惑っているアキに顔を近づけて本心をささやくと、アキはさらに狼狽して頬を紅く染め、うつむいてしまった。冬の間に長く伸びた髪の間から、ちらりと見えた耳まで真っ

赤に染まっている。酸塊《スグリ》のように色づいたそれを、指先で思う存分撫でまわしたい誘惑に駆られたが、意思の力で堪えた。

まわりには子どもたちがいるし、アキが紅くなってうつむいてしまった理由も定かではない。

不用意に触れて身を引かれたり、嫌われたくない。

両手を宙に浮かせたまま動きを止めたレンドルフと、口元を覆ってうつむいたアキの間に流れた微妙な空気は、

「アーキィ」

転びかけた拍子にアキが投げ出した杖を拾って、差し出してくれた小さな女の子の声で払拭《ふっしょく》された。

「לאנקבן דדד アン」

さっき転んでアキに慰めてもらったアンリシャルは、今度もアキに頭を撫でてもらい、嬉しそうにふにゃりと顔をほころばせた。礼を言われてもじもじ照れる子どもを、見つめるアキの表情がやさしい。やさしいのになぜか寂しそうに見える。

——君も頭を撫で欲しいなら、私がいくらでも撫でてやる。

レンドルフがそれを実行する前に、集落の入り口の方から子どもたちを呼ばわる母親の声が聞こえて、アキは顔を上げてしまった。

「さよならアーキィ、また明日！」

口々に別れを告げながら、手をふって母親たちのもとへ去ってゆく子どもたちを見送るアキの腰を、レンドルフは今度こそ遠慮なく抱き寄せる。そうして耳元に唇を近づけ、内緒話のようにささやいた。

「王都に君を連れて行くよ」

一拍の間を置いてアキが顔を上げる。

「…מאך？」

王都という単語から、意味を理解したのだろう。

「אך…！　מאכפד אר קוכפר מרפכך אר דפר ハルカ…!?」

ハルカに会えるのかと、驚きと嬉しさ、それからわずかな戸惑いが混じり合った表情で確認されて、レンドルフは深くうなずいてみせた。

「そう。神子が君に会いたがっている」

王宮への移動は、神の恩寵によって創られた〝通路〟を使う。その門は州領城にある。

州領城に向かう前に、アキはベイウォリーに頼んで髪を切ってもらった。レンドルフが気づいたときにはもう切られたあとだったので、止めることができなかった。

初めて出会ったときから一年近くが過ぎている。一年分伸びた髪を、アキがときどき鬱陶しそうにかき上げているのは知っていたけれど、もう少ししたらきれいに切りそろえて、そのまま伸ばせばきっと似合うと思っていた。だから短くなったアキの髪を見て、レンドルフは秘かに落胆した。

そんな主の落胆に気づいたのは、熊のような外見に反して、細やかな気遣いのできるベイウォリーだけだった。ベイウォリーは口元を閉じた指で覆いながら、小声で「すみません」と謝った。

「アキ様が『切ってほしい』と仰るので、ついうっかり…。次からは旦那様に確認いたします」

「――いいんだ。…いや、そうだな。そうしてくれると助かる。短くても可愛いが、アキは長い髪も似合うと思わないか？」

「……」

主の問いに、ベイウォリーは賢く無言でにっこり微笑み返すに留めた。

レンドルフの落胆をよそに、アキは頭が軽くなってすっきりしたのか、明るい表情で馬車に乗り込んだ。意識がある状態で隠れ里を出るのは初めてだということもあるが、一番は、やはり神子に会える喜びで心が浮き立っているのだろう。

はじめのうちは興味深そうに、窓覆いの隙間から外の様子をながめていたアキは、しばらくするとなぜか沈んだ表情で車中に視線を戻した。

なにか心配事でもあるのかと気になったが、アキの様子をじっと見つめていたことを悟られるのもバツが悪い。レンドルフはさりげなく視線を逸らして窓の外をながめるふりをした。

すると今度は、アキがこちらをじっと見つめるのを感じて、レンドルフは鼓動が軽やかに浮き立つ感覚を味わった。しばらく外に気を取られているふりを続けてから、初めて気づいたように視線を戻すと、きれいな黒い瞳とぴったり目が合う。

――本当に、澄んだきれいな瞳《め》をしている。

透明感のある黒い瞳の奥に、星の瞬きにも似たきらめきがある。吸い込まれそうな輝きを捕らえて、抱きしめる幻影に浸っていると、アキがふっと困惑した表情をうかべ、なにかつぶやいた。

「ללאם טאן לאך מאן…」

この響きは「困った」とか「どうしよう」という意味合いの単語だったはず。

「どうした、なにか心配ごとでもあるのか？」

不躾《ぶしつけ》に見つめすぎただろうか。うしろめたさもあって、思わず身を乗り出して訊ねると、アキは小さく首を横にふったあと、気を取り直したようにきゅっと拳をにぎりしめて顔を上げた。そしてあきらかに無理しているとわかる作り笑いを浮かべた。

「אצלנ רעמס. גאדר א דמסל זעוווזנ. דד דדיאצ פאצאצ אדו דא וווצ מס
אדז א פלאצ ווו אדר קסעמז קררנאפ」

早口すぎてほとんど聞き取れない。レンドルフが眉根を寄せると、アキは指文字で「大丈夫、緊張、王宮、誘拐」という意味の単語を書き連ね、さらに身振りで「大丈夫、問題ない」と伝えてきた。

それでレンドルフは、ようやく己の落ち度に気づいた。王宮はアキが誘拐された場所だ。恐ろしくないはずがない。本当なら二度と近づきたくないだろう。ぜんぜん大丈夫そうではないのに、平気なふりをするのはレンドルフに気を使っているからか。それとも不安を口にして、面会が取り止めになるのを怖れているのか。

「――どうして君はそう…」

強がりとは違う。自分の精神状態を律するのは、あくまで自分自身の務めであり、それを他人に気遣ってもらったり慰めてもらうという考えが、そもそもアキにはない。最初から期待していない。

「アキ」

そんな君だから放っておけない。なんとしても助けたいと思うし、もっと頼って欲しいと思う。

レンドルフはもう一度、甘え方を知らない少年の名を呼んで自分の決意を伝えた。

「アキ、君を危険な目には二度と遭わせたりしない。九歳のとき己につけた『黒き民の守り手』という名にかけて。私は君を絶対に守ってみせる」

だから安心してほしい。

願いを込めてそう告げると、アキは少し驚いた表情で息を飲んだ。言ったことのすべてはわからなくても、守るという単語だけは聞き取れたのだろう。アキは小さくうなずいて理解を示すと、レンドルフの手のひらに、おずおずと指文字で感謝を記した。

『ありがとう』

文字を綴る指先ごと抱きしめて、己の一部にしてしまいたい衝動を抑えるのに苦労した。

そんなレンドルフの葛藤《かっとう》と苦悩など、知るよしもない。アキは馬車の移動を忍耐強く続けて州領城に到着すると、レンドルフの勧めに素直に従い、仮眠と軽食を摂って〝通路〟の入り口に立った。


アキがここを通るのは二回目だが、一回目はほとんど意識がなかった。今後ひとりでも対応できるように、使い方を念入りに教えておいた。

州領城を出立したのは夜中で、王宮に到着したのは翌日の昼。体感的な移動時間はわずかだが、実際は半日過ぎている。アキはそのことにずいぶん驚いて戸惑っていたが、しばらくすると納得してくれた。

通路を使えるのは選ばれた人間だけ。そして使用には鍵がいる。アキの場合は、以前レンドルフが贈った腕環がそうだ。アキの腕環には他にもいろいろと特典――州領主であるレンドルフから特別の信任を得ている証と、レンドルフの権力が及ぶ場所であれば自由に行動できる証がついている。

アキの他にこれと同等のものを与えてあるのは、護衛隊長のラドヴィクと補佐官のセレネスくらいだ。傍《はた》から見ればとてつもない特権を与えられていることに、アキ本人は気づいていない。

たとえ気づいたとしても、アキは決して悪用したりしない。それがわかるから、レンドルフも惜しみなく彼を特別あつかいできるのだ。——残念ながら、アキがその特別あつかいを喜んでいるか否かは、判然としないのだが…。

　通路を出ると、そこはもう王宮内だと理解したとたん、アキの全身が緊張で強張るのが伝わってきた。無理もない。何者かに拉致されて命からがら逃げ出し、何ヵ月も放浪した挙げ句、最後には殺されそうになった発端の場所なのだ。

「不安かもしれないが神子——君の友人ハルカも、能《あた》う限りの手をつくして君の安全を確保してくれている。そして私も、今回は絶対に君から目を離さない。だから安心してくれ。もちろん、君自身にも注意は必要だ」

　頭蓋布《フード》を目深に被るよう身振りでうながすと、アキは神妙な顔でうなずき、言われたとおりにした。

「大丈夫。君を絶対ひとりにはしない」

　己に言い聞かせるように告げながら、レンドルフが手を差し出すと、アキは青白く頬を緊張させたまま、遠慮がちに、けれど強い力で、レンドルフの手をにぎり返して感謝を表す言葉を口にした。

「…תודה רבה」

「君の友人ハルカが待っている。さあ行こう」

　あえて『友人』という単語に力を込め手を引くと、アキは素直にうなずいて歩きはじめた。左腕でそっと胸を庇ったのは、不安な気持ちが完全には消えていない証だろう。人は身の危険を感じると、無意識に心臓がある胸を守ろうとする。

「……」

　——仕方ない。私は一度アキを見失い、彼を危険な目に遭わせた。全幅の信頼を寄せてもらうには、もっと努力と時間が必要だ。

　内心で吐いた自省の溜息を悟られないよう、レンドルフは意識して胸を張り、自信に満ちた所作に見えるよう心がけた。

「アキちゃん…！」

「ハルカ…」

花咲き乱れる〝神子の庭〟で、そわそわと待ちかまえていた神子は、アキが姿を現したとたん四阿の階段を飛ぶ勢いで駆けおりてきた。そのままアキが動く暇も与えず勢いよく抱きついて「アキちゃん、会いたかった！」と感極まった声で繰り返す。

喜色を前面に押し出して興奮する神子とは対照的に、アキの反応は緊張しているのか淡々としている。

いや。淡々として見えるけれど、それは感情も行動も派手な神子と比べるからで、実際はとても喜んでいるようだ。しがみつく神子の背に手をまわしてやさしい慰撫をくり返し、再会をしみじみと味わっている。神子に「ちょっと小さくなった？」とからかわれると、レンドルフには向けたことのない張りのある声で、なにか言い返している。

神子はアキになにを言われても、とろけるような笑みを浮かべ、嬉しそうに笑い、アキの手をしっかりにぎりしめて四阿に導いた。

「アキちゃん、お腹空いてるよね？　ご飯もあるからいっしょに食べよ。あ、レンドルフもどうぞ」

「神子様の思《おぼ》し召しとあらば、仰せのままに」

ついでのように相伴を許されて、レンドルフが椅子に腰を降ろしたとたん、アキの表情が微妙に曇る。

——ああ、せっかくの再会を私に邪魔されたくないんだな。やはり、神子とふたりきりで過ごしたいのか…。

ここでは自分が邪魔者。

そう理解したとたん、錐《きり》で貫かれたように胸が痛んだ。一瞬、息が止まる。腰を降ろした椅子が頼りなく揺らぐようで、居心地が悪くなる。

「ここは安全だから、その暑苦しい外套《マント》は脱いでも大丈夫だよ」

神子の言葉にアキは素直に従い、レンドルフが着せた外套を脱いでほっとした表情を浮かべた。少し汗ばんだ額に、黒い前髪が幾筋か貼りついている。たぶんかなり蒸し暑かったのだろう。

レンドルフはまたしても後ろめさを味わった。

自分がどうしようもなく気の利かない、野暮で鈍感な邪魔者だという感覚が湧き上がる。

神子が従官を呼んで食膳を持ってくるよう頼んだ。レンドルフは従官を視線で呼び止め、丸卓《テーブル》の下で指を二本立て『膳はふたり分で』と指示した。

さすが神子づきになるだけある。従官はしっかりレンドルフの意図を理解したようだ。卓上にふたり分の食膳が運ばれてくると、それを機にレンドルフは腰を上げた。

「私はこれで失礼します。しばらくはふたりきりでご歓談ください」

なにかあれば声をおかけくださいと言い添えて、料理が並んだ丸卓を離れようとしたとたん、アキが不安そうな表情で立ち上がろうとする。

「アキちゃん、だいじょうぶだよ」

アキが聞き取れなかったらしいレンドルフの言葉を、神子が補って説明する。

「レンドルフは会話が聞こえない場所にちょっと離れるだけ。ぼくたちのことはちゃんと見てるから、そんなに不安がらないで」

「סעפּעראַטלי, איך בין באַזאָרגט…」

うつむいて、言い訳するようになにかつぶやいたアキの声は少し震えている。

神子の従者に嫌がらせされたことや、レンドルフがいないときに何者かに襲われて、攫われたことを思い出したのだろう。

──不安を感じるのは当然だ。

そう思った瞬間、アキの頭を撫でていた。大丈夫、傍にいると伝えたくて。

考える前に身体が動いていた。

アキに関わるといつもそうだ。理性や思考が働く前に、身体と感情が動いてしまう。

「──…っ」

驚いた表情でアキが顔を上げる。

好きな相手《ハルカ》の前で馴れ馴れしくしてほしくないと、抗議された気がして、レンドルフは素早く手を引き戻した。そして、なんとか平静を装いながら『傍にいる』と目配せして、ゆっくりアキから遠ざかる。

そのまま銀星花《システィリア》の茂みに身を隠し、気配も消して、影のようにひっそりと、久しぶりに再会した友人同士のやりとりを用心深く見守った。

　会話が聞こえない距離まで離れるのではなかったと後悔するまで、さほど時間はかからなかった。

　アキが比較的おだやかな表情で会話を楽しんでいたのは、食事が終わるまで。そのあとは真剣な面持ちで神子に何か訴え、辛くて苦しいのに平気なふりをするときによくみせる、あの痛々しい表情を浮かべてうつむいたり、横を向いて拳をにぎりしめたりするのが見えた。

　レンドルフは何度も助けに入ろうと身を乗り出しかけた。しかしそのたびに、それは単なるお節介で、余計なお世話だ。せっかくの逢瀬を邪魔したりすれば、さっきみたいに迷惑そうな顔をされるだけだぞと、自分に言い聞かせて思い直す。

　けれど落ち着かない。ふたりがいったいどんな会話をしているのか気になる。

　悶々《もんもん》としながら、その場で静かに足を踏み換え、疎外感と妬心を地面に押し潰していると、アキがおもむろに立ち上がり、外套を持ち上げて中座するのが見えた。

　ちょうどいい。

　後架《トイレ》に行くならつき添うつもりで、いそいそと茂みから出ようとしたとたん、背後から荒い足音と、それに追いすがり制止しようとする神従官の、あわてた声が聞こえてきた。

「エル・ファアリス卿！　なりません、お止めください！　今は…今日は、エル・グレン卿以外は庭に入れてはならないと、神子様からきつく言いつかっているのです…っ！　絶対に邪魔するなと…！」

「邪魔するつもりなどない」

　言葉とは裏腹に、ルシアスの足取りはあきらかに冷静さを欠いている。

　このまま神子の前に飛び出せば、きっとアキはひどく驚くだろう。驚くだけならまだしも、またしても襲われて拉致されるのかと恐慌に陥り、不安と混乱に苛《さいな》まれるに違いない。

　アキに不要な苦しみを与えるのは、たとえルシアスでも許さない。

レンドルフは急いで行く手をさえぎった。

「待ちなさい」

両手を広げて立ちふさがると、ルシアスはなぜか親の仇《かたき》に遭《あ》ったような顔で立ち止まり、肩をいからせて拳をにぎりしめた。

「レンドルフ！　やはりハルカの密会相手はあなたか、そこをどけ…ッ！」

「密…会？　待て、待て待て。なにを誤解してるか知らないが、落ちつけ。神子が密会しているのは私ではな…」

「落ちついている。あなたに用はない。私はハルカに逢いに来たんだ。そこをどけ」

どこが落ちついているんだと、頭を抱えたくなる。

「ルシアス」

溜息まじりに両手で鎮まれとうながすと、猛獣をなだめるような仕草が気に入らなかったのか、ルシアスはさらに苛立ちを露わにした。

「──…どけッ！　私の邪魔をするな！」

灼けた鉄のような怒気の強さに正直戸惑うが、どくつもりはない。

「ルシアス、話を聞け」

「うるさい、離せ！」

誰になんと吹き込まれたのか知らないが、ルシアスは完全に、神子がレンドルフと密会していたと思い込んで逆上している。

──いや、嫉妬に狂ったというべきか。

そう思い至った瞬間、ふっ…と同情心のようなものが湧いた。同情、共感、仲間意識。

これがもし自分だったら？　そう考える。

アキが自分に内緒で、神子や他の男と密会して唇接けを交わし、愛の言葉をささやき合う場面を想像したとたん、今、目の前で暴れるルシアスの気持ちと行動が、痛いほどよくわかった。

レンドルフはルシアスを制止する力を弱めた。

同情したせいもあるが、本当は心の奥底で、アキと神子にはこれ以上親密になって欲しくないという、狭量で醜い本心が蠢いたせいかもしれない。

ルシアスに追いすがる形で、レンドルフはアキと神子の前に姿を現す羽目になった。

「ハルカ！　なぜ私の面会要請は断って、こんなふうにこそこそレンドルフと密会したりするんだ！」

激昂したルシアスの叫び声に、四阿の階段を降りかけていたアキが、怯えた表情で身をすくませる。その姿を見たとたんに、レンドルフの胸に罪悪感が押し寄せる。

「ルシアス止めろ、落ちつけ」

君の気持ちはわかるが、頼むから、これ以上大声を出してアキを怯えさせないでくれ。

「神子は私ではなくアキと面会しているだけだ。とても楽しみにしていた逢瀬なんだ、しばらくふたりきりにしてやってくれ」

私だって我慢しているんだぞと言ってやりたいが、余裕のないルシアスには伝わりそうもない。

アキを見ると、あきらかに怯えている。

今すぐ傍に駆け寄って抱きしめ、慰めたい衝動に駆られたが、腕を放したとたんルシアスが神子に跳びかかりそうで動けない。


「ハルカ！　お願いだから私の話を聞いて欲しい。君が何を憂い、心配して王を選びかねているのか教えて欲しい！　私が信用できないというのなら、その理由をきちんと聞かせ…っ」

「ルシアス！」

自分の話を聞いて欲しいと訴えるくせに、レンドルフの説得は少しも聞き入れようとしない。そんな身勝手な態度に呆れたのか、神子がルシアスの言葉を強引にさえぎる。

「いいかげんにしてよ！」

珍しく強い口調だ。

「ハルカ…」

ルシアスも神子の苛立ちに気づいたらしい。鋼のように硬かった態度がわずかに和らぐ。――いや、和らぐというより、ほころびが生じたと言うべきか。

この隙にルシアスを連れ戻そうと、レンドルフが腕を伸ばした、その瞬間、

「――…そんなに騒ぐなら今ここで決めてあげる」

神子が不穏な口調で前置きをして、いったん口を

閉じた。

なにか、とてつもなく嫌な予感がする。

レンドルフは、ルシアスの肩をつかもうとしていた手を、急いで神子に向けた。

「神子、お止めくださ」

「ぼくが王に選ぶのは、あなたじゃない！」

「神子！」

止めてくれ。今ここでそんなことを言い出すのは。私とアキがいないときにしてくれ。頼むから。

レンドルフの願いも虚しく、

「ぼくが王に選んだのは、レンドルフだよ！」

神子の口から転がり出たのは、無情にも自分の名前だった。

「ああ…――」

レンドルフは思わず天を仰いで目を閉じた。

なんてことを言ってくれたんだ…。

どうして今、アキがいる目の前でそんな嘘を言い出すんだ。頼むから止めてくれ。

そう文句を言いたくなったが、声になる寸前で飲み下した。神子が突然こんなことを言い出した理由を思い出したからだ。

以前、神子に〝狂言〟を勧めたことがある。

『ルシアスの本音を知りたいなら、試しに別の候補を王にすると言ってみるのはどうです？』

『それじゃ…、次にルシアスと会うとき、レンドルフを王に選ぶって言ってみて…いい？』

涙目で承諾を求めてきた神子に同情して、迂闊に『はい』と答えた過去の自分を殴り倒したい。

自業自得とは、まさにこのことか…――。

過去の自分から痛恨の一撃を喰らって、硬直しているレンドルフのとなりで、ルシアスもまた背後から刃で心の臓を貫かれた人のように、息を止めるのが見えた。顔色は血抜きされたように青白い。自分も負けず劣らず蒼白になっている自信がある。

一瞬、その場の空気が凍りつき、彫像のごとく誰もが動きを止めた。最初に動いたのは誰だったのか。気がつくと視界の端で、アキの黒髪が風を受けた穂先のように揺らぐのが見えた。

「アキ…」

レンドルフは急いでアキの顔色を確認した。

血色はすこぶる悪い。うつむいているせいで表情はよくわからないが、とても苦しく辛そうだ。

ルシアスの剣幕に驚いて、具合が悪くなったのか。それとも、神子がレンドルフを王に選ぶと聞いて、衝撃を受けたのか。

レンドルフはわずかに顔を上げたアキの視線をなんとかとらえ、目を合わせると、口の動きだけで『違う』と訴えた。

本当は大声で、神子の宣言は大嘘だと言い放ちたかったが、今は暴露するわけにいかない。

狂言に協力すると約束してしまったからだ。

とにかく今はさっさとルシアスに本心を吐露してもらい、神子と仲直りしてもらうしかない。

——…ったく、神子と王候補の痴話ゲンカなど、悪食な砂漠《さばく》狼《おおかみ》でも願い下げだぞ。

レンドルフは内心で溜息を吐きながら、もう一度アキに、口の動きだけで『違うんだ』と伝えた。


これまで何度もあった以心伝心を信じて。

しかし、残念ながら今回は伝わらなかった。

アキは先刻よりさらに強く唇を嚙みしめ、固くにぎりしめた拳を震わせて、こらえきれない様子で再びうつむいてしまった。

その目元から水滴がいくつかこぼれ落ちるのが見えた瞬間、灼けるような痛みが鳩尾のあたりで弾けた。

——そんなに、神子が私を選んだことが辛いのか。

レンドルフが選ばれたことではなく、神子が自分以外の伴侶になってしまうことが辛いのだ。

もしかしたら、神子が王を選んだあとは滅多なことでは——いや、もう二度と逢えないかもしれないと、教えられたのか。だからあんなにも辛そうな顔で席を立とうとした。

きっとそうに違いない。

それ以外に、アキがあんなにも辛そうな顔をする理由がない。

「——…っ」

アキが神子を深く愛している証を目の当たりにして、レンドルフの全身から力が抜けてゆく。

これまでアキが折に触れ見せていた憂い顔、悲痛なうめき、苦悩の表情、レンドルフに抱かれるのは『嫌』だと、辛そうに繰り返した声を思い出す。

やはり自分は保護者として慕われていただけで、性愛や恋の対象にはなり得ないのだ。

その事実の重さに打ち砕かれて、粉々になる。

もしかしたら愛してくれるかもしれないと夢見ていた、わずかな希望が。切なる願いが。

狡い大人の、都合のいい妄想が——。

完膚無きまでに飛び散って、消し炭のように崩れ去る。

うちひしがれて項垂れたレンドルフの斜め前で、ルシアスもまた、力なく肩を落とした。

「——…わかりました」

処刑宣告を受け容れて、首を差し出す人のようなルシアスの声に、ふと気が逸れる。

その一瞬の隙に、アキが身をひるがえす。


「アキ…！」

急いで呼び止めたのに、聞こえなかったのか、それとも無視したのか。アキはレンドルフがいる場所とは逆の階段を駆け下りると、そのまま足を少し引きずりながら走り去ってしまった。

「アキ、待ってくれ…！」

ひとりになるのは危険だ。

己の傷心など脇に放り投げ、急いで追いかけようとした瞬間、ルシアスのとんでもない宣言が聞こえて、レンドルフは思わず足を止めた。

「わかりました…。ハル…神子が私ではなく、エル・グレン卿を王に選ばれたということを、受け容れます」

「待て、ルシアス」

その答えはまずい。想定外だ。止めろ。

焦って止めようとすると、今度は絶望の淵《ふち》から漂い出たような、神子の低い声が聞こえてくる。

「——その程度の、気持ちだったんだ…」

「待て。待ってくれ」

放っておけばそのまま泥沼化しそうな気配を感じて、レンドルフはあわてて割って入った。

「頼むから。ふたりとも正気に戻って、冷静になって欲しい」

これ以上、話をややこしくしないでくれ。君たちの痴話ゲンカに私を巻き込むのは止めてくれ。

こんな間抜けな成りゆきで、うっかり私が王位に就くことになったらどうしてくれるんだ。

先刻なされた神子の宣言――偽の――がことのほか大声だったせいか、周囲に控えていた神従官たちが茂みのあちこちから顔をのぞかせ、こちらの様子を窺っている。口から口へとなにかが伝えられ、幾人かは色めき立って駆け出してゆく。おそらく各神官長に、王の選定が成されたと報告するためだろう。

レンドルフにとっては非常にまずい、一番起きて欲しくない事態に陥ろうとしている。

なによりも、走り去ったアキの身が心配だ。

神子の狂言にゆっくりつき合っている余裕はない。申し訳ないが種明かしをさせてもらう。

「ルシアス、神子の真意は…」

「うるさい、邪魔するなっ」

心底うんざりしながら事情を説明しようとしたとたん、邪険にあしらわれ、さらに胸ぐらをつかまれて殴られそうになる。あきらかに八つ当たりだが、腹が立つより哀れみが先にきた。だから極力、感情を排して平淡に告げる。事実を、端的に。

「さっきの神子の宣言は、嘘だ」

ルシアスは顎をカクンと下げて目を剝いた。

「――嘘、だと？」

「そうだ。狂言ともいう」

「――…狂言？」

「そうだ。神子様が王に選ぶのは私ではない」

ルシアスは詐欺師を見るような目でレンドルフを睨みつけてから、真意を確かめるべく背を向けていた神子の方へふり返った。

レンドルフも強く神子を見つめる。『種明かししてください』と。

神子が観念したようにうなずいて、先刻の宣言は嘘だと認めると、ルシアスはレンドルフの胸ぐらをしめあげていた拳から力を抜き、だらりと腕を下げた。そのままレンドルフに背を向け、神子に向かってよろめきながら近づいていく。

――いいぞ、そのまま仲直りするんだ。そして、とっとと本当の〝王の選定〟を宣言してくれ。

ようやく落ちついた猛獣《ルシアス》を刺激しないよう、レンドルフはそっと後退った。

そしてふたりから充分に離れると、一気に駆け出してアキのあとを追いかける。

途中で何人かの神従官とすれちがい、口々に「おめでとうございます」と言祝がれて閉口した。「それは誤解だ」と訂正しても、謙遜だと思われたのか本気にしてもらえない。立ち止まって事情を説明したかったが、今はアキを捜すのが先だ。

門番や衛士たちに確認しながら、アキが通った廊下を駆け抜けて、レンドルフがようやくアキを見つけたのは、王宮の中央に近い大回廊の外れ。採光があまりよくないせいで薄暗い枝廊の奥だった。

まずいことに、ひとりではない。一緒にいるのは白髪のウェスリー＝エル・ルーシャ。その顔を見分けた瞬間、背筋がぞわりと逆立った。

ぶつかって転んだのか、アキは廊下に尻餅《しりもち》をついている。ウェスリーが手を伸ばしてアキの腕をつかんだかと思うと、そのまま無造作につかみ上げた。まるで仕留めた獲物を吊《つる》す猟師のような動きに、腸が煮えくり返るほどの怒りが湧く。

――なんだ、そのぞんざいな扱いは！

レンドルフは、思わず腰の剣に手を伸ばしながら叫んでいた。

「その手を離せ！」

仮にも同じ王候補に対して、礼を失した言動だという自覚はある。だが今は宮廷儀礼に則《のっと》っている場合ではない。

「レンתראד…！　הילת מיר…！」

ふり返ったアキが、レンドルフに向かって必死に助けを求めている。その声を聞いた瞬間、自分の直感が正しかったと知る。

ウェスリーはアキに害意を抱いている。

「その手を離せ、ウェスリー＝エル・ルーシャ」

万が一を考え、相手を刺激しないようゆっくり動いて、レンドルフはウェスリーに捕らわれたアキに近づいた。

「手を離すんだ、ウェスリー」

離さなければあらゆる手を使って、おまえの立場を窮地に陥れてやるぞという、本気の脅しを含んだ声でもう一度警告を発すると、ウェスリーはわずかに目を細めてから、幼子が興味を無くした玩具《おもちゃ》を放り出すように、アキの身体を無造作に放り出した。

「[illegible]…ッ」

「アキ！」

冷たい石床に倒れ込む前に、レンドルフはアキの身体を受け止めてしっかり抱きしめた。

「——駄目じゃないか、勝手に飛び出したりして。どれだけ心配したと思ってるんだ」

生きて動いている、温かな身体を取り戻せたことに心底安堵したとたん、本音が吐息と一緒に漏れた。

アキが無事でさえあれば、自分の想いが通じようが通じまいが、そんなことはささいな問題に思える。

それが通じたのかどうか、アキは涙で潤んだ不安そうな瞳でレンドルフを見上げ、何か言いたげに唇を震わせた。その顔を見たとたん、軽はずみな行動を注意するより、安心させてやりたくなった。

「もう大丈夫だ。さあ、一緒に戻ろう」

怒ってるわけじゃないと知らせたくて、表情をゆるめてささやいても、アキはウェスリーに捕まったのがよほど恐かったのか、青白い顔で必死に涙をこらえている。

食いしばった唇に指を這わせて唇接けしたい衝動を、乱れた前髪を指先でそっとかき分けて、額を撫でることで誤魔化した。

こんなに怯えている少年に、欲望を押しつけたくなる自分が嫌になる。

自己嫌悪に苛まれながら、レンドルフは素早く体勢を入れ替え、アキを背後に隠してウェスリーに対峙した。

「私の連れが迷惑をおかけした」

「相変わらず〝災厄の導き手〟を助けているんですね。奇特な方だ」

ウェスリーは仮面のような柔和な表情と、本心を一切にじませない平淡な口調でそう言うと、それ以上アキに執着する様子は一切見せず、慇懃に一礼して立ち去る。その背中を睨みつけながら、レンドルフは内心で毒づいた。

――くそっ、いったいなにを考えているんだ。

ウェスリーについては、アキの誘拐に関わっている可能性があったため、総力を挙げて調べてみたが、犯行を裏付ける証拠はなにひとつ見つからなかった。

元は神官で、王候補に指名されて還俗《げんぞく》した後も、神官たちの代弁者としてさまざまな便宜を図っているため、神殿関係者からは絶大な支持を得ている。彼が王になれば、さらなる権益が増大することを見越しての支持だが、ウェスリー個人に忠誠を誓う者も多く、妙な人気があるのは事実だ。

神殿関係者の身内を守ろうとする秘匿の壁は予想以上に厚く固く、レンドルフが普段使っている間諜や情報屋も苦戦している。

真意を決して悟らせない背中が、陽の射し込まない廊下の奥、薄闇色の中に消えたのを確認してから、レンドルフはアキに視線を戻した。

「アキ、怪我はないか？」

自分が見つける前になにか乱暴されていないか。心配で顔をのぞき込むと、アキはレンドルフの視線を避けるようにうつむいた。

そんなわずかな拒絶に、ひるみそうになる自分を叱咤して、レンドルフはアキの肩をつかむ手に少しだけ力を込めた。

「בססס אךך צךךך…」

これは『問題ない』という意味だ。それから申し訳なさそうに声をしぼり出す。

「אךך בךך בצבבכךךק…」

こっちは『ごめんなさい』。神子の庭を飛び出してひとりで王宮内をさまよった、自分の軽はずみな行動を反省しているのだろう。その気持ちが声から

伝わってくるから、レンドルフはそれ以上注意するのは止めた。それより今は、もっと重要なことを説明しなければいけない。

「アキ、聞いて欲しい。さっき君の友人《ハルカ》が言ったことだが」

二の腕を強めにつかんで、顔を上げるよう促したとたん、アキは鞭《むち》で打たれたみたいに顔を引き攣らせ、身をよじってレンドルフから身を離そうとした。

その意味を理解したとたん、腕から指先にかけて力が抜けてゆく。

「ああ…、――君の友人《ハルカ》が自分以外を選んだことが、そんなにも辛いんだな」

レンドルフは痛みを堪えるために歯を食いしばり、一瞬だけまぶたを強く閉じ、すぐに目を開けた。

今ここで、アキに『神子《ハルカ》が王に選んだのは私ではなくルシアスだ』と訂正したところで、彼にとって大した違いはないだろう。

一方通行でしかない片恋の辛さは、嫌というほど思い知っている。以前は想像したこともなかったが、今なら身に沁みて理解できる。

「アキ、君の辛さはよくわかる。だが、この件に関してはどうにもならない。この先、君の友人《ハルカ》には滅多に逢えなくなるかもしれないが、その代わり私が君の傍にいる。ずっと傍にいて守ってやる。それでは駄目か？」

アキはうつむいたまま、何度も呼吸をくり返している。レンドルフの言葉を理解しているのかいないのか、その反応からはわからない。肩が小さく震えて、床に小さな丸い雫がいくつも落ちる。

――やはり、私では代わりにならないか…。

落胆して力が抜けたとたん、アキが再び逃げ出そうとする。

「逃げないでくれ！」

レンドルフはとっさにアキの腕を強くにぎりしめ、抱き寄せようとした。それがいけなかった。

「[illegible]…ッ」

アキは小さく叫んで身をもがいた。捕らわれた小鳥が発する断末魔のような拒絶の響きに、愕然とする。

離してやるべきだと頭で判断しても、心と身体は意に反してさらに強く抱きしめてしまう。その瞬間、

「エル・グレン卿！」

突然、背後から名を呼ばれて一瞬意識が逸れた。

「神子があなたを選んだというのは真《まこと》ですか!?」

複数の足音と声が、高い天井に木霊《こだま》しながら近づいてくる。必要以上に靴音を大きく響かせながら姿を現したのは、王の選定に関わっている各神殿の高位神官たちだ。神子の狂言を真に受けて、レンドルフが王に選ばれたと誤解して確認に来たらしい。

「違う！」

「違う…とは、それはまたどういうことですか？」

「神聖なる〝選定の儀〟をなんと心得ます。神子の選択を愚弄《ぐろう》してはなりませぬぞ」

「まさか、軽はずみに自分が選ばれたなどと吹聴《ふいちょう》なさったのであれば、由々しきことですぞ」

「違う。誤解だ。私はなにも愚弄などしていない。神子様の神従官たちが早とちりをしたのだ」

説明しながら、腕の中で隙あらば逃げ出そうとしているアキを引き留め、強く抱き寄せる。

「早とちり、とは？」

「今度は日々健気に仕えておる、神従官たちを愚弄するつもりか」

「神子様がはっきり『次の王はエル・グレン卿です』と宣言したと、神従官が申しておる」

「このような大事に、従者と戯れているとは何事ですか。即位前の身辺整理なら後になされませ」

本気で驚いている者と、神子の選定が気に入らず文句をつけたい者たちが入り交じっているせいで、話がすんなり通らない。明らかな揚げ足取りにうんざりして、強い口調で話を中断した。

「いいから、少し待ってくれ！　あとで説明する」

有無を言わせぬ眼光で彼らをその場に縫い止め、文句を封じてから、レンドルフはアキに向き直った。

「アキ、君を里に帰す」

きっぱり宣言してアキを抱き上げる。

「レン…！」

驚くアキに構わず大股で歩き出すと、神官たちが

追いかけて来る。レンドルフは背後に目配せした。

柱の影に控えていた護衛隊長が心得顔で小さくうなずくのが見える。ラドヴィクが部下に命じて神官たちを足止めするのを確認すると、レンドルフは腕の中で身を強張らせているアキに視線を戻した。

アキは泣いた自分を恥じるように、涙を拳でぬぐいながら必死に歯を食いしばっている。

叶わぬ想いを抱えて泣く少年が愛おしい。

人でなしと呼ばれても、抱きしめて唇接けて身体ごと繋がりたい。嫌だと言われても自分のものにして、どこかに閉じ込めてしまいたい。

私以外の誰にも会わせず会話もさせなければ、いずれ孤独に耐えかねて、私を愛するようになるかもしれない。

そんな妄執に取り憑《つ》かれかけたとき、頭蓋《ずがい》に突き刺さるような現実を突きつけられた。

――そんなことをしても、手に入るのは今と同じ、紛いものの慕情だけだ。

アキがこれまで私に見せてくれた笑顔も、寄せてくれた好意も、命の恩人と保護者に対するものだ。それ以上でもそれ以下でもない。唇接けも性交も〝治療〟だから嫌々受け容れているだけで、決して望んでるわけじゃない。

それなのに、〝治療〟以外のときはきちんと私に歩み寄り、理解しようとしてくれている。嫌わないでいてくれる。

「それ以上をどうして望もうとするんだ。くそっ」

己の欲深さに辟易しながら、恩寵の通路手前にある小部屋の扉を蹴り破る勢いで開けると、アキが床に足を着くのを待つのももどかしく唇接けた。

これが最後のつもりで。

「…っ」

角度を変えて何度も深く口中を舌でかきまわし、薄い唇が紅く色づいて、ほのかに厚みを増すほど強く吸い、甘噛みしながら、再び深く舌を絡める。

「…הא……עס…פאווראס…ッ」

角度を変えるためわずかに唇を離すたび、苦しげな吐息とともに『どうして？』と問われたが答えられない。建前は体液を与えるためだが、本音はただ貪りたいから。

君が好きだから。離したくない。このままずっと自分の傍に置いておきたい。抱きしめて肌を重ねて、自分のものにしてしまいたい。肌だけでなく心も重ねてひとつになりたい。

そんな本心をさらけ出せば、君はきっと怯えて、二度と私の傍に近づかなくなるだろう。

私がこんな情欲まみれな目で君を見ていると知ったら、嫌悪も露わに罵倒するだろう。嫌だ、止めろ、近づくな、と。

だから「好きだ」などとは言えない。治療という名目を盾に、こうして触れるのが精いっぱいだ。

私がこんな姑息な人間だと知ったら、君はきっと軽蔑《けいべつ》する。

「レン…[illegible] [illegible]…[illegible]……[illegible]…」

アキは何度も『なぜ？』と理由を問う意味の言葉を口にした。なぜと訊ねたいのは自分の方だ。

こんな唇接けを、本当にただ治療のためだけにすると思っているのか？

涙で潤んだ瞳で助けを求めるように見上げられて、理性が灼き切れかけた。

暴走しかける獣欲をぎりぎりのところで抑え込みながら、それでも御しがたくあふれ出た情熱のままに、もう一度アキの唇をふさいで甘い口中を味わいはじめたとき、背後で「ゴホン」とわざとらしい咳払いが聞こえた。無視して続けていると、さらに二度、三度「ゴホン、ゴホン」と重ねてくる。

「――なんだ、セレネス」

仕方なく、渋々唇を離してふり返ると、有能な首席補佐官が神妙な表情で部屋の隅に立っていた。

なんだもなにも、この部屋で待機しているように命じたのはレンドルフだ。アキを送り返すときに同行してもらうと、あらかじめ説明して。

セレネスはレンドルフからわずかに視線を逸らしたまま「コホコホ」とわざとらしい咳真似を続けた。

「護衛隊長殿が、時間がないと」

何事にも動じない彼にしては珍しく、なにやら居心地悪そうだが、扉の外に待機している護衛隊長《ラドヴィク》の警告を伝える声はいつものように淡々としている。

「――…」

アキとの貴重な時間を邪魔されたのは腹立たしいが、時間がないのは事実。そして水を差してもらってよかった。あのまま続けていたら、ここで抱いていたかもしれない。眠り薬を使わず。その結果がどうなっていたか、考えるだけで背筋が震える。

レンドルフは秘かに溜息を吐いてから、抱きしめていた腕を解いた。そして状況を手早く説明する。

「アキ、一応訂正しておくが、さっきのあれは狂言だ。神子《ハルカ》が王に選んだのはルシアス＝エル・ファアリス卿で、私ではない。神子、王、ルシアス。私、王、ならない。わかってくれたか？」

重要な単語をくり返し、引き気味の手のひらを無理に開いて指文字を綴る。アキは理解したのかどうかわからない曖昧な表情でうつむいている。

「閣下、護衛隊長が『急いでください』と」

神官たちが神子の宣言を確認しようと押し寄せてきている。これ以上、押し留めることは難しい。

「わかった」

レンドルフは急いでアキにセレネスを紹介した。

「アキ、彼は私の首席補佐官だ。私がもっとも信頼している部下のひとりで、とても有能な人物だ。彼が君を隠れ里まで安全に送り届けてくれる」

手のひらにいくつかの単語を指文字で綴ると、今度はレンドルフの意図を察したらしい。不安そうではあったが、素直にうなずいた。

隠れ里に戻れることが嬉しいのだろう。

レンドルフは少し寂しく思いながら、アキをセレネスに託した。

アキの顔は心なしか、自分から離れられてほっとしたように見える。それがレンドルフの勝手な思い込みではない証拠に、アキは先刻から一度も視線を合わせようとしない。うつむいたまま、強く引き結んだ唇を小さな拳で押さえている。

よほど、先刻の強引な唇接けが嫌だったのだろう。

「……」

胃の腑のあたりが、鉛を流し込まれたように重く固く苦しくなる。すまなかったと謝っても、二度としないと約束しても、アキの憂いは消えない気がした。だから謝る代わりに、なんでもないふりをした。

「セレネス、頼んだぞ。アキを隠れ里のフラメルとベイウォリーの元まで送り届けてくれ。必ず君が、その目で、アキが城砦に入るのを見届けるように」

　他ではあまりしたことのない念押しに、首席補佐官はわずかに目を瞠って驚きを示したものの、主の指示にはしっかりうなずいてみせた。

「承知いたしました。さ、アキ様、参りましょう」

　セレネスにうながされたアキは、うつむいたまま最後までレンドルフとは目を合わせず、一度もふり返ることなく、通路の扉をくぐって最北の地に戻って行った。

　新王即位の儀が挙行されたのは、それから一ヵ月後のことだった。

† 即位の儀

「アキ様をお連れすることはできませんでした」

新王即位の儀、前日。悄然《しょうぜん》と頭を下げた首席補佐《セレネス》官の予想外の報告に、レンドルフは目を剝いた。

「なぜだ!?」

　思いきりふり返ったとたん、左右にまとわりついていた衣装係が「あっ」と小さく落胆の声を上げる。明日の本番を前に正装の試着中だったのだ。

　時間をかけて丁寧にひだを寄せ、形を整えていた肩と胸元が乱れて、それまでの努力が水泡に帰す。

　あと少しの辛抱ですから動かないでくださいと念を押されたレンドルフは、言いたいことをぐっとこらえて姿勢を戻した。着心地や見栄え、色合わせの具合や装身具との調和を確認するための試着は、洒《しゃ》落《れ》者なら仕立てから完成まで三度、四度は行うが、レンドルフは本番前日の一回だけしかしない。着心地はともかく、式典用にあつらえる正装の見栄えなど、心底どうでもいいと思っているからだ。

　思うのは自由だが、仮にも州領主たるものがみすぼらしかったり、似合わなかったり、体格に合わないものを身につけていれば、それだけで能力を疑われる。そんな主に仕える家臣たちも侮られる。

　華美に装う必要はないし、優れた美的感覚を発揮しろとも言わないが――元より期待してないが――レンドルフをよく知らない者たちに見くびられるような格好だけはしてくれるなと、子どもの頃から折に触れ、教育係や家令、護衛隊長《ラドヴィク》や首席補佐官《セレネス》、果ては厩番の古参にまで忠告される始末なので、気を使わないときの服装がよほどひどいのだろう。自覚はないが側近の言には信頼を置いているレンドルフは、衣装関係の忠告に素直に従うことにしている。

　しかし面倒くさいことには変わりがない。今回の試着も再三再四、早めになさってくださいと言われていたが後まわしにしてきた。

　一ヵ月前、神子が次代の王を選定するのを待っていたかのように王が崩御して、そのときの喪服準備に時間を取られたので、正直「またか」とうんざりしたからだ。

　レンドルフには他にもやらなければならないことが多かった。大葬はともかく、即位式に合わせて新王と新神子を見物しよう、ついでに恩赦や請願を通してもらおうと、各地から参拝人や見物人、増えた人出を当て込んださまざまな商売人たちが押し寄せてくる。人が増えれば争い事も増える。通常の警邏隊だけでは対処しきれないため、各州領主にも州領兵を使った市街地の警邏が割り振られた。海獣討伐時もそうであったように、警邏する役目の州領兵同士が争いはじめると、仲裁には州領主が奔走する羽目になる。

　他にも商人や訴人からの面会要請に応え、会議に出席し、続々と王都に集う各州領家の継嗣や令嬢と挨拶を交わし、必要なら話し会う時間を確保し、互いに情報を交換しながら腹を探り合う。新しい御代に向けて、少しでも自領の状態を磐石にしたいと思うのは誰しも同じ。

そうこうしているうちに、一ヵ月などあっという間に過ぎた。即位式の礼装の生地や色などにかまけている暇はなかった。そのツケが今の拘束状態だ。

レンドルフは衣装係が作業しやすいよう姿勢を正した。そして鏡に映るセレネスの申し訳なさそうな表情から目を逸らして、自問自答した。

「なぜだ、アキはなぜ……、いや、当然か――」

アキにとって、王宮は身の危険を感じる場所だ。神子本人からは内々に『アキちゃんにも来て欲しい』と強く望まれたが、今回は友人である神子と親しく面会できるわけでもない。

それでも自分の友人が王を選び、その伴侶となる晴れの儀式だ。見守りたいだろうし祝福もしたいのではないかと思って、参列するよう誘ったのだが、やはり恐怖の方が優ったのか。

――守るとは口ばかりで、前回も恐い思いをさせてしまったからな。これればかりは仕方ない。

「私の説明が悪かったのかもしれません。閣下からお預かりした絵も使って、新王即位式に出席させたいとお伝えしたのですが…」

むしろレンドルフの絵はない方が話が早かった気がするが、さすがにそれを口に出すわけにはいかないので、セレネスは言葉を濁した。

「こちらが驚くほど激しく拒絶されて、それでもお連れしようとしたら床に座り込まれてしまい。それ以上無理強いしたら、禍根を残しかねないご様子でしたので…」

「わかった」

レンドルフは職務を遂行できずに恐縮する有能な補佐官に向かって、鏡越しにうなずいてみせた。

「連れて来るのをあきらめた、君の判断は正しい」

寛大な主の反応に感じ入りながら、セレネスはいつもより深めに頭を下げた。

そのまま部屋の隅に控えたセレネスの姿が、鏡の中から消える。レンドルフはアキと逢えない落胆より、彼が安全な場所で守られているという利点に意識を向けた。

「即位式がすんだら、領地で少しゆっくりできる時間を作ってくれ。政務は抜きで」

言外に、隠れ里でアキと過ごす時間を確保して欲しいと伝えると、有能な首席補佐官は心得顔で「畏まりました」とうなずき、猛烈な勢いで予定帳を確認しはじめた。


翌日、午後遅く。

新王即位の儀に参列するため、レンドルフは衣装係が奮闘した結果を身にまとい、王宮中央にある大広間へ向かった。

新王は日没と同時に戴冠を果たす。

落日から御代がはじまることについて、ルシアスはどう考えているだろう。訊ねたくても、今日からはもう気安く会話もできなくなるが。

「今日どころか、一ヵ月前に交わしたあの会話が、本音を打ち明けた最後になるかもしれないのか」

レンドルフは大広間に至る廊下の、磨き抜かれた艶やかな石床にむかって独りごちた。


一ヵ月前。神子の狂言によって生じた誤解を解き、騒動が完全に鎮静化するまで、結局丸三日かかった。従神官に伝手《つて》があり、情報通な者ほど誤報を素早くつかんだ。そして、そういう者ほど行動も早い。

レンドルフは神官たちの誤解を解いてひと安心したあとは、内密に届く『選定のお祝いと謁見要請』への対処に追われた。相手の面目を潰さぬよう気を使い、本当に選ばれたルシアスに謁見要請を取り次いでやった。気が弱いとかお人好しだからではない。こうした場面で恩を売っておけば、あとで何かと役に立つからだ。

ルシアスが正式に『神子に選ばれた次代の王』として認められ、即位前の潔斎《けっさい》に入ってしまう前に、レンドルフは彼と面会する機会を得た。列を成して順番待ちをしている高位神官、諸卿、富豪商人たちを飛び越えての面会は、いらぬ嫉妬と注目を集めたが、背に腹は代えられない。そのときルシアスと秘かに交わした密約は、互いの未来にとって無くてはならないものだったからだ。

前置きを省いて、ルシアスは単刀直入に告げた。

『私が即位したら神殿勢力を削《そ》いで、神官たちの傀儡ではない真の王権復活と、神子の自由を獲得するつもりです。そのための協力をエル・グレン卿……いや、レンドルフ、貴方にお願いしたい』

人払いをした上で、盗み聞きされないように声をひそめたルシアスの要請に対して、レンドルフはしばし黙考した。

ルシアスの野望は、万の敵に一騎で立ち向かうような無謀な挑戦だが、いつか誰かがやらねばこの国は確実に滅びる。無数の民が死ぬ。最初に弱い者が犠牲になる。もうそうなっている。

王にその気概がないなら、自分が外から改革を推し進めるつもりで下準備はしてきた。慣例やしきたりには古代の知識で、神官たちの横暴には軍事力と根回しで応戦する。神罰が下って水泡に帰すかもしれないが、そのときはそのときだ。神を怖れて、衰えゆく世界を唯々諾々と受け容れたくはない。

『貴方なら、私の考えに賛同してくれるはずです』

レンドルフはルシアスの表情と、その奥からにじみ出る本気の覚悟を読み取って、静かにうなずいた。

『わかった。——その見返りとして、現在〝災厄の導き手〟と呼ばれている人々に対する差別および、神殿による迫害推奨政策の撤廃を確約してくれるなら、我が力のおよぶ限り全力で君に協力しよう』

友人に対する言葉遣いにしたのは、わざとだ。王と臣下ではなく秘密を共有する同志として、対等な立場で約束を交わす。その方がルシアスの好みに合うと思ったからだ。

予想通り、ルシアスの肩から強張りが抜け、頬が仲間を得た安堵でゆるむ。

レンドルフはルシアスと今後の見通しを話し会い、定期連絡や緊急時の連絡方法を打ち合わせて別れた。

ルシアスの顔を見るのは、あの日以来だ。

事前に打ち合わせた通り、神子づきの従神官を介して二度ほど連絡がきた。次期王として王宮深くに招き入れられなければ知り得ない知識や、高位神官たちの内情、自分の扱いについての細かい報告だ。

そうした情報を元にレンドルフが対策を練り、軌道修正していく。

先日、神子が王を選ぶのを待っていたように王が崩御したと発表されたが、ルシアスの報告には、それも神官長たちによる事実の隠蔽と情報操作で、王は三ヵ月も前に身罷られていたという内容もあった。即位前にも拘わらず、すでに自分にはほとんど自由がないことも。想定の範囲内とはいえ、先が思い遣られる状況には変わりない。

磨き抜かれた石床に映る、自分の影に向かって「踏ん張りどころだな」と鼓舞したとき、背後からやわらかく声をかけられた。

「エル・グレン卿」

瞬時に見えない甲冑で心身を鎧《よろ》いながら、レンドルフはふり向いて平淡な声で応じた。

「エル・ルーシャ卿」

ウェスリー＝エル・ルーシャは人の良さそうな薄い笑みを湛《たた》えてレンドルフに追いつき、当然のように肩を並べて歩きはじめた。そうしてレンドルフの左右をわざとらしく確認して、驚いてみせる。

「今日は、例の〝災厄の導き手〟と一緒ではないのですね」

レンドルフは意味がわからないというふりで、曖昧に首を傾げ、歩調をわずかに早めた。

「さすがに即位の儀に遅刻するわけにはいかない。少し急ぎましょう」

「ご存知でしたか？　各地に隠れ住んでいる〝災厄の導き手〟たちの間で、まことしやかにある噂が流れているそうです」

話を変えようとしたレンドルフにかまわず、ウェスリーは続けた。声が妙に嬉しそうだ。

「興味ありませんか？　そんなわけないでしょう？　エル・グレン卿は大の〝災厄の導き手〟好きなのですから」

「……」

レンドルフは黙って自分の靴の先を見つめた。

ウェスリーがどの方向に話を持って行きたいのか、見極められないうちは相槌も打ちたくない。

無言の反応をどう受けとったのか、ウェスリーはさらに饒舌に語りはじめた。まるで評判の笑い噺《ばなし》でも披露するように、楽しそうに。

「その噂というのは『楽園の存在』です。この世のどこかに、自分たちが安全に暮らせる楽園がある。いつの間にか行方知れずになった仲間たちは、そこで平和で安全に幸せに暮らしている。真面目に苦難に耐えていれば、自分たちもいつかそこに行くことができる。というものです。どうです、笑えるでしょう？　三歳の幼子が信じるお伽話ならともかく、大の大人が本気でそんな話を信じて、生きるよすがにしているんですよ。それを本人の口から聞いたときは、可笑しくて笑いが止まりませんでした」

「――本人？」

心の臓が嫌な具合にドクリと脈打ち、確認せずにはいられなかった。ようやく反応したレンドルフに満足したのか、ウェスリーは両目を三日月のように細めた。

「地下水路に隠れ棲んでいた〝災厄の導き手〟親子のことです。先日ドブさらいをしたときに偶然見つけて」

ウェスリーはそこで一旦言葉を切り、レンドルフの反応を確認するためなのか、素早く視線を走らせた。まばたきから髪一筋の揺れまで見逃さない執拗《しつよう》な眼差しを、レンドルフは身に刻みつけた無表情と無反応でやり過ごした。

「――捕まえて、丁重に歓待してさしあげたのですが、下民というのは気分がよくなると口が軽くなるのか、こちらが訊いていないことでもよくしゃべるようになりますね」

ウェスリーが続けた言葉の意味は、要するに、拷問したら思わぬ収穫があった、ということだ。

さすがに無言を通すのも馬鹿らしくなり、レンドルフはぐっと拳をにぎりしめた。そうして自制を心がけながら、貼りつけたような笑顔のウェスリーに釘を刺した。

「本日即位なされる新王は、これまで〝災厄の導き手〟と呼ばれて迫害されてきた民等《ら》の扱いについて、再考されるようです。ルシアス新王を選ばれた神子様も、異界から同行された黒髪黒瞳の友人について、ことのほか心配しており、愛しく思われているご様子。黒髪黒瞳という外見を理由に罪なき民を迫害できるのもあとわずか。遠からず、黒髪黒瞳の民を迫害する者こそが罰せられる世となるでしょう」

淡々と語る言葉に含まれた脅しに、ウェスリーは一瞬驚いたあと、すぐさまおどけたようにすくめた肩でふり落とした。

「おお恐い。そんな世が来るというなら、その前に〝災厄の導き手〟は一掃した方がいいですね」

ちょうど石床を這って横切ろうとした小さな甲虫を見つけたウェスリーは、ためらうことなく踏み潰した。ご丁寧に靴底でえぐるように磨り潰しながら、奇妙に澄んだ透明感のある瞳でつぶやく。

「害虫は一匹一匹潰すより、巣を見つけて一気に駆除するのが一番」

独り言のようなそのささやきに含まれた、滴るような憎しみと狂気の底知れぬ深さに、レンドルフはこのとき初めて気づいた。

そして、気づくのが遅かったと悔やんだのは、大切なものを破壊され、奪われたあとだった。

レンドルフは大広間に入る前に忘れ物をしたふりでウェスリーと別れると、念のため州領城宛てに、いつでも動かせるよう騎兵を待機させておくように伝えた。ウェスリーの身辺調査も、改めて徹底的に洗い出すよう命じてから、即位式に臨んだ。

† 運命の環《わ》

新王ルシアスは日没と同時に戴冠を果たした。

伴侶となった神子と手を携えて大神殿正面の露台に立つと、列柱に囲まれた巨大な中庭に詰めかけていた群衆から海鳴りのような歓声が上がる。

王宮敷地内に足を踏み入れ、王と神子の姿を見ることを許されたのは、身元が確かで、神殿や神官に不満を持たない人々だけだ。だから歓声に体制を糾弾する怒号や不満が混じることはない。それでも、悪くなるばかりの暮らしや未来への不満や不安が、歓呼の裏に渦巻いているように、レンドルフは感じられた。

声なき民の声を聴く。それが、新王となったルシアスや、彼の伴侶として御代を支える神子にも備わっていることをレンドルフは切に願った。

新王と神子は、しばらく群衆の歓呼に応えたあと、控え室に戻った。

これで即位の儀は滞りなく終わったことになる。

新王と神子が休憩をしている間、レンドルフは諸卿とともに懇親を兼ねた晩餐会に出席し、真夜中近くにはじまる〝捧身《ほうしん》の儀〟に備えた。

〝捧身の儀〟は新王が聖なる竜蛇神に初めて相見《あいまみ》えることを指すのだが、実際なにをするのか、行われるのかは本人たち以外には秘匿されている。諸卿にとって〝捧身の儀〟とは、王宮地下の聖処に向かう王と神子が、巨大な扉に吸い込まれる姿をただ見送るだけの儀式だ。

「やれやれ、終わりましたな」

「あとは聖なる竜蛇神が、すべて良いように成してくださる」

「新王の御代にあたって、神官長のいずれかが罷免されるという噂が…」

「噂にすぎませぬよ。新王にも新神子にも、そのような力はありませぬ」

「しかし今度の神子は、なかなか反抗的だと――」

「なにしろ異界から参りましたからな。そのようなことはかつて一度もなかったこと。勝手が違って当然でしょう。しかしそれも今宵まで。捧身の儀がすめば、滅多に姿を現すこともなくなる。聖処の奥深くで神官たちに傅かれておれば、文句の言い様もなくなるだろう」

聖処に至る大扉の前から粛々と離れ、中庭広場に向かいながら、儀式に参列を許された諸卿、高位、中位神官たちが口々にささやき合う。ひとつひとつは小さいが、すべてを合わせると高い天井に反響して、まるで葉擦れのようだ。

無責任な言の葉をひとつひとつ拾い聞きしながら、レンドルフは皓々《こうこう》と明かりが灯る中庭広場に出た。

瞬きのない冴え冴えとした光は、篝火《かがりび》や灯火ではなく輝力によるものだ。輝力光を普段から使っている富者や高位神官は気にも留めないが、選別されて中庭に残ることを許された一般民衆は、魅入られたように神の恩寵と言われる冴えた光を見つめている。彼らにしてみれば一生手に入らない高嶺《たかね》の光だ。

祝宴会場となった中庭広場は、列柱と回廊、そして王宮建物群によって、周囲をぐるりと囲まれた円形の芝地だ。そこにふんだんな酒と、さまざまな食材で色とりどりに調理された夜食が用意されている。

他にも、舞踏《ダンス》を楽しむための楽団と余興のための劇団、詩人、歌人なども出番を待っている。

普段は神殿の高みに鎮座して、滅多に外出などしない高位神官から、籤《くじ》で選ばれた下街の住人まで、身分の垣根を越えて、これから朝まで皆で新王と新神子誕生を祝って過ごすためだ。


直径が大人の足で百歩以上ある広大な広場の、そこかしこで歓談の環が生まれ、ときに塊となったかと思うと解《ほど》けて広がりまた集まる。会話は気泡のように、次々と無数に弾けて夜空に吸い込まれてゆく。

地上の光と満月の明かりで星はほとんど見えない。

祝宴がはじまって一時間半ほど過ぎた真夜中。

突然、黒天鵞絨《ビロード》のような夜空に輝いていた満月が翳《かげ》り、前触れもなく強い突風が吹き寄せた。

「きゃあ！」

「なんだっ!?」

頭上から吹き下ろしてくる突風には、鉱石と香木が灼けたような、奇妙に甘苦い匂いが混じっている。

「あれは、なんだ…!?」

風の強さに目を閉じ、背を丸めて顔を伏せていた人々が声に誘われて頭上を仰ぎ見ると、そこには夜の闇より深い漆黒が広がっていた。

「黒い化け物…――〝災厄〟だ…ッ!!」

ひとりが忌み色の別称を叫ぶと、続けて複数の悲鳴が上がり、中庭広場はあっという間に大混乱に陥った。

天空から、災厄色の『何か』が降りてくる。

人々は悲鳴と怒号を上げながら我先にと争い、巣を壊されて逃げ惑う蟻のように建物の陰に押し寄せる。建物近くの貴賓席にいたレンドルフは、最初の悲鳴の直後に広場中央へ向かって走り出ようとして、嵐よりも激しいその人波に巻き込まれ、抗いきれず大勢と一緒に列柱まで押し戻された。

「くそ…ッ」

岩に叩きつけられた波浪の気持ちを味わいながら、体勢を立て直そうと藻掻《もが》いていると、

「閣下！」

同じく、人の形をした濁流にさらわれた護衛隊長《ラドヴィク》の呼び声が、少し離れた場所から聞こえた。

「ここだ」

無事を伝えながら、押し合う人波をかき分けると、ふいに視界が開けた。すぐに息を切らした護衛隊長が駆け寄ってくる。

「閣下！　ご無事で」

「なにがあった」

レンドルフの問いに護衛隊長が答えるより早く、無人になった中庭広場の芝地に、夜空をえぐり取ったような漆黒で巨大な塊が、地上に舞い降りるのが見えた。再び、突風とともに甘苦い風が吹き寄せる。

「な…――」

なんだ、あれは。

驚きのあまり声にならない。あまりの異様さに、レンドルフの背後で震えている人々も悲鳴どころか、うめき声すら上げられず、鷲《わし》に睨まれた小鳥のごとく、固唾《かたず》を飲んで硬直している。

空一面を覆っていた黒い帳《とばり》が、小山のように巨大な黒塊に吸い寄せられて消えると、夜空には再び満月が現れる。それでようやく、中庭広場に灯っていた輝力光がすべて消え果てていることに気づいた。

満月の明かりだけでは、輪郭とごつごつした凹凸が辛うじて見分けられる程度。

巨大な黒い塊の正体はまるでわからない。

レンドルフを含めて、この場にいる誰ひとりとし

て、そんなものをこれまで見たことがなかった。見たことがないから、形を認識するまでに時間がかかったのかもしれない。

「不吉な……、この世の…終わりだ――」

「あれこそ、聖なる竜蛇神が予言された、世界に破滅をもたらす災厄に違いない……」

背後から絶望に満ちたつぶやきが聞こえてくる。

彼らのその言葉が、呆然と黒い塊を見上げていたレンドルフの頭の中で火花のように瞬いた。しかし、それが明確な答を導き出す前に、凹凸のある円錐《えんすい》形の黒い塊の中央付近から、細長い棒状のものが突き出て地上に降りてくるのが見えた。

棒状の先端が扇状に広がったとき、レンドルフはそれが巨大な生き物の前肢《まえあし》――手だと、ようやく認識できた。

漆黒の巨大な生き物。

そう認識できた瞬間、天啓のように閃めいた。

――ああ…、これこそ、竜蛇神がなによりも怖れていたものに違いない。

〝災厄の導き手〟がアヴァロニスに導いたもの。それをなんと呼ぶべきか。答が見つからないまま、巨大な黒い手の中から現れた小さな影にレンドルフは気づいた。その瞬間、駆け出していた。

「ッ――アキ…ッ!!」

顔を見分けることができなくても、輪郭だけでわかる。あれはアキだ。

「アキッ――!!」

声に気づいた人型の影が、巨大な手から離れて一歩踏み出す。次の瞬間、まるで落とし穴に嵌ったように崩れ落ちる。

「――ッ！」

それだけでもレンドルフの心臓を止めるのに充分な衝撃なのに、巨大な顎《あぎと》が尖塔《せんとう》のように細長い首をしならせて、アキに肉迫したのだ。止まりかけた心臓が大きく爆《は》ぜて、視界が真っ赤に染まった。

「止めろ――ッ!!　アキを離せ、化け物め…ッ!!」

アキを喰ったりしたらその首を斬り落としてやる。絶対にアキを飲み込ませたりするものか！

　強い決意とともに剣を抜き放って疾走し、小山のような黒い生き物に斬りかかろうとした。そのとき。

「レン ראלדך…לגגך גאלדטן…」

　かすれて切れ切れではあるけれど、確かにアキの声が聞こえて、レンドルフは動きを止めた。

　聞き取れた言葉に『止まれ』という切迫した響きの単語があり、それを裏付けるように、アキが手を突き出してレンドルフの接近を拒んだからだ。

「תסכם קדדך אל שיאלדך…！」

　さらに、黒い巨体を指し示して『クロ』だと言われ、目眩《めまい》がするほど驚いた。

「――クロ…？」

　片手で摘める蜥蜴《とかげ》もどきと、目の前にいる、大の大人をひと呑みできるほど巨大で凶悪な顔が結びつかない。混乱するレンドルフの目の前で、アキは自分が〝クロ〟と呼んだ巨大な顔――から生えている突起を無造作につかんで立ち上がった。

　その姿を見てもまだ信じられず、剣を構えたままのレンドルフに向かって怪物が威嚇するように牙を剝く。それなだめるように、アキが自分の背丈ほどもある牙に寄り添い立つと、怪物は牙の間から巨大な舌を突き出してアキを舐めはじめた。

　既視感のあるその光景と、アキの安心しきった様子に、レンドルフはようやく納得することができた。

「――…そのデカイのが、アキのクロ？」

　信じ難いが、アキがそう言うならそうなんだろう。

　それでも用心のために剣を構えたまま近づこうとしたとたん、再びクロに威嚇された。単なる脅しというより、無礼を嗜める王者のようだ。

「……わかったよ」

　アキに危害が及ばないなら別にいい。

　レンドルフは素直に剣を収めてアキに駆け寄った。

「アキ…！」

　今度はクロに邪魔されることなく、アキを抱きしめることができた。同時に、噎せるほどの血の匂いに気づいて、またしても心臓が止まりそうになる。

「血が…、怪我をしたのか!?」

　影が落ちるほど明るいとはいえ、所詮は月明かり。

暗い色をした服の襞《ひだ》と汚れにまぎれて、出血の出所をすぐに見分けることは難しい。

「いったい何が起きたんだ!?」

あわてて怪我の状態を確認しようとしたレンドルフの手を、アキが押し留めた。そのまま強くつかんで引き寄せた。

「וויַיל איך טאָן ניט זאָרגן וועגן מיר. עס איז שווערער צו באַהאַלטן פון אים ווי אַז…」

アキは最初に『自分は大丈夫』という意味の言葉を繰り返した。

「君が怪我したわけじゃないんだな!?」

レンドルフが確認すると、ゆるくうなずいて、『そんなことより』と言いたげに、かすれた声をしぼり出した。そしてレンドルフが理解できそうな単語を選んで、手のひらに指文字を綴りはじめた。

『敵、襲う、黒曜の民、死、怪我、多い』

「――…隠れ里が!?」

単語を繋げてようやく、隠れ里が何者かに襲われ、死傷者が多数出ているという状況が理解できた。アキが単独で誰かに襲われたのではなく、集落が丸ごと襲撃を受けたのだと。

「なんてことだ…っ」

レンドルフの脳裏に、これまで幾度となく目にしてきた迫害の惨禍が過ぎり、同時に疑問が猛烈に湧き上がった。

「いったい、誰が…っ」

問いと同時に答えが閃く。

白髪に縁取られた仮面のような笑顔と、歌うように〝災厄の導き手〟の殲滅を望んだ声。

『害虫は一匹一匹潰すより、巣を見つけて一気に駆除するのが一番』

――ウェスリー＝エル・ルーシャ！　貴様かッ!?

レンドルフは鋭く背後をふり返り、回廊と列柱の陰にひしめく人垣の、どこかに紛れているだろうウェスリーの姿を捜した。しかし、月明かりを避けて影に身をひそめた、数千もの宴客の中から見つけるのは容易ではない。

抜け目のない奴のことだ、貴人専用の通路を使って、とっくに逃げ出したあとかもしれない。

自力で捜す代わりに手を上げて、クロに威嚇されて近づくことができず、遠巻きにこちらを眺めていた護衛隊長《ラドヴィク》を呼び寄せようとしたとき、背後でアキの細い声が聞こえた。

「……ハルカ[illegible]？」

「ハルカ？」

レンドルフは急いでアキに向き直った。

隠れ里の危機の次に気になるのは、もちろん彼のことだろう。

「君の友人なら」

無事だ。なにも問題ないと言いかけたとき、突然背後で叫び声が上がった。

「レンドルフ！　これは…いったい、なにがどうなっているんだ…!?」

驚いてふり向くと、聖処にいるはずのルシアスが人垣をかき分けて近づいてくるところだった。

まるで戦場からそのまま帰還した兵士のように、夜目にもまばゆい純白の礼装が乱れて、ところどころ汚れてしまっている。

「次から次へと…、まったくなんて夜だ」

聖処で一体なにがあったのか。レンドルフが訊ねるより早く、ルシアスが矢継ぎ早に怒鳴った。混乱しているのがありありとわかる必死の形相で。

「竜蛇神がハルカを喰うと言い出した！　助けたければ〝黒き襲来者〟を斃せと。その黒竜が〝黒き襲来者〟なのか？　神官たちも騒いでいる、災厄の前触れだと！　あなたがそれを呼び寄せたのか？　あなたとその黒髪の少年が共謀して、招き寄せたというのか…!?」

「ルシアス、落ちつけ」

なにを言っているのかよく理解できないが、それ以上近づくとクロがなにをするかわからない。

止まれと手を突き出して制止しながら、レンドルフは頭の片隅に、クロは〝竜〟と呼ばれる存在なのだと刻みつけた。

「レン…」

腕にすがりついて立ち上がる気配にふり向くと、

アキが驚きのあまり目を大きく見開いてルシアスを見つめている。

「……っ」

問うようにアキの手指に力が籠もる。ルシアスの口からハルカの名が出たから不安になったのだろう。

「アキ、彼は神子《ハルカ》が王に選んだ男だ」

だから心配しなくていいという言葉は、本人の叫びにかき消された。

「落ちついてなどいられるか！　その黒竜を斃さなければ、ハルカは竜蛇神に喰われてしまう！　これがあなたの仕組んだことなら、私はあなたとも戦わなければいけない！」

「竜蛇神が神子を、喰う…？」

さすがに因果関係が崩壊しすぎて、意味を理解するのに時間がかかった。ルシアスはいったい何を言ってるんだ。首を傾げたレンドルフより、アキの方が先に気づいたらしい。

「ממ אזו א לצע… ——קירר חשנ, ממ אזו אמח…」

アキはなにか心当たりがあるのか、顔色を変えて『本当』『嘘』という意味の言葉をつぶやいた。

「アキ？」

レンドルフはアキの表情と反応を慎重に確認しながら、同時に焦燥のあまり身もだえせんばかりのルシアスにも注意を払った。

「なに？　なんだ？　元凶はおまえなのか…⁉」

「ルシアス、静かに」

先走るルシアスを制して、アキに注意を戻す。

アキは『神が神子を喰らう』ということについて、明らかに、レンドルフやルシアスにはない知識を持っている。

「アキ」

レンドルフは正面からアキに向き直り、二の腕をしっかりつかんで細い身体を支えると、青ざめた顔をのぞき込んだ。

——なにがあっても私が君を守る。支える。だから自分ひとりで悩みを抱えず、頼ってほしい。

名を呼んだひと言に込めたその願いを、アキは聡く察したのだろう。瞳を揺らして唇を戦慄かせたも

のの、なぜか黙って顔を伏せてしまった。

　乱れた黒髪が目元を覆って表情を隠す。それでも苦しげにひき結ばれた唇と血の気を失った顔色、強くにぎりしめられたふたつの拳から、己が知り得た知識――秘密を、レンドルフに教えるべきか否か迷い、激しく葛藤しているのがわかる。

　背後でルシアスが、剣を引き抜かんばかりの殺気と焦燥を放っていたが、もしも本当に剣を抜いたりすればクロが黙っていないだろう。そんな奇妙な安心感からルシアスに背を向けたまま、レンドルフはアキの出方に集中した。

　わずかな沈黙のあと、アキは覚悟を決めたのか顔を上げ、レンドルフをしっかり見つめて口を開いた。

「דער עלטער פון דעם דאָרפֿ געלערנט מיר. אַלטע גענעסיס מיטאָס. דער אַלט גאָט האט ויסגעדינט איר לעבן דורך עסן איר זון. עס איז אַ אַלט גאָט און אַז גאָט פון דעם לאַנד」

　アキは罪を告白するように一気にしゃべってから、レンドルフが理解できるように『隠れ里』『長老』『神話』『神』『生きる』『伸ばす』『食べる』『神子』という単語を、指文字で繰り返した。

　竜蛇神は寿命を延ばすために神子を喰らう。

　そういう古い神話があると隠れ里の長老に教えてもらった、という意味らしい。

　アキにとって誰よりも大切な存在――神子《ハルカ》の命に関わるそんなにも重大な話しを、なぜ今まで黙っていたのか、かすかに違和感を覚えたが、今はその理由を探っている余裕がない。

　レンドルフは震えて今にも倒れそうなアキの身体を支えたまま、身を起こしてふり返った。

「ルシアス！　この黒竜を斃しても、竜蛇神は神子を喰らうぞ。目的は己の寿命を延ばすためだ！」

　竜蛇神が神子を喰らう理由を知って、ルシアスは雷に打たれたように硬直した。直情径行ではあるものの、彼は愚か者ではない。

「寿命を延ばすことが目的なら、たとえ君がこの黒竜を斃しても、いつか必ず理由をつけて神子を喰らうだろう。敵はこの黒竜じゃない、竜蛇神こそ斃すべき真の敵だ！」

レンドルフの説得を聞き入れて、ルシアスは意外なほど素直に踵を返した。竜蛇神が提示した約束より、レンドルフの言葉の方が納得できたのだろう。

いったい聖処で何が起きたのか。起きているのか。

決死の覚悟をみなぎらせて走り去る、ルシアスの背中を一瞥《いちべつ》してから、レンドルフは急いでアキに視線と注意をもどした。

「アキ、よくがんばった。もう大丈夫だ」

隠れ里が正体不明の賊に襲われて、どんなに不安だったか。恐ろしかったか。その上、愛するハルカの命まで危ないと知って、どれほど辛いか。

「もう大丈夫だ。私がついている」

自分の言葉にどれほどの力があるかわからないが、慰撫を込めて背をさすってから抱き上げると、待ちかまえていたように巨大な黒い手が足元に差し出された。黒竜の前肢だ。

「ぎぅ」

『乗れ』という意味だろう。巨大な図体《ずうたい》に似合わない可愛い声は、確かにアキを気遣うクロの声だ。

「おまえ…、本当にクロ、なんだな」

眼前に迫る巨大な牙と口吻と鼻面、牙の間から伸びてアキの身体を舐める舌を目にしても、先刻のような恐怖は湧かない。これがクロなら、アキを傷つけることだけは絶対にないと知っているからだ。

ためらうことなく、差し出された巨大な黒い手のひらに足を乗せようとしたとき、背後からルシアスの悲痛な叫びが聞こえてきた。

「レンドルフ！　その黒竜があなたの言うことを聞くなら頼んで欲しい！　邪魔するこいつらを蹴散らしてくれ…と！」

ふり返ると、武装した神官兵たちに行く手を阻まれたルシアスが見えた。神官兵たちは、まるで何かに操られてでもいるように、続々と聖処に至る通路と扉の前に集まり、ルシアスの前に立ちふさがっている。あの数ではたとえどんな剣豪でも、ひとりで突破するのは不可能に近い。

ルシアスは剣をふりまわして武装した神官たちを威嚇しながら、もう一度レンドルフに助けを求めた。

「レンドルフ、頼む！　ハルカを助けたいんだ！」

愛する者を助けたい、己の命に変えても。

切迫した声に含まれた懇願は他人事ではない。

レンドルフはアキが行方不明になったときの身が削がれるような不安と、灼けつくような焦燥を思い出した。けれど同時に、隠れ里で暮らしている人々の安否が気になり、身を引き裂かれるような葛藤を味わう。

フラメル、ベイウォーリー、長老、集落のみんな。

レンドルフは小さく息を吐いて一瞬だけ目を閉じ、天秤《てんびん》に載せられたふたつの運命の重みを推し量った。

神ならぬ身では、同時に違う場所に立つことも、すべてを助けることもできない。自分にできるのは優先順位をつけて迅速に行動することだけ。迷って時を浪費することが一番愚かだ。

「――……」

レンドルフは目を開けてアキを見つめた。

自分は今すぐ隠れ里の民たちを助けに行きたい。

だがアキは――。

「君は、誰よりもまずハルカを助けたいだろう？」

アキは大きく瞳を揺らした。それが答えだ。

レンドルフも覚悟を決めた。

アキのために。アキの大切な人《ハルカ》を助ける。

「クロ！　君のアキが大切に想っているハルカを助けに行きたい！」

レンドルフはクロを見上げて叫ぶと、視線をアキに戻した。

「アキ、そのために君の力を貸してくれるだろうか？　君のクロの――黒竜の力を」

指文字は使えないので、理解しやすいようゆっくりと言葉をくり返すと、アキは風を受けた花びらみたいに瞳を揺らし、睫毛を震わせて目を伏せた。

「איך גאם גם」

小さくうなずいてささやいた、承諾を示す言葉はなぜか震えていた。その声があまりにも細く痛々しく聞こえて、レンドルフはまたしても小さな違和感を覚えた。

「アキ、大丈夫か？」

落ち着かない気持ちで声をかけると、アキはすぐに顔を上げ、もう一度『是』という意味の言葉を口にした。

「ארד נאם סם ארד נעדאנק ארד ודאלם נאנד אר」

言いながら、レンドルフの判断を肯定するように儚く微笑んだ。

泣くのを無理にこらえているような作り笑い。その表情が気になる。なにか決定的な齟齬《そご》を見落としている気がして、どうにも腑に落ちない。

「何か気になることがあるなら言ってくれ。君の大切なハルカを見捨てるんじゃない、助けに行くんだ。それが済んだら、すぐに隠れ里の救出に向かう」

今ここで間違いを正さなければ手遅れになる。

そんな本能的な危機感から、聞き取れなかった文言を指文字で書いてくれと、手のひらを差し出したが、ゆるく首を横に振って断られてしまった。

アキはそのままレンドルフの手を押し戻し、クロに呼びかけた。

「שוואדר…！」

「アキ？」

レンドルフの問いは、突然視界を覆ったクロの巨大な手のひらでさえぎられた。

「な…！」

一瞬、にぎり潰されるのかと身構えたが、違った。クロは巨大な手の中にレンドルフとアキをゆるくにぎりしめたまま、空に舞い上がったのだ。

視界の隅に、クロが反対側の手でルシアスをすくい上げ、ゆるくにぎりしめるのが映った。

願いを聞き届けてもらえたことに安堵はしたが、いきなりはじまった浮遊感とゆるやかな揺籃《ようらん》感に戸惑う。レンドルフは密着したアキの身体をしっかり抱きしめた。なにが起きようと、彼だけは絶対に守れるように。

空に舞い上がったクロは、急降下して聖神殿中央にある神子の庭の玻璃《はり》の丸天井《ドーム》を蹴破り、湖に飛び込んだ。その時点で周囲が現世から神界に変わったのだろう。水中であるにも拘わらず溺れることはなく、湖底を突き抜けても土中に埋もれることもなかった。クロはそのまままっすぐ、地下にある聖処まで降下したらしい。

巨大な黒い指の隙間から垣間見える様子と、聞こえる音で状況を把握していたレンドルフは、ふと、密着したアキの身体から立ち昇る血の匂いが、先刻より濃く、噎せ返るほど湿り気を帯びていることに気づいて息を呑んだ。服に染み着いた返り血の匂いにしては、生々しすぎる。

「アキ？　――もしかして、怪我をしてるのか？」

クロの指の間から射し込む淡い燐光を頼りに、今度こそ有無を言わさずアキの身体を探ると、外套で隠されていた左脇腹がぐっしょりと、しぼれるほど濡れているのに気づいて頭に血が昇った。

「――なぜ！　どうして言わなかったんだ!?」

思わず怒鳴りつけると、アキは悪戯《いたずら》がばれた子どものように眉尻を下げた。それで、わざと黙っていたのだと気づいて、よけいに腹が立つ。

「怪我の有無を確認したとき、どうして『なんでもない』などと嘘をついたんだッ！」

ほとんど気絶しかけているアキに向かって、続け様に怒鳴ってから、レンドルフはすぐに自分の落ち度に気づいた。

「ああ、ちがう。悪いのは私だ」

まぶたを強く閉じて歯を食いしばる。

どうして素直にアキの嘘を信じたのか。自分より、自分の大切な人を守ろうとする、この子の性格を知っていたのに…！

いくらなんでも、命に関わる怪我なら申告するだろうという思い込みから、服が汚れているのは返り血のせいだなどと勝手に納得してしまった。

馬鹿かと、自分を殴り倒したくなる。

「くそッ」

今すぐ手当てをしてやりたいのに、互いに身を寄せ合った状態でろくに身動きが取れない。

レンドルフは強くにぎりしめた拳で自分の腿《もも》を思いきり叩いてから、クロの巨大な手のひらを殴って注意を引いた。

「クロ！　アキが怪我をしてる！　すぐに手当てを

させてくれ!!」

本当は命に関わる大怪我だが、それを声に出してアキに聞かせるわけにはいかない。

「アキ、大丈夫だ。出血が多くて驚いたが、すぐに手当てする。すぐ治る。だからしっかりするんだ」

レンドルフに怪我を知られて気が抜けたのか、ほとんど気絶しかかっているアキの頬をゆるく叩いて励ましていると、自分たちをにぎりしめている巨大な指の隙間から「ぎゅる！」と注意をうながすような鳴き声が聞こえた。

その直後、突風が吹き抜けるような衝撃を受けて全身が震えた。少し遅れて玻璃が粉々に砕ける破砕音が響き、そのまま深く落ちてゆく感覚が続く。

途中で何度か、目眩のような、上下の区別がつかなくなるような、粘性のある空気としか呼びようのない奇妙な感覚に襲われた。どこまで落ちてゆくのか不安になりかけた頃、ようやくふわりとした浮遊感が訪れて、クロの手が開いた。

たどりついたのは、森の中にぽかりと開けた空き地のような場所。陽射しでも月光でも輝力光でもない、不思議な鈍い光に満たされている。

あきらかに、レンドルフが普段暮らしている世界とは階層が違う。異質な空間だ。強いて言うなら、記憶に強く残る特別な夢を見ているときに似ている。

警戒を強めてアキを抱き寄せるレンドルフを乗せた右手はそのまま、クロは左手だけ地面に降ろしてそっと開いた。

中からルシアスが転《まろ》び出るのが見える。

ルシアスはそのまま、脇目もふらず森の奥に向かって駆け出そうとしている。おそらく、そこに神子がいるのだろう。

竜蛇神を斃す加勢に行きたいところだが、その前にアキの手当てをしなければならない。

「アキ！」

レンドルフは腕の中でぐったりしている少年の頬を撫でるように叩いて意識を引き戻してから、都合よく血痕を隠していた外套を剝ぎ取った。

上着に空いた穴——剣に貫かれた痕——を確認し

てから、その部分を引き裂いてゆく。下着も同じように引き裂いて傷口を露わにしたとき、頭上で「きゅぃ！」と注意をうながす鳴き声が響いた。さらにもう一度「きゅぃ！」と強く鳴かれて、仕方なく顔を上げる。

「――なんだ？」

アキを抱きしめたまま頭上をふり仰いだとたん、クロが巨大な口を開けて迫ってきた。

「……ッ」

一瞬、喰われるのかと身構えたが、ちがった。

巨大な洞穴のような漆黒の口中の奥から、輝く何かが落ちてくる。細く長い、何か。

「剣…？」

クロが吐き出したのは、黒く輝く長剣だった。

それが自分に向かって、ゆっくりと落ちてくる。なぜか目が離せない。

まっすぐ、柄を下にして、吸い寄せられるように降りてきたそれを、レンドルフは手を伸ばしてしっかり受け止めた。

その瞬間。

「ッ――――…！」

雷に打たれたような衝撃が走り抜けた。

自分が千万枚の木の葉か水面の小波になったように振動して、拡散して、果てしない光の粒になって渦に飲み込まれてゆく。

螺旋状に回転しながら昇ってゆく。どこまでも。どこまでも果てしなく。そして、水面に飛び出した浮き袋のように、レンドルフはぽーんと虚空に放り出された。そこはまるで、光苔を敷きつめた湖の底から星の瞬く夜空を見上げているような、不思議な空間だった。

「…どこだ、ここは？　！　アキは…!?」

両手を伸ばしても触れるものはなく、アキの姿も見えない。疑問と焦りが湧き上がると同時に、答が頭の中で響いた。

《――ここか？　我の腹の中、とでも解釈するがいい。〝アキ〟は我の守護下にある。肉体は多少損なわれたが命…魂は無事だ。我の守護下にあるかぎり

〝アキ〟の肉体、命、魂がこれ以上損なわれることはない》

言葉に変換すればそれだけの内容が、一枚の絵のように脳裏に閃いて、問いと同時に答が得られる。

そう理解した瞬間、レンドルフの中にある疑問、自覚しているものも無自覚なものも含めたすべての疑問に答が与えられた。


この黒い剣はなんだ？

クロ、おまえは何者だ？

なぜアキだけ特別に守護している？

竜蛇神はなぜ異世界から神子を召喚したのだ？

ルシアスだけで竜蛇神を甦せるのか？

世界が衰退しているのはなぜだ？

そもそも、神とはなんだ？

人とは？　世界とは？　運命とは？


最初は問いの答として。やがてレンドルフが問いを思い浮かべるより先に、この世にある疑問のすべての答が流れ込んできた。

時間にすればわずか。

けれどその一瞬にレンドルフが知り得た知識――叡智《えいち》は、常人が百回生まれ変わっても得られないほど膨大で深淵《しんえん》なものだったが、神為らざる身ですべてを受け留めることは不可能。理解したと思った次の瞬間には見失い、取りこぼして、忘れてしまう。

そうしないと正気を保っていられないからだ。

それでもいくつか重要な事柄は記憶に留めておくことができた。

その中には、アキが瀕死の怪我を負った経緯もあった。通常ならすでに息絶えている傷にも拘わらず、なんとか生き永らえたのは、クロの治癒力によるものだということもわかった。

ここが竜蛇神の巣とも言うべき場所で、外観は森の中を模しているが、実際は地上とは違う階層に存在している領域だということも。竜蛇神を甦し、クロによって連れ戻してもらわない限り、人の力では地上――というより人の世界に戻ることができない場所だということも、当然のように理解できた。

　巨大な黒竜と化したクロの正体は、竜蛇神の暴走によって滅びつつあるこの世界《アヴァロニス》に降臨した新しい神。神はその力の強大さゆえに、人間の営みに直接介入することができない。介入するために必要となるのが触媒。いわゆる神子だ。

　アキは、クロの触媒として見出された。だから他の人間にはない特別な守護を得ている。

　全身を包み込む微細な震えが、深い場所から湧き上がり、力がみなぎってゆく。不可能なことはなにもないという全能感に満たされる。世界の果てまで、過去と今と未来を凝縮して、一瞬で見通すことができた。
　だが、それらすべてを保ったまま地上に戻り、人として生きることはできない。
《そうだ。そなたが〝アキ〟の伴侶として地上に戻るには、その黒剣で竜蛇神を倒す必要がある》
　思わず自分の右手を見たレンドルフの中に、クロの思惑が流れ込んでくる。
　アヴァロニスの地に降臨した新しい神である黒竜――アキによってクロと名づけられた――は、自分と世界を繋ぐ触媒〝アキ〟を見出した。触媒とは、いわゆる神子のことだ。
《我の最初の計画では〝アキ〟だけ残して、今ある古い世界は一掃するつもりだった。すべてを無に帰して一から創り直す。〝アキ〟の望む世界を》
　だが…と黒竜神は続けた。
《〝アキ〟がそれは嫌だと言ったのだ。竜蛇神の神子として召喚された友人を失うのも、ここで知り合った人々が消えるのも嫌だと》
　この場合の『言った』というのは表層ではなく、深層の意思のことだ。無自覚な、それゆえ本能に近く、最も強い欲望や、煌《きら》めきを放つ崇高な意思が潜んでいる場所でもある。
　黒竜神は、アキの剝き出しの心に接触して真の望みを知ると、その願いを叶えるため、レンドルフに黒剣を与えたのだ。

《我は〝アキ〟のために、古い世界《アヴァロニス》を滅ぼすのは止めた。だがそうなるとあの古い神――己が守護すべき世界を喰らって力を得たために、穢れて祟《たた》り神と化した、あの竜蛇神を斃す者が必要になる》

我が手を下せば、結局世界を滅ぼすことになるからな…と、黒竜神が皮肉めいた笑みを浮かべる気配が伝わってくる。

《そなたがその剣を使って竜蛇神を斃すことができたら、〝アキ〟の伴侶として世界《アヴァロニス》を治める権利を与えよう》

「アキの、伴侶…」

レンドルフはゴクリと唾《つば》を飲み込んで、手の中で妖《あや》しく輝く黒剣の柄を強くにぎりしめた。

世界《アヴァロニス》を治める権利に関してはさほど魅力を感じなかったが、『アキの伴侶』という言葉の響きには抗い難い磁力があった。

〝治療〟という建前以外に、アキに寄り添い共に生きる理由ができるなら、世界《アヴァロニス》を治めるくらいしてもいいと思う。

「よし、わかった」と覚悟を決め、剣の柄を強くにぎり直したとき、黒竜神が思い出したように言い添えた。

《ああ、伝え忘れていたが、そなたが竜蛇神を斃せば、竜蛇神に連なる者たちも命を落とす》

「――…は？」

《筆頭は古き神の触媒《ハルカ》であり、古き神の触媒《ハルカ》が伴侶に選んだ男《ルシアス》だ。各神殿の神官長や他の高位神官たちの他に、竜蛇神に深く帰依している者も同じ運命をたどるだろう》

「なんだ、それは…！」

あまりにも意地の悪い種明かしに、さすがのレンドルフも腹を立てた。

自分よりはるかに上位の階層にあり、圧倒的な力を持つ存在に対して不遜だとか、不敬だとか、逆らえば死ぬかもしれないという本能的な自己保身が一時的に干上がって、怒りが湧き上がる。

「なんなんだそれは！　神子《ハルカ》は、アキが大切に想っている人間だ！　神子《ハルカ》が死んだりしたらアキがどれだけ悲しむと思っているんだ!!」
レンドルフが吼えると、黒竜神の口調が駄々をこねる子どもを諭す親のそれに変わる。
《だから、我と〝アキ〟だけ残して一掃するのが最も賢い選択だと言うたのだがな…。古き神の創り上げた世界を残そうとするからややこしくなる。我も困っておるのだ》
溜息が聞こえてくるような黒竜神の言葉に、レンドルフは自分が腹を立てても何も解決しないと悟り、怒りを解いた。
「――何か、他に方法はないのか？」
《ないこともない》
「教えてくれ」
《古き神の触媒《ハルカ》とあの男《ルシアス》を救いたいなら、その黒剣をあの男《ルシアス》に譲ればいい。あの男《ルシアス》が古き神を斃すことができれば、触媒《ハルカ》もあの男《ルシアス》自身も生き続けることができる》
「なんだ、そんなことなら」
簡単だと言いかけたとき、黒竜神が再びわざとらしく言い添えた。
《その代わり、そなたの命は保証できなくなるぞ》
「……どういう意味だ？」
黒竜神が面倒くさそうに溜息を吐く気配が伝わってきたが、理由は教えてもらえた。
《その黒剣は、我から人に与えた〝神命〟だ。人はそれを王の印と呼ぶこともある。それを一度手にしながら放棄するということは、己の使命、すなわち命を手放すことと同義。結果は、わざわざ言わなくてもわかるだろう》
「要するに死ぬということか――」
《手放したとたんに事切れる、というわけではないがな》
まさしく他人事なのだろう。黒竜神の言い様に腹を立てるのも馬鹿らしくなる。
「どのくらいだ？」
剣を手放してどのくらいで命が尽きるのか。それが知りたい。数刻なのか、数日なのか。

《人が刻む時に換算して、まあ二年か三年だろう》

答がわかって思わず安堵の吐息が洩れた。

それだけ猶予があるなら、隠れ里を助けに行けるし、自分が死んだあともアキがこの世界で安心して生きていけるよう、基盤を整えてやることができる。

そんなレンドルフの思考を読んだ黒竜神が、淡々と告げた。

《〝アキ〟の心配はいらぬ。〝アキ〟には我がついておるからな。そなたがいなくなっても、何も問題はない》

「それはどうも」

そのわりに瀕死の重傷を負うのを防げなかったようだが、と嫌味を返したい気持ちをすんでのところで堪えた。もちろん、口に出さなくても相手には伝わっていたから無意味だったたが。

《我が黒竜の姿に成るために、触媒《アキ》の血が大量に必要だったからだ》

レンドルフの頭の中に直接、黒竜神の言い訳じみた心象が伝わってくる。

それによると蜥蜴もどきのときのクロは、神という巨大な存在の小さな出先機関にすぎないらしい。人にとっての産毛一本、それにすら満たない存在と言えばわかりやすいだろうか。一本の産毛が文字を書いたり剣をふるったりできないように、蜥蜴もどきの姿のときのクロにできることは限られている。

《それでも神であることは変わらぬ。ゆめゆめ疎かに扱うでないぞ》

「――あなたが神だというのなら、他にもっとマシな方法はないのでしょうか？」

手放せば命を失うという黒剣を見つめながら、一矢報いるつもりでそう問いかけると、呆れたような響きで答が返ってきた。

《我はすでに、そなたを含む世界を滅ぼすことなく存続させる道を選んだ。古い世界――すなわち型、規則、摂理に添うて介入すると、そうならざるを得ない。そなたたち人が望む、アレとコレは残して、あちらとそちらは滅して欲しいという類の願いは、

我には細かく小さすぎて叶えることはできぬ》

それは、人が花粉や黴《かび》、茸《きのこ》の胞子をひとつひとつ見分けることができず、個々の願いや事情など想像もつかないようなものだという、言葉だけでなく情景を使った説明に、レンドルフは黙り込んだ。

黙って、己の前に示されたふたつの選択肢を見くらべる。

ひとつは自分のための道。

もうひとつは、アキの幸せを優先する道。

できることならアキを護り、彼の幸せを見届けるために自分も生き延びたい。

しかし、それは出来ぬと神が言う。

レンドルフは改めて己の手の中にある黒剣を見た。

そして気づいた。

いつの間にか視界が元に戻っている。

視界の端で、ルシアスが森の奥に向かって駆け出そうとしているのが見えた。

どうやら先刻までの黒竜神とやりとりは、人が知覚できる時間の枠外のできごとだったらしい。


奇妙な光に満たされた地底の森の中、巨大な黒竜の手のひらの上で、レンドルフは左腕に抱えたアキを素早く見つめた。

もしも自分が死んで、この子を護れなくなっても、黒竜神《クロ》がいれば大丈夫だろう。

もしも私が生き延びるために、神子《ハルカ》を見殺しにしたと知ったら、アキはきっと私を許さないだろう。

いや…、アキなら許そうと努力してくれるかもしれない。けれど——。

自分の命を盾にしても守ろうとした友人を見殺しにした人間を、私なら許すことはできない。

私の命の恩人アスタルを、無慈悲に殺した父を絶対に許せなかったように。

たとえ表面上は和解してみせても、心の中では一線を引いて、決して中には踏み込ませない。

それはたぶん、愛というものから最も遠い世界だ。

「ああ…」

レンドルフは今はじめて気づいたように、己の心の中に広がる干涸《ひか》らびた荒野を見つめた。

本来なら愛して尊敬すべき父を恨んで過ごした少年時代の、茫漠《ぼうばく》たる虚しさと悲しみ。そんな想いをアキにさせるわけにはいかない。

――君には笑っていてほしい。

レンドルフは、アキの青白い頰にこびりついた血の痕を指の背でぬぐいながら、祈った。

神子の召喚に巻き込まれてこの世界《アヴァロニス》にやってきて、要らぬ艱難辛苦《かんなんしんく》を味わった分、これからは幸せになってほしい。やりがいのある仕事を見つけて、喜びと安らぎと活気に満ちた日々を送ってほしい。

「アキ…」

レンドルフは目を閉じたままの少年に顔を寄せ、そっと重ねるだけの唇接けをした。そのままもう一度「アキ」と名を呼んで、身を起こす。

君が身を挺して友人《ハルカ》を守ろうとしたように。

アスタルが命の危険を顧みず、私を助けてくれたように。

私も君の幸せを守るために、君の友人《ハルカ》を助けるために、命を差し出そう。

覚悟は決まった。

レンドルフはまっすぐ前を向いて叫んだ。

「ルシアス！」

森の奥へ消えようとしていたルシアスがふり返る。

レンドルフは思いきり黒剣を放り投げた。

「その剣で竜蛇神を斃せ！」

ルシアスは反射的に手を伸ばし、器用に剣の柄をつかみ取ると、先刻のレンドルフ同様、身震いして剣を見つめた。そしてすぐに我に返ると、

「感謝する…！」

すべてを了解した表情で声を上げ、そのまま森の奥へと走り去った。

「ぎゅる？」

己の命を繫ぐ黒剣を他人に譲り、空になった手を呆然と見つめていると、クロが顔を近づけて心外そうに鳴いた。声には、呆れとも感嘆ともつかない響きが含まれている。

言葉に変換するなら《まさか本当に手放すとは思わなかった》というところだろうか。

《いいのか？》と問われた気がして、レンドルフは「いいんだ」と答えた。

「いいんだ。後悔はない。私には、アキが安らいで、笑顔でいてくれることの方が大切なんだ」

クロは《ふうん》と言いたげに、底知れない深みを持つ黒い瞳をぎょろりと動かした。

「きゅーぅ」

そして図体に似合わない甘えた鳴き声を響かせる。レンドルフにではなく、レンドルフの腕の中でぐったりしているアキに向かって。クロは鼻先を押しつけるように顔を近づけ、巨大な舌でせっせとアキの全身を舐めはじめた。

レンドルフは自分の上着を脱いで引き裂き、包帯を作りながらクロに訊ねた。

「それで、いつまでここに居ればいい？」

クロは目の動きで森の奥を指し示した。

「ルシアスが竜蛇神を斃すまで、か？」

応えはまばたきがひとつ。たぶん《是》だ。

「アキはこのままで大丈夫なのか？」

「ぎゅぐる」

クロは何か言いたげに濁音で鳴いた。《大丈夫だ》もしくは《任せておけ》という意味か。

レンドルフはクロの巨大な舌を慎重に押しやって、アキの脇腹を確認してみた。

傷は騎士が使う長剣による刺し傷で、背中まで貫通している。血は止まりつつあるが、中の臓腑まで傷ついているのは確実だ。

「むしろ、人間の医者に診せるより、おまえの治癒力に任せた方がいいのか？」

思い浮かんだままを口にしたとたん、同意を示すようにクロが鳴いた。

「きゅい！」

「そうか…」

レンドルフはアキがなるべく楽な姿勢になるよう抱え直してから、腹をくくって空を仰いだ。

襲撃を受けた隠れ里の人々の無事を祈り、ルシアスの勝利を祈り、動けるようになったときのために、賊の討伐と犯人の捕縛について策をめぐらせる。

陽も射さず風も吹かない竜蛇神の〝巣〟の中は、時の流れすら淀んでいるようで、いったいどのくらい過ぎたのか見当もつかない。

一瞬にも一日にも感じられた無我の境地から我に返ったのは、地面だけでなく空間全体が割れ砕けるような衝撃が走ったからだ。

それはまるで、世界が一新されるような、水で汚濁が洗い流されたような、風が吹いて塵埃《ちり》が払われ清められたような一瞬だった。

続いて大地が、めくれ上がった薄い絨毯《じゅうたん》のようにうねり、空を模していた天蓋が砕けて落ちてくる。樹木が音を立てて葉を落としながら、陥没した地面に次々と飲み込まれてゆく。

溶けるように、燃えるように、砕けるように。

波にさらわれる砂細工のように、もろく崩れ去り、すべてが霧散して消えてゆく。

消えゆく森の奥から、ルシアスが赤黒く爛《ただ》れた何かを抱えて走り出てくるのが見えた。

「クロ！　あそこにルシアスがいる！」

助けてくれと叫ぶ前に、黒竜神は巨大な翼を広げて落下してくる〝巣材〟をさえぎり、身をもたげて手を伸ばした。

レンドルフの視界は再び閉じたクロの手のひらにさえぎられてしまったが、指の隙間から、巨大な黒い右手がルシアスをしっかりつかむのが見えた。

同時に浮遊感と、すべての色を含んだ闇色に包まれて、レンドルフは目を閉じた。

アヴァロニスの古い神が滅び、その塒《ねぐら》が崩壊する轟音を聞きながら。

† 隠れ里の戦い

自分たちが聖処で過ごしている間、地上で流れた時間はごくわずかだったということにレンドルフが気づいたのは、中庭広場で護衛隊長《ラドヴィク》、首席補佐官《セレネス》と合流したときだ。

黒竜神《クロ》が芝地に降り立つと、建物のそこかしこから悲鳴が上がった。どうやら逃げ出したのではなく、隠れていただけらしい。

地面に降ろした黒竜神《クロ》の手のひらからレンドルフが飛び降りると、ふだんはあまり動揺した姿を見せない護衛隊長《ラドヴィク》が、珍しく顔色を変えて近づいてきた。

「閣下、ご無事でしたか！」

そのうしろから髪を振り乱した首席補佐官《セレネス》が、胸元で手を揉みしぼる仕草をしながらついてくる。

「あの黒い化け物に連れ去られたときには、この世の終わりかと絶望しましたが、ご無事で良かった、本当に…」

ラドヴィクはレンドルフの肩に両手を置いて大きく安堵の吐息をついた。そんな風に身体に触れて無事を確かめられたのは九歳のとき以来だ。

「すまない。心配かけたな」

レンドルフは肩に置かれた手に手を乗せて軽く叩き、忠義の家臣の心労に報いた。

「セレネスにも、心配かけたな」

「いえ、私は…、はい。閣下。よく…ご無事で…」

こちらも普段の冷静さから想像もつかない呆然とした表情で、おそらく泣いたあとだろう、赤く腫れた目元を前髪で隠しながら深くうつむいた。その肩をやさしく叩いて活を入れてから、レンドルフは表情を切り替えて真顔に戻り、問題の対処にかかる。

「私たちが地下に消えて戻るまでの経過時間は？」

セレネスが素早く胸元から時刻計を取り出し、月明かりに翳して確認する。

「十エラン（十一分）弱というところです」

「十…！　それしか経っていないのか!?」

「ええ、はい。正確には七エラン半です」

訂正するセレネスの隣で、ラドヴィクが地下で何があったのか訊きたそうな表情を浮かべたが、余計なことは言わず無言でレンドルフを見るに留めた。

「体感的には一刻《ツエラン》（七十分）くらい過ぎたと感じたんだが…。まあいい。詳しい説明はあとだ。これから州領城に戻る」

「はっ」と短く返事をして、ふたりが踵を返そうとしたので呼び止めた。

「待て、違う。あれに乗せてもらうんだ」

「――…は？」

レンドルフが背後のクロを親指で示すと、ラドヴィクとセレネスは、闇夜に融け込む巨大な漆黒の竜――クロを仰ぎ見て、言葉を失う。レンドルフはその襟首をつかんで引っ張ると、切り取られた夜空のような黒い手のひらに乗り込んだ。

詳しい事情は移動中に話そうと思ったが、クロの手の上で軽い浮遊感を感じた次の瞬間には、もう州領城前広場に着いていた。

「まばたきする間もないとは、このことか…」

「一イル（〇・七秒）もかかってませんよね？」

ラドヴィクとセレネスのふたりも驚いたが、レンドルフもさすがに驚いた。

「クロ、おまえ…本当に、新しい神、なんだな」

思わずつぶやくと、ラドヴィクとセレネスがふたり同時に「新しい神？」と目を瞠る。レンドルフは「詳しい説明はあとだ」と答えて、クロの手から飛び降りた。ふたりも続く。

「アキ様は？」

ラドヴィクとセレネスは再び、同時に背後をふり返り心配そうに首を傾げた。レンドルフがアキを放置して行動するのが不思議で仕方ないのだろう。

「今はクロに任せておいた方が安全なんだ。アキのことは心配しなくていい。それより」

レンドルフは意識を切り替えて続けた。

「今夜、おそらく一ツェラン（七十分）ほど前に、隠れ里が何者かに襲撃された。アキの負傷はそのときのものだ。我々はこれから討伐隊を率いて救援に赴く。ラドヴィク、今すぐ動ける州領兵を集めてくれ。なるべく精鋭を。セレネスは隠れ里に通じる道筋沿いに、見慣れない他所者《よそもの》の目撃情報がないか調べてくれ」

「畏まりました。しかしよろしいのですか？　事情を知る者以外の州領兵を使えば、隠れ里の存在が」

「それは大丈夫だ。今夜から彼らは〝災厄の導き手〟ではなく〝神を導いた民〟と呼ばれるようになる。迫害ではなく、敬意を受けるようになるんだ」

「神を…？」

ラドヴィクとセレネスはまたしても目を丸くして驚いたが、すぐに我に返り、主の命を果たすために動きはじめた。

巨大な黒竜の出現に気づいた州領城は、蜂《はち》の巣と蟻塚を同時に突き崩したよりもひどい騒ぎに陥ったが、州領主であるレンドルフの的確な指示と説明によって、速やかに落ちつきを取り戻していった。

なにしろ州領主《レンドルフ》自らが黒竜の巨大な足に寄り添い、パシパシと気軽に叩いて、無害であることを証明して見せたからだ。

本当に無害かどうかは『神のみぞ知る』だが。

それから半ツエラン（三十五分）ほどの間に、街道沿いの宿屋や祠殿《しでん》――神官がひとりだけの小さな神殿――村長や街長など、水晶球を持つ者たちから目撃情報が集まり、隠れ里を襲った賊の規模はおそらく十から十二、三人、多くても二十人だろうという結論が出た。

レンドルフは装備を調えた一〇〇名の精鋭と、医師、治療師、薬や担架、食糧、水、毛布、衣服などの救援物資などと一緒にクロの手に乗り込んだ。

「諸君がこれから討伐に赴くのは、黒髪黒瞳の民が隠れ暮らす集落だ」

出立に先立って念を押すと、兵たちの間から不審を表すざわめきが起きる。それを手のひらで制して、レンドルフは続けた。

「君たちはこれまで黒髪黒瞳の民を〝災厄の導き手〟と呼んで差別してきたが、その認識は大きな誤りである」

再び、先刻より大きなざわめきが起きる。

「静かに。今宵、古い神――諸君がこれまで聖なる竜蛇神と呼んで敬ってきた古い神は滅して天に還《かえ》り、新しい神がこのアヴァロニスの地に降臨した」

力強く告げて、論より証拠とばかりに背後にそびえるクロの巨体を示してみせると、州領兵たちはそれ以上異論や反論を口にしなくなった。

「クロ、隠れ里に向かってくれ」

レンドルフが合図を送ると、黒竜神《クロ》は少し間を置いて飛び立った。

兵たちは誰も気づいていない。黒竜神《クロ》がレンドルフの言うことではなく、アキの望みを汲み取って行動していることに。

黒竜神《クロ》の両手は討伐兵たちと物資でいっぱいなので、アキは黒竜神《クロ》の口の中にいる。

アキは完全に意識を失っているわけではなく、夢遊病者のようにときどき目を開けてなにかつぶやいたり、弱々しく手を動かしたりする。そのほとんどはレンドルフの声や言葉に反応したものだ。

黒竜神《クロ》はレンドルフが何か頼んでも応えたりしないが、アキが譫言《うわごと》のようにささやくと、仕方なさそうに溜息を吐いて、飛び立ったり着地したり、手を下げたり上げたりしてくれた。

今回も一瞬で、隠れ里の集落にほど近い野原に降り立った。静かに、音もなく。


巨大な黒竜の手のひらに乗り込めと命じられたとき、気絶せんばかりに怯えていた討伐隊は、家々が焼かれて夜空を焦がし、そこかしこから悲鳴やうめき声が聞こえてくる隠れ里に到着すると、胆が座ったのか、気合いをみなぎらせてクロの手から飛び降りた。そのまま素早く、賊が逃げないよう集落を包囲してゆく。

賊は里人を蹂躙《じゅうりん》することに夢中で、黒竜の出現にも討伐隊の包囲にも気づいていない。油断していたわけではないだろうが、誰も空から敵が現れることなど想定していなかったからだ。

「放て」

合図しながら、レンドルフは己がつがえた強弓で矢を射た。レンドルフと弓兵の第一射が、獲物を探してうろついていた賊を次々に射貫いてしまうと、間髪入れずに接近戦を得意とする兵たちが斬りこんでゆく。同時に包囲役の兵たちが輝力光で現場を照らし出すと、集落全体が真昼のように明るく照らされた。これで敵味方の判別は単純明快。

黒髪黒瞳は救出対象、それ以外は敵だ。

彼我の戦力差は一対十。討伐は苦もなく完了するかに思えたが、ひとり尋常ではない手練れが家屋の中の人質を盾に立て籠もるという事態が起きた。

賊は隠れ里からの安全な逃亡を要求し、要求を飲まなければ一エラン（約一分）ごとに人質の指を切り落としていくと怒鳴った。

賊の自己申告によれば、人質は年端も行かない少女だという。

レンドルフが人質救出と賊の捕縛、もしくは殺傷の可能性をあらゆる角度から探って指示を出している間に、最初の一エランが過ぎて、家の中から押し殺した悲鳴がかすかに聞こえてきた。それは確かに幼い少女のものだった。続いて「もっとでかい声で泣き叫べ！　そんな声じゃ外の連中に聞こえねぇだろうがッ！」という罵倒が響きわたる。

隠れ里の住人は、泣くときも怪我をしたときも、できるだけ声を出さないように自らに課している。それは小さな子どもも同じ。長く迫害されてきた民ゆえの、悲しい習性だ。

「どうします、閣下」

やつの要求を飲みますかと、ラドヴィクに問われたレンドルフは表情を変えず、甲冑とすべての装備を外して肌着一枚になった。

「いいや。私がやつの注意を引きつけて、その隙に突入させる」

「いくらなんでもそれは危険すぎます。あの野郎が飛び道具を使ったらどうするんです」

「よける」

「そんな無茶な」と反対するラドヴィクに、レンドルフは装備一式をおしつけて待機させた。

要求を飲んで逃亡させたところで、やつが人質の少女を生かして返すとは思えない。それはこれまで見てきた里人たちの、無慈悲で残虐な殺され方を見ればわかる。

やつらは住人を殺すために隠れ里を襲撃したのだ。理由は、里人が黒髪黒瞳の〝災厄の導き手〟だから。

『害虫は一匹一匹潰すより、巣を見つけて一気に駆除するのが一番』

そう言いながら、己が正しいことを毛筋ほども疑っていないウェスリーの、善意に満ちた薄ら寒い微笑みを思い出して胸糞が悪くなる。

自分が正しいと信じている者ほど、凶悪な殺人者になり得るのだ。

「閣下、準備が調いました」

先刻指示を出した討伐隊の隊長が音もなく現れて、ほとんど口を動かさずにささやいた。

「よし。私が両手を上げたら突入してくれ」

レンドルフはそう言い残して、賊が立て籠もる家屋に向かって歩き出した。

家の壁まであと五、六歩というところで二度目の悲鳴が聞こえた。一度目と同じくかすれたうめき声に近いが、今度は賊が窓を開けたせいでよく聞こえる。ちょうどいい。

「私はエル・グレン州領主レンドルフだ。人質の交換を要求する！」

少女の悲鳴を聞かせるために、わざと開いた窓に向かって身分を告げ、その場でくるりとまわってみせて武器を携帯していないと示すと、窓の向こうで男の気配が動く。こちらからは見えないが、向こうからはこちらが見えている。そして観察している証拠だ。

「その少女より私の方が人質としての価値は高いぞ。逃亡にも有利だし、用が済んだら身代金も要求できる。君にここの襲撃を命じた依頼主が誰かは知らないが、その報酬より私の身代金の方が高額だ」

「——知らねーよ！　依頼主とか関係ねーよッ！　俺は〝災厄の導き手〟が大ッ嫌いなだけだ‼」

答える前にわずかな間があった。高額の身代金という言葉には特に反応していない。おそらく、依頼主がいると見破られたことに動揺したのだろう。

「そうか。その大嫌いな〝災厄の導き手〟が、ここにこれほどたくさん集まっている理由を知っているか？　私が集めたんだ。君がその少女を殺したとしても、私はもっとたくさんの黒髪黒瞳の民を見つけて助ける。決して絶滅させたりしない！」

「この……ッ！　神を畏れぬ異端者め!!　貴様のような人間には必ず神罰が下るぞ！　神が下さなくとも、この俺が引導を渡してやる!!」

興奮した男は窓辺に近づいて怒鳴り返し、投擲《とうてき》用の小剣をレンドルフの心臓めがけて投げつけてきた。

レンドルフはラドヴィクに宣言したとおり、その切っ先を紙一重でかわすと、わざと怯えて降参するふりで両手を上げた。

それからほんのひと呼吸のあと、家の中から「このっ野郎どこからッ」という叫び声に続いて「ぐぉっ…ッ」という断末魔のうめき声が聞こえてきた。

そして一瞬の静寂のあと。

「終わりました」

窓から顔を見せた領兵が賊を仕留めたと宣言して、ようやく討伐が完了したのである。

「心臓が止まりそうになったのは、今夜二度目です。旦那様は昔から、ぼんやりしているようで、いざというときは動きが素早くて困ります」

それは困る案件なのかと心の中で反論しながら、ぼやくラドヴィクが着せ掛けてくれた上着を羽織り、腰帯を留めて剣を刷《は》き直していると、賊が立て籠もっていた家の中から人質にされていた少女が、領兵に抱かれて出てきた。右手に巻いた布に大きな血の染みができている。

「アンリシャル。君だったのか…」

アキによく懐いていた少女アンリシャルは、両親と右手の小指と薬指を失っていたが、他に大きな怪我はなかった。それは幸運なことだったと、あとで誰かに話せるくらい幸せな人生を歩ませてやりたい。

レンドルフは強くそう思ったが、そのために残された時間がわずかしかないことを思い出し、己の選択を後悔しかけてあわてて首を横にふる。

アンリシャルを救護兵の元へ送り出してから、半分焼け落ちた城砦に向かった。

あたりの惨状を見れば、フラメルとベイウォリーが無事である保証はどこにもない。半ば覚悟しながら城砦前の門にさしかかったとき、奥からふたりが駆け出してきた。

まるで墓から出てきた死体のようなひどい顔色で、レンドルフを見つけて悲痛な表情を浮かべたかと思うと、ふたりそろって地面に倒れ込まんばかりに身を折り、己の失態を口々に詫びはじめる。

「旦那様！」

「申し訳ありません！　アキ様が……ッ」

「アキ様がどこにも見当たらないのです……！」

「襲撃に気づいて、すぐさま部屋に駆けつけたのですが、そのときにはすでにもぬけの空で……っ」

「待て」

「あれほど旦那様に頼まれていたのに！」

「死んでお詫びになるものなら、このフラメル、腹かっさばいてアキ様をお守りできなかった責任を」

「待て、アキは無事だ」

「親父《おやじ》だけの責任じゃありません。処罰ならこの俺も……――え？」

「アキは無事だ」

「え？」

「いや、無事というと語弊があるが。とにかく生きてる。そして、あそこにいる」

レンドルフが集落の外、森の入り口に鎮座している巨大な黒い塊を指差すと、フラメルとベイウォリー親子は、そろって絶句したまま目を丸くした。

「アキが怪我をしたのは君たちのせいじゃない。だからそこは気にしなくていい。それより今は自分たちの身を案じるべきだ。フラメル、左腕の傷を見せてくれ。ベイウォリー、君は脇腹だ」

「とんでもない。こんな傷大したことありません」

恐縮して辞退しようとするふたりを脅しつけて、怪我の具合を検《あらた》めると、どちらもかなりの深手で、動いているのが不思議なくらいだった。特にフラメルの左腕は、半分千切れかけている。

「……――」

レンドルフはしばし考え込み、輝力光で明るく照らし出された集落内をぐるりと見わたした。

燃えずに残った家屋や納屋、貯蔵庫などは討伐隊によってひとつひとつ家捜しされ、逃げた賊が物陰に潜んでいないか念入りに確認されている。

同時に多くの遺体と生きている負傷者が運び出され、地下室や隠し部屋、庭に掘られた穴蔵から無傷の子どもたちが大勢助け出された。

レンドルフはフラメルとベイウォリーにも救護兵の元へ行くよう言い聞かせてから、森の入り口に向かった。

途中で救護兵に声をかけ、特にひどい怪我人を集めて森の入り口、すなわち黒竜神《クロ》の足元まで運ぶよう頼む。

「……まさか、生贄…ですか？」

新しい神だと説明され、自分たちもその手のひらで運ばれてきたにも拘わらず、やはりまだ恐怖心はぬぐいきれていないらしい。

「馬鹿者、そんなわけあるか」

救護兵の的外れな疑問を、レンドルフは意図的に軽くあしらい、黒竜神《クロ》に近づいて語りかけた。声に出すのではなく、心の中で。

——黒竜神《クロ》、君がアキ以外に治癒力を発揮しないのは承知している。だが、それを押して頼みたい。

アキが命をかけて守ろうとした仲間たち…黒髪黒瞳の民の多くが大怪我をして苦しんでいる。

アキに与える治癒力の十分の一でいい、里人たちにも分けてやってほしい。

一心にそう願い続けていると、石像のようだった黒竜神《クロ》がゆらりと身動いで、アキを乗せた左手と、空の右手をくっつけて地面に置いた。

「ありがとう…！」

レンドルフは心から感謝を捧げると、救護兵と領兵たちが運んできた怪我人、大人から子どもまで全部で二十名近くを黒竜神《クロ》の手にひらに乗せた。もちろんアンシャリル、フラメル、ベイウォリーも含まれている。三人はアキに気がつくと自分の怪我を脇に置いて駆け寄り、懸命に声をかけた。

最後にレンドルフが乗り込んで傍に行くと、アキはうっすらとまぶたを開けて、朦朧《もうろう》としながら視線をさまよわせた。そして何度も『みんなは無事か』という意味の言葉を発する。

レンドルフはアキの手をにぎり、厳しいけれど希望もある事実を指文字で記した。

「里人の半分は生き残った。そのうちの半数は怪我を負っているが、残りの半分は無事だ。とにかく生き残った。子供たちも」

「ヌ゛コ…ヌ゛ゴロ…ッ」

半分は生き残ったという意味が理解できたのか、アキは泣きながら意識を失った。

「アキ…っ」

レンドルフが急いで合図を送ると、黒竜神《クロ》は両手を持ち上げて口吻に近づけた。

そのまま巨大な舌で、無造作に怪我人の身体を舐めはじめる。レンドルフにとってはすでに見慣れた光景だが、初めて目にする者には、まさしく神が生贄に食らいついたように見えただろう。

幸い怪我人のほとんどは意識が朦朧としており、自分たちの身体を慰撫しているものの正体に気づく余裕はなかった。黒竜神《クロ》はアキを舐めるときの五割増しで、怪我人たちを唾液塗《まみ》れにしてくれた。

四半刻《ツェラン》ほどそうして過ごしたあと、レンドルフは怪我人と一緒に地上に戻った。

アキは相変わらず、母貝に護られた真珠のように黒竜神《クロ》の手の中で留め置かれている。そこがこの世で最も安全な場所だと、レンドルフはもう理解している。だから無駄に心配することなく、自分がすべきことに集中できた。

動ける者が総出で川と井戸から水を汲み上げて運び、根気よく消火にあたったおかげで、集落は全焼をまぬかれた。

そうした作業を手伝いながら、レンドルフは兵たちが誤って隠れ里の民を傷つけないよう気を配った。

幸い事前の演説が効いたのか、自分たちが助けた人々、特に子どもが親の亡骸《なきがら》に取りすがり、声もたてずに泣く姿に同情心が湧いたのか、里人を嫌悪したり冷たい態度を取る兵はいなかった。

巨大な黒竜を目の当たりにして、しかもその手で運ばれるという非日常的な経験をして、これまでの常識や信じ込みが吹き飛んだせいかもしれない。

長く迫害されてきた黒髪黒瞳の民は、基本的に子どもの頃から自衛の術を身につけて育つ。フラメルとベイウォリーもそれなりに体術や武器を扱えるが、さすがに完全武装した賊の奇襲には抗いがたく、逃げ込んできた里人を匿い、侵入してきた賊を攪乱《かくらん》して逃げまわるのが精いっぱいだったという。

賊は、正式な戦闘訓練を長年にわたって受けた騎士だった。総勢十四名。その中から首領とおぼしき男が、腕を一本なくした状態で見つかり、命を取り留めた仲間数名と一緒に捕縛された。

素直に襲撃を命じた黒幕の名を告げ、裁判で証言すると約束すれば、それなりに慈悲を与えてやるつもりだが、抵抗するようなら失うのは腕一本では済まない。

「口裏を合わせないよう、別々に監視しておけ」

レンドルフは半分焼け落ちた里の惨状と、何十もの物言わぬ遺体、黒竜神《クロ》の唾液で癒《いや》されてなお瀕死の重傷の痛みにうめく男女、子ども、老人たち、そして家族を失って互いを慰め合う人々を見つめながら、冷たく命じた。

「尋問は、州領城の地下牢《ろう》にぶちこんでからだ」

現時点での死者は、里の総人口の半数近い。

遺体はすべて、城砦の中庭に作られた安置所に収容され、そこから少し離れた広場に焼け出された家族のための天幕が張られた。

空が白んでくる頃には救援物資を運んできた後続隊が到着して、負傷者の治療も一段落し、恐ろしい夜を生き延びた人々のために熱い煮汁《スープ》が配られた。

「閣下もどうぞ」

炊き出し兵がうやうやしく差し出した杯《カップ》を受けとって、レンドルフは慎重に飲み干した。熱い液体が胃の腑から身体全体に広がって、生き返った心地がする。

同じように、死者もよみがってくれればいいのに。

東の空に曙光《しょこう》が現れると、治療用の天幕だけ残して輝力光が消された。

「夜明けですね」

隣で杯《カップ》を傾けていたラドヴィクが、淡い虹色を帯びた雲と、金色に輝く空を見つめて目を細めた。

「ああ」

レンドルフはうなずいて、州領兵と隠れ里の民が争うことなく並んで腰を降ろし、静かに煮汁《スープ》を飲んでいる様子から、虹色に輝く東の空に視線を移した。

金色の朝陽が、世界をまばゆく塗り替えてゆく。

「――夜明けだな」

新しい世界、新しい時代の幕開けだ。

強くそう確信したとき、懐からも光があふれ出た。隠《ポケット》しから連絡用水晶球を取り出すと、州領城に待機しているセレネスの姿が浮かび上がる。

「どうした」

『王宮のエル・ファリス卿……いえ、新国王陛下から旦那様宛に急ぎ知らせたいことがあると、連絡が入りました』

「知らせたいこと？」

『はい。お繋ぎしますので直接お話しください』

水晶球の表面からセレネスの姿が消えて、代わりに歪んでぼやけたルシアスらしき人物がうっすらと浮かび上がった。首席補佐官《セレネス》が王宮からの連絡用水晶球と、レンドルフとの連絡用水晶球を隣接させた結果だ。映像はほとんど意味をなさなくなるが、声はかろうじて聞こえる。

「ルシアス、新王陛下。どうしました？」

『止めてくださいレンドルフ。陛下とお呼びするのは貴方こそが相応しい』

「冗談は止《よ》してくれ」

『冗談ではありません。新しい神――黒竜神を従えた貴方こそが新しい時代の王です』

「――その話はあとでしよう」

レンドルフはきっぱり話題を逸らした。ここで王位についてあれこれ話せば、自分の命があと一、二年しかないという事実に言及せざるを得なくなる。誰が聞き耳を立てているかわからない状況で、その話題は避けたい。

「それで、何やら知らせたいことがあるらしいが」

『ああ、そうでした。まずは結論ですが、エル・ルーシャ卿ウェスリーの州領館地下から、大量の白骨と腐乱死体、それから生きている〝災厄の…〟いえ、黒髪黒瞳の民が複数発見されました』

「なんだと…ッ!?」

『昨夜の騒ぎで地震が起きたらしく、王宮敷地内の地面が陥没したり、建物にもいくつか被害が出ました。その影響で発覚したのです』

「ウェスリーはどうした、逃げたのか!?」

『通路を使って自領に逃げようとしましたが、私の部下が捕まえました』

「――よくやってくれた」

『黒髪黒瞳の人々については、貴方が誰よりも気にかけ、助けようとしていたのを知っていましたから、今回のことも知らせた方がよいかと思い』

「ああ…、礼を言う。ありがとう」

深く安堵の吐息をつきながらレンドルフが感謝すると、ルシアスは続けて、地下から救出された黒髪黒瞳の民の数と健康状態について報告した。

『正直、死んだ方がまし…という状態の者もいます。死なせてくれと本人が訴えている者も。身体の一部が欠損して錯乱状態に陥っている者も大勢――』

「拷問、か」

『間違いなく』

「――クソ野郎が…っ」

作り物じみた笑みを貼りつけたウェスリーの顔を思い浮かべたレンドルフは、あまりの胸糞悪さに、吐き捨てながら地面を蹴った。そこに落ちる影に気づいて、頭上にそびえるクロを仰ぎ見た。

「クロ、もう一度、黒髪黒瞳の民を救ってくれないか?」

「ぎゅ?」

クロはわずかに目を開け、南の空に向かって頸をしならせた。レンドルフの問いかけに反応したのではなく、どうやら南の方角に気になるものがあるらしい。

『――ウェスリー本人は不当逮捕だと訴えて、即時釈放を求めています。自分はなにひとつ罪など犯していない。聖なる竜蛇神の命に従って〝災厄の導き手〟を排除してきただけだと』

水晶球から聞こえるルシアスの声に、レンドルフは意識を引き戻された。

「人を何十人も……――いや、下手をすれば何百人も責め殺しておいてその言い草か」

『酸鼻を極めたあの地下牢の様子を見て、ウェスリーに罪がないと言える者は少ないでしょう。しかし、確かにこれまでの法律では、あの男を裁くことはできません』

「君が王として新しい法を制定し、奴を断罪すればいい」

『その役目はエル・グレン卿レンドルフ、貴方にお譲りします』

会話がふり出しに戻ったところで、クロが大きく身動いだ。身を伏せて翼を広げようとしている。

飛翔《ひしょう》の前触れだ。レンドルフはあわてて声を張り上げた。

「クロ！　待て…!!　どこかへ行くつもりならアキを置いていけ！　置いて行きたくないなら私も連れていけ！」

クロは一瞬動きを止めて、面倒くさそうにレンドルフを見下ろしたが、すぐに手の中のアキを見つめ直した。そして仕方なさそうな溜息を吐き、レンドルフに向かってぞんざいに手を差し出す。

レンドルフは急いでクロの手のひらに乗り込むと、真珠のような淡い光に包まれて眠り続けているアキに走り寄った。直後、クロのもう片方の手が円蓋のように降りてきて、そのまま浮遊感に包まれる。

黒竜神《クロ》が空に舞い上がったのだ。

遠くで「閣下…ッ！」と、焦って呼ばわる声がしたが、すぐに聞こえなくなった。それは、予期せぬ置いてきぼりをくらって臍《ほぞ》を噛む、護衛隊長ラドヴィクの叫び声だった。


頭上の黒い円蓋が外れると、やわらかな晩春の朝陽と暖かな微風が流れ込んできた。風には花と緑の香気、そして掘り起こされたばかりの土と、澄んだ水の匂いが混じっている。

クロが二度目に降り立ったのは王宮中央にある神子の庭。昨夜、自らが蹴破った玻璃製の円蓋が地面に散らばって、まるで満天の星空か、酔狂な富者がばらまいた透鋼輝晶《ダイヤモンド》のように輝いている。

地上に降り立ってひと粒拾ってみると、まるで本物のような結晶体で、玻璃の破片のように手足を切る心配はない。

空は青く晴れわたり白い雲がゆったりと横切ってゆく。無蓋の庭に吹き寄せる風はおだやかで、状況を無視さえすれば心地良く、さわやかと言っていい。

クロは庭の中央に広がる湖に近づくと、アキを包んだ手を大切そうに胸に抱えて腰を降ろした。そのまま湖に尾を浸し、ゆらりゆらりとかきまわす。

単なる水遊びなのか、なにか意図があるのか。残念ながらレンドルフにはわからない。

クロはさらに身を屈め、手元に顔を寄せてアキの身体を舐めはじめた。まだまだレンドルフに任せる気はないらしい。

「まあ、神の掌《たなごころ》以上に安全な場所が、この王宮にあるとは思えないからな。別にかまわないが…」

己の非力さを痛感しつつ、さてこれからどうしたものかと思案していると、花園の茂みをかき分けてルシアスが現れた。手には件《くだん》の黒剣を携えている。

クロはちらりと片目を開けただけで、すぐに興味なさげに目を閉じた。

昨夜の一件で慣れたのか、ルシアスはクロの巨体を怖れる様子もなくレンドルフに歩み寄った。そのまま流れるように典雅な仕草で膝を折り、頭を深く垂れる。

「真《まこと》の王の帰還に感謝申し上げます」

「！　やめてくれ」

ぎょっとして身を退くレンドルフの制止も聞かず、ルシアスは手に携えていた黒剣をうやうやしく差し出して口上を続けた。

「昨夜、お預かりした王の剣をお返しいたします。陛下の温情により、私と私の伴侶は命を拾うことができました。このご恩は一生…」

「ルシアス、止めろ」

「陛下」

「それも止めてくれ。私は陛下と呼ばれるような器じゃない。それから、その剣は君に譲ったんだ。返却は不要。一生大事に使ってくれ」

口ではそう良いながら、一抹の未練が視線に絡んで黒剣に吸い寄せられる。レンドルフはそれを意思の力で断ち切って、目を背けた。

「そんなわけには」

「いいから」

王の証として神から授けられた黒剣を互いに押しつけ合う姿は、傍から見れば滑稽《こっけい》だっただろう。

しかしレンドルフは真面目だったし、ルシアスも本気だった。

「なぜですか？　なぜ私を王にしようとするのです。私が王に選ばれたのは古い神の元での話。新しい神が王に選んだのは貴方でしょう？　あの黒竜神がこの黒剣を与えたのは、貴方なのだから」

レンドルフは両手をうしろに隠して受け取りを拒否しながら、このまま埒の明かない会話を続けても意味はないと心を決めた。

「それほど理由が知りたいなら教えよう。本当は黙っていようと思ったんだが、仕方ない」

そう前置きして、

「その黒剣を手放して王位を返上すれば、君は命を失う」

「――…ッ」

驚愕のあまり言葉を失うルシアスに駄目押しする。

「君だけでなく、君と縁を結んで伴侶となった神子、いや元神子になるのか、ハルカも命を落とすぞ」

「な…」

なぜとかすれた声で問うルシアスに、レンドルフは自分が黒竜神と交わした会話の一部を、ところどころ端折《はしょ》って説明した。

「クロ…いや、新しい黒竜神は、降臨と同時に世界を一新するつもりだったんだ。天に還った旧《ふる》い神と、それに連なるものすべてを滅ぼして。当然、最も縁《えにし》が濃かった神子《ハルカ》と、神子《ハルカ》が選んだ王――君の命も、旧い神の終焉と同時に消えるはずだった」

「まさか、それがわかっていたから、これを…？」

ルシアスは己がにぎりしめている黒剣を見つめた。

「そうだ。君とハルカの命を救うには、君たちを強引に新しい神の縁に組み込むしかなかった」

レンドルフは両手を腰の後ろで組みながら、地面の虫を観察するように視線を落とした。目を合わせていると、余計なことまで気づかれそうな気がしたからだ。

「なぜ…そこまでして、私とハルカを助けようとしてくれたのです？」

先刻とは違う意味で理由を問われ、レンドルフは『自分が王になりたくなかったから』という言い訳で誤魔化すのを止めた。顔を上げ、きっぱりと本当の理由を告げる。

「ハルカが死ぬと、アキが悲しむからだ」

「そ…」

「君も薄々感じているだろう？　アキとハルカは特別な絆《きずな》で結ばれている。同郷の友人同士という理由だけでなく、互いに強く惹かれ合っている」

「それは…確かに、否定はしませんが…、しかし」

ハルカの伴侶は自分だ。ハルカは私を愛していると言いたげなルシアスに、レンドルフは「わかっている」と理解を示した。

「ハルカが誰をより深く愛しているかは、この際関係ない。問題はアキがハルカを深く愛しているということだ」

「は？」

それまで真面目な顔でレンドルフの言葉に耳を傾けていたルシアスが、話の飛躍についていけないと言いたげに目を丸くする。

「いえ、ちょっと待ってください。失礼ですが、あの少年がハルカを深く愛しているとは到底…いえ、もちろん私は数回しか会っていませんし、会話もろくに交わしたことがないので断言はできませんが、しかしどう考えてもそんなはずは」

必死に否定するのは、ルシアスも心のどこかで、あのふたりの特別な絆には敵わないと、敗北感を覚えているからではないか。

まだ何か言いたそうなルシアスを軽く手で制し、レンドルフは話題を戻した。

「君がどうしても王になるのは嫌だ、その黒剣は返上したいと言うなら止めないが、そうすると君と一緒に大切なハルカも死んでしまうが、いいのか？」

意地の悪い質問だとわかっていたが、仕方ない。

ルシアスは透明感の増した青紫色の瞳で、食い入るようにレンドルフを見つめたあと、覚悟を決めたらしい。レンドルフに向けて差し出していた手を引いて、胸元で黒剣を強くにぎりなおした。

「——わかりました。謹んで王位を承ります」

「そうしてくれ」

やれやれ。これで肩の荷が下りたと安心しかけたとき、ルシアスに念を押されてしまった。

「では、新しいアヴァロニスの王として、貴方にお願い申し上げる。王の後ろ盾、上王として、是非とも政に携わっていただきたい」

上王とは存命のまま王位を譲った場合の呼び名で、とても古い時代の敬称だ。

「いや、それは」

「伏してお願い申し上げる」

折った膝に額がつくほど深々と頭を下げられて、レンドルフはそれ以上断ることができなかった。

それに、改めて考えれば悪くない条件だ。

王の後見という建前があれば、自分に残された一、二年という短い期間でも、黒髪黒瞳の民に対する迫害と偏見の多くを払拭することができるだろう。

命が尽きるまでに残された日々は、アキが幸せに暮らせる基盤作りに勤《いそ》しむ。

それは結果として、黒髪黒瞳の民が自由に安心して暮らせる国作りとなるはずだ。

† 新しい世界

自分に残されたそう長くはない時間は、すべてアキのために使いたい。そんなレンドルフの本音とは裏腹に、解決しなければならない問題が山積みとなっていた。

〝聖なる竜蛇神〟の御座所であった大神殿中央部の崩落によって、大混乱に陥っている神殿組織と王宮内の掌握はルシアスに任せるとして、レンドルフがルシアスの同意を得て、まず最初に取りかかったのはウェスリーの処遇についてだ。

発見された大量の白骨や腐乱死体について調査し、拷問によって痛めつけられた多数の黒髪黒瞳の民たちを救済するとともに、犯罪を立証するための証言を集める。諸悪の根源であるウェスリーについては、居場所が外部に漏れないよう細心の注意を払いながら、獄中での尋問を行った。

尋問と言えば聞こえはいいが、要するに拷問だ。これまで黒髪黒瞳の民に対して行ってきたことを、今度は我が身で受けることになったとき、どこまで耐えることができるのか。そして、ウェスリーがなぜ、黒髪黒瞳の民に対して異常なまでの憎しみを募らせることになったのか。興味はあるが、長々と拷問に立ち会うほどレンドルフは暇ではない。

「進展があったら報告するように」

エル・グレン州領館の地下にある秘密の小部屋から出たレンドルフは、ウェスリーのわめき声を背中で聞きながら、黴臭い階段を昇って地上に戻った。

王の御座所である主宮殿に足を踏み入れると、待ちかまえていたようにルシアスが現れた。

「正装を統一して、一新しましょう」

「服を変える？　それになんの意味が？」

服飾に対する情熱を持ち合わせていないレンドルフは、ルシアスの提案に首を傾げたが、

「体制が変わったことを視覚的にわかりやすく示すためです。多くの人間は目で見た情景に気持ちを左右されやすいですから」

そう説明されて納得した。

目新しいが奇抜ではない。斬新《ざんしん》だが伝統を蔑ろにはしない配色や形に関して、レンドルフも意見を求められたが、もちろん口は出さなかった。自分の美的判断力についてはよくわかっているからだ。

昼食時にその話が出て、夕刻にはレンドルフとルシアス、ハルカとアキの四着分が仕上がってきた。神殿中央部が崩落しようとも、王直属の衣装係は有能だということを証明したようだ。

王直属の衣装係が誠実に職務を全うしている間に、王宮および大神殿の宝物庫では、神官たちが勝手に財宝を持ち出そうとして、ルシアスが前もって配していた宮殿守備兵と争いになるという事件が起きた。

神官たちは砂糖玉にたかる蟻のごとく財宝に群がり、神殿が発行した所有証明書をにぎりしめて己の正当性を声高に主張したが、もちろんレンドルフもルシアスもそんなものを認めるわけがない。

ルシアスはすぐさま、大神殿の宝物庫は新たなる神子に、王宮の宝物庫は神子が選んだ伴侶、すなわち上王に所有権が移ったと勅令を発し、管理の権限は大神官ではなく王にあると宣言したが、当然、強い反発が起きる。

「想定内です」

ルシアスはそう言って、精力的に不満分子を選《え》り出して取り除く作業に取りかかった。

具体的には、各自に面談して『おまえたちが権力の拠《よ》り所にしてきた古い神――聖なる竜蛇神は滅びた。身分、家財、今後の職権を保障してほしければ王と上王に絶対服従を誓え』と迫り、受け容れた者には能力に応じて新たな身分や職権を与える。新体制に不満を持ち、応じる気がないものは身分剥奪した上で、過去に不正や瀆職《とくしょく》行為がないものは放免。何らかの汚職や不正の疑いがあるもの、または証拠がある者は投獄。順を追って裁判とする。

これらを速やかに実行するには圧倒的な権力が必要だが、少し前まで、それは神殿組織の長である大神官たちがにぎっていた。そして今もにぎりしめて放そうとしない。

アヴァロニスにおける権力の源泉、拠り所は武力より神威にある。古い神が滅びた今、それは元〝神子の庭〟に鎮座している黒竜神《クロ》が物理的、視覚的に役目を果たしているが――。

「あそこにあの黒竜神がいてくれるので、説得も脅しもやりやすい」

ルシアスはそう嘯《うそぶ》いたが、これまで汚職や賄賂《わいろ》、不正ばかりしてきた者たちは投獄や身分剝奪を恐れ、自己保身に走るあまり叛乱《はんらん》を企てた。

正気の沙汰ではないが、ある意味本当に正気を失っていたのかもしれない。

レンドルフがそのことに気づいたのは、王宮に戻ってきてから三日目の早朝。

目覚める直前の微睡《まどろ》みの中で、ルシアスが黒剣で斃したはずの古い神、竜蛇神の残滓《ざんし》のようなものが瘴気《しょうき》となって地上ににじみ出て、強欲と傲慢にまみれた神官たちの心に染み込み、常軌を逸した行動に走らせている——という夢を見たからだ。

「……ああ。だから黒竜神《クロ》はずっとここで見張っていたんだな」

自分のつぶやき声で目を覚ますと、今度は地上から呼び声が聞こえてきた。

「レンドルフ様、大変です！　大神殿で大規模な叛乱が発生しました！　すぐに主宮殿においでくださいと、ルシアス王陛下からの要請です！」

レンドルフは起き上がり、隣で眠っているアキに素早く視線を向けて異状がないことを確認すると、額に唇接けを落とした。そして夜の間は引き上げておいた縄梯子《はしご》を降ろし、黒竜神《クロ》の手のひらから地上に降り立った。

王宮に戻ってきてから、夜はアキを護っている黒竜神《クロ》の手のひらに登って眠るようにしているため、まわりもそれに慣れつつある。

ルシアスが寄《よ》こした伝令使から叛乱の規模や状況を聞き出したレンドルフは、背後で黒竜神《クロ》が身動ぐ気配を感じると、急いで梯子に戻って登り直した。

そして、青白い顔に冷や汗を浮かべながら平常心を保とうと懸命に己を律している、まだ若い伝令使に向かって力強く言い聞かせた。

「ルシアスには『心配しなくていい』と伝えてくれ。神官たちの反乱は、彼が解決してくれる！」

巨大な黒い手のひらの上に戻って、指の隙間からそう叫んだとき、黒竜神《クロ》がふわりと舞い上がった。

レンドルフの予想通り、神官たちが画策した大規模な叛乱は呆気なく潰《つい》えた。投降を呼びかけるための威嚇と、鎮圧。合わせて五エラン（約六分）にも満たない素早さだった。

叛乱の規模は数千。武器を手にして表に出た数は三千あまりだったが、その裏にはさらに数千の潜在的な不満分子たちが燻《くすぶ》っていた。少しでも戦況が有利に推移していたら、日和見を決め込んでいた神官たちも叛乱勢力に与《くみ》していただろう。

それらすべての不満と反抗の芽を、黒竜神《クロ》はあっという間に潰してしてくれた。前日まで舌鋒《ぜっぽう》鋭くレンドルフとルシアスを罵《ののし》っていた神官たちも、さすがに口を閉じて沈黙するようになり、新体制への不満も鎮静化していった。

ひとつ誤算があったとすれば、叛乱を鎮圧した立役者は黒竜神《クロ》ではなく、黒竜神《クロ》に命じたレンドルフということになってしまったことか。

この先、ことあるごとに黒竜神《クロ》の出陣を頼まれても困るので、誤解を解こうとしたが、止めた。

いざとなったら人智を越えた圧倒的な力で制圧できるという事実は、実際に使うことがなくても、対抗勢力への素晴らしい抑止力となる。

もちろんルシアスには正直に事情を説明しておいた。なにしろ叛乱勢力と一緒に古い神、竜蛇神の残滓も一掃されたらしく、黒竜神《クロ》が元のクロ、小さな蜥蜴もどきに戻ってしまったからだ。

黒竜神《クロ》だったときもクロに戻ってからも、どちらもレンドルフの個人的な願いを聞いてくれるわけではない。クロが動くのはあくまでアキを護るという目的がある場合のみ。

「ぎゅる！」

元の姿に戻ったクロは、さっそくレンドルフに向かって不満気に鳴いた。アキを安全な場所に移せという要求だ。

言われるまでもなく、レンドルフは主宮殿の中でも最も安全だと思われる奥宮の一室――本来なら王の主寝室として使われる部屋――にアキを運び、厳重な警備体制を構築して身の安全を図った。

主宮殿内には、レンドルフの身内でもあるエル・グレン州領出身の騎士や護衛士と、ルシアスに忠誠を誓っているエル・ファリス州領出身の騎士や護衛士、兵士たちが混在している。事情が十分に浸透するにはまだ少し時間がかかるだろう。その前に、万が一にも黒髪黒瞳のアキに対して不敬な振る舞いや、乱暴な言動を取ったりされないよう、レンドルフは心を砕いた。

アキが療養している寝室や部屋の警備に当たっている護衛士たち以外にも、主宮殿の各所に配されている警備兵にも、自分の腕環を示して見せ、

「これと同じ腕環を嵌めた黒髪黒瞳の少年には最大限の敬意を払い、その意向に添うように」

そう伝えて徹底させた。まさかこのことが仇になるとは、その時は思いもせずに。

アキがしっかりと意識を取り戻したのは、叛乱鎮圧の翌日。

それより前。王宮に戻った日の夜のこと。

レンドルフが黒竜神《クロ》の手のひらに登って隣に身を横たえると、アキはうっすらと目を開けて、譫言のように何度も『みんなは無事か』という意味の言葉を繰り返した。そのたびにレンドルフは、傷に障らないよう気をつけながらアキをやさしく抱き寄せ、髪を撫で、頬に手のひらを当てて温もりを与えて慰撫をくり返した。

「隠れ里が全滅を免れて、半分も助かったのはアキのおかげだ。よくがんばってくれた」

そしてわかりやすいよう言葉を区切って伝える。

「里は今、再建に向かって動きはじめている。黒髪黒瞳の民に対する情勢が変わったんだ。これからは安心して暮らせるようになる」

――いや、私が絶対にそう変えてみせる。

そう決意を込めて言い聞かせると、アキは涙で溺れそうな瞳をレンドルフに向けて、訥々と『よかった』という意味の言葉をつぶやいた。

死にかけた自分のことよりも里人の安否を気遣う。

その姿が気高く愛おしく、愛おしすぎて。

力のかぎり抱きしめたい衝動を堪えながら、髪をかき上げて額に唇接けを落とし、少し離れて顔を見下ろすと、アキは眩しそうに何度かまばたきしたあと、目を閉じて深い眠りに落ちた。

目を覚ましたのはその夜以来。

ちょうどレンドルフが様子を見るため傍にいるときだったが、残念ながらふたりきりではない。枕元にはもうひとり、ハルカがいた。

だからアキの意識がしっかり戻ったとわかったとき、レンドルフは微妙に複雑な気持ちになった。

『アキが目を覚ましたのは、ハルカが会いに来たからではないか』

思いついた次の瞬間、それは強い確信に変わった。その確信をさらに磐石と成すように、目覚めたアキはまず最初にクロの無事を確認して安堵し、次にハルカと抱き合って互いの無事――とは言い難いが、とにかく生きて再会できたことを喜び合った。

レンドルフの存在に気づいたのは、ハルカがパシっと手を打ち合わせ、身内自慢でもするように昨日の叛乱鎮圧について語りはじめたときだった。

「そういえばすごかったんだ！　レンドルフがね」

その瞬間、アキは興味なさそうにふ…っと視線を逸らした。逸らした先に当の本人がいるとは思わなかったらしい。寝台脇の椅子に腰を下ろして静かに見守っていたレンドルフに気づいて、ひどく驚いた。何度もまばたきをしてから、どこか苦しそうな辛そうな表情になる。ハルカの話題になるたびに、よく見せた顔だ。

ふたりきりの再会を邪魔して欲しくないという意味だろうか。アキは興奮気味にレンドルフの活躍をまくしたてるハルカの言葉をそっけなくさえぎった。

「[illegible]？」

声に不快さがにじんでいる。それはそうだろう。好きな相手が目の前で、別の男の自慢をはじめたのだ。不機嫌にもなるのも仕方ない。

居たたまれない気持ちになったレンドルフとは対象的に、ハルカはアキの不機嫌さなど気にもせず、ここがどこなのか、状況がどうなっているのか、今後の見通しなどを説明しようとしている。それにもレンドルフの名前が頻繁に出てくるせいだろう、アキはますます辛そうにうつむいてしまう。

レンドルフはハルカの話をやんわりとさえぎった。

「ハルカ、アキは疲れています。込み入った話はもう少し回復してからにしましょう」

ハルカに悪気があるわけではない。彼は彼で、二度と生きて会えないかもしれないと覚悟していた友人と再会できて、心から喜んでいる。そのせいで少し配慮が足りなくなっただけだ。だからきつくならないよう務めてやさしく言い聞かせると、納得して、前のめり気味だった身を退いてくれた。

アキは静かになってほっとしたのか、疲れた顔で何か訴えた。

「שטסטשך…レン דאָרף זאגט. איך ווילן זי נעמען אַ טאָג גאַנץ אליין ווילן איך אַזש מיך אַ בריטל. ווען איך לאָזן מיך אַליין?」

『休む』『ひとり』という意味だけは聞き取れたが、念のためハルカに翻訳を頼もうとしたとき、寝室の扉がいささか乱暴に開け放たれてルシアスが現れた。そしてハルカに向かって「ひとりで出歩くな」という意味の文句を言い連ねる。どうやらハルカはルシアスに内緒で抜け出してきたらしい。

よく見ると、ハルカもあちこちにまだ癒えていない傷があり、顔色もあまりよくない。ルシアスが心配して駆け込んできたのも無理はない。しかし、

「なぜ私に黙ってこそこそ行動する？ そんなにレンドルフに会いたいのか？」

最後に発した言葉には、ハルカだけでなくレンドルフも「はぁ？」と首をひねりたくなった。

恋する男の見当違いな嫉妬が痴話喧嘩に発展する前に、早々に水を差して退場してもらうことにした。

ルシアスに抱えられたハルカが、わあわあと文句を言いながら騒がしく退場してしまうと、部屋の中は嘘みたいに静かになる。

二度と邪魔されないように扉の内側から鍵をかけていると、背後でアキが小さな悲鳴を上げる。

「アキ、大丈夫か？」

急いで寝台脇に戻り、異状がないか手を伸ばして確認しようとしたとたん、アキははっきり顔を背けて、レンドルフに触られるのを避けた。

「アキ…」

剣で腕を斬り落とされても、これほどの衝撃は受けなかったと思う。

アキはきっぱりレンドルフに背を向けて、触れ合いどころか見つめ合うことすら拒絶した。そして口では『平気』だと言う。おそらく『大丈夫だから触るな』という意味で。

そこまで拒絶されて、これ以上どう声をかければいいのかわからない。

レンドルフは途方に暮れて動きを止めた。

内臓が全て鉛にでもなったように、重く固く、気持ちと一緒にどこまでも沈んでゆく。それでも伝えておかなければならないことがある。

君の大切なハルカはもうルシアスのものだから、あきらめた方がいい。

それから、私の命はあと数年で尽きるが、私がいなくなっても君のことはクロが――アヴァロニスの新しい神が護ってくれる。だから心配しなくていい。

これからは〝治療〟も必要なくなる。我慢して私に抱かれなくていいんだ。だからそんなふうに私を拒絶しないでくれ。君が嫌がるなら、二度と触れたりしないから。

それでも、できることなら私の気持ちを受け容れて欲しい。私は君が好きだ。保護者としてではなく。

「アキ」

できれば知らせずにすませたかった事実と、知って欲しい想いを告白する覚悟で口を開くと、またしてもさえぎられた。

「[illegible]？

[illegible]……[illegible]？」

『隠れ里』『子供たち』という単語を聞き分けた瞬間、レンドルフは息を呑んで己の不明さを恥じた。

「――…っ」

アキが気にしているのは今後自分がどうなるかではなく、〝治療〟の有無などでもなく、もちろんレンドルフの煮詰まった恋愛感情などでもなく、自分を仲間として受け容れてくれた人々の安否だ。

　レンドルフが黙り込むと、アキは不安そうにふり返り、改めてレンドルフの手を取った。そして指文字で質問を繰り返す。

『隠れ里の子供たちは、どのくらい生き残った？』

　単語を繋げて推測すると、そういう意味になる。

　レンドルフは呼吸と気持ちを整えてアキの手のひらをにぎり返し、指文字と言葉で事実を告げた。

「子供たちはほとんど助かった。里の家の地下には、いざというときのために用意した秘密の隠れ場所がある。襲撃に気づいた大人たちは、まず最初に子どもたちをそこに避難させたんだ」

　どのくらい理解できたのかはわからないが、重要な部分は伝わったらしい。アキはほっとした表情を浮かべた。そして親を亡くした子どもに想いを馳せたのだろう、切なそうにうなずいてから『犯人、誰？』と質問を重ねた。レンドルフを見上げる瞳は、悲しみと憂いで深く澄みわたっている。

「犯人はウェスリーだ。王候補のひとりだったウェスリー＝エル・ルーシャ。君も会ったことがある」

「יאָ…!?　פארוואס אָדער וואָס？」

『なぜ!?』と驚くアキに、レンドルフは少し前に尋問官からもたらされた報告内容を、かいつまんで話した。

「ウェスリーは子どもの頃〝災厄の導き手〟に誘拐されたことがある。そのとき人としての尊厳を踏みにじられるようなひどい目に遭ったらしい。なんとか命は助かったが、結局犯人は捕まらなかった」

　復讐しようにも相手がいない。そのせいで恨みは消えず、心身に受けた傷が癒えることもなく。誘拐犯に対する憎悪は、いつしか〝災厄の導き手〟全体への怨恨となった。自分が受けた恥辱を雪ぎ、苦痛を忘れ、傷を癒すためには〝災厄の導き手〟をひとり残らず殲滅《せんめつ》するしかない。そう思いつめた挙げ句の兇行《きょうこう》だ。

「要するに私怨だが、同情する余地がないわけではない。――しかし、やつはやりすぎた」

尋問官からその報告を受けたとき、レンドルフは思わず運命について思いを馳せた。

自分もウェスリーと同じ年頃に誘拐されたが、その結果、真逆の道を歩むことになった。

ウェスリーは〝災厄の導き手〟の滅亡を望み、レンドルフは彼らの安寧と幸福を望んだ。

「君が州領館で襲われたのも、やつの仕業だ」

そう告げると、アキは身震いして鳥肌の立った自分の腕をさすった。

不安そうなその様子を見ているだけなのは辛い。ほんの少し前に『許可なく触れたりしない』と誓ったことは忘れて、レンドルフは手を伸ばし、震えるアキの冷たい腕にそっと手を重ねた。

「大丈夫だ、アキ。君のことは私が守る」

君が天寿を全うして安らかな眠りにつく日まで。ずっと、一生涯。

そう続けたかったが、それは叶わぬ願いだと思い出して口をつぐむ。

声に出さなくてもレンドルフの重い気持ちが伝わったのか、アキはあまり嬉しくなさそうに、そっけなく『ありがとう』と言っただけで、再び背を向けて目を閉じた。

レンドルフの想いを拒絶するためなのか、それとも本当に疲れて眠いだけなのか。

本音を聞き出す勇気も術もないまま、レンドルフはしばらくアキの薄い背中と肩を未練がましく見つめていたが、やがて緊急の招請を携えた使者が現れたのを機に、椅子から立ち上がった。

「騒がしくしてすまなかった。そろそろ仕事に戻るよ。しばらくは頻繁に顔を出せないが、なるべく早く、また様子を見に来る」

——君さえ、嫌でなければ。

心の中でそう言い添えて寝室を出た。扉を閉める最後の一瞬まで、アキが顔を上げて見送ってくれることを期待しながら。

けれどその願いが叶うことはなかった。

その日からレンドルフは息つく間もない忙しさに

見舞われた。各地から続々と参集してくる州領主や、地方の神殿を取り仕切る神官長たちの謁見要請に応え、ルシアスと協議しながら〝災厄の導き手〟に対する迫害禁止と、禁を破った者への罰則強化を盛り込んだ新しい国法の制定を急ぐためだ。

他にも、新しい身分制度、古い組織の解体と新たな神殿制度への移行、不満分子を芽のうちに摘む作業も継続して行わなければならない。旧弊を排して、より良い世界を創りあげるには、どれも可及的速やかに実行する必要がある。

眠る時間もろくにないまま日を過ごしていたレンドルフだが、私的な案件も忘れていない。

ひとつは、大神殿崩落と壊滅の際に行方不明になってしまった〝神の水〟の探索。もうひとつは、州領館から主宮殿に住まいを移すにあたって見つけた、アキの『制服』の返却。もう一年以上前になる、初めて出会ったあの森で、アキから預かっていた服だ。

アキにとっては故郷の形見である。自分が持っているより、やはり持ち主の元に返すのが最善だろう。服を手に入れたからといって、アキが元の世界に還ってしまう恐れはもうない。

アキは世界《アヴァロニス》の創造神である黒竜神《クロ》の一部に組み込まれたのだから。

レンドルフが上王として主宮殿入りしてから七日目の夜。ひとりの神官が『不思議な水を見つけたので献上したい』と言って謁見を求めてきた。

神官といっても、無欲ゆえに叛乱には加わらず、処罰を受けなかった正直者。さらに黒竜神《クロ》が新しい神であることにいち早く気づくという、本物の神官としての素質を備えていたため、身分を剝奪されずにすんだ老爺だ。

その老神官は、神殿の瓦礫《がれき》を取り除く作業中に見つけたという、不思議な液体が入った小瓶をレンドルフに差し出した。

「上王陛下」

「そう呼ぶように言われてるのかもしれないが、上王陛下は止めてくれ」

「では、なんとお呼びすれば？」

「これまで通り、エル・グレン卿か、ただの旦那様でかまわない」

黒竜神《クロ》の手のひらに乗って神官たちの叛乱を蹴散らしたあとで言うのもなんだが、できるだけ目立ちたくないのが、レンドルフの偽らざる本音だ。

「それで、不思議な水というのはどこに？」

レンドルフは内心の期待と焦りを完璧《かんぺき》に抑え込み、無関心を装って訊ねた。

献上品の持ち主にわざわざ目通りを許したのは、為人を確かめて、その〝水〟が本物かどうか判断しようと考えたからだ。いざとなったら本人に毒味をしてもらうつもりもある。

「こちらです。以前、一度だけ大神…元大神官様のお部屋で見たことがあった〝神の水〟にそっくりでしたので、陛…旦那様にお持ちいたしました」

そう言って老神官がうやうやしく差し出した小瓶は、護衛隊長ラドヴィクが受け取り、不審な点がないか確認してからレンドルフの手に渡る。

それはあらゆる色を内包した、見る角度によって透明にも黒にも白にも見える、不思議な輝きを持つ液体だった。

「これが本物の〝神の水〟だとしても、資格なき者が口にすると死ぬと聞いたが本当か？」

だからアキに飲ませることができなかった。

「――表向きは、はい。ですが真実は、いいえ」

己の恥部をさらすように口ごもりながら、老神官が言葉を選ぶ。その答えにレンドルフは目を剝いた。

「資格の有無は嘘だと言うのか⁉」

「…はい。前の大神官様はよく〝神の水〟をお飲みになっておりました。それで御歳のわりに記憶力が衰えることもなく、人並みを越えた察しの良さを維持しておりました。大神官様だけでなく、大神官様のお気に入りの方々も。その中には、とうてい神が恩寵をお与えになるはずもない方も混じっておりました」

「――なるほど。では私が許可する。今ここで、これをひと口飲んでみてくれ」

瓶の中には三口分ほど入っている。贋物や毒物であれば辞退するはずだ。

レンドルフが瓶を差し戻すと、老神官は驚きつつも特に恐れる様子はなく、むしろ喜んで受け取り、蓋にひと口分だけ注いで、ためらうことなく飲み干して見せた。

結果は、まさに神の恩寵としか言い様がない。

皺だらけだった老神官の肌は目で見てわかるほど艶を取り戻し、曲がりかけていた腰と背中も心なしか伸びたようだ。くすんだ灰茶色だった髪もほのかな琥珀《こはく》色に変わった。

「すごい…」

思わずつぶやきを洩らしたのは本人ではなく、壁際に控えていたラドヴィクだったが、声に出さないだけでレンドルフも同じ思いだ。同時に臍を噛むような悔しさもあったが、今は脇に置いておく。

「そなたの勇気と、貴重な〝神の恩寵〟を着服することなく献上した正直さは称賛に値する。追って褒美をとらすゆえ、望みがあれば考えおくように」

レンドルフはそれだけ言い残すと、素早く小瓶を取り戻して謁見の間を出た。

もう興味のないふりは終わりだ。

最初は歩いていたが、いつの間にか小走りになり、最後は全速力で走り出す。アキが療養している寝室目指して。

――これさえあれば、アキと普通に話せるようになるはずだ！　これでもう、アキがこの世界《アヴァロニス》で不自由な思いをしなくて済むようになる。

言いたいことが伝わらないもどかしさも、理解したいのに真意が汲み取れない苦しさともお別れだ。

レンドルフは回廊を走り抜け、小階段を昇って降りて角を何度か曲がり、入室の合図を送るのももどかしく省いて扉を開け、寝室に飛び込んだ。

「アキ！」

前扉の両脇に控えていた護衛士たちが、興奮して走る主という珍しい姿に目を丸くして、それと悟られぬようこっそり部屋をのぞき込みながら、静かに扉を閉める。しかしレンドルフにはそんな反応を気にしている余裕はない。

寝室の寝台がもぬけの空だったからだ。

「アキ？」

後架、浴室、居間、書斎。廊下に出ることなく、寝室から直接移動できる部屋をすべて確認して、どこにもアキがいないことに気づいて血の気が引く。

「まさか…、また私は君を失うのか…？」

一年前、数ヵ月に渡って味わったあの恐ろしさを思い出したとたん、口の中が苦くなる。急いで寝室に取って返してもう一度念入りに確認すると、最初に見逃していた小さな紙片を見つけた。

そこには几帳面《きちょうめん》な筆致で『隠れ里、戻る』とだけ記してあった。

膝から崩れ落ちそうなほど安堵すると同時に、自分でも驚くほどの猛烈な怒りがこみ上げてくる。

「戻るとはどういう意味だ!? なぜ勝手に私の傍から離れるんだ！ 怪我を押して出て行きたくなるほど、それほど私の傍にいるのが嫌なのか…！」

レンドルフは〝神の水〟が入った瓶を砕く勢いでにぎりしめ、額に拳を当ててアキが王宮を去った意味を理解しようとした。しかしそれは一瞬だけ。次の瞬間には部屋を飛び出し、扉を守る護衛士を問いつめていた。

「アキが出て行ったのを見ただろう？ なぜ止めなかった!?」

護衛士は困惑した表情で狼狽え、

「それは…――、陛下からアキ様の意向には最大限添うようにと仰せつかっておりましたから」

指示通りにしたのに、なぜ叱責されなければならないのかと目を泳がせる。

「くそっ」

レンドルフは小さく毒づいて護衛士から離れ、すぐさま〝恩寵の通路〟に向かって走り出した。

途中途中で念のため、アキを見たかと確認すると、確かに見たと答が返る。その中の誰ひとり、アキの行動を止めようとする者はなく、ひとりとして、ひとりで出歩いていることを不審に思う者もいなかった。

初日にレンドルフが、腕環の持ち主には最大限の敬意と便宜を図るようにと徹底した結果だ。

「クソッ」

もう一度、過去の自分に毒づいて、レンドルフは〝恩寵の通路〟に駆け込んだ。不幸中の幸いは、アキが出て行ったのがほんの少し前だったということ。

青白い通路の奥に、小さな人影が見える。

声をかけて逃げられないように、足音に気づかれて逃げられないように、レンドルフは注意を払いながら足早に忍び寄った。そのまま州領城側の出口の手前で追いつき、有無を言わさず抱きしめる。

「アキ……ッ！」

もう放さない。絶対に。

失うくらいなら、嫌われようが憎まれようが、閉じ込めて自分のものにする。

本気でそう思った。それくらい、ほんの少し前にもぬけの空の寝台を見たときの恐怖が強すぎた。

自分の中にこれほど凶暴な独占欲と執着心があったことに驚きながら、絶対に逃げられないよう強く抱きしめると、アキの胸元から「ぎゅぃ」という鳴き声が聞こえてくる。ふたりの板挟みになったクロが文句を言っているのだが、レンドルフはそれを無視した。今はおまえに構っている暇はない。

そして、さらに強くしっかりとアキを抱き寄せながら問い正す。ほとんど責める口調で。

「なぜ？　どうして？　私に黙って出て行こうとするんだ!?」

詰問しながらアキの顎に手をかけて無理やり仰向《あおむ》けさせると、涙があふれて止まらない瞳に見つめられて理性が灼き切れた。

「――……レ……っ」

何か言いかけたアキの声ごと飲み込むように、唇を重ねてふさいでしまう。抗議も疑問も、言い訳も謝罪も、今は聞きたくない。

「ん…ッ……ん！　ん…っ！」

首のうしろを強く押さえて逃げられないように固定して、喉奥まで蹂躙する。息継ぐ間も与えず貪り、戸惑い震えている舌をどこまでも追いつめた。

アキがまぶたを強く閉じた隙に一瞬だけ唇を離し、

小瓶から〝神の水〟を口に含んで再び唇をふさぐ。そのまま腰を抱き寄せ、自分の身体に強く押しつける。後頭部を手のひらで固定して直接喉の奥へ〝神の水〟を注ぎ込み、一滴残らずアキに与えた。苦しげなうめき声が何度も聞こえたけれど、拘束をゆるめる気にはなれなかった。手を離しとたん逃げられてしまいそうで。

「っぐ……！」

地面から浮いたアキの両足が宙を掻く。にぎりしめたふたつの拳で胸を叩かれても、レンドルフは唇接けを止めなかった。逃げ惑う舌を追いかけて絡ませ、吸い上げ、少年の口中を自分の唾液で満たしてゆく。アキがそれを飲み下すときの喉の動きが、重ね合わせた粘膜越しに伝わってきて、どうしようもなく興奮した。そんなことで昂ぶる自分はどこかおかしい、壊れていると感じたが、理性の声はすぐに小さくなって聞こえなくなった。

レンドルフは宙を蹴って足掻いているアキの両足を膝裏からすくい上げると、通路の扉を押し開けて州領城に足を踏み入れた。

前室の扉を蹴破って執務室に入ると、待機していた補佐官セレネスが目を丸くして立ち上がった。

主《あるじ》がこれまで見たこともない切羽詰まった表情で、華奢な少年を抱えて飛び込んできたのだ。驚くなと言う方が無理だ。しかしセレネスはすぐに冷静さを取り戻し、持ち前の明晰《めいせき》さで状況を把握すると、務めて平静な口調で問いかけた。

「いったい、どうしたんですか？」

見ればわかることをわざわざ訊いたのは、理性が蒸発しかけている主が、それで少しでも正気に戻ることを期待したからだ。しかし。

「しばらく二人きりにしてくれ。絶対に、誰にも邪魔するなと言っておけ」

返ってきた答えは、またしてもセレネスがこれまで聞いたことのない声と口調で、これ以上水を差すのもなだめるのも無理だとわかった。

セレネスは主の腕に抱きしめられて困惑している少年に同情しつつ「畏まりました」とうなずいて、

主のために寝室の扉を開け、静かに閉めた。そのあと中で何が行われたかについては、深く考えないようにする。そして、あとから追いかけてきた護衛隊長ラドヴィクを引き留め、こう言ったのだった。

「今、邪魔をしたら、たぶん一生恨まれますよ」

寝室の扉に鍵をかけたレンドルフは素早くふり返り、寝台の上から逃げ出そうとしているアキを見た。三歩で傍まで戻る間に、アキは床に降りてレンドルフの対角線上に身を置いた。できるだけレンドルフから離れたい気持ちがそうさせているのだろう。避けられているし怖がられている。

わかっていても、これまでずっと心がけてきた物わかりのよさは発揮できない。逃げ惑う少年を部屋の隅に追いつめ、怯えた顔をさせてしまう。

それはたぶん、自分に残された時間が限られてしまったからだ。

この先何十年も生きられるなら、五年や十年かけてでもアキの心が解れて自分に向くまで、辛抱強く待つつもりだった。傷つけないように、宝物のように大切にして、彼が笑顔で幸せに暮らすことだけを最優先に心がけて。そのためなら、己の気持ちなど押し殺せると思っていた。

けれど、そんな余裕はもうない。

命の刻限が切られたことで、自分にとって一番大事なものが見えてくる。

絶対に失いたくないもの。

ひざまずいて床に額《ぬか》づき、請い願ってでも手に入れたいもの。

レンドルフにとって、それはアキだ。

身体だけは手に入れた。意識のない身体なら何度も抱いた。けれどそれでは駄目なんだ。

私は君の心が欲しい。心と身体、両方が欲しい。

そう叫んで跳びかかり、慈悲を請いながら抱いてしまいたい。胸の深い場所からこみ上げてくる激情を、それでも拳をにぎりしめることでなんとか堪えて、一語一語区切るように、もう一度繰り返した。

「どうして、黙って、私の前から、姿を消そうとしたんだ？」

言い訳や建前は聞きたくない。私は君の本心が聞きたい。指文字や片言の推測ではなく。きちんとした君の言葉で、逃げ出した理由が聞きたい。

静かに答えを待つレンドルフの前で、アキは視線をさまよわせたあと、逃げ場はないとあきらめたのか、力なく項垂れてつぶやいた。まるで独り言のように。

「――אדך קצן ןרשם ןאצן עם…צך ןאצן. צך ןאצן……イッテモドウセツタワラナいンだカラ、イイかべつに」

聞き慣れた木片を叩き合わせるような異国語の響きが、途中から意味を成す音の連なりに変わり、やがて流暢《りゅうちょう》な言葉になる。そして最初にレンドルフの耳に飛び込んできたのは、夢かと思う告白だった。

「俺は、レンドルフ…あなたが好きなんだ」

アキは深くうつむいたまま、拳をにぎりしめてささやいた。涙で潤んだかすれ声で。

「――あ、愛してるんだ」

そのひと言を聞いた瞬間、レンドルフの心臓は弾けて飛び散り、部屋中で歓喜しながら無数に爆ぜて踊りまわった。まるで輝力光を使った光花のように。

――ああ…！　アキ…‼

レンドルフは両手を広げて目を閉じた。

激流に足元をすくわれて天地の区別がつかなくなった人のように、極上の酒に酔いしれて天を仰いだときのように、手足の感覚が溶けて消え、高鳴る心臓の音だけが世界の中心になる。

至福の表情を浮かべたレンドルフに気づくことなく、アキはうつむいたまままこれまでレンドルフのことをどう思っていたのか、ハルカに対してどう感じていたのかを訥々と打ち明けはじめた。

「だからあなたが春夏に選ばれて、王様になって、ふたりで仲よく並んで笑い合ってる姿なんて見たくない。あなたが義務で、春夏に頼まれて俺に唇接《キス》け…体液を与えてくれるのも、嬉しかったけど辛いんだ。俺はあなたのことが好きだから、唇接けされると身体が熱くなって、俺ばっかりが馬鹿みたいに興奮してて。そういうのがもう嫌なんだ。だから離れたかった。これ以上、あなたの傍にいたら、俺は春夏を憎んでしまう。これまでだってたくさん迷惑をかけてきたのに、ウェスリーみたいに醜く歪んで、あなたの大切な春夏を傷つけるようになったら、俺は…、だから……っ」

想いが報われるというのはどういうことなのか、レンドルフは生まれてはじめて理解した。同時に、自分が——自分とアキが、どれくらいすれ違っていたのかも思い知る。

——私が、君はハルカを愛していると思い込んでいたように、君も私がハルカを愛していると思ったのか…。なんて馬鹿げた勘違い。呆れるほどのすれ違い。そして、なんて遠まわりをしてしまったんだろう。

失った時間は取り戻せないけれど、もう二度と誤解やすれ違いで時間を無駄にしないよう、レンドルフはきっぱりと断言した。

「迷惑だと思ったことは一度もない」

アキが顔を上げる。顔中が涙で濡れているのに、なんて美しく可愛らしいんだろう。泣き腫らしていてもどこか涼やかで、清廉で、それなのにどうしようもなく艶めいた色香を感じる。朝方の雨に洗われ、朝陽を浴びて震える花の蕾《つぼみ》のようなこの少年を、抱きしめずにいられる人間がいたら見てみたい。

「アキ」

名前を呼びながら両手を広げて近づいてもアキは逃げなかった。そのまま抱き寄せ、腕が余るくらい華奢な身体を強く抱きしめる。そうして唇を重ね合わせた。先刻の罰するような唇接けとは違う、甘い愛撫を思うさま繰り返した。

最初は呆然としてされるがままだったアキは、唇が一度離れた隙にようやく我に返ったらしく「どうしてこんなことをするんだ」とか「人の心を弄ぶなんてひどい」とか、挙げ句の果てには「どうして俺の気持ちをわかってくれないんだ！」と、駄々をこねる子どものようにレンドルフを責めはじめた。

そのすべてが、睦言よりも甘い愛の告白に聞こえてしまうのは、自分が舞い上がっていたせいだけではないと思う。

同時に、そんなアキの反応に違和感を覚えた。

これまで散々苦労してきたのだから、言葉が通じるようになったら、真っ先にそのことを喜ぶはず。それなのに。彼の唇からこぼれ落ちるのは、レンドルフを詰る言葉ばかり。

もしかしたら、意味は理解できても、言葉が通じるようになったとは認識していないのかもしれない。

しかしそんなことは、今の自分たちにとって何の障害にもならない。

「あ、あなたには俺の気持ちなんてわからないんだ。あなたがどうして、俺にこんなことするのかわからないように、あなたも俺の気持ちなんて」

わからないと詰られ、振り上げた拳でドンと胸を叩かれても、こみ上げてくるのは喜びだけ。責められても詰られても、すべて愛の告白に聞こえる。

「ああ、わからない。わからなかった。そのせいでこんなにも遠まわりする羽目になった。だからもう、遠慮するのはやめにした」

互いに同じ意味で想い合っているのなら、もう何ひとつためらうことはない。

嫌われる心配をせずに触れられる。その喜びを噛みしめながら唇を重ねようとしたとき、アキが夢から覚めたようにまばたきをした。

「――え…？」

まばたきの拍子にこぼれた涙を舌で舐め取ると、アキは混乱しながら腕の中で身動いだ。

「え…？　ちょっと待って。レンドルフ。どうして普通に俺の言うことに答えてるの？　っていうか、どうしてあなたの言うことが、こんなにすらすらわかるわけ…？」

なんとなくそうではないかと思ったが、やっぱり気づいていなかったのか。聡明な少年らしからぬ間の抜けた問いに、思わず笑いがこみ上げる。

「ようやく気がついたか」

「え…？　えっ…？」

アキはまだ自分に起きた変化を、うまく理解できていないらしい。それだけ切羽詰まっていたということか。

「さっき飲ませた」

「――…なにを？」

「神の水」

「嘘…――」

「嘘ではない」

アキが呆然と混乱を繰り返すたびに、レンドルフには少しずつ余裕が生まれる。指文字も絵談義も介さず言葉が通じ、なめらかに進む会話を楽しめるくらいに。打てば響く反応の早さが頼もしい。

ただし。言葉の意味は理解できるようになっても、すれ違いがなくなるわけではない。

だからアキの疑問にはすべて答え、誤解も丁寧に解いてやった。

〝神の水〟を飲んでも死なない理由。ハルカが王に選んだのは自分ではなくルシアスだということ。それから、アキの一世一代の告白がどこから聞き取れるようになったのかということも。

どうせ言っても理解できないと開き直り、正直に想いの丈をぶつけたアキは、レンドルフが告白の最初から聞き取れていたと知ったとたん、真っ赤に染まった頬を両手で覆い、うつむいてしまった。たぶん、レンドルフが抱きしめていなければそのまま床に踞《うずくま》ってしまっただろう。

「もう、死にたい…」

「それは止めてくれ。私が困る」

「なんでレンドルフが困るのさ…」

拗ねたように言い返された瞬間、愛しさがあふれて止まらなくなった。この期に及んでまだわからないのかと、少しだけ呆れてから、それは自分も同じだったと思い直す。

そして聞き間違いも誤解もしようがないように、きっぱりと宣言する。

「私も君を、アキを愛しているからだ」

君の命が尽きるまで、ずっと傍にいて君を守るよ。

本当はそう続けたかった。けれど嘘はつけない。

だから代わりに全身全霊を込めて抱きしめた。

自分が死んでしまうその日までは、二度と誤解して悲しむことがないように。愛されていることを疑うことがないように。

「……ふ、……ぅ……え…」

はぐれた親に見つけてもらった子どものように、くしゃりと顔を歪めて泣き出したアキを抱き上げて寝台に下ろし、そのまま身体を重ねた。丁寧に服を剝ぎ取り、自分も素肌をさらして、文字通り身も心も繋げて融け合う。

きちんと意識のあるアキの反応は初々しく、レンドルフは夢中でそのすべてを貪った。

愛撫したり身体を動かすたびに、腹の傷に貼りついているクロが不満がましく鳴くのには閉口したが、無理に引き剝がそうとすると歯を剝かれるので我慢する。それでも、途中でアキがクロを抱き上げて首筋に這わせたので、隙を見てつかみ上げ部屋の隅に放り投げてやった。

——おまえは日がな一日アキに貼りついて、この先、一生そうやって生きていけるんだ。私がアキと愛し合うときくらい、邪魔せず静かにしていてくれ。

見た目は蜥蜴もどきでも、本性は神であるクロを寝台から放逐したのは、たぶん腹癒《い》せも兼ねていた。

世界を創造する神だと言いながら、愛するアキと一生を添い遂げさせてくれない無情さに対する、ささやかな意趣返しだ。

レンドルフは守護神を失って無防備になったアキの身体を隅から隅まで味わった。

たとえ自分があと数年で死んでしまっても、アキが寂しくないように。己の形を刻みつけ、あふれるほど愛を注ぎ込む。

アキを苦しめていたすべての誤解を解いてやり、わだかまりが消えて、やわらかく解れた心と身体を何度も何度もくり返し深く穿《うが》ちながら、レンドルフは少しだけ泣いた。

手に入れた喜びが大きければ大きいほど、それを失う日が来ることが、心の底から辛かった。

目を覚したのは真夜中近く。青白い月の光が、緞帳の隙間から部屋の奥に射し込んでいる。

　日暮れ間際に一度目を覚ましたとき、従僕の手を借りずに汗と体液でドロドロになっているアキの身体を清め、寝衣を着せてやり、敷布や上掛けを一新した。それから素早く我が身も清めて寝台に戻り、しばらくアキの寝顔を見つめて至福の余韻に浸った。

　そのあと目を覚ましたアキといろいろ話しをした。

　クロがこの世界《アヴァロニス》の新しい神だということ。古い神は天に還ったこと。古い神の神子だったハルカはただの人間に戻り、アキが新しい神——黒竜《クロ》神の神子になったこと。神子だからといって、ハルカが強請されていたように王を選ぶ必要はないことなどを。

　アキがいつからレンドルフのことを好きになったのか、こうやって身体を重ねてもいいと思うほど、好きだと自覚したのはいつなのかも教えてもらった。

　レンドルフがいつからアキを特別に想うようになったのかも、正直に話した。

　互いにささいな……ひとりで抱えていたときは大きな問題だと思っていたのに、告白して、解決してしまえばささいだったとわかる悩みを打ち明けて、互いの欠けた部分を補い合えることの幸福に浸りながら、再び眠りに落ちた。

　そして今、真夜中の月明かりを浴びながら、アキはまだ目覚める気配がない。代わりに定位置に戻っていた黒い守護神が、恨みがましい目つきでレンドルフを見上げて鳴いた。

「…ぎゅるっ」

「文句を言いたいのは私の方だ」

　漆黒の鼻頭を指で弾いてやりたいのをどうにかこらえ、代わりに健やかな寝息を立てているアキの額をひと撫でしてから、レンドルフは露台に出た。

　月は中天に差しかかり、世界は濃い青闇に満たされている。濃紺の夜空には星々が瞬き、州領城を囲む森影の向こうに、朝まで消えずに州都を彩る、歓楽街の明かりが色とりどりに輝いていた。

　竜蛇神が天に還って王都の大神殿が崩落し、古い権力体制が潰えても、人の営みは続いている。

あの明かりが消えなくてよかった。そう思いながらも、その代償として支払ったものの大きさを考えてしまう。

風が吹いて髪が揺れる。

忙しさにかまけて散髪を怠っていたせいで、前髪が鬱陶しい。レンドルフは露台に設えてある長椅子に腰を降ろし、遠くに夜の都を眺めながら視界をさえぎる前髪を何度もかき上げた。

そうやってどれくらい時間が過ぎただろう。

背後で小さく玻璃製の扉を開ける音がして、淡い光が足元に射し込む。

「レン…？」

寝起きの少し舌足らずな声で呼ばれて、レンドルフは弩《いしゆみ》から放たれた矢よりも素早く立ち上がり、柱に肩を預けてなんとか立っているアキの傍らに駆け戻った。

「大丈夫か？」

「…ぅん」

アキはまだ夢でも見ているように茫洋とした表情でレンドルフを見上げ、眩しそうに何度もまばたきしながら、幼子のように拳で目をこする。

「独りにしてすまなかった。眠いなら寝台に戻った方がいい。ずっと傍についていてやるから」

「……いい。眠い、わけじゃ…ないんだ」

「？」

「なにか、変な…夢を見て……」

「夢？」

「うん…。——クロが…」

「ぎゅるっぎゅ！」

呼ばれたと思ったのか、襟元から黒い守護神が顔を出し、得意気に鳴きはじめる。アキはその顔をさらりと撫で、慣れた手つきで首筋に巻きつけた。

クロは襟巻きのようにアキの首にぐるりと巻きついて、肩口に顎を乗せると、満足気に目を閉じた。よほど機嫌がいいのか、ぐつぐつと楽しそうな喉鳴りまで聞こえてくる。

人の気も知らないで…と、思わず心の中でぼやきながらレンドルフは秘かに溜息を吐いた。

「夢の中で…大きくなったクロが、俺に何か教えてくれたんだけど、意味がよく…わからなくて」

「どんなことを教えてくれたんだ？」

君にもクロの言動が理解できないことがあるのかと、少し珍しい気持ちになりながら訊ねると、アキはもう一度レンドルフの顔を見つめて目を細めた。

「——ええと…『一度手放した神命は、真実の愛を手に入れることで取り戻せる』……って。どういう意味かわかる？」

アキは、レンドルフの顔を見上げながら不思議そうに首を傾げた。

「な…——」

レンドルフは息を呑んでアキを見つめ返し、それからアキの襟元でとぐろを巻くクロに視線を移した。

「——なん…だって？」

《一度手放した神命は、真実の愛を手に入れることで取り戻せる》

どういう意味だと怒鳴りつけたい衝動をとっさに抑えようとしたが、抑えきれず、気づいたときには腕を伸ばして太った蜥蜴もどきを鷲づかんでいた。

「きゅっきゅぅー！」

「可愛い声で鳴いても騙されないぞ！　どういうことだ、この性悪神め！」

「レンドルフ!?　急にどうしたの？」

驚いたアキがクロを取り戻そうと反射的に伸ばした腕を避け、短い手足をジタバタさせている黒竜神の仮の姿を思いきり揺さぶってやった。

「きゅーっ！」

両手のつけ根をつかめば噛まれる心配はない。わざとらしく哀れみを誘うような声を上げても無駄だ。

「お前の言う『真実の愛』とはアキのことだな!?」

それが本当なら、自分はもう神命——寿命を取り戻していることになる。黒剣を手放したその直後でさえ、一、二年で命が尽きるなどということはなくなっていたはずだ。

「ぎゅる…？」

クロはあるかなきかの首を傾げて、明後日の方向に視線を泳がせた。

「とぼけるな！」

「レンドルフ、いったいどうしたの？　クロを放してあげて。――あ、もしかして、クロと話せるようになったとか？」

アキが精いっぱい腕を伸ばしても、レンドルフが頭上に掲げてしまえば届かない。

手の中で身をよじり、ビタンビタンと短い尾を腕に打ちつけている神の分神を、これ以上ぞんざいに扱ってアキに心配させるのも本意ではない。

レンドルフは仕方なく、ぎちぎちと歯を嚙み鳴らしているクロを、差し出されたアキの両手に戻してやった。放し際に嚙まれそうになったが、寸前で手を引いて流血を免れる。

クロはアキの手から胸、そこから首筋に這い上がり、親の威を借る子どものようにアキの耳朶に頭をこすりつけながら、ひときわ騒がしく鳴いた。

「ぎゅきゅっ！　ぎゅるっきゅ！」

「――おまえ、笑っているだろう？」

全部わかっていて、わざと教えなかったんだな。

そしてレンドルフが苦悩する姿を横目に、沈黙を決め込んでいた。

「本当に、なんて性悪な神なんだ…っ！」

「クロは性悪なんかじゃない！」

「ぐ…っ」

打てば響く素早さで反論されて、言葉に詰まる。

クロに言いたいことは山ほどあったが、アキと言い争うつもりはない。レンドルフは素直に詫びた。

「すまない。言い過ぎた」

「え、あ…。ううん。俺の方こそごめんなさい。きっとあなたにしかわからない事情があるんだよね」

レンドルフはそれには答えず、アキの身体をそっと抱き寄せて、心の底から深く長く、安堵の吐息を洩らした。クロが邪魔をするかと身構えたが、どうやらそのつもりはないらしい。

「そろそろ中に入ろう。夜風に当たりすぎるのは傷に良くない」

素直にうなずいたアキを抱き上げ、寝室に戻って寝台の上にそっと横たえた。緞帳の隙間から射しこむ月明かりが、斜めにアキの肢体を横切って部屋の隅に消える。陶器のように肌理が細かいアキの肌は、陽の下よりも月明かりの下の方が艶めかしさが増す。

「困ったな…」

「なにが？」

薄い寝衣の襟元を無防備にはだけた姿で、男の前に身をさらしていることの意味を、たぶんアキはまだ理解していない。その初々しさと警戒心のなさが、レンドルフの中で休息していた獣を揺さぶり起こす。

「また、君を抱きたくなった」

「──…っ」

アキは息を呑んで手の甲で口元を覆い、ゆるく投げ出していた両脚を急いで閉じて引き寄せた。

「身体が辛いなら無理はさせたくない」

ささやきながら、覆い被さるように手をついて鼻先が触れ合う位置まで顔を近づける。

「レン…」

アキは口元を手の甲で覆ったまま、うづむいた。

昼間あんなにも乱れてレンドルフを受け容れたのに、まるで夜になると閉じてしまう花のようだ。

「そんなふうに恥じらう姿を見ると、無理にでもこじ開けて鳴かせたくなる」

口元を覆っていた手を外し、唇を重ねると、アキは抗うことなく顔を仰向けてレンドルフの愛撫を受け容れた。細いけれどしっかりとした意思を持った両腕がレンドルフの背中にまわされ、きゅっと力を込めてしがみいてくる。それがあまりに愛おしくて、薄い腰を抱き寄せる腕と手指に力が籠もる。

「ぎぅ」

クロは不満気に小さく鳴いたものの、昼間さんざん同じ目に遭ったせいか、それともレンドルフを騙していたことに、多少のうしろめたさがあるのか。今回は無駄に邪魔することなくアキから離れ、枕の影に身をひそめてくれた。

「アキ、アキ…」

大きな憂いが霧散して、心置きなく愛する人と融け合うことができる。そう思うだけで下腹部に熱が集まり、痛いほど張りつめてゆく。

頭の片隅では『あまり無理をさせてはいけない』と自制をうながす声が響いていたが、寝衣を剝かれて恥じらう少年の乳首が昼間の性交の余韻を残し、ぷくりと赤く腫れたままなのを見て、消え果てた。

「あ…っ、レン…またそこ…、やだっ…」

嫌だと言われても、こんなに愛らしく美味そうに熟れていたら食べない訳にはいかない。

無意識に刺激から逃れようと、両脚を閉じて腰をよじるアキの下腹部に手を伸ばし、硬さを持ちはじめた若い性器に触れる。同時に小さく立ち上がった茱萸《ぐみ》色の乳首を口に含み、強く吸いあげたとたん、アキはびくびくと全身を震わせた。

「やっ…やっ！　だめ…っそこは、だめだっ…て」

腰を退いて強い刺激から逃れようとする身体を、圧倒的な体格差で捕らえて囲い込み追いつめてゆく。五本の指でまだ初々しく張りつめてゆく性器を味わい、指の先で先端をこすってやる。茎の根元から奥の窄《すぼ》まりにも指先を這わせ、まだやわらかさの残る入り口をぐるりとなぞると、アキは背を仰け反らせて喘《あえ》ぎ声を上げた。

「うんっ……んッ…――！」

目を閉じて、胸を食《は》んでいるレンドルフの頭に抱きつく形で歯を食いしばり、がくがくと腰を揺らして男の手の中に吐精する。まだはじまったばかりなのにもう果ててしまったことに、アキ自身も驚いたらしい。

レンドルフが身を起こして顔をのぞき込むと、手の甲で口元を覆いながら、潤んだ瞳で責めるように見上げてくる。

「もう…やだ」

「どうして」

「…俺ばっかり、馬鹿みたいに感じてるみたいで」

「そんなことはない」

どうしてそんなふうに感じるのかと、少し可笑しく思いながら、レンドルフはアキの手を自分の昂ぶりに導いた。

「ひゃっ」

アキはレンドルフ自身に触れたとたん驚いて声を

上げたものの、嫌がって外そうとはしない。むしろ最初の戸惑いが過ぎると、おずおずと指を動かして男の大きさと硬さを確かめてゆく。

薄い手のひらと細い指が己自身に触れ、興味深そうに探っている。遠慮がちな動きがくすぐったくて、もどかしい。けれど、アキがしっかり目を覚ました状態で、自らの意思で、男の欲望そのものに触れ、あまつさえ慣れない手つきで愛撫のような動きをはじめている。

そのことに、レンドルフは震えるほど感じた。

腰から頭頂部に向かって熱く燃える光の矢のような快感が突き抜けてゆく。

「ん…、くっ…――」

あまりの心地良さと喜悦にレンドルフが思わず声を洩らすと、アキが顔を上げた。

「気持ちいい？」

「…ああ。ものすごく」

興奮のあまり少しかすれた声で答えると、アキは少し考えてから「ちょっと起きてみて」と言った。

言われるがままにアキを抱えて起き上がり、ゆるく胡座《あぐら》をかくと、アキは身を屈めて、にぎりしめたままだったレンドルフ自身に顔を近づけた。

「アキ…、そんなことはしなくて」

いいと言いながら肩を押して、止めさせようとする前に、先端が温かくてやわらかい唇に包まれた。

その瞬間、ふたたび荒れ狂う稲妻のような刺激が身体の中心で弾けて全身に広がり、二度と「しなくていい」などと言う気にはならなくなった。

アキは、昼間自分がしてもらったことを思い出しながらなのか、ぎごちなく手順を真似てレンドルフ自身を愛撫した。全部を口に含むには大きすぎるため、先端部分を頬張り、精いっぱい舌を動かした。ときどき歯が当たったり口蓋に押しつけられる拙《つたな》い動きも、却って興奮が増す要因にしかならない。

一瞬、このままアキの口に吐精して、すべてを飲み干してもらうことを想像しかけたが、さすがにそれは可哀想だと思って止めた。これからもっと回数を重ね、アキが自分から「どうしてもしたい」と言ったら、やってもらってもいい。

けれど今はまだ早い。

直接確認はしてないが、アキはおそらく未経験だった。〝治療〟という名目でレンドルフに抱かれるまで、一度も性交をしたことがないはずだ。そればかりか、他人の行為もろくに見たことがないと思う。だから眠り薬で意識を奪われ、身体だけレンドルフに開発されても、愛撫や手順といった性交に関する知識はほとんど白紙のままだった。

昼間、はじめて意識がある状態でレンドルフに抱かれたときの反応は、まさしく清童そのもの。そこからまだ半日しか経っていない。愛し合うことについて探求心と向上心があるのは嬉しいが、無理はして欲しくない。

「アキ、もういい」

それ以上されると我慢できなくなる。

レンドルフが肩をやんわり押して顔を上げさせると、アキはわずかにほっとした、けれど少し残念そうな表情を浮かべた。

「——…気持ちよく、なかった？」

不安そうに訊ねられて、大きく首を横にふる。

「まさか。気持ち良すぎてどうにかなりそうだった。けれど、今は君の口ではなく内《こっち》に入っていきたい」

ささやいて唇接けながらアキの腰をつかんで持ち上げ、自分を跨《また》ぐ形で座らせる。ちょうどアキの性器の前に、レンドルフの昂ぶりがそそり立つ形で向き合い、そのまま距離を縮めて抱きしめた。

唇接けを深くしながら、左手で背中を抱き寄せ、手のひらと指を使って背筋や脇腹を撫でまわし、尻の割れ目に指を差し込んで刺激する。

そうやって意識を身体に集中させながら、右手で香油を取り出し、手のひらと指にたっぷり絡ませてアキの後孔に触れた。

「ぁ…ん、うっ…んん…っ」

滑《ぬめ》りを借りて指を挿し込み、そのまま中で動かすたびに、アキは息を詰めて声を上げた。無意識に腰を上げて逃げようとするのを、左手で押さえながら、右手はどんどん奥まで曝いてゆく。

最初は中指、それから人差し指。昼間の余韻でやわらかさが残っているから、最初の頃のように時間をかける必要はない。根元まで挿し込んだ二本の指で隙間を作り、そこにレンドルフ自身の先端を押し当てると、アキは唇をかみしめて眉根を寄せ、一見すると苦悶の表情を浮かべた。それはこの先に待つ快感を知るからこその反応だとわかっているから、レンドルフはためらうことなく、けれど慎重に、左手で持ち上げていた腰を、今度は下に向かって押さえつけた。

「や…ぁ、あ…あっ、あ…ッ…んぅ…」

「力を抜いて、大きく息を吐いて」

「…うん、でも、やっぱり…大きくて…――」

辛い…と小さくこぼされて、レンドルフは動きを止めた。昂ぶりはまだ半分しか隠れていない。

「……レン？」

「少し体勢を変えよう」

そう言って、繋がったままぐるりとアキを半回転させる。突然の刺激にアキは悲鳴に近い声を上げたものの、開いた両腿を腕で支えられ、椅子に座るような形でレンドルフの胸に背を預けてしまうと、余計な力みが抜けたのか、残り半分はあまり苦労することなく飲み込むことができた。

「これって…なんだか、恥ずかしい。それに…レンの顔が見れないのもやだ」

レンドルフの腕に手を重ね、宙に浮いた両足をひくつかせながら、アキは拗ねた口調で文句を言う。たぶんそれは照れ隠しだ。けれど顔が見えないのは嫌だという意見には賛成する。

「そうだな。確かに、せっかくの可愛い顔が見えなくなるのはもったいない」

次からは鏡を用意しておこうと心に決めたが、口には出さなかった。なんとなく反対されると思ったからだ。言わずに準備して、鏡の前で乱れるアキを眺めながら、後ろから思う存分愛してやろう。

けれど今は、アキの後ろ姿で十分。赤く染まった耳や、仰け反るたびに見え隠れする頬、額。汗にまみれて揺れる黒髪が、顎先をかすめるたびに愛しさがこみ上げて熱に変わり、下腹部に凝って、少年を穿つ糧になる。

最初はゆっくりと、アキの体調を慮りながらの抽挿は、やがて本能に駆られた激しいものになる。

腰を支えていた両手を胸に移して、熟《う》れても小さい乳首を嬲る。指先で摘んで引っぱり、押しつけてこねまわす。紙縒《こよ》りを作るようにやさしくねじると、アキは甲高い声を上げた。

「ヤダ…ッ！　も…止めてよ、意地悪…！」

馬鹿、意地悪と詰られているのに心地良い。

口では嫌だとか止めろと言っても、アキの性器は興奮して天を仰いでいるし、レンドルフを飲み込んだ後孔は抽挿のたびにひくひくと蠢いて、きついほど締めつけてくる。

「あ、だめっ…、や…っ、無理っ…、もっ…うぅ」

極みに向かって深く腰を打ちつけるたびに、アキの唇から艶めいた声が洩れる。腕に重ねられた手の指が、砂を掻くように何度も肌に食い込んで赤い爪痕を残した。それすらレンドルフにとっては蜜より甘い悦楽だった。

「――中に、蒔《ま》くよ」

耳朶に直接ささやくと、アキは目を閉じて仰け反ったまま、コクコクと小さくうなずいた。

「いいよ、出して…、蒔いて…たくさん。俺の中を、レンでいっぱいにして――」

身体を繋いで忘我の極みにいるときにしか聞けない、あられもない艶めいた声を聞きながら、レンドルフは愛しい伴侶の願い通り、自分の愛で満たしてやった。

同時にアキも、レンドルフの手の中に吐精する。

声にならない歓喜の音色が響きわたり、暗いはずの室内が光で満たされた。

レンドルフはそのままアキを抱えて仰向けに倒れ込み、まだびくびくと跳ねている敏感な身体を抱きしめた。アキは全速力で走ったあとのように激しい呼吸を繰り返している。レンドルフはごろりと横を向き、アキが息をしやすい姿勢に変えてやった。

繋がったまま、しばらくそうして息を整えているうちに、アキが寝入ってしまったので、レンドルフは静かに身を退いて事後の処理に取りかかった。

アキの身を清め、寝衣を着せてから自分の身も清めて寝衣を羽織る。そして目を覚ましたときにすぐ摂れるよう、飲み物と軽食を枕元に用意しておく。

後始末をすべて済ませてアキの隣に身を横たえると、いつの間にか戻っていた黒い守護神が、アキの胸の上で四肢を踏ん張り、レンドルフを睨み上げていた。

「そんな目で睨まなくても、今夜はもうしないよ」

時を惜しむように貪らなくても、明日も明後日も、五年先も十年先も、ずっと一緒にいられるのだから。

「ぎぅ」

クロは文句なのか了承なのかよくわからない鳴き声を上げて、アキの寝衣にもぐり込んだ。

レンドルフは黒い守護神ごとアキを抱き寄せ、そのまま静かに目を閉じた。安堵と満足、胸にあふれる愛しさと庇護欲、敬意を抱ける相手を腕に抱いて眠れる幸福に感謝しながら。


目を覚ましたのは夜と朝の狭間。まだ空が明るくなる前のことだった。

まぶたを薄く開けると、目の前でちらちらと仄白いなにかが動いている。何度かまばたきをするうちに、それがレンドルフの前髪をいじっているアキの指だと気づいた。

「おはよう」

声をかけたとたん、アキはびっくりしたように手を引っこめ、少し上擦った声で「おはよう」と返事をした。

レンドルフは横を向き、腕を折って頭を支えると、反対の手でさっきまでアキがいじっていた自分の前髪に触れた。

「忙しくて切る暇がなかったんだ。やはり鬱陶しいか？」

「ううん」

アキはぶんぶんと首を横にふった。

「短いのも似合ってるけど、長いのも格好いいなって思ったんだ。それに見た目よりやわらかくて、触ってると気持ちいいなって」

「ふうん？」

レンドルフは目を細めてアキを見つめながら、自分の前髪から手を離してアキに伸ばした。

頰に触れ、指先で耳朶をなぞり、そのまま首筋まで撫で下ろして、寝衣のゆるい襟元から手を差し込むと、アキはきゅっと唇を尖らせ、両手で襟元をかき合わせながら身を退いた。

「もうすぐ朝だよ」

「うん？」

「俺たち昨日から、ずっとここで…その、してるか寝てるかのどっちかだよね？」

「ああ」

「仕事はいいの？」

たぶん、愛欲に溺れるのはよくないと言いたいらしい。まったく、なんて真面目なんだろう。そんなところも大好きだし、可愛くて愛おしい。

「レンドルフ、聞いてる？」

「ああ」

上からのぞき込む顔が可愛い。寝乱れた黒髪も愛おしい。

「すごくにやけた顔してる」

「幸せだからな」

正直に告げたとたん、アキの頰が赤く染まるのがわかった。

アキは口の中でなにか小さくつぶやきながら、もそもそと上掛けを持ち上げ、レンドルフの隣にもぐり込んだ。腹の傷がまだ痛むのだろう。動きは緩慢でぎこちなく、楽な体勢に落ちつくまで少し時間がかかる。なんとか居心地の良い場所——レンドルフの胸元に顔を埋められる位置に収まると、「ふう」と大きく息を吐いてレンドルフを見上げた。

「昨日の昼間も思ったけど、レンドルフってもしかして、けっこう好色《えっち》…だよね？」

「そうか？」

「うん。なんか、見た目から予想してたのと違ってびっくりしてる」

「見た目の予想とは、どんな？」

アキは少し視線を泳がせた。たぶん出会った頃を思いだしているのだろう。

「もっとこう、淡々としてるっていうか…、性交《えっち》とか興味ありません。しても義務でしょうがなくですって思ってそう…っていうか」

少年の観察眼の鋭さに、レンドルフは思わず笑ってしまった。

「当たってる。確かに前はその通りだった」

「前って？」

「君に出会う前」

妻がいたけれど、彼女との性交は苦痛以外の何物でもなく、次期州領主の義務感だけでなんとか勤めを果たしていた状態だった。それがあまりにひどい記憶になってしまい、以後は遊びであっても女性を抱く気にはなれなかったし、だからといって少年や青年に欲望を覚えるということもなかった。

そのことを正直に告げようと思ったけれど、目の前で自分を見上げているアキの瞳があまりに清らかだったので、止めた。

大人の生臭い事情など、まだ知らなくていい。

だから話題を変えた。

「昨日、君は『ずっと居場所が欲しかった』と言っただろう？」

話を逸らされたことに気づいたのだろう。アキは少し怪訝そうに首を傾げながら、うなずいた。

「——うん」

「それは私も同じだと思ったんだ」

アキが驚いたように目を瞠る。

「信じられないか？」

「うん。ううん。でも…だって、あなたはたくさんの人に必要とされてるし、王宮にも州領城にも、それに隠れ里にだって、居場所はたくさんあるって思ってたから、びっくりした」

そう言ってアキは一度口を閉じ、それから少し考えて言い直した。そっと、レンドルフの胸に手を重ねて、温もりを伝えながら。

「でも、傍からどんなふうに見えていても、その人がどう感じているか、本当のところは本人にしかわからない…よね。春夏だってお金持ちの気楽なお坊ちゃんに見えるけど、あれでけっこう苦労してるし。レンドルフにだって俺にはわからない、俺がまだ知らない苦労とか、辛い経験とかいっぱいあるのかな…って思った」

そんなふうに共感を示してくれるアキの深い思い遣りと、他者の価値観を受け容れる器の大きさに、レンドルフはしみじみと惚れ直した。

そうして、改めて思い知る。

「私にとっての居場所は、アキ、君だ」

「俺？」

「そう。自分でも、ずっと何を探し求めていたのか、本当のところはわからなかった」

世界の成り立ちが知りたい。創造神の意図が知りたい。人の世がなぜこうなっているのか知りたい。

物心つく前からずっとそう思ってきた。

「けれど本当は——本当に求めていたのは、こんなふうに私を受け容れて、正しさも醜さも丸ごと認めてくれる存在だったんだと、やっと気がついた」

「それが…俺？」

「そうだ」

きっぱりと肯定したレンドルフの返事に、アキは花がほころぶように笑みを浮かべた。

「じゃあ俺たちは、似た者同士だね」

「そうだな。そして互いが互いの居場所になる」

「うん」

「ずっと一緒に生きていこう」

昨日アキの告白を聞き、自分も愛していると告げたあと、言いたくても言えなかった言葉を口にすると、アキはコクリとうなずいてレンドルフの胸に顔を埋めた。

「…うん」

答えは涙ですこしくぐもっていた。けれどそれは、磨き抜かれた宝玉よりもきらめいて、レンドルフの胸を豊かに満たしてくれる。

レンドルフが腕をまわして抱き寄せると、アキも両手を伸ばしてレンドルフを抱きしめ返してくれた。

　愛する人と抱き合って眠る。

　レンドルフは、ようやく手に入れた幸福を嚙みしめながら目を閉じた。

　痺れを切らした護衛隊長《ラドヴィク》と首席補佐官《セレネス》が扉を叩き、腹を空かせたクロがやかましく鳴きはじめるまで。

　アキとふたりで、束の間の平安を楽しんだ。

それぞれの好敵手《ライバル》

レンドルフがアキと共に州領城から王宮に戻って三日が過ぎた。ルシアスの号令によって宮殿内の秩序はそれなりに回復しつつあるものの、新旧神の交替によって混乱を極めた神殿組織の解体と再構築はこれからが本番。

神官たちの処遇に関する分厚い報告書を読みながら、食べ損ねた午餐《ごさん》の代わりに首席補佐官セレネスが届けてくれた軽食を頬張《ほおば》っていたレンドルフは、強い視線を感じて顔を上げた。

「……ぎぅ」

いつの間に登ってきたのか、執務机の端にぺたりと張りついて前肢《まえあし》を踏ん張ばり、可能な限り頭《こうべ》をもたげたクロと目が合う。

——珍しいな。

クロが自主的にアキから離れることは滅多にない。滅多に…というより、初めて見た。アキとの愛の営み中に邪魔をして、寝台の外に放り出されるのを避けるためにに身を隠すときですら、手を伸ばせば届く範囲にいるのに。

そう思った次の瞬間、レンドルフはクロから視線を外し、執務机から二歩ほど離れた場所に置かれた長椅子《いす》を見た。そこにはアキがやわらかな毛布にくるまれて眠っている。クロがわざわざ守護《アキ》の対象から離れて自分の側《そば》に来たのは、彼の身に何か異変でも起きたからかと不安になったからだ。

「アキ？」

腰を浮かせて身を乗り出し、眠る恋人の顔をのぞき込みながら小声で名を呼んでみる。

返事は深く規則正しい寝息。顔色はよく、悪夢にうなされている気配も、苦しさや痛みを耐えている様子もない。

それ以上無駄に声をかけて起こしてしまうのはしのびない。信じられない速さで回復しているとはいえ、ほんの半月ほど前に命を落としかける大怪我《けが》をしたばかりだ。

本来なら静かな寝室で静養させるべきだが、目の届かない場所にいると心配になり、レンドルフが頻繁に様子を確かめに行ってしまうため、アキが自分から『レンドルフの執務室で休む』と言ってくれたのだ。秘書官のセレネスには『回復が遅れます』と呆《あき》れられたが、アキは『勉強になるから』と言って、側にいることを選んでくれた。

レンドルフは注意深くアキの様子を観察して異常がないことを確認すると、椅子に腰を下ろし、改めてクロに視線を戻した。

クロは先刻より一馬身ならぬ一蜥蜴《とかげ》身ほど距離を縮め、相変わらず何か言いたげにレンドルフの顔をじっと見上げている。

「どうしたんだ、クロ」

レンドルフは手にしたままだった軽食――薄切り燻製《くんせい》肉と塩揉《も》みした香菜を三回ほど重ね、たっぷり乳酪《バター》を塗った麵麭《パン》ではさんだもの。燻製肉はしっとりやわらかく、旨味《うまみ》が効いてすこぶる美味――を口に運びながら、アキと国の守護神に声をかけた。

「私に何か言いたいことでもあるのか？」

――あったところで、私はアキと違っておまえの言うことなど理解できないからな。

四日前に判明した黒竜神《クロ》の悪戯《いたずら》、もしくは嫌がらせについて未《いま》だに根に持っているため、どうにも対応が素っ気なくなる。

じりじりとにじり寄ってくる蜥蜴もどきを横目で流し見ながら、レンドルフが麵麭ごと燻製肉を頰張ったとたん、クロが声を上げた。

「ぎゅいっ、ぎゅ！」

抗議の鳴き声だ。しかも、なんとなく恨みがましく聞こえるのは気のせいか。

「しー…っ！　そんなに大きな声で鳴いたらアキが目を覚ましてしまうぞ」

いつもとは逆だと思いながら、唇の前に指を立てて注意をうながすと、クロはあるかなしかの首をすくめてから、今度ははっきり責めていると分かる目つきでレンドルフを睨《にら》み上げた。

「ぎぅ…」

「そんな目で見られても」

困る。文句を言われているのは分かるが、なぜ言われるのかは分からない。

文句を言いたいのは私の方だ…と、こっそり溜息《ためいき》を吐いた瞬間、ふとクロの視線が自分の口元と、麺麭をつかんだ左手に集中していることに気づいた。

もしかして、

「――これが」

レンドルフは手にした麺麭の間から燻製肉を抜き出して、クロの眼前に掲げてみた。

「食べたいのか？」

「ぎぅ！」

クロは前肢をぐっと踏ん張り、心外だと言わんばかりに太い尻尾をビタンと叩《たた》きつけたものの、視線は燻製肉に釘《くぎ》づけだ。

「ふうん？」

レンドルフはにやりとほくそ笑んだ。

「食べてみるか？　美味《うま》いぞ」

クロはアキ以外の人の手から食餌《しょくじ》をもらったことがない。それが、空腹だからとはいえ私の食べ物を欲しがるとは――。

レンドルフは内心の興奮を悟られないよう極力平静を装いつつ、食べやすいよう口元に肉を近づけてみた。しかし、クロは微動だにしない。

「欲しくないのか？」

そのまま釣り餌のようにぶらんぶらんと揺すってみせると、クロは一度目、二度目までは耐えたものの、三度目に鼻先をかすめた瞬間、耐えきれずといった様子で前肢を突っ張って首を伸ばし、ぱくりと食いついた。

――食べた！

クロが、私の手から餌を食べた…！

レンドルフは執務机の陰で右手をグッとにぎりしめ、心の中で勝利の雄叫《おたけ》びを上げた。

何に勝ったのかはよく分からないが、とにかく何かが報われたような気がして、想定外の達成感をしみじみと噛《か》みしめた。

「ぎゅぃ――！」

先刻とは少し調子の異なる抗議の鳴き声に視線を

戻すと、クロが「次を寄こせ」と言いたげに、首を伸ばして鼻をスンスン蠢《うごめ》かしている。要求されるがままにレンドルフがもう一枚の燻製肉を引っ張り出して与えると、クロはすかさず食いついて美味そうに平らげ、さらに次を要求した。

「ぎゅーっ！」

「なんだ、もっと欲しいのか？」

欲しいなら、次から私とアキが愛し合うときは、寝台の外に出ているようにと交渉しかけて、止《や》めた。

頼んだところでクロが素直に従うとは思えないし、下手に機嫌を損ねられても困る。邪魔なら自分が放り出せばいいだけだ。

そんな開き直りが伝わったのか、クロは不満気に鳴きながら次を寄こせと訴えた。

「ぎっ、ぎゅるっ」

「分かった分かった。ちょっと待ってくれ」

食い意地の張った神の化身に思わず苦笑しながら、肉だけ器用に抜き出して三枚目を鼻先にぶら下げると、クロが待ってましたと言わんばかりに勢いよく食いつく。

その瞬間。

「──ん、クロ？　レン…？」

アキが眠たげに目を擦《こす》りながら、ゆっくりと身を起こした。

†

冬至祭りのご馳走《ちそう》を前に、クロが喜んではしゃいでいる夢を見た。あまりに楽しそうで、自分まで嬉《うれ》しくなって、笑顔でクロを抱き上げようとしたところで、秋人《あきと》は目を覚ました。

「…レン？」

かすむ目を手の甲で無造作に擦りながら、顔を上げると、執務机の上に踏ん張り、首を思いきり伸ばしてレンドルフがぶら下げた肉片に食いついたクロの姿が見える。

「クロ…？」

「ぎ…」

「アキ」

嬉しそうに笑みを浮かべて『見てくれ』と言いたげなレンドルフと、肉片を咥《くわ》えたまま動きを止め、なんとなくばつが悪そうなクロ。寝起きのぼやけた頭でも状況は理解できる。

「クロ、俺のことは気にしなくていいから、それを食べてしまいなよ」

秋人がやさしく言い聞かせると、

「きぅ…」

クロはとてつもなく可愛《かわい》い声で鳴いてから、申し訳なさそうにぱくりぱくりと食いついた肉片を咀嚼《そしゃく》しはじめた。最後にうっかりなのかわざとなのか、肉片をつまんでいた指ごとバクリと食いつくと、レンドルフが一瞬息を呑《の》む気配が伝わる。

「あ…っ」

秋人も思わず腰を浮かせかけたが、心のどこかでは大丈夫だという確信がある。以前も同じようなことを隠れ里の子ども相手にしたことがあるけれど、クロは無闇やたらに人を傷つけたりしない。しかも、手から直接食べ物をもらうくらい信用した相手ならなおさら。

「クロ！」

それでも一応声を上げて窘《たしな》めると、クロは素直に口吻《こうふん》をゆるめ、ぺっとレンドルフの指を吐き出した。

「レンドルフ」

秋人が心配して立ち上がる前に、レンドルフが傷ひとつついていない指を見せながら近づいて、「大丈夫だ」と微笑《ほほえ》んでくれた。

それだけで胸がふわりと温かくなり、幸福感と安心感に包まれて、やみくもに抱きつきたくなってしまう。

そんな秋人の気持ちを察したのか、レンドルフが長椅子の脇に膝をつき、目線を合わせるために身を屈《かが》めてくれたのが分かった。

「アキ」

やわらかな声で名を呼ばれて、秋人は我慢するのをやめた。「レン…」とささやきながら腕を軽く上げると、秋人の腕が肩に触れるより早く、レンドルフの方から抱きしめてくれる。力強いのにやさしい腕の温かさを感じながら、秋人は自分でも両手を広げてレンドルフの背中に触れた。

「…クロと、仲良くなったんだ」

「仲良く…かどうかは分からないが、まあ馴《な》れ合ってもいいとは思ってくれたようだ。――いろいろ試されて、ようやく下僕扱いから同志程度に格上げされたらしい」

レンドルフが真面目《まじめ》な顔でそんなことを言うので、秋人は思わず笑ってしまった。秋人が笑うと、レンドルフも嬉しそうに微笑む。

ふたりで見つめ合ってクスクス笑い合っていると、執務机から降りて床を這《は》い、長椅子をよじ登り、脇腹から背中を伝って肩口にたどりついたクロが、オレを仲間外れにするなと言いたげに「きゅー」と鳴いた。

「よしよし、大丈夫。忘れてないよ」

秋人がクロの頭を撫《な》でていると、突然扉の向こうが騒がしくなった。確かめるまでもなく、雰囲気だけで誰が来たか分かる。

扉を開けたセレネスが、予想通り「ルシアス様とハルカ様です」と訪問者の名を告げる。

レンドルフが「どうぞ」と入室許可を出す前に、勝手知ったる様子の春夏《はるか》が「やっほー」と脳天気に手を振りながら入ってきた。

「あー、またいちゃついてる！」

春夏は長椅子に並んで座る秋人とレンドルフを見たとたん、まるで小学生のような冷やかしを口にして唇を尖《とが》らせた。

「ふたりともほんっとに仲がいいよね。あれ？　なにこれ？　肉だけ食べてある。レンドルフってば、お行儀悪いんじゃない？」

おまえはどこの姑《しゅうとめ》だよと言いたくなる口調で、春夏がわざとらしく呆れたふりをする。レンドルフが「いやそれは」と言いかけたので、秋人はそれをさえぎって説明してやった。

「クロが、レンドルフの手から食べたんだ」

「え⁉」

クロが秋人以外には決してデレないことを知っていた春夏は、真面目に驚いて軽く仰《の》け反《ぞ》り、クロとレンドルフを交互に見てから、

「レンドルフの手から食べたんなら、ぼくの手からも食べるかな？」

などと、何やら対抗心が滲《にじ》み出たことを言い出す。

「ほら、ちょうどアキちゃんと食べようと思って、おやつ持ってきたんだ」

そう言って春夏がうしろを振り返ると、極力表情を出さないようにしているせいか、むっつりと押し黙ったルシアスが、抱えていた籐籠《バスケット》を差し出して執務机の上に置いた。

「クロ。ほら、おいで」

籐籠から取り出したサンドウィッチを掲げて見せても、クロは当然無視して秋人の肩から動かない。

「ほら、美味しいよ？」

春夏は無視されてもめげず、サンドウィッチからハムだけ取り出しながらクロに近づくと、鼻先にペロンとぶら下げた。

「……——」

肩口にしがみついたクロの両手に力がこもる。心なしか、鼻面に皺《しわ》が寄ったような気がするが、黒くてよく分からない。

「春夏、止めとけ」

「えー？　だってレンドルフの手からは食べたんでしょ？　だったらぼくからだって食べてくれてもいいんじゃない？」

春夏は秋人にというより、クロに向かって説得するよう言い募《つの》る。けれどクロは微動だにしない。

「んー？」

ハムの角度を微妙に変えながら、クロが食いつくのを待っている春夏の声に落胆が混じる。ちょっと可哀想《かわいそう》になってきたので、

「たぶん腹がいっぱいなんだよ。また今度チャレンジしてみれば？」

仕方なくフォローしてやった。そのとき、

「あッ…！」

春夏が鋭い声を上げた。

驚いて肩を見ると、クロが春夏の指ごと、ハムに食いついている。

「あ――っ!!」

喜びの声なのか、指ごと食いつかれて驚いたのか、春夏が派手な大声を上げる。

「そんな焦らなくても大丈夫だ。クロのそれはフリだけで、本当に噛んだりしないから」

秋人が冷静に教えてやっても、春夏は、

「えぇー!? あぁー!?」

と妙にやかましい。

なんでおまえはそんなにうるさいんだと、眉間に皺が寄るのを自覚しながら、秋人はクロの首をきゅっとつかんで引き離してやった。

「ほら、平《へー》…き――あぁっ!」

「痛いーっ」

春夏が血に塗《まみ》れた人差し指を天井に向けて盛大に声を上げる。クロは未練がましく口吻をもぐもぐ蠢かしている。これはうるさく騒ぐはずだ。まさか本当に歯を立てるとは。

「ちょ…! クロ! 駄目じゃないか!」

秋人はクロを厳しく叱ってから、春夏の手首を強引につかんで引き寄せた。

「春夏ごめん! 傷、見せてみろ」

春夏は「痛いぃ」と甘えた声を出しながら、秋人の横にストンと腰を下ろした。その背後で、心配そうな顔をしたルシアスが「ハルカ」と小さく叫んで、何か言いたげに身動《みじろ》いだけれど、春夏が素直に秋人に手を差し出すのを見て、ぐっと息を呑んで身を引くのが見えた。それが少し気になったものの、クロがしでかしたことは自分の責任なので、秋人は頭を切り換えて春夏に注意を戻した。

「大丈夫か?」

訊《たず》ねながら咬《か》まれた人差し指を確認したものの、出血のせいで傷口がよく見えない。考える前に、ぱくりと口に含んで血を舐《な》め取ると、周囲で同時にいくつも息を呑む音が聞こえた。

「?」

内心で首を傾《かし》げながら指を口から出して見ると、

心配していたより傷は小さく浅かった。

「よかった。これくらいなら絆創膏《ばんそうこう》でも貼っておけばすぐ治ると思う」

そう言ってから、こっちに絆創膏的なものってあったっけと、助けを求めてレンドルフを見たとたん、手の中から春夏の指が消えた。同時に少し焦った春夏の声が聞こえてくる。

「ちょっと、ルシアス！」

驚いて声がした方に視線を戻すと、ルシアスに腰を抱き寄せられて指を咥えられた春夏が、空いた方の腕をふり上げて抗議しているのが見えた。

「なにすんのさバカ！　せっかくアキちゃんに舐めてもらったのに！　アキちゃんの唾液が…あーっ、あーあぁ…！」

心底残念そうな声を絞り出しながら、ポカポカとじゃれるように相手の腕や胸を叩いて抗議する春夏に、ルシアスは国家の一大事を宣言するような真剣な表情で告げた。

「私の唾液の方が治りが早い」

「なに真面目な顔でアホなこと言ってんの」

「阿呆《あほ》とは心外な。私は大真面目です。だいたい前から疑問に思っていましたが、ハルカはアキ殿と私、どちらが大切なんですか？」

「──…それって恋人にしちゃいけないナンバーワンの駄目質問だと思う」

端で聞いていても『犬も食わない』とか『馬に蹴られて』といった単語が思い浮かぶ駄目な会話は、

「分かりました。では、身体に訊《き》かせてもらいましょう」

そう宣言したルシアスが軽々と春夏を抱き上げて決着がついた。

「あっ、こら、ダメだって！　降ろして！」

春夏がいくら手足をばたつかせて抗《あらが》ったところで、身長、体重、腕力のすべてが勝っているルシアスには叶《かな》わない。

「そんなに暴れると、傷からまた血が出てしまいますよ。ほら」

いとも容易く抱きしめられたまま再びパクリと指

を食《は》まれて、春夏は頬を紅くして泣き笑いのような表情を浮かべ、そのまま秋人に助けを求める。

「アキちゃーん、ルシアスがいじめるぅ」

「――いや、いじめてないと思う」

速攻で否定すると、秋人に続いてレンドルフもルシアスを擁護した。

「うん。苛《いじ》めてはいないな」

「むしろ、ルシアスさんて春夏が大好きに見えるけど。違う？」

「当たり」

ああ、やっぱりそうなんだと納得してレンドルフを見ると「うんうん」とうなずかれた。

秋人の肩の上で、クロが同意を示すように「きゅー！」と鳴き声を上げる。

春夏は「うぇーん」と泣き真似《まね》をしたけれど、そのままルシアスに連れ去られてしまった。

ようやく静かになった部屋で秋人はレンドルフを見た。レンドルフも秋人を見つめ返す。

「そういえば…」


ふたり同時に同じ意味の言葉を発して、ふたり同時に口を閉じる。互いに目で『お先にどうぞ』と譲り合い、結局秋人が先に口を開いた。

「春夏が神子《みこ》だったときの〝特別な交流〟で、レンドルフは…その、春夏を…春夏と――…したの？」

ずっと気になっていたのに訊《き》けなかったことを、この際だから訊ねてみた。

レンドルフは俺のことが好き。

そのことを、言葉だけでなく、身をもって知った今だからこそできる質問だ。

レンドルフはちょっと眉を跳ね上げて目を瞠《みは》ってから、困ったような、申し訳なさそうな、それでいてどこか嬉しそうな淡い笑みを浮かべた。

「君の質問が、私とハルカが性交したのかという意味なら、答えは『していない』だ。――まあ、監視を欺《あざむ》くために、しているように見せかけたりはしたが、基本的には手もにぎっていない」

「あ、そうなんだ…」

秋人は思わず胸に手を当て、ほっと息を吐いた。

自分で思っていたよりずっと深く強く気にしていたんだと、解放されて気がついた。

身体《からだ》のどこかで硬く強張《こわば》っていたものが、ゆるりと解れて消えてゆく。あとに残ったのはしみじみとした安堵《あんど》と、自分が好きになった人の真面目さと、身持ちの堅さに対する敬意。

「俺、レンドルフの、そいうところが好き」

思ったことがそのまま声に出てしまい、少し焦る。あわてて手のひらで口を押さえたけれど、笑みを濃くしたレンドルフにやんわり外されてしまった。

レンドルフは秋人の唇に自分のそれを近づけて、重なる直前で止めた。

「私が〝特別な交流〟でハルカを抱いていると思って、嫉妬《しっと》していた？」

「――…うん」

嘘《うそ》をついたり誤魔化《ごまか》しても仕方ない。

素直に認めると、レンドルフはご褒美《ほうび》のように唇を重ねて秋人の唇を貪り、舌で味わうように口中をまさぐってから、静かに離した。

「正直な君に敬意を表して、私も告白しよう」

レンドルフは可愛くて仕方ないと言いたげに微笑んで、眼差《まなざ》しと指先で秋人を愛撫《あいぶ》しながらささやいた。内緒話のように、秘やかに。

「実は私もずっと苦しんでいた。君はハルカのことが好きなんだ、愛しているんだと思って」

「はあ!?」

あまりにも突拍子のない誤解に、秋人は思わず仰け反ってしまった。

「俺が、春夏を、愛してる…??」

レンドルフの言う『愛してる』は、秋人が今レンドルフに抱いている気持ちと同じ意味だと思う。

どうやったらそんな誤解ができるんだ。

あまりにもあまりな思い違いに、秋人は頭を抱えたくなった。

「そりゃもちろん、好きか嫌いか選べって言われたら、嫌いじゃないって答えるけど……。でもそれは友だちっていうか、幼馴染《おさなな じ》みに対する情みたいなものでーー」

愛してるとか、ないから！

きっぱり否定を込めて、秋人が顔の前に立てた手のひらを左右にふると、レンドルフは意外そうにまばたきをした。

「ない？」

「うん」

秋人が大きくうなずいて見せると、今度はレンドルフがほぅ…っと息を吐いて、重い荷物を下ろした旅人のように、椅子に深く座り直した。

「私の、誤解…だったのか…」

「うん」

「…――」

レンドルフは左腕で目元を覆ってしばらく天を仰いでから、気を取り直したように姿勢を正して秋人を見つめた。

秋人もレンドルフを見つめ返す。

そして、ふたり同時に笑い出してしまった。

恋は盲目というけれど。

自分と同じように、レンドルフもずっと不安だったり嫉妬に苦しんでいたりしたのかと思うと、前よりももっとレンドルフのことが好きになった。

その気持ちを知ってもらうために、今度は秋人の方から顔を寄せる。

「レン…」

吐息と一緒に名を呼んで唇を重ねると、宝物みたいに抱きしめられて、気持ち良さと幸福感で全身が震えた。まるで、炭酸水に放り込まれたラムネになったみたいだ。

長椅子にそっと押し倒された拍子に、まだ治りきらない腹の傷がかすかに疼《うず》き、そこに貼りついているクロが「ぎゅぃ」と抗議の鳴き声を上げたけれど、秋人は抗うことなく抱擁を受け容れ、そして自分もレンドルフを抱きしめた。

好きな人と抱き合える幸せを、しみじみと噛みしめながら。

あとがき

皆さまこんにちは、六青《ろくせい》みつみです。

大変お待たせしました。アヴァロニスシリーズ４冊目、レンドルフ編のお届けです。最初の発売告知から実際に店頭に並ぶまで、ずいぶん間があいてしまい申し訳ありませんでした。そして、何度も発行延期にしてしまったせいでご迷惑をおかけした皆さまにもお詫《わ》び申し上げます。もう、本当にすみません…っ！

なぜこんなに時間がかかったかと申しますと、まあいろいろな要因があったわけですが、大きなもののひとつに体調不良があります。これは近年発症したアレルギー性の喘息《ぜんそく》で、２０１７年の初《しょ》っ端《ぱな》からかなり激しく悪化させてしまい、そこから諸々立て直すのに数ヵ月かかりました。そしてようやく小康状態になったかな…と思った矢先に、今度は愛猫がタッチ交替とばかりに不調になり、そちらのケアですったもんだしているうちにまた数ヵ月が経ってしまいました。（愛猫の方は２０１７年5月に19歳と15日の天寿を全うして、安らかに虹の橋を渡りました。――正確には、渡らず私の傍《そば》にいて見守ってくれているようです。そのせいか覚悟していたペットロスや喪失感はなく、リアルもふもふできずに寂《さび》しい以外はわりと平気だったりします。私の喘息もだいぶ症状が落ちついてきました）

そんなわけでシリーズ1冊目から間があいてしまったことですし、ここで改めて内容紹介といいますか、読む順番的なものをご案内させていただきます。まず、この「アヴァロニスシリーズ」に関しては発行順と内容が少し変則的になっています。

①『黒曜《こくよう》の災厄《さいやく》は愛《あい》を導《みちび》く』……秋人《あきと》編
②『金緑《きんりょく》の神子《みこ》と神殺《かみごろ》しの王《おう》』……ハルカ編1・レンドルフ編1
③『金緑の神子と神殺しの王 2』……ハルカ編2
④『黒曜に導かれて愛を見つけた男の話』……レンドルフ編（1を含めた完全版）

①～④は発行順ですが、これから新規で読む場合には①④②③、もしくは②③①④がオススメです。次に、本作の解説というか説明を少し。

今作④『黒曜に導かれて愛を見つけた男の話』は、②『金緑の神子と神殺しの王』に収録した「レンドルフ編1」を大幅加筆修正して続きを書き上げ、完結させたものです。大幅加筆修正したとはいえ、一度ノベルス化されたものをもう一度再収録するわけなので、二度買いになってちょっと損した気分…という方もいるでしょう。そんな方のために、今作はかつてない大容量（2段組&行数マックス&ページ数も限界突破）、それでいてお値段据え置きとなっています！　ダブった分は確実に帳消しになる分量・お値段でお買い得になっていますので、そのあたりのもやもやは払拭していただければと思います。

問題は内容ですが、読者が一番読みたかったであろう「あのときレンドルフは何て言ってたの!?」という部分は、ほぼ網羅したはずなので（そのためにページ数が増えたともいう…）、そちらに関してはご安心を。逆に今作からうっかり読んでしまったという方には、ぜひ①の『黒曜の災厄は愛を導く』秋人編も読んでいただきたいと思います。

秋人編とレンドルフ編はいわゆる表裏一体というか、2冊で1作な感じになるので、片方を読んで「ここってどうなってるの？」と感じた疑問は、もう片方で補完されると思います。作者のオススメ読む順番は①④②③です（大事なことなので2回書きました☆）

紙幅が少なくなってきたので、最後にまとめてお詫びとお礼を。

瑞々《みずみず》しく繊細な挿絵で物語を彩ってくださったカゼキショウ先生。発行が遅れたせいで大変ご迷惑をおかけしてしまい、本当にすみませんでした…。前作に続いて今作にも素晴らしくステキな表紙イラストなどを描いていただきありがとうございます！　すべてが原稿執筆時の励みになりました。

新旧担当さまにも感謝を。原稿がなかなか捗《はかど》らない中、辛抱強く待っていただき本当にありがとうございます。そして編集部や営業部、その他本作の出版に携わってくださったすべての方に感謝いたします。もちろん、ずっとこの本を待っていてくださった読者の皆さまにも最大の感謝を捧げます。ありがとうございました！

次の本でまたお会いできるのを楽しみにしています。

Twitter◆roku_mitsumin

二〇一八年・春　六青みつみ

初　出

黒曜に導かれて愛を見つけた男の話	2016年リンクス1月号・5月号・7月号掲載作品を改稿
それぞれの好敵手	2016年リンクス1月号読者プレゼント掲載作品を改稿

この本を読んでの
ご意見・ご感想を
お寄せ下さい。

〒151-0051
東京都渋谷区千駄ヶ谷4-9-7
(株)幻冬舎コミックス　リンクス編集部
「六青《ろくせい》みつみ先生」係／「カゼキショウ先生」係

リンクス ロマンス

黒曜に導かれて愛を見つけた男の話

2018年3月31日　第1刷発行

著者……………六青《ろくせい》みつみ
発行人…………石原正康
発行元…………株式会社　幻冬舎コミックス
〒151-0051　東京都渋谷区千駄ヶ谷4-9-7
TEL 03-5411-6431（編集）
発売元…………株式会社　幻冬舎
〒151-0051　東京都渋谷区千駄ヶ谷4-9-7
TEL 03-5411-6222（営業）
振替00120-8-767643
印刷・製本所…株式会社　光邦
検印廃止

ISBN978-4-344-83983-0 C0293
Printed in Japan

幻冬舎コミックスホームページ　http://www.gentosha-comics.net